Bon anniversaire

Le Doux Ami.

Été 2000.

Remo Forlani

Valentin
tout seul

Denoël

Né à Paris, italien, Remo Forlani a exercé une foule de petits métiers et a fini par écrire pour le cinéma et la radio. Scénariste, dialoguiste, réalisateur, animateur d'émissions de télévision, il est devenu journaliste en 1971.

Depuis 1968, il a écrit (et fait jouer) neuf pièces de théâtre (*Guerre et paix au café Sneffle, Un roi qu'a des malheurs, Grand-père, À ta santé, Dorothée !*, etc.), neuf romans (*Violette, je t'aime, Papa est parti maman aussi, Pour l'amour de Finette, Tous les chats ne sont pas en peluche* etc.).

En 1987, il a obtenu le Grand Prix du théâtre de l'Académie française et, en 1988, le Grand Prix de l'Académie de l'humour noir.

Souvent la vie des personnes est vraiment vraiment chiante.

Mais faut quand même tout le temps la savourer parce que, quand on devient un mort, si ça se trouve, c'est encore bien pire.

La mort ça peut t'arriver n'importe quand, n'importe comment, sans prévenir, et t'emmener tu sais pas où et peut-être dans aucun endroit.

La mort t'en sais absolument rien.

La vie tu sais au moins comment ça démarre.

Ça démarre toujours pareil, avec une certaine quantité de sperme qui féconde les femmes qui ont des rapports sans pilule et sans préservatif.

Et pour toutes les femmes, sauf les violées, avoir des fruits dans leurs entrailles c'est épatant.

Même si ça les fait excessivement gonfler et les empêche les dernières semaines de faire du sport, leurs grossesses les rendent très contentes.

Surtout quand le bébé se met à faire le clown et à leur donner en dedans des coups de poing et des coups de pied.

Il bouge, il bouge, il est vivant, elles disent à tout le monde en faisant des grands sourires.

Même les douleurs de l'accouchement elles aiment beaucoup ça aussi.

La connerie, c'est que ça peut mal tourner.

Moi, ma mère, ça a été comme si je voulais la tuer.

Un mois avant l'heure je suis arrivé et ni par la tête ni par les pieds.

Tout de travers je me suis présenté.

Elle avait beau pousser tant qu'elle pouvait et le docteur spécialiste très compétent avait beau se donner un mal de chien, rien à faire pour me décoincer.

Comme c'était décidé depuis longtemps que mon nom ça serait Valentin, elle criait qu'elle voulait bien mourir mais qu'il fallait absolument que son Valentin on le sorte de son ventre bien vivant, bien tout entier et sans la moindre égratignure.

Alors ses entrailles ils les ont cisaillées.

Tellement cisaillées que ma maman Béa ne pourra plus avoir aucune grossesse.

Aucune. Jamais.

C'est pour ça que mes petites sœurs et mon petit frère sont plus vieux que moi.

Pour ça que je suis un garçon à difficultés qui a eu un psy avant même d'avoir une bicyclette.

D'abord j'ai été fils unique.

Unique et sans maman.

Parce que son accouchement catastrophe tout de suite il a eu des suites.

Quand elle s'est retrouvée avec des litres et des litres de sang perdu et faible à pas pouvoir soulever une petite cuillère et du coma plein la tête à cause d'au moins dix piqûres pour l'empêcher d'avoir trop mal et que son con de docteur lui a dit que plus jamais elle pourrait devenir enceinte, elle a poussé un cri énorme.

Un cri comme un cri d'animal, m'a raconté Mère-grand, qui est sa mère à ma maman, et qui était assise à côté de son lit dans la clinique et lui tenait la main.

Un cri de femme folle.

Et elle a vraiment fait des choses de femme folle.

Elle avait aucune force et elle a quand même sauté de son lit et elle a foncé ouvrir la fenêtre pour se jeter dans la rue du quatrième étage.

Sans une infirmière black très costaude qui l'a ceinturée comme dans un combat de catch, elle les sautait les étages.

Alors il a fallu, en plus de plusieurs autres piqûres, l'attacher à son lit avec des sangles.

Et elle a refusé de répondre à tout ce que Mère-grand lui disait de gentil.

À papa quand il est arrivé elle n'a pas voulu parler non plus.

Ni au docteur qui était vraiment désolé de tout
ça.

Rien elle leur a dit.

Et quand une infirmière pas black m'a amené et
m'a approché de maman pour qu'elle voie comme
son Valentin était beau et gros et crieur, elle a
fermé les yeux.

Elle voulait pas me voir.

Son Valentin ne l'intéressait plus.

Mais comme j'étais encore qu'une sorte de chiot
tout poisseux tout crotteux c'était pas grave.

L'infirmière m'a remmené dans un autre endroit
de la clinique pour me nourrir en abondance de lait
pas maternel.

Ça aussi c'est Mère-grand qui me l'a raconté
après.

Maman, pendant très longtemps, j'ai même pas
su qu'elle existait.

Et papa je l'ai su presque pas parce qu'il était
jamais là à cause de son travail qui le faisait
partir sans arrêt dans des pays extrêmement lointains.

J'avais Mère-grand.

Et j'avais aussi un peu Père-grand.

Mais qu'un peu. Parce que c'est pas quelqu'un
capable de donner des biberons, de changer des
Pampers, de talquer un derrière et de bercer un
garçon qu'a pas de sommeil ou qui a des dents qui
veulent pousser.

Mère-grand, elle, c'était une vraie championne
pour faire tout ce grand travail.

Elle n'avait eu qu'une seule grossesse et que
maman comme bébé, alors de se retrouver avec moi

à un âge où elle pouvait plus pondre, ça l'a rendue dingue de bonheur.

Que maman soit dans une maison de repos de banlieue à faire dépression sur dépression, pour Mère-grand ça a été comme un coup de chance parce que comme ça elle m'a eu pour me pouponner.

Elle me trouvait le plus beau, le plus mignon enfant du monde et elle arrêtait pas de bien s'occuper de moi, de me donner du lait pour me faire roter et grandir puis des petits pots de bouillie que souvent je recrachais sur mes bavoirs avec des éléphants bleus ou des Mickeys.

Elle faisait que s'occuper de moi.

Elle arrêtait pas de me faire des baisers partout partout partout, elle me mangeait sans arrêt mes menottes et me comptait un par un mes petits doigts de mains et de pieds et me les mordillait et me chatouillait doucement le ventre pour que je rigole et me disait que j'étais un Jésus plus mignon que le vrai et que j'aurais que des bonnes notes à l'école et que je serais président de la République française et pape à Rome et bien mieux que ça encore.

Elle me promenait des nuits entières dans ses bras dans toutes les pièces de leur grande maison à Père-grand et à elle en me chantant des chansons.

Elle m'endormait en me lisant les noms de tous les gens morts dans son *Figaro* et les noms de tous ceux qui les regretteraient éternellement.

Elle me disait que mes pipis et même mes cacas sentaient meilleur que son parfum Shalimar, meilleur que les roses du jardin d'Allah.

Et je crois qu'elle le croyait tellement c'était une crème de femme.

Quand j'ai commencé à me fatiguer pour essayer de dire des mots, elle a voulu que je l'appelle Mamie mais Père-grand a pas voulu.

Depuis, j'ai compris que Père-grand il veut jamais rien faire comme les autres.

— T'as qu'à lui dire de t'appeler Lydia puisque ton nom c'est Lydia, il a dit.

Mais que je l'appelle Lydia, elle, elle a pas voulu.

Alors il a dit : il a qu'à nous appeler Mère-grand et Père-grand comme dans les contes de fées. Et il s'est mis à genoux sur la moquette et il m'a donné ma première leçon.

Moi j'étais assis sur mon cul au milieu des petits morceaux de plastique cassable de toutes les couleurs de ma boîte de Lego. Il m'a tapé sur ma poitrine avec son grand doigt le plus grand et il m'a dit : Valentin Valentin Valentin Valentin.

Puis il a tapé sur sa poitrine à lui et il a dit : Père-grand Père-grand Père-grand Père-grand Père-grand.

— Elgran... Anentin... Elgran... Anentin... Anentin... Elgran...

Ça faisait comme dans le film de Tarzan que j'ai vu après à la télé.

Ça c'est la première leçon qu'il m'a donnée.

Après y en a eu plein plein d'autres.

Et pas des leçons chiantes comme celles des instits payés pour en donner.

Comme Père-grand c'est un extravagant, il m'a appris une montagne de choses vachement intéressantes qui ont fait que je suis vite devenu un garçon tout à fait complètement détraqué.

Ce sont les éducateurs de mon école qui le disent.

Mais ceux-là, comparés à Père-grand...

Père-grand il est peintre contemporain.

Peintre connu.

Sa spécialité où il est le meilleur c'est des tableaux d'animaux et de plantes géantes dont plusieurs sont accrochés dans des musées de France et de l'étranger. Et il a des livres écrits sur lui, même en anglais, pour expliquer aux illettrés pourquoi il est le grand artiste qu'il est. Et ça peut lui arriver de vendre cinq cent mille francs ou plus un oiseau rouge plus grand qu'une voiture ou un chien jaune citron de la taille d'un autobus.

Ce qui lui enlève tout problème d'argent. Mais il s'est nourri longtemps qu'avec de la vache enragée. Puis, quand ça a été la mode du pop art et de tout ça, l'argent a commencé à tellement rentrer qu'il s'est acheté la grande maison où nous vivons et une Rolls.

Une caisse de milliardaire de film américain dont, c'est dommage mais c'est comme ça, il prend aucun soin.

Elle est terrible et toute déglinguée sa formidable voiture.

Mais il s'en fout.

Il se fout de plein de choses dont les autres se foutent pas, Père-grand.

Il dit qu'il faut vivre sa vie à soi.

Et qu'il faut avoir le crâne le plus rempli possible. Mais que de choses belles et rigolotes.

Quand j'ai commencé à bien me tenir sur mes deux pattes et à savoir dire Père-grand, Mère-grand, Valentin, pipi, coussin, assiette, chaise, cuisine, casserole, bouilloire et tout ce qu'il y avait dans notre maison, il a commencé à me l'emplir mon crâne.

Avec sa méthode à lui.

Lui, peintre contemporain connu, il l'est devenu tout seul.

Comme son père et sa mère étaient marchands de légumes pas riches sur les marchés et qu'ils l'ont retiré de l'école dès qu'il a eu son certif pour qu'il vende des patates et des salades et des radis avec eux, il s'est mis à dessiner des patates et des salades et des radis aux crayons de couleur.

Et puis il a dessiné le chien corniaud de la concierge de l'immeuble où il demeurait dans un étage sans ascenseur et puis d'autres chiens de sa rue et des chats et des rats qui venaient se goinfrer de bonnes choses dans un hangar où ses parents rangeaient leurs légumes en attendant de les vendre.

Et à force, et en s'amusant autant qu'il pouvait, il est devenu un autodidacte.

Qui s'est mis à lire tous les livres qu'il pouvait.

Pour Père-grand, si tu sais dessiner et lire, t'es quelqu'un.

Alors, avant même que je comprenne que des jambes c'était fait pour se tenir debout avec, il m'a donné le max de papier de crayons de couleur de tubes de peinture à l'eau le max de livres.

Et il a commencé à bien bien me farcir la tête.

Quand j'arrivais à dire un mot comme le mot pomme fallait que je dessine une pomme.

C'était rude.

Mais il me montrait.

Il m'en dessinait une de pomme, très jolie, très ressemblante, puis il me prenait dans sa main ma main qui tenait un crayon et il me la faisait dessiner une fois, deux fois, trois fois, mille fois la saleté de pomme.

Puis il me lâchait la main et fallait que je la refasse tout seul.

Qu'est-ce que j'en ai loupé des pommes.

Elles avaient l'air que de ronds même pas ronds ou de flaques de bouillie toute molle.

— Pas grave, il disait Père-grand, et il me reprenait ma main et il gueulait pas sur moi mais il me faisait recommencer.

Et encore et encore.

Et quand j'y arrivais il me disait que j'étais un Léonard de Vinci en herbe, un Picasso en herbe ou un je sais plus qui toujours en herbe, et il me faisait un gros bisou puant la cigarette sur le nez.

Et il continuait à me faire chier en me faisant écrire son nom, à la pomme.

P.O.M.M.E.

Mère-grand elle paniquait, elle disait qu'il allait me rendre fou.

Et il lui répondait que valait mieux que je devienne fou comme lui qu'imbécile comme mon père.

Et Mère-grand lui répondait à sa réponse qu'il n'était décidément qu'un vieillard sénile et insupportable et qu'elle finirait par s'en aller de cette maison parce que vivre avec un génie c'était décidément pas une vie. Et elle m'arrachait le crayon des mains, me prenait dans ses bras et m'emmenait dans une autre pièce et elle fermait la porte à clé du dedans pour que Père-grand puisse pas y entrer.

Et j'avais droit à des cajoleries si fortes qu'on aurait cru qu'elle voulait m'étouffer.

J'étais son bébé, elle me disait dans l'oreille, et elle m'adorait et me faisait des baisers qui sentaient aussi la cigarette. Mais blonde.

Et on entendait dans la rue Père-grand qui faisait un bruit épouvantable en faisant démarrer sa Rolls dont il poussait exprès le moteur si fort qu'il risquait d'exploser.

Et il revenait que longtemps après, quand c'était la nuit et qu'avec Mère-grand on était en train de manger dans la cuisine, moi du jambon coupé en tout petits bouts et Mère-grand de la soupe russe qui sentait le chou pourri parce qu'elle avait eu un père et une mère russes.

Et Père-grand, qui avait mangé où il avait voulu avec qui il avait voulu, mangeait rien et il faisait rire Mère-grand en lui racontant des bêtises.

Elle voulait pas rire mais elle riait quand même.

Et il allait tout près d'elle et lui faisait des bisous sur les cheveux, sur le front, sur les yeux, sur le nez, sur la bouche.

Et elle disait : Non ! Non ! pas devant le petit.

Et il lui disait qu'il était le loup qui mangeait les Mère-grand et il mettait ses mains partout sur elle et elle arrêtait de me fourrer des bouts de jambon dans le bec et elle se laissait toucher partout par

Père-grand et elle faisait des gloussements comme un animal de basse-cour.

Ils avaient beau être d'une vieillesse pas croyable, c'étaient des terribles amoureux Père-grand et Mère-grand.

Des fois, j'étais dans leur lit immense avec eux et, sans prévenir, ils se mettaient à se rouler sans habits l'un sur l'autre en riant et ils s'agitaient tellement qu'à force ils perdaient tout leur souffle et devenaient comme des morts et bougeaient plus du tout et j'avais peur.

C'est rigolo ce qu'on se rappelle ou pas.

Père-grand et Mère-grand faisant leurs acrobaties amoureuses en riant puis en riant plus, tout déshabillés, sans même des pyjamas, avec moi à côté d'eux sur leur lit, ça m'est resté collé dans la tête. Ils se faisaient des baisers qui en finissaient pas et se tripotaient avec des précautions, sans se presser, puis ils s'agitaient vigoureusement, et après s'être écroulés endormis morts ils se réveillaient et s'allumaient chacun une cigarette de son paquet et se faisaient une conversation à petite voix.

Et bien sûr ils me prenaient et me caressaient et me disaient des choses pas pour que je les comprenne, des choses amoureuses qui les faisaient encore bien rire.

Dans la tête, j'ai aussi encore les premières fois que Père-grand me laissait entrer dans son atelier de peintre dans le fond du jardin de notre maison.

L'atelier de Père-grand c'est un très grand vraiment beau bordel avec des pots de peinture pleins de peinture, des pots de yaourt pleins de peinture partout sur le plancher et des flaques, des dégoulinures de peinture partout aussi.

Ses baskets qu'il met pour peindre, Père-grand, elles ont tant de couleurs dessus qu'on pourrait les exposer dans des galeries comme des peintures œuvres d'art et sa salopette de travail qu'il veut jamais changer ni qu'elle passe à la machine à laver on dirait une armure de chevalier du Moyen Âge tellement elle est joliment encroûtée.

Quand il m'emmenait avec lui pour m'expliquer l'art et que je me traînais là-dedans à quatre pattes ou même que je marchais déjà sur deux me fallait pas une minute pour devenir hyperdégoûtant.

Après fallait me plonger dans la baignoire et me récurer comme une vieille casserole.

Ça salit, l'art.

Mais c'est beau et très amusant.

Père-grand quand il barbouille il arrête pas de rigoler et de chanter des chansons que tu reconnais même pas à cause de sa façon de les arranger.

Des chansons avec des mots malpolis d'artistes peintres.

Il a des pinceaux plein des caisses, plein les tiroirs de toutes ses commodes. Mais ça peut lui arriver de pas en prendre et de peindre qu'avec ses doigts, qu'avec ses mains.

Il choisit un grand pot ou un seau de couleur très rouge ou très jaune ou très bleue ou très violette et il grimpe sur son échelle et, à pleines mains, il y va.

Et ses peintures sont si grandes qu'il faut reculer

autant qu'on peut pour bien voir que c'est un lion ou un éléphant ou un petit poisson rouge qu'il a peint.

Et le petit poisson rouge il peut aussi bien être caca d'oie que noir.

Même si il a l'air de faire les yeux ronds ou une grimace qu'aucun poisson ne fait jamais, on voit quand même très bien que c'en est un de poisson et il est de la couleur qui plaît à Père-grand et ceux que ça défrise, il les emmerde.

Il leur chie au nez même.

Dire plus de gros mots que Père-grand quand il s'y met, personne pourrait.

Faire des plus belles peintures non plus.

Un des premiers livres qu'il m'a donnés c'était un album avec des photos de tableaux d'autres peintres que lui, eh ben, je peux vous dire que Van Gogh, Picasso, Matisse, Dubuffet, Rembrandt, Raphaël, ils lui arrivent pas au croupion à Père-grand.

Mais l'avoir comme grand-père c'est pas toujours du bonheur.

Avec Mère-grand ça en était tout le temps.

Sur le moment, je le comprenais pas bien. Je pouvais pas. J'étais qu'un bébé puis qu'un garçon trop petit.

Mais on était moi et elle comme une mère poule avec son poussin ou comme une maman chatte avec son chaton.

Et en mieux. Parce que les poussins, les chats ça vient au monde en équipe de cinq ou dix ou douze.

Moi j'étais tout seul avec Mère-grand.

Et elle m'adorait parce qu'elle m'adorait et elle

m'adorait encore plus parce que je la consolais de toutes ses misères.

Je la consolais de sa fille unique Béatrice, ma maman dans la dépression, qui était dans sa maison de repos de la vallée de Chevreuse à faire la muette, à regarder personne et à pas bouger ou alors à se mettre à bouger que pour essayer de se tuer.

Je la consolais, Mère-grand, de sa vie pas marrante de femme qui avait étudié pour devenir comédienne et qui avait jamais eu que des petits rôles merdiques dans des films et des pièces de théâtre que tellement peu de gens allaient voir qu'elle avait fini par abandonner.

Je la consolais de ses racines de cheveux que son pédé de coiffeur homo arrivait plus à empêcher d'être grises même en faisant teinture sur teinture.

Je la consolais surtout de tout ce que lui faisait Père-grand qui l'aimait beaucoup, ça d'accord, mais qui pensait plus à sa peinture qu'à elle et qui oubliait souvent de rentrer à la maison pour aller tirer des coups de vieillard sénile avec des femmes qu'il trouvait dans des cafés de Montparnasse ou de la Bastille et que Mère-grand appelait des pétasses.

Ou des pouffes. Ou des radasses. Ça dépendait des jours.

D'embrasser Mère-grand partout en riant et de se rouler tout nu avec elle sur leur grand lit ça lui suffisait pas à Père-grand. Alors quand ça le prenait il lui fallait des pétasses.

Et Mère-grand, même si elle arrêtait jamais de faire sa souriante, elle les digérait pas, elles lui restaient en travers, elle disait.

Les pétasses ou pouffes à Père-grand, c'était sa haine.

Et ça arrivait que ça la plonge dans des crises de chagrin si gros qu'il fallait qu'elle aille se chercher de la vodka ou même du vin de qualité pas supérieure à la cave et qu'elle s'alcoolise à petites gorgées en faisant tchin-tchin sur mon bol à bouillie avec son verre.

Et ça arrivait que ça la rende complètement paf et qu'elle vienne me sortir de mon petit lit en pleine nuit et qu'elle me serre si fort contre elle que ses boutons de chemisier Chanel m'entraient dans les joues et me faisaient mal et qu'elle m'emmène faire des tours de jardin qui n'en finissaient pas.

Et elle me forçait à regarder la lune les nuits qu'elle était là.

— Ça c'est la lune, Valentin, elle me disait. Et, de là-haut, on voit tout ce qui se passe de moche sur la terre. Et de la mocheté, y en a, elle disait. Pour y en avoir y en a.

La lune, des fois, elle était tout entièrement ronde.

Des fois elle était qu'un morceau de lune.

Ou même on la voyait presque pas parce qu'elle était dans l'eau et qu'il y aurait de la pluie le lendemain.

Les yeux de Mère-grand ils y étaient aussi dans l'eau.

Les personnes, même vieilles vieilles vieilles, ça peut pleurer aussi bien que des garçons qui pissent encore au lit.

J'aime pas penser à Mère-grand paf et avec des larmes dans le jardin la nuit.

J'aime penser à elle me faisant ses grands sourires avec toutes ses dents bien blanches sauf une en or sur le côté dans le fond.

J'aime pas qu'elle soit morte, Mère-grand.

Mes pipis au lit ont duré très longtemps.

Trop.

Tous les matins je me réveillais dans la honte.

J'avais même pas encore ouvert mes yeux pour voir si derrière les gros rideaux épais de ma chambre y avait du soleil ou un ciel gris que je savais que je l'avais encore fait. Parce que c'était tout mouillé sous moi.

Je savais déjà faire convenablement plein de choses que les autres garçons de mon âge savaient pas faire, que j'y pissais encore toutes les nuits, dans mon lit.

Et paraît que je le faisais exprès.

Ouais. Moi je le savais pas. Mais c'était exprès.

C'est le docteur Filderman qui explique ça très bien.

Dix fois au moins il me les a expliqués mes pipis au lit de quand j'avais trois ans et quatre ans.

C'étaient des cris, qu'il dit, le docteur Filderman, des appels que je lançais.

Faut le suivre ce psy-là, faut pas en perdre une miette si on veut pas s'y perdre quand il se met à expliquer tout ce qu'on fait sans savoir qu'on le fait ou qu'on sait qu'on le fait mais pas pour les raisons qu'on croit.

C'est notre psy de famille, le docteur Filderman.

Et c'est un cas plus grave que tous les cas qu'il essaye de désembrouiller.

Il est lacanien et il a les poils de partout roux rouge. Et Père-grand qui le saque pas énormément dit que le seul moyen de le faire taire quand il se lance dans ses discours de marchand de vent ça serait de lui tirer dessus avec un flingue.

Ou même un bazooka.

Il dit ça pour rire, Père-grand mais, en même temps, ça a pas l'air d'être seulement pour rire.

Ça doit être son inconscient qui lui fait dire ça à Père-grand.

L'inconscient c'est spécial.

On en a chacun un, comme on a une bouche, un foie, des poumons et une bite si on est du sexe mâle.

Les bites aussi il en parle drôlement bien le docteur Filderman.

Il les appelle des pénis et qu'est-ce que ça l'intéresse.

Une fois j'ai vu la sienne.

C'était à un endroit et à un moment où j'aurais vraiment pas dû la voir. Et ça m'a foutu en l'air.

Mais j'ai pas pu lui dire à lui puisque c'était la sienne.

Peut-être que ça m'aurait fait du bien, que ça m'aurait déchoqué de lui en parler justement à lui.

Mais je pouvais pas je pouvais pas.

Alors j'ai refoulé.

Et ça c'est la grosse grosse erreur.

Faudrait jamais refouler rien.

Mais comme on peut pas non plus faire tout ce

qu'on a envie de faire comme manger tout ce qu'il y a de bon dans un frigo ou casser toutes les gueules qui nous reviennent pas ou tuer tous les malfaisants qu'on rencontre dans les rues de la vie, on est obligé de tout le temps refouler.

Mais, à force, ça te coince et détraque.

Surtout quand tu te mets à grandir et à comprendre.

Maintenant, pipi au lit, je le fais plus.

Mais si ça se trouve, j'ai tort.

Notre grande maison et son jardin pendant longtemps j'en suis presque pas sorti.

Ça arrivait que Père-grand nous emmène faire une tournée des rues de Paris Mère-grand et moi dans sa Rolls pétaradante.

Ça arrivait qu'il nous emmène avec lui au jardin des Plantes ou à Vincennes au zoo où il allait prendre des polaroïds ou faire des dessins au stylo-feutre d'une girafe, d'un singe ou d'un émeu pour, après, les peindre à sa manière à lui dans le bordel de son atelier.

Mais ça arrivait pas souvent.

Quitter sa maison, Mère-grand, elle avait horreur de ça.

Elle avait bien assez de ses trois étages de pièces qui servaient presque toutes à rien.

Elle avait bien assez de son assez grand jardin pour m'y emmener regarder la lune les nuits qu'elle avait ses chagrins et pour m'y aérer, juste habillé avec mes couches si le temps le voulait bien, ou emmitouflé dans des gros manteaux, si il faisait pas chaud.

Mes manteaux, elle me les tricotait en laine angora qui pluchait. Et des bonnets à pompons aussi que j'ai encore dans une boîte dans le placard de ma chambre. C'étaient pas des bonnets de petit garçon. C'étaient carrément des bonnets de lutins ou de nains de dessins animés.

Elle avait ses goûts à elle, Mère-grand, et elle en loupait pas une maille de ses tricotages de bonnets hideux.

Avec ça sur ma tête je devais être chouette.

Mais qu'est-ce que je m'y amusais dans le jardin.

Personne lui arrachait jamais ses mauvaises herbes, personne lui tondait jamais ses pelouses, personne lui soignait jamais ses quatre grands arbres et tous ses petits arbustes.

Une vraie jungle c'était.

Une jungle dans le treizième arrondissement de Paris, avec des immeubles à étages pleins de gens tout autour et des buildings dont on voyait pas le haut quand y avait du brouillard d'hiver.

Une jungle, avec toutes sortes de trucs qui poussaient là on sait pas pourquoi comme des champignons sûrement mortels, des fleurs à clochettes, des fleurs sans clochettes, des soleils, des orties très piquantes, des fougères, des mousses poisseuses, des arbres à petits fruits rouges à ne surtout pas manger.

On a même eu des fraises des bois une année.

Des vraies, des fraises des bois que personne avait plantées et qui avaient dû tomber du ciel ou être apportées en graines par le vent et qui étaient succulentes.

Si succulentes que des oiseaux de rues de Paris les ont, ces fumiers, toutes bouffées avant moi qui attendais qu'elles soient bien mûres.

Des oiseaux squatters de jardins de maisons, on n'en a jamais manqué.

Même quand la chatte blanche Farine est arrivée et qu'elle s'est mise à les courser, à les attraper et à les faire saigner pour de rire avec ses griffes et ses dents, on en a toujours eu des tapées dans notre jardin.

Des moineaux et des merles surtout et des milliards de pigeons arrêtant pas de chier sur nous et de roucouler pour réveiller tout le quartier bien trop tôt même le dimanche.

J'aurais préféré des perroquets diseurs de conneries, des flamants roses, des mouettes, des goélands, des vautours rapaces, des aigles, des autruches et des oiseaux des îles. Mais comme c'était pas un jardin d'île ni de montagne ou d'Afrique ou d'Asie, je m'en contentais de nos oiseaux pollués et pas très chantants.

Et puis j'avais des mouches et des insectes de trente-six mille sortes. Toutes et tous bien répugnants. Et des souris qui arrivaient en bande et sortaient de partout pour me foutre la trouille et même plusieurs fois des rats gros comme des chiens-loups et une fois aussi une souris si grande et si bizarre que Père-grand qui l'a traquée avec moi m'a dit que c'était un mulot de la campagne.

On s'est demandé ce qu'il foutait là.

Et Père-grand, qui trouve qu'un artiste, un vrai, doit jamais laisser passer une occasion de mitonner une œuvre qui sera peut-être un chef-d'œuvre, l'a dessiné tout de suite avec mes crayons de couleur à moi. Dans le jardin. Nous regardant le regarder avec ses yeux de mulot dans l'étonnement.

Après, dans son atelier, à la peinture acrylique et dans l'inspiration, il en a fait le tableau *Mulot parisien effaré*, sur lequel il était au moins deux fois plus grand que moi le mulot de la campagne, et qui a été acheté une fortune par un collectionneur japonais.

Ils ont des idées pas comme tout le monde les Japonais collectionneurs.

Après le mulot on a eu un chien dans le jardin.

Un basset borgne d'un œil, sans collier, sans plaque, sans tatouage dans aucune oreille qui s'est retrouvé là un matin. Ras du sol et l'air très péteux.

Ou il avait fait de si terribles bêtises que ses maîtres l'avaient flanqué à la porte ou il avait fait aucune bêtise et ses maîtres étaient des saligauds d'abandonneurs de chiens ou il s'était seulement perdu en allant faire une balade.

Mais ça revenait au même : il était dans le caca.

Et pour le consoler d'être perdu et péteux et d'une maigreur si efflanquée, Mère-grand lui a donné à manger toute une baguette de pain tartinée de beurre et de rillettes.

Il l'a dévorée en un clin d'œil en faisant des moulinets de joie avec sa queue très courte, puis il s'est nettoyé le tour de la bouche avec sa langue très rouge et très baveuse et il nous a dansé autour en jappant.

C'était un chien vilain à regarder mais très amical.

Il a bien voulu que je l'attrape. Mais je suis pas arrivé à le soulever.

Ou c'était le poids des tartines ou c'est qu'il était trop lourd pour moi même avec sa maigreur efflanquée.

Quand Père-grand l'a vu, il l'a traité de saucisse à pattes en rigolant et il lui a dit sérieusement qu'il en voudrait pas comme modèle pour faire une toile.

C'était une offense.

Comme, en plus d'être moche, il devait pas être très futé, ce bête de chien, il lui a quand même fait la fête aussi à Père-grand et puis il a passé la nuit au pied de mon lit et, comme je pouvais pas m'endormir parce que j'avais trop envie de le regarder, il a pas dormi non plus.

On s'est beaucoup regardés.

Avec de la chaleur humaine dans mes regards à moi et de la chaleur de chien bien heureux de s'être trouvé une maison dans les siens.

Tout de suite on s'est mis à être une paire d'amis.

Moi, je le voyais très bien devenir chien de la maison.

Seulement il s'est mis trop vite à trop pisser sur les tapis et dans des coins derrière les canapés les fauteuils et Mère-grand l'a prié d'aller dormir dehors.

Comme c'était un soir à lune je le voyais par ma fenêtre sur l'herbe du jardin et ça me faisait de la peine de penser qu'il avait froid.

Alors je lui ai jeté une de mes couvertures.

Il l'a regardée tomber mais il a pas eu l'idée de s'approcher d'elle et de s'enrouler dedans, ce crétin.

Ou peut-être qu'il en a eu l'idée mais qu'avec des

pattes de basset on peut pas faire des choses compliquées comme de s'enrouler dans une couverture.

Puis, un matin, on a sonné à la porte du jardin et c'était un bonhomme à blouson couleur banane et à moustache qui faisait toutes les maisons des rues du coin pour demander si des fois on avait pas vu son cher basset Boumboum.

J'ai même pas eu le temps de lui dire au revoir au chien.

Même pas.

Ah ! faut pas que j'oublie madame Pipistrella.

Elle venait pour le ménage le lavage et le séchage du linge dans les machines, le repassage et pour tous les gros travaux.

Elle était née en Italie comme le père et la mère de Père-grand. Mais elle était pas artiste du tout.

C'était une femme qui n'avait pas, comme Mère-grand, honte que ses racines de cheveux soient blanches et c'était surtout une femme dure à la tâche.

Ses mains étaient plus grandes et plus carrées que des mains normales et pas douces.

Mais c'était pas de sa faute à elle, c'était de la faute à son métier de femme de ménage qui est pas le dernier des métiers mais presque.

Elle avait sa clé de la maison pour pouvoir entrer avant que nous on soit réveillés et elle se mettait dare-dare à la vaisselle de la veille, au torchonnage, au repassage, au dépoussiérage, au récurage. Elle faisait tout ça à la perfection sans chanter et sans sourire.

Mais sourire y avait vraiment pas de quoi.

C'était une personne pauvre dans la gêne.

À qui Mère-grand donnait des tas d'habits encore très bien, qu'elle devait mettre que les jours où elle venait pas travailler ici, parce que c'étaient vraiment pas des habits pour faire des corvées salissantes.

Elle parlait jamais ou que pour dire bonjour et au revoir et de temps en temps casser la tête de Mère-grand en lui racontant les insensées conneries que faisait son fils qui n'avait plus son père depuis que ce sale type était parti de chez eux avec une jeune traînée qui aurait pu être sa sœur, à son fils.

Son fils à madame Pipistrella c'était un bon à rien, un fainéant qui n'arrivait pas à avoir son bac et ne pensait qu'à rouler sur une moto sûrement volée qu'il mignotait comme si ça avait été le saint-sacrement et avec laquelle il avait des accidents pas mortels mais nombreux. En plus, dès que sa maman avait le dos tourné, il ramenait des minettes avec peut-être le sida ou des poux dans leur deux-pièces de la rue Poliveau.

Des minettes même pas en âge d'être au chômage et avec qui il finirait par attraper des enfants mongoliens.

C'était son désespoir, à madame Pipistrella, son fils.

Moi, elle me faisait tous les mamours qu'elle pouvait, elle me donnait des tapes gentilles sur mon cul, elle me disait que j'étais ouné pétité angélo et elle me ramenait de chez elle des restes de gâteau de riz ou de compote trop sucrée dans un bol recouvert de plastique ou de papier alu.

Les compotes ça pouvait encore aller. Mais son gâteau de riz aux épluchures de citron, même un basset perdu ça l'aurait fait gerber. Mais Mère-grand me le faisait manger jusqu'au dernier grain à la petite cuillère parce que c'était de tout son cœur qu'elle me le donnait madame Pipistrella.

Je l'aimais pas son gâteau de riz et elle non plus je l'aimais pas.

Pas parce qu'elle était pauvre et toujours habillée avec un imper couleur de sac-poubelle et des pantalons qui lui allaient comme un tutu de danseuse à un hippopotame mais parce que me taper sur mon cul y avait que Mère-grand et Père-grand qu'avaient le droit de le faire.

Et puis aussi un peu parce qu'elle sentait pas la cigarette anglaise ou le Shalimar mais la Javel.

C'était salaud de pas l'aimer. Je le sais.

Mais aimer, pas aimer, ça vient de l'inconscient. Nous, on y peut rien. Ou alors faut se forcer. Et alors c'est si emmerdant qu'on le fait presque jamais.

Tous les jours sauf le dimanche elle venait, madame Pipistrella, puis un jour elle est plus venue.

Pas parce que son crétin d'incapable de fils l'avait fait mourir comme prévu, mais à cause d'un arrêt du cœur avenue des Gobelins en revenant de faire ses courses chez Franprix.

Elle venait d'acheter de quoi faire son dîner et elle est tombée sur le trottoir.

Comme la veille elle m'avait amené un reste de clafoutis bourratif, son bol on l'a toujours.

Il est dans le bas du buffet de la cuisine perdu au milieu de nos beaux bols à nous.

Un bol blanc avec une couronne de petites fleurs marron et vertes.

Un bol pauvre.

Père-grand, Mère-grand, madame Pipistrella, des messieurs et des dames américains, japonais, allemands ou émirs d'Arabie avec des torchons à carreaux sur la tête qui venaient pour voir et acheter les peintures de Père-grand et qui ne me disaient même pas un bonjour ou un bonsoir s'ils passaient devant moi qui étais en train de jouer dans le jardin, voilà tout le monde que j'ai vu jusqu'à mes trois ans.

Avec aussi des filles de la Poste qui venaient pour des lettres recommandées ou le releveur des compteurs de gaz et d'électricité. Mais eux ça comptait pas.

Que ces personnes-là, ça faisait pas beaucoup. Mais ça suffisait comme relations pour que je devienne un garçon un chouia chétif et assez intelligent pour que Père-grand me dise, en me tirant doucement sur mon nez qu'il trouvait pas assez long, que j'étais un squelette ambulant et de taille vraiment trop modeste mais qu'au moins j'étais pas parti pour être un débile comme la plupart des bipèdes qui s'agitent sans raison sur la planète Terre.

En plus, mais pas souvent, des fois arrivait papa.

C'était toujours sans prévenir et entre deux avions qu'il arrivait.

Il arrivait avec que des sacs marins comme bagages et sans linge et costumes de rechange, avec juste son rasoir à piles, un peigne et que des cadeaux.

Et pas des cadeaux comme tout le monde peut s'en acheter à Prisu ou aux Galeries Lafayette.

Des cadeaux trouvables que dans les pays lointains d'où il arrivait.

Une fois c'était de la Chine. Alors il te sortait de ses sacs marins un boulier ayant appartenu à un mandarin, pour que Mère-grand fasse ses comptes, des encres vraiment chinoises et des pinceaux fabriqués à la main avec des poils totalement exotiques et du bambou, pour que Père-grand griffouille d'un seul trait des animaux zarbis et, pour moi, des dragons marionnettes qui crachaient des flammes si tu tirais sur une ficelle qu'ils avaient entre leurs pattes de derrière et des petites trompettes de Taiwan pour sonner la sonnerie qui fait descendre les génies farceurs de leurs montagnes.

Une fois c'était de l'Afrique noire. Alors c'étaient des bananes, tellement bien imitées que t'aurais mordu dedans si elles avaient pas été en bois noir d'ébène, qu'il te sortait de ses sacs et des têtes de sorciers grincheux en noix de coco et des colliers de dents de tigre et de croco et un crâne de missionnaire cannibalisé et séché dans de la vase de marigot.

Une fois c'était d'un pays de l'Est. Et il nous rapportait des tee-shirts Lénine, des pins Lénine, des

Lénine en boîtes de plus en plus petites qui s'emboîtaient les unes dans les autres et des montres d'aviateur qui marchaient pas, des stylos-billes qui écrivaient pas, des blousons en cuir camelote qui laissaient passer la flotte.

Une fois c'était des États-Unis. Et alors là c'était une armée de robots électroniques qui parlaient en bip-bips, t'obéissaient à ta voix et de Batman en kit, de Spiderman en kit, de dinosaures en kit et de pendules Donald et Pluto à qui tu demandais l'heure et qui te répondaient « three o'clock » ou « four o'clock » et des casquettes de campus à grandes visières et des valises à casse-croûte Snoopy, des ceinturons Snoopy, du papier à cabinet Snoopy et, pour Mère-grand, des machins qui la faisaient hurler d'horreur comme des petites bouteilles de concentré de goût de beurre ou des bracelets à cristaux liquides qui lui donnaient le chiffre de sa tension, le nombre de ses battements de cœur et l'heure dans toutes les villes du monde de plus d'un million d'habitants.

Une fois c'était d'une île je sais plus laquelle. Et dans ses sacs y avait un singe empaillé pour Père-grand, un serpent empaillé pour moi et pour Mère-grand une tenue en plumes pour danser une danse qui faisait pleuvoir.

Alors ça commençait par le déballage de ce qu'il y avait dans ses sacs et puis après il s'asseyait, mon père, et il me prenait sur ses genoux, m'embrassait et me regardait la tête, le corps, les bras, les mains, les jambes, les pieds et me trouvait changé.

Changé et très beau.

De plus en plus très beau parce que, à chaque

fois qu'il me voyait, il trouvait que je ressemblais encore plus à Béatrice que la fois d'avant.

Et ça lui faisait plaisir et le rendait mélancoliquement triste en même temps parce que Béatrice c'était ma mère et que il finissait toujours par me reposer par terre, par se lever et par demander méchamment à Mère-grand et Père-grand si leur chère fille était toujours aussi folle.

Oui. Folle, il disait.

Et alors c'était parti pour les grands mots, les cris, l'engueulade.

Des grands mots, des cris, de l'engueulade qui me faisaient si peur que je foutais le camp, que j'allais me planquer dans ma chambre avec tous mes cadeaux à moi.

Et mes cadeaux, une fois seul avec eux, j'avais pas le cœur de m'en régaler tant que je les entendais se disputer.

Ça durait vachement longtemps leurs mots, leurs criailleries. Puis papa venait me retrouver et il me disait des tas de choses que je comprenais pas à propos de lui et de ma mère qui était une fille formidable mais avec trop de trucs qui fonctionnaient à l'envers ou pas du tout, dans sa tête, et il lui arrivait de se mettre à genoux sur mon tapis jaune avec des lutins à côté de mon petit lit et de me serrer avec ses bras l'air tout égaré et de me demander de lui pardonner.

Et il pleurait et il reniflait et il enlevait ses lunettes et les essuyait avec ma couette et il les remettait et il avait de drôles de grimaces et me disait que j'étais son seul bonheur, que j'étais son grand garçon Valentin et qu'un jour il m'emmènerait avec lui partout dans le monde. Partout. Qu'il me montrerait la Grande Muraille de Chine, qu'il me ferait faire de la pirogue sur des fleuves avec des noms impossibles à prononcer et pleins de poissons mangeurs de gens et qu'il m'apprendrait à piéger des gnous et des phacochères et qu'il...

C'était soufflant tout ce qu'il pouvait me promettre.

Puis on descendait dîner avec Mère-grand et Père-grand et ils s'engueulaient plus, ils se faisaient des sourires de copinerie, ils bavardaient des guerres qu'il y avait dans le monde en mangeant et en buvant beaucoup de vin et de vodka. Surtout papa et Mère-grand.

Il fumait aucune cigarette, mon père. Mais les verres, ça y allait.

Ça durait pas énormément ses venues à la maison, ça durait une semaine de deux, trois jours ou même pas.

Il venait que pour régler des affaires importantes et être très affectueux avec moi et puis fallait qu'il reparte en grande vitesse en avion très loin.

Sans jamais m'emmener.

De temps en temps Mère-grand me montrait une jolie carte postale avec un joli timbre qu'il m'envoyait et elle me lisait ce qu'il m'écrivait derrière.

Il m'écrivait qu'il était à Sumatra et qu'il pensait sans arrêt à son Valentin adoré, qu'il était à Séoul dans une chambre avec des sales bestioles qui jouaient à cache-cache sous son lit et qu'il ne trouvait pas le sommeil parce qu'il s'ennuyait à périr de son grand garçon, qu'il était sous la pluie depuis quarante jours dans une brousse avec des animaux féroces et des moustiques poilus et gros comme ses poings et qu'il préférerait être avec son fils à Paris, qu'il était dans un village sous un palmier et buvait du vin de palme à la santé de son seul et unique amour, moi.

C'était un père modèle.

Et pas encombrant, on peut pas dire.

De toutes les pièces de la maison, la plus grande et la plus belle et la plus pleine de meubles et de fouillis venus de chez des brocs ou de marchés aux puces, c'est le salon.

Dans le salon y a toujours eu une télé.

Mais elle était cassée. En panne.

En panne depuis si longtemps que moi je savais même pas à quoi elle pouvait servir cette grande caisse noire encombrante.

Qu'elle soit en panne, Père-grand il s'en foutait. Il trouvait qu'il y avait assez de choses à voir dans le salon comme ça.

Mère-grand ça l'embêtait. Mais pas assez pour qu'elle s'use les nerfs à trouver l'adresse d'un dépanneur, à téléphoner à un dépanneur, à attendre qu'il vienne et tout ça.

Alors la télé elle était là à servir à rien.

Puis il est arrivé une lettre de la mairie de Paris pour prévenir Père-grand qu'il était lauréat.

Ouais. Des gens qui étaient qualifiés pour s'y connaître mieux que les autres avaient trouvé que c'était lui le meilleur peintre et qu'il fallait le couronner.

Une médaille il allait recevoir, à l'Hôtel de Ville de Paris pendant une cérémonie à laquelle Mère-grand a dit tout de suite qu'elle avait aucune envie d'aller s'y emmerder en grande tenue en écoutant des politicards prétentieux faire des discours.

Mais en même temps ça l'ennuyait de louper ça, de pas voir Père-grand avec pour une fois une cravate, en train de se faire faire des félicitations émues et des bisous par des officiels.

Alors, pour au moins peut-être en voir un bout aux infos de la cérémonie, elle a farfouillé dans l'annuaire et fini par en trouver un de réparateur de télés qui a trouvé que c'était juste un court-circuit de rien et a rafistolé deux bouts de fil pour sept cent cinquante francs, ce qui était pas donné.

Mais ça les valait.

Quand ça s'est allumé, putain !

On est tombés en plein milieu d'une bagarre entre des Blacks et des pas Blacks mais tous affreux, avec des habits déchirés et des barbes en broussaille de cruels délinquants dans une rue américaine chinoise.

Ils avaient les uns des pistolets et les autres des gants de cuir avec des clous et des barres de fer et des chaînes et ils se sont pété tous la tête jusqu'à ce qu'il arrive des policiers débraillés qui ont tapé sur les derniers qu'arrivaient encore à se tenir debout.

C'était très ensanglanté et plus formidable que les plus beaux tableaux qu'on pouvait voir dans l'atelier de Père-grand.

Plein les yeux et les oreilles, j'en ai pris.

Une fois qu'elle a eu donné son argent au réparateur, Mère-grand a voulu l'éteindre, la télé, mais comme elle a vu que ça me faisait trop de peine, elle l'a laissée allumée et elle m'a laissé moi aussi pour aller dans le jardin se plonger dans son *Figaro* ou un de ses gros bouquins à couverture en cuir genre Bible qu'elle arrêtait pas de bouquiner ou rebouquiner.

Moi, je me suis attiré un petit tabouret et je me suis calé le cul bien confortable et youpi !

Après que tous les bagarreurs de la rue américaine crade ont été liquidés, ça a été des chanteurs très chevelus sur leurs têtes, avec des guitares et des synthés que j'ai un peu adorés aussi.

Puis, je savais pas encore que c'en était un, mais j'ai vu un feuilleton.

Un feuilleton avec des garçons et des filles qui se donnaient des rendez-vous dans des cafétérias et paniquaient parce que ils savaient pas si ils étaient assez propres sur eux, assez bien peignés, assez bien habillés pour y aller à leurs rendez-vous et aussi parce qu'ils étaient pas sûrs que ceux à qui ils avaient donné leurs rendez-vous y viendraient.

C'était la grande angoisse.

Puis, quand les uns d'entre eux retrouvaient les autres d'entre eux, c'était encore l'angoisse pour savoir si ils arriveraient à s'embrasser sur la bouche ou pas.

Alors là, j'ai encore plus adoré que la bagarre des Blacks et des flics.

Plus que les chanteurs aussi.

Quand Père-grand m'a vu regarder ça, ça l'a pas fâché. Au contraire.

Il s'est assis à côté de moi sur le canapé et il s'est mis à pas arrêter de parler.

Ça m'empêchait d'entendre ce que se disaient les filles et surtout les garçons pour se mettre dans le crâne les uns des autres qu'il fallait qu'ils s'embrassent.

— Bien bien, elle est bien bien cette petite, il disait Père-grand, peut-être un peu courte en pattes mais bien bien.

Quand celle des filles qu'il trouvait la mieux s'est laissé embrasser par un garçon à cheveux blonds tombant sur les épaules, il s'est énervé.

— Ah! non. Non. Pas ce crevard, pas cette minable petite fiotte, il grognait.

Ça a quand même été lui et comme ils arrêtaient plus de s'en faire des bisous, la fille bien bien et le garçon minable petite fiotte, Père-grand a zappé.

Zapper ça c'est le rêve.

Quand tu sais faire ça t'es sauvé.

Une télé pas en panne et sa télécommande c'est le bonheur dans une maison.

Le vrai total bonheur.

On pouvait plus m'en décoller de mon tabouret.

En pas deux jours j'avais repéré tout ce qui était bien : les feuilletons d'après le goûter avec les garçons et les filles qui allaient se sucer leurs bouches dans des cafétérias, les feuilletons polars pleins de sang avec dealers, kidnappingueurs, holdupeurs, les dessins animés avec des chats se faisant niquer par des souris, les écureuils Tic et Tac faisant des blagues au chien Pluto, Batman, les supermonstres japonais aussi.

Et les Simpson.

Alors là, les Simpson.

Le fils, Bart Simpson, faisant tout le temps la gueule et disant tout le temps « no problemo », sa sœur jouant du saxo et l'autre, plus petite encore et tétant sa sucette.

Leur mère avec son paquet pointu de cheveux.

Leur père Homère avec que des emmerdes de patron et de manque de bière dans le frigo.

Leurs deux salopes de tantes sans arrêt à tirer la tronche.

No problemo. Les Simpson, j'aurais voulu qu'ils soient de vrais gens et aller dîner chez eux et aller dans leur ville d'Amérique faire des coups avec Bart qui serait devenu mon copain le seul et le meilleur.

Père-grand les a regardés plusieurs fois avec moi les Simpson et il a trouvé ça tout bonnement grandiose et, comme il était toujours à me gâter, il m'a acheté un tee-shirt avec Bart dessus, il m'a acheté un masque de Bart et des chaussettes avec Bart et ses sœurs ne s'effaçant pas à la lessive.

J'étais un garçon content.

Quand ça a été la cérémonie de la médaille à Père-grand ça a été géant.

C'était dans le plus immense salon de l'Hôtel de Ville de Paris, avec des lustres à bougies très illuminés et des tables grandes comme des rues avec des milliers de sandwiches au pâté, à l'anchois, au beurre de céleri et des gâteaux plus petits que des bonbons mais très succulents et Père-grand avait pas de cravate mais une écharpe en soie vermillon sauvage qui lui tombait jusqu'aux jambes par-dessus un costume que je lui avais jamais vu, d'un très joli vert en soie aussi. Et des hommes très cravatés et encore plus vieux que lui lui ont fait des compliments très polis sur son talent d'artiste contemporain et le maire de Paris lui a parlé tout près de la figure avec un immense sourire et lui a fait comme une sorte de baiser qui montrait que vraiment il l'adorait, Père-grand.

C'était une accolade.

On regardait ça avec Mère-grand, blottis dans le canapé de notre salon à nous, et Mère-grand levait sans arrêt son verre de vodka comme si Père-grand la voyait depuis la télé où il était.

Ça, c'était des toasts russes.

Une fois la cérémonie finie, elle a mis sa plus belle nappe sur la table en chêne massif du salon et ses plus beaux verres, ses plus belles assiettes et des bougeoirs de plusieurs époques, différentes mais toutes anciennes, avec des bougies d'église que je l'ai aidée à allumer.

Un repas somptueux pour le lauréat, elle avait préparé.

Un repas de saumon avec leurs blinis chauds, de fines tranches de rôti de porc mayonnaise avec de la macédoine de légumes, plus six fromages et un gâteau du Caucase avec des noisettes et des fleurs sucrées.

Une recette secrète de sa mère à Mère-grand.

Et le lauréat il est pas rentré dîner.

Peut-être que, rendu fou de contentement par son prix et tous les compliments qu'il avait reçus, il était parti se faire une bouffe et se saouler comme un cochon avec le maire de Paris et d'autres célébrités connues.

Peut-être.

Je l'ai jamais su pourquoi il est pas rentré dîner ce soir-là, mais j'ai eu droit à la crise de Mère-grand.

Quand elle en a eu marre d'attendre assise devant ses blinis chauds qui devenaient froids, elle a tout balancé dans la cheminée dans laquelle elle avait allumé un joyeux feu crépitant.

Tout.

Les blinis et leur saumon, les fines tranches de rôti, la soupière de macédoine, celle de mayonnaise, les six fromages et ce foutu gâteau qu'elle avait passé sa journée à faire.

Jamais je l'avais vue comme ça.

Une vraie lionne fauve.

Ou une panthère.

Et elle a fait un jeu de massacre contre les murs avec les belles assiettes, les beaux verres.

Et, quand je me suis mis à pleurer, au lieu de, comme toujours, me prendre vite contre son cœur et me consoler, elle m'a hurlé dessus.

— Toi ta gueule! elle m'a hurlé. Toi, le fils sans mère, elle m'a braillé, je veux bien te pouponner et te torchailler vingt-quatre heures sur vingt-quatre mais pour une fois tu vas avoir l'obligeance de me foutre la paix, parce que là, mon garçon, la coupe elle déborde et quand elle déborde, la coupe...

— T'as quoi? je lui ai demandé.

— J'ai que... j'ai que...

J'ai cru qu'elle voulait se jeter elle aussi dans le

feu de la cheminée comme les assiettes et les verres mais c'était pas ça.

C'était qu'elle tombait.

Comme moi, quand j'étais pas encore fichu de me tenir sur mes jambes, elle a fait.

Elle a dit : J'ai que... j'ai que... Et elle s'est étalée avec sa robe chic et des tas de bijoux que je lui avais jamais vus avant ce jour-là.

Mes pleurs ça me les a arrêtés tout sec.

Sur l'écran de la télé y avait des basketteurs.

Des géants si grands que, dans leurs mains de Blacks, le ballon avait l'air d'une balle de ping-pong.

Puis elle m'a parlé, Mère-grand, parlé comme d'habitude, mais moins fort.

— Donne-moi ta petite main, elle m'a dit, t'inquiète pas, c'est pas grave, te tracasse pas, bouge pas, donne-moi seulement ta petite main.

Je lui ai donné ma main et elle m'a plus rien dit. Elle a fermé ses yeux et elle s'est endormie ou elle a fait semblant.

Ça faisait drôle, ça faisait comme si c'était plus moi le bébé mais elle.

À la télé, le basket ça continuait. J'ai zappé et, comme c'était sur toutes les chaînes que des gens qui bavassaient avec d'autres gens ou des films sans bagarres, sans rigolade, j'ai appuyé sur la touche stop et je me suis allongé à côté de Mère-grand et j'entendais le bruit qu'elle faisait avec son nez, un bruit enrhumé et j'avais un peu peur.

Puis j'ai dû dormir puisque j'ai fait un rêve.

On était dans un hôtel de ville encore plus chic que celui de Paris et un maire de Paris, encore mieux habillé et plus embrasseur que celui de la télé, donnait des médailles à tous les gens qui étaient là très très nombreux.

Il donnait à Père-grand la médaille du meilleur peintre d'animaux de tous les temps et de tous les pays.

Il m'en donnait une, celle du meilleur des garçons.

Quand c'était le tour de Mère-grand de recevoir celle de la meilleure des mères-grand, c'était la tasse parce qu'on la trouvait pas.

Quand mon rêve avait commencé, elle était là avec sa robe chic, des chaussures dorées avec des boucles en perles et quand le maire a dit qu'il allait lui donner sa médaille à elle, elle était plus là.

Le maire de Paris, ça avait pas l'air de le déranger beaucoup, il s'est mis la médaille des mères-grand dans sa poche et il en a sorti une autre pour le meilleur ceci ou cela.

Mais je suis pas resté à l'écouter, ce grand baveux, je suis parti à sa recherche, à ma Mère-grand.

Alors je me cognais dans tous les gens de la foule pour sortir de l'immense salon immense et je finissais par arriver dans un couloir sans aucune lumière que celle d'une fenêtre grande comme un petit-beurre et sans personne et je me sentais trembler comme quand on a plus de trente-huit de fièvre et je comprenais que Mère-grand ça la barbait tellement les discours à la con de remise de médailles qu'elle était partie.

48

Mais partie pour toujours.

Heureusement, je me suis réveillé.

Mais pas si heureusement que ça parce que Mère-grand était toujours allongée par terre la bouche ouverte à ronfler.

À ronfler pas bien.

Comme si elle avait eu un rhume étouffant.

Je voyais la pendule sur la cheminée mais, comme je savais pas encore tout à fait lire les heures, je sais pas combien ça a duré qu'elle soit comme ça par terre à ronfler pas bien Mère-grand, mais ça a duré.

Quand Père-grand est arrivé et qu'il a vu ce qu'il a vu, il a cru je sais pas quoi mais il a rugi comme un loup se mettant les pattes dans un piège.

Qu'est-ce qu'il l'aimait, Mère-grand.

Qu'est-ce qu'il a fait vite pour appeler le Samu.

Et qu'est-ce qu'ils ont fait vite pour l'emmener à l'hôpital de la Pitié-Salpêtrière.

Pour que Père-grand puisse l'accompagner dans cet hosto de chiotte, il a téléphoné à une dame qu'il connaissait de venir me garder.

C'était une dame à lunettes.

Ou peut-être pas à lunettes.

Je sais plus.

Je l'ai pas regardée.

J'étais trop dans le chagrin.

C'était un cancer.

C'est pas le cancer qui l'avait fait tant crier et casser la belle vaisselle et tomber par terre c'est la rage. Mais à la Pitié-Salpêtrière ils lui ont fait des tapées d'examens à Mère-grand et dans sa gorge ils lui ont trouvé ce qu'il aurait pas fallu lui trouver.

Une fameuse saloperie le cancer.

C'est sournois comme des chats siamois, ça se fabrique tout seul dans nos intérieurs et ça se couve plus longtemps qu'une angine, une rougeole ou la scarlatine.

Mère-grand, le sien, elle avait dû se le fabriquer à petites bouffées depuis le temps où elle était pas heureuse d'être elle parce qu'elle arrivait pas à jouer des rôles de théâtre comme elle aurait eu envie d'en jouer.

Sa maman russe était complètement juive déjantée piquée et si orgueilleuse de sa fille Lydia, qu'elle la forçait toute petite à aller dans des cours de danse où des profs très pleins de brutalité lui tapaient sur les mollets avec des badines qui cinglaient cruellement pour qu'elle réussisse des grands écarts et des jetés battus.

À cause d'un accident de balançoire en vacances dans la Costa Brava d'Espagne qui lui avait dévié ses os de bassin, la danse elle avait plus pu.

Alors elle avait dit : ça sera comédienne que je serai.

Et elle avait eu d'autres profs.

Sans badines cinglantes mais tout de même féroces.

Des profs qui lui faisaient apprendre, par cœur et avec le sentiment, des rôles classiques.

Elle m'en a joué des rôles, souvent.

Des bouts de rôle.

Elle me donnait un gâteau ou un croûton de

pain, elle m'installait bien sur un fauteuil et elle se mettait à parler en levant les bras et en faisant des tas de petites grimaces et en changeant un peu sa voix.

Ça me mangeait un peu la tête parce que je comprenais pas grand-chose à tous ces morceaux d'histoires qu'elle me récitait.

Mais j'aimais bien.

— Allez, Valentin, je t'offre une tournée de théâtre, de bon théâtre, elle me disait. Tu restes bien sage bien tranquille sur ton mignon tutu et je vais te faire la Mégère.

Et elle se cachait ses racines de cheveux vieux sous un foulard et elle faisait des tortillements et disait à un type invisible qu'il pouvait crever la gueule ouverte mais qu'elle se marierait pas avec lui.

Des fois c'était Juliette qu'elle me faisait.

Ou la Mouette à Tchekhov.

Ça c'était le moins réussi de ses rôles.

Elle avait beau allonger les bras et les secouer et rouler des yeux pleureurs, elle en avait vraiment pas l'air, d'une mouette.

Même pour Père-grand elle aurait pas fait du théâtre dans le salon. C'était que pour moi qu'elle adorait.

C'est pas juste qu'il lui soit venu un cancer.

C'est pas juste parce qu'elle passait son temps à nous faire que des gentillesses à Père-grand et à moi.

Lui aussi c'est un très gentil.

Mais à sa façon à lui qui est de faire comme si il râlait tout le temps et comme si il prenait toute la population de la Terre pour un ramassis de ploucs pas foutus de vivre leur existence comme ils auraient dû la vivre.

Que Mère-grand soit dans un état grave ça l'a cassé.

Après l'avoir accompagnée à la Pitié-Salpêtrière il s'est mis à plus peindre, à plus faire aucun dessin, à plus que s'occuper de moi.

À plus rien faire que laisser brûler notre manger ou le faire pas assez cuire, à laisser déborder mon bain, à pas être foutu de me trouver deux chaussettes pareilles.

C'était un peintre qui méritait des médailles mais c'était pas un éleveur de garçon.

Mais ça allait quand même.

On bouffait du manger pas bouffable, on pataugeait dans la salle de bains aussi pleine de flotte qu'un grand bain de piscine, j'étais chaussetté comme un clodo, mais ça allait.

Il me quittait plus.

Même quand il allait aux chiottes il laissait la porte ouverte et arrêtait pas de me parler tout en faisant son besoin.

— T'es là Valentin, il s'inquiétait, tu vas bien?

J'allais bien puisque ça allait.

Mais Mère-grand elle nous manquait.

Au moins une fois tous les jours je lui parlais au téléphone. Mais c'était pas comme de la voir.

Elle me répétait à chaque fois qu'elle était tout à fait okay et qu'elle allait revenir bientôt pour qu'on se cajole et rigole comme avant et elle me disait aussi de surtout prendre bien soin de ce vieux fou de Père-grand.

Comme elle devait lui dire la même chose à lui quand il allait la voir, on arrêtait pas de prendre bien bien soin l'un de l'autre.

Ça a été le grand moment de mon éducation, Mère-grand à la clinique.

De mon éducation qui les a tant fait flipper quand je suis arrivé à la maternelle, puis à la petite école.

Faut dire que je savais pas le quart de la moitié de ce que même les plus mongols des autres ils savaient, comme les marques de toutes les voitures ou les noms des joueurs de foot célèbres, mais que j'avais déjà lu des pages de vrais livres et que je pouvais réciter en entier des poèmes de Queneau Raymond et de Verlaine Paul et que je savais déjà écrire bien une centaine de mots comme pomme, pain, pipi, papa, pépin, pou avant de savoir que trois et deux font cinq.

Père-grand me trouvait très intelligent.

Et il voulait que je le devienne sacrément plus.

Mais intelligent pour lui.

Que je compte, il s'en battait la couette.

Ce qu'il voulait c'était que je sache tous les noms de toutes les choses qui étaient dans la maison et tous les noms de ce qu'on trouvait dans le jardin aussi. Et que je les écrive et que je les lise.

Un matin, il a été farfouiller dans un débarras qu'il avait dans son atelier et il en a ressorti une pile de livres de sa jeunesse de fils de marchands de légumes sur les marchés.

On a attaqué un Babar tout déchiré, tout sali.

C'était un éléphant plus joufflu et moins artistique que ceux des tableaux de Père-grand et il valait pas Bart Simpson pour les gros mots et les grosses blagues. Mais quand même.

Lui, Cornelius, Zéphyr, toute sa bande et l'Afrique comme celle où était des fois mon père ça me branchait à fond.

Je me suis mis à en dessiner, des Babar.

Qui disaient : BONNE SANTÉ.

Que Père-grand portait à Mère-grand dans sa clinique.

Mais ça la rendait pas meilleure, la santé.

Ça se voyait sur la figure de Père-grand quand je l'attendais dans le jardin de la clinique à Mère-grand en banlieue sud et qu'il sortait de la voir dans sa chambre très confortable où les garçons étaient pas admis.

Il avait une gueule presque aussi sinistrée que les pépères et mémères tout usés, tout boiteux, qui se payaient un coup de soleil dans le jardin entre deux lavements ou chimiothérapie et qui me regardaient m'ennuyer sur la pelouse interdite.

Père-grand ça le flinguait ces visites.

Mais il me souriait en en sortant.

— Mère-grand t'embrasse fort fort, il me criait de loin, et me charge de te dire qu'elle va nettement mieux.

À force d'aller nettement mieux elle est devenue totalement mourante. Si totalement mourante que j'y ai été admis une fois un tout petit instant, dans la chambre très confortable où les garçons étaient pas admis.

Une chambre blanche et bleue avec une télé presque au plafond et orientable, avec Mère-grand dans un lit orientable aussi, Mère-grand avec son foulard de Mégère apprivoisée noué sur sa tête pour cacher qu'elle avait plus un seul cheveu ni gris ni teint et qui cachait rien du tout.

Son cancer l'avait déplumée.

D'un oiseau, elle avait l'air.

D'un vieux vieux oiseau avec des creux dans les joues et sans la force de rigoler comme avant.

Elle m'a regardé.

Je l'ai regardée.

Père-grand, lui, il regardait je sais pas quoi par la fenêtre, peut-être les pépères et mémères qui traînassaient dans le jardin pour mourir aérés.

Il faisait trop chaud dans cette chambre, ça poissait.

Mère-grand s'est mise à me dire des choses, mais je les entendais pas, elle avait presque plus de voix.

Alors je me suis approché le plus près que j'ai pu.

Elle avait une odeur.

Qui n'était plus la sienne et qui était pas une bonne odeur.

Elle m'a encore dit deux trois trucs que j'ai pas compris.

Ça devait être des mots doux.

Elle m'a touché une de mes mains avec une de ses mains qui était devenue rêche comme une pierre ponce.

Puis elle a plus rien dit, plus rien fait que me regarder comme un oiseau vieux vieux.

Avec un sourire minuscule.

Après ma visite à la clinique on a passé des jours pas gais à surtout regarder la télé Père-grand et moi, tous les deux assis sur le canapé principal du salon, en mangeant n'importe quoi à n'importe quelle heure.

En plus de picorer avec moi sans arrêt des petits gâteaux, du chocolat, des fromages Babybel, des olives, du saucisson sans pain parce qu'il oubliait d'en acheter, lui, en plus, il buvait direct à la bouteille des coups de vin blanc bouché et de vodka à Mère-grand.

Mais ça le rendait pas paf.

Il avait seulement l'air perdu paumé, l'air du basset Boumboum que son maître était venu trop vite récupérer.

Quand ça arrivait que la télé me fasse rire, il me grattouillait un peu le crâne et me disait que j'avais raison de rire, qu'il fallait ne surtout jamais louper une occase de se boyauter sévère, vu que finirait sans faute par arriver le foutu jour où on aurait plus la force ou même le goût de le faire.

Il se rasait plus, il piquait.

Et, comme il oubliait qu'il fallait monter le soir dans chacun sa chambre et dormir, et qu'il bougeait pas du canapé devant la télé qu'il regardait même pas, je finissais par m'écrouler dans le sommeil tout habillé la tête sur ses genoux.

Quand je me réveillais, il était toujours pas endormi, lui, et sa barbe avait poussé un peu plus et il se levait avec des fourmis dans son corps et en grinchant, et allait faire du café noir pour lui et du chocolat au lait pour moi et, une fois avalé son café, il m'embrassait, il me demandait de pas lui en vouloir d'être aussi infoutu de s'occuper de moi convenablement.

Et il m'emmenait dans la salle de bains et me mettait dans la baignoire et me lavait n'importe comment.

Ça lui arrivait de me savonner et rincer deux fois le même pied et pas l'autre.

Et on retournait sur le canapé et il coupait le son de la télé et me farcissait la tête avec des lectures et des lectures.

Babar, j'avais même plus besoin de regarder le livre, je le savais de mémoire.

Un vieux livre de Pinocchio aussi, il m'a fait lire.

C'était poilant quand il faisait des méchancetés avec ses copains, le petit garçon en bois devenu vivant. Mais quand il se retrouvait coincé dans le ventre de la baleine ça me collait une trouille plus grosse que la baleine.

Puis on allait dans la Rolls à la clinique et ça durait trop ses visites à Mère-grand que j'avais pas le droit de voir et moi dans le jardin avec tous les vieux mourants qui me mataient en grinchant, soufflant, toussant, crachant, pétant.

Des mourants y en avait des jeunes aussi qui marchaient avec les mêmes petits pas que les vieux.

Je déteste les jardins de cliniques de banlieue sud.

Son cancer à Mère-grand c'étaient ses cigarettes king size ultra light qui lui avaient donné.

Quand ça a été la dernière fois qu'elle a vu Père-grand elle lui a demandé de s'allumer une de ses cigarettes à lui et de lui en faire tirer une bouffée.

Il l'a fait.

Elle l'a tirée sa bouffée et elle a soufflé son dernier souffle.

Depuis, quand il fume une cigarette Père-grand, il en souffle toujours une bouffée en direction du ciel.

Pour Mère-grand.

Au Ciel où elle est peut-être pas.

On peut pas savoir.

Ce qui est sûr c'est qu'elle doit plus être beaucoup au cimetière Montparnasse à cause des vers qui se nourrissent de cadavres de morts.

Moi, j'ai même jamais vu l'endroit où elle est enterrée.

Père-grand m'a dit que c'était dans un coin assez coquet avec plein de chats errants qui se battent et font les guignols.

Mon père pas encombrant comme père il était en Afrique au Rwanda quand il a reçu le télégramme de Père-grand.

Il a aussitôt laissé tomber ses affaires et réveillé quelqu'un de haut placé dans un village aux mains de tribus se faisant la guérilla et on lui a trouvé une quatre-quatre à pneus lisses qui l'a emmené dans la capitale du Rwanda Kigali et là il a attendu un avion pour la Tanzanie où il a attendu deux jours un autre avion.

Il a fini par arriver à la maison.

Il avait aucun cadeau pour moi.

Avec Père-grand ils se sont fait des baisers d'hommes.

De nombreux baisers d'hommes avec tristesse.

Puis ils se sont assis avec des verres et des bouteilles et ils ont parlé toute la nuit. Père-grand fumant de quoi remplir deux cendriers.

Ce qui était con parce que il savait ce que ça avait fait à Mère-grand, la fumée.

Mais bon.

Le lendemain matin la vie à la maison a continué.

Mais autrement.

Quand je me rappelle je mélange un peu tout.

C'est forcé à cause de ma mémoire qui, comme toutes les mémoires, oublie des choses même souvent importantes et se souvient de crétineries pas du tout utiles. Et surtout elle se souvient des fois, après, de choses qui se sont passées avant.

Dans le désordre, c'est.

Alors ça embrouille.

Et Père-grand plus papa ils ont rien fait pour pas me les embrouiller, mes idées.

Ils ont commencé par décider que, puisque j'avais plus de Mère-grand pour me servir de mère, il fallait que j'aille dans une crèche.

Une crèche on en avait une dans une armoire.

Que Mère-grand avait achetée dans une brocante et qu'elle sortait de l'armoire chaque année pour Noël.

Une crèche avec un Jésus de la taille d'une allumette, sa mère vierge, son père Joseph, son âne, ses moutons, son chien et une vache tellement plus grosse que les autres qu'elle avait l'air d'être une vache préhistorique ou alors une vache atteinte de gonflements.

Mère-grand les arrangeait tous bien sur de la paille en plastique et elle allumait des bougies autour.

Je me souviens l'avoir vue qu'une fois cette crèche qui doit toujours être dans son armoire.

Qu'une fois parce qu'avant j'étais trop petit pour y faire attention et qu'après plus personne l'a jamais retrouvée et déballée et installée.

Ou je l'ai peut-être vue plus d'une fois. Mais j'ai oublié.

Et puis la crèche où ils ont dit qu'il fallait que j'aille c'était pas une crèche de Noël avec un Jésus, sa mère, son père, ses animaux et tout le bazar.

C'était un débarras où des parents laissaient leurs enfants en pension du matin au soir pour pas les avoir dans les jambes toute la journée.

Mais à la crèche à côté de notre maison, ils ont pas voulu de moi parce que j'arrivais à l'âge d'aller à la maternelle.

Alors c'est à une maternelle de la rue de la Mégis-serie qu'on m'a mis. C'était pas un endroit épatant.

Le premier matin a fallu qu'il m'y traîne de force mon père.

Je connaissais pas alors je pouvais pas savoir si c'était bien ou pas bien mais d'y aller ça me disait pas, alors j'ai fait exprès de pas vouloir boire mon chocolat, de pas vouloir manger mes biscottes beurrées, j'ai fait semblant de pas retrouver mon blouson, de pas arriver à le fermer.

Je m'y suis quand même retrouvé dans leur putain de maternelle.

C'était comme une école, dans un endroit pas sympa avec que des murs laqués de salle de bains, avec aucun tapis par terre, aucun meuble joli ou rigolo comme chez nous, avec une tapée de petites tables en formica, de petits bancs en formica et des femmes encore plus trop souriantes que les femmes pour les pubs pour les yaourts et les lessives à la télé.

Celle qui commandait les autres c'était la directrice madame Blanquette. Elle avait une tête d'hypocrite.

Les autres avec lesquelles je me suis retrouvé c'étaient une Marlène, une Patricia et une Lily.

Marlène était black et tout ce qui l'intéressait, en dehors de nous apprendre des trucs chiants ou que je savais déjà, c'était qu'on chante des chansons qui me cassaient la tête.

Lily faisait que de nettoyer sans arrêter parce que pour fabriquer de la crasse y a pas mieux que les élèves des maternelles.

Patricia elle s'occupait surtout des jouets, des jeux. C'était pas la plus gentille mais c'était la moins ennuyante.

Elle au moins elle faisait pas que te traiter de petit coco et te dorloter comme un bébé d'un mois.

Elle savait trier les grands des petits, elle, et les intelligents des tarés.

Les autres, Marlène, Lily, Odette, ça les dérangeait pas de mélanger des garçons comme j'étais à ce moment-là avec des illettrés imbéciles ou des bébés ou presque qui mettaient du caca partout pour que Lily puisse bien user ses éponges, ses torchons et son Mir.

J'étais pas le plus grand mais pas le plus petit non plus et on m'a fait m'asseoir à la place vide d'une table à deux places à côté d'un garçon qui avait juste le même âge que moi et déjà des lunettes.

J'ai voulu qu'il me les prête pour voir comment on voyait avec, il m'a balancé une gifle.

J'en avais jamais reçu. J'ai pas aimé.

Ça a continué pas mieux avec une partie de pâte à modeler pas intéressante du tout.

Patricia nous a donné à chacun une boule de pâte et nous a demandé de faire des belles sculptures.

À part une des filles qui a fait une sorte d'assiette plutôt bien ronde, les autres ont fait que donner des coups de poing dans leurs boules de pâte, que de l'étaler sur la moquette en plastique et sur leurs chaussures, leurs jambes, que se la mettre dans la bouche et la recracher toute baveuse.

Moi j'avais déjà été très éduqué par Père-grand, alors j'ai fait un animal avec un ventre, des pattes, une queue bien réussie et deux trous pour faire des yeux et une boulette comme nez.

Il penchait un peu, il avait pas d'oreilles, mais on voyait tout à fait que c'était un animal genre mouton ou poney. Ou alors un veau-lapin.

Et Patricia a levé ses deux mains et a crié : ah ! alors, ah ! alors, mais c'est que nous avons un artiste.

J'étais vachement content.

Puis je suis devenu vachement mécontent parce

que le gifleur à lunettes il s'est assis sur mon animal pour l'écraser.

Patricia lui a fait les gros yeux, elle lui a dit : non
Yves-André, il ne faut pas faire ça, c'est méchant et
stupide.

C'était pas lui dire ça qu'elle aurait dû faire, ce
qu'elle aurait dû c'est lui balancer un bon coup de
pied dans sa gueule pour l'éclater comme mon animal, cette pourriture à lunettes.

Elle l'a pas éclaté, pas tué.

C'était pas juste.

Il y avait des personnes entièrement gentilles
comme Mère-grand qui mouraient et ce fumier de
trou du cul de salaud, lui, personne le tuait.

Mon premier jour de maternelle il m'a servi à
une chose.

Qu'à une.

À apprendre à avoir la haine.

Tout de suite je l'ai prise en grippe, la maternelle.

Mais j'y étais, j'y étais.

Madame Blanquette, qui aurait mieux fait de
s'occuper de faire maigrir son derrière qui lui donnait l'air d'une éléphante, elle m'a fait très vite
venir dans son bureau pour me tester.

Elle a fait son aimable comme si elle voulait
qu'on fasse la conversation bien tranquilles tous les
deux. Mais c'était une ruse. Ce qu'elle voulait
c'était me sortir des vers de mon nez comme la sale
fliquesse qu'elle était.

Elle m'a offert un petit bonbon et un autre puis elle m'a demandé si mon grand-père c'était le peintre connu.

Je lui ai répondu que oui.

Elle m'a dit que j'avais de la chance d'être de sa famille.

Je lui ai répondu que oui que j'avais de la chance.

Elle s'est pris un bonbon et elle a oublié de m'en donner un et elle a continué.

Elle a voulu savoir si ça me manquait de jamais voir ma maman qui était malade mais qui devait sûrement quand même m'aimer très fort, elle m'a demandé si on s'occupait bien de moi et qui s'en occupait, si j'allais en vacances et où ça, si j'avais des camarades de mon âge.

Merde ! Ça la regardait pas cette grosse conne.

Je lui ai pas répondu à tout.

Ça l'a pas empêchée de continuer et aussi de me trouver bien petit et bien maigrichon pour mon âge.

J'étais petit si ça me plaisait, non ?

Elle me trouvait tellement tellement petit et tellement tellement maigrichon qu'elle m'a emmené à Marlène pour qu'elle me mesure et qu'elle me pèse dans le coin infirmerie.

A fallu que j'enlève tous les habits que j'avais sur moi.

Marlène a trouvé que mes chaussettes avec Bart Simpson dessus étaient pas banales.

Puis elle a trouvé qu'il me manquait huit bons centimètres pour mon âge.

Si pas dix.

Et au moins deux, trois kilos.

Et elles se sont mises, la mère Blanquette et cette idiote black, à me regarder comme si j'étais un nain.

Un nain petit même.

Je les ai regardées moi aussi.

Et ça m'aurait fait plaisir de les voir crever.

Qu'est-ce que ça pouvait leur foutre que j'aie les centimètres que j'avais et les kilos que j'avais et pas ceux qu'elles auraient voulus, elles.

J'étais aussi beau à regarder que ces deux sales vaches.

Patricia m'a pas testé mais elle a vu que mes dessins à côté de ceux des autres ils étaient géniaux et que c'était formidable que je sache déjà lire et écrire autant de mots et que je connaisse par cœur des poèmes de Queneau Raymond et de Verlaine Paul.

Elle a pas trouvé que j'avais du poids et de la taille en moins, elle elle a trouvé que j'avais des années en avance.

Des années et de l'intelligence.

Les autres savaient même pas qu'un A était un A et un B un B, ces crétins.

Patricia a vu que moi, crétin, je l'étais pas.

Et elle était absolument pas grosse vache, pas du tout du tout, elle elle était belle blonde frisée sans graisse avec des yeux enjôlants et des dents propres même pendant qu'elle mangeait la tambouille écœurante de maternelle.

Et elle m'a chouchouté en me demandant de faire des dessins qu'elle accrochait avec du scotch double face sur les murs et mes animaux en pâte à modeler. Elle les prenait tout de suite pour les aligner sur une étagère assez haute pour qu'aucun abruti du groupe de ceux de mon âge puisse y toucher et elle me montrait en exemple en me donnant un livre et en disant : et maintenant on écoute Valentin.

Et j'y allais en faisant gaffe de pas me planter.

Je lisais doucement en faisant un peu avec ma voix comme quand Mère-grand me jouait des scènes de pièces de théâtre. Mais je faisais pas de gestes de mains parce qu'il fallait que je suive les lignes du livre avec un doigt.

Mais c'était bien.

— Tiens mais voilà Titi le petit cochon, je lisais, voilà Titi le petit cochon qui a trouvé une pomme. Oh! c'est bon une pomme. Titi va la manger. Miam miam miam miam. Et son ami le petit veau Nono va manger de l'herbe. C'est délicieux de l'herbe. Miam miam miam miam. L'herbe est verte, le ciel est bleu, le soleil est jaune. Titi le petit cochon est rose.

C'étaient des livres assez tartes et les autres du groupe écoutaient pas, faisaient du bruit, des bêtises et j'avais de plus en plus de haine.

C'était bassinant comme tout d'être avec des autres qui voulaient te prendre ton livre, t'arracher ta pâte à modeler, qui donnaient des coups de pied dans ton puzzle quand tu commençais à arriver à trouver les bouts qui allaient les uns dans les autres et qui pissaient peut-être jamais dans leur lit mais le faisaient tout le temps dans leurs jeans.

C'était encore plus bassinant, quand après avoir mangé des coquillettes collantes à la cantoche avec de la viande hachée pas salée, des compotes moins bonnes encore que celles de madame Pipistrella, avec à chaque repas au moins un petit qui gerbait dans son assiette ou dans la tienne et que ça puait le vomi, il fallait tous s'allonger par terre avec qu'un coussin sous ta tête et faire la sieste.

Dormir avec des autres pas dans ma maison je pouvais pas.

M'amuser avec des autres je pouvais pas bien non plus.

Y aurait pas eu Patricia, la maternelle, c'était le malheur.

Patricia et Aurore aussi.

Quand je suis arrivé la première fois dans la maternelle elle était pas là Aurore.

Elle était pas là parce qu'elle avait une angine que moi j'avais déjà eue, une angine qui te cloue dans ton lit avec trente-neuf cinq.

Une angine à points blancs qui te nique la gorge et te flanque des sueurs si carabinées que tu te retrouves avec ton tee-shirt de nuit et ta couette trempés.

Une angine à antibiotiques, à inhalations et à gouttes dans le nez qui te font moucher des tonnes de morve grasse.

Puis elle est arrivée un matin, Aurore, au moment où j'arrivais.

C'était Père-grand qui m'accompagnait.

Elle c'était sa mère.

Et Père-grand l'a vue avant moi et me l'a fait voir.

— Oh ! Valentin, tu as vu la petite poupée là avec son manteau rouge. Elle est belle, hein ? il m'a dit coquinement dans l'oreille.

Elle était belle.

Père-grand a demandé à sa mère comment elle s'appelait et ils se sont mis à faire des présentations.

Alors on s'est connus et on est entrés ensemble.

Et Patricia, qui était la seule futée de la maternelle, nous a fait nous installer l'un à côté de l'autre et nous a donné qu'un puzzle pour deux.

Et Aurore m'a laissé le faire. Elle cherchait les morceaux qui pouvaient aller ensemble et elle me les donnait que je les place.

Une fois fini, ce puzzle c'était un jardin avec du sable au lieu d'une pelouse, avec un arbre, avec des oranges et un garçon arabe et son âne.

On l'a fait à toute vitesse et j'ai été demander une feuille et des feutres à Patricia et j'ai copié très bien le dessin du puzzle et j'ai écrit ORANGE et ÂNE et j'ai épaté Aurore.

Après, quand il a fallu reconnaître des lettres que Patricia écrivait très grandes au tableau, je lui ai soufflé à Aurore.

À midi, on a mangé l'un à côté de l'autre et elle disait rien mais elle m'écoutait beaucoup.

Je lui parlais comme je parlais à Père-grand, à Mère-grand avant qu'elle soit morte, comme je parlais un peu à Patricia aussi et ça avait l'air de l'intéresser, Aurore. Mais elle était pas très forte pour faire des réponses.

Son truc c'était plutôt de répéter ce que je disais.

Alors je me suis mis à lui dire le max de choses.

Que la bouffe était pas bonne comme à la maison, que les chansons de Marlène c'étaient des chansons de merde, que le Yves-André avec ses lunettes était un affreux.

Et elle redisait tout ça après moi comme un perroquet et elle avait l'air bien heureuse.

Quand je suis tombé en faisant un jeu de ballon nul dans la cour et que je me suis fendu un genou et que j'ai saigné abondamment, elle est venue avec moi en me tenant la main dans l'infirmerie de Marlène qui m'a brûlé avec de l'alcool à quatre-vingt-dix en me disant que je devais pas crier devant une fille.

J'ai pas crié.

Devant n'importe qui j'aurais crié, mais pas devant Aurore.

Elle avait le même âge que moi avec trois mois en plus et elle avait les habits les plus élégants de toute la maternelle parce que sa mère les copiait dans les magazines.

Elle avait la gorge délicate et faisait angine sur angine et arrêtait très souvent de venir et, quand elle était pas là, je me faisais chier terrible.

À la maison ça allait de traviole.

C'était Père-grand qui le disait. Il disait : ça va de traviole.

Il s'était remis à peindre.

Des animaux toujours aussi grands et de toutes les couleurs. Mais mélancoliques.

Il a fait une *Girafe dans la peine*, un *Troupeau de kangourous consternés*, des *Éléphants se lamentant*.

Il nous les faisait voir à papa et à moi dans son atelier.

Moi j'admirais.

Pas papa.

L'art, mon père ça l'emmerdait.

Ça l'emmerdait aussi d'être là cloué avec nous à Paris.

De pas être en train de faire ses voyages d'affaires ça lui rongeait les sangs.

Ses voyages, ses affaires, j'ai jamais tout à fait bien compris ce que c'était.

Jamais même maintenant.

Je crois qu'il avait fait des études compliquées d'ingénieur puis qu'il s'était retrouvé avec des diplômes et pas de situation et que des gens l'avaient branché sur le tiers-monde et qu'il était parti construire un barrage au Malawi dans le Nyassaland ou un nom comme ça.

Et puis que son barrage s'était écroulé ou qu'une société avait fait une faillite retentissante et qu'il s'était retrouvé dans les problèmes avec quarante à cinquante degrés de chaleur et un dictateur qui faisait des entourloupes à tous les Blancs et des tortures abominables à certains Blacks de son pays qui étaient en guerre civile contre les Blacks qui l'avaient élu dictateur.

Semblerait que ça a été une période craignante et que papa a eu bien du bol d'échapper à la prison à vie et à la dysenterie.

Puis il a réussi à changer de pays d'Afrique et à se lancer dans d'autres constructions avec des subventions en dollars très importantes qui arrivaient ou n'arrivaient pas. Mais il se débrouillait et il était devenu quelqu'un du côté de l'Équateur.

Quelqu'un d'important.

Et alors il avait lancé l'idée de construire des moulins à vent comme ceux de Hollande pour des villages africains à sécheresse et cette affaire-là avait démarré très fort.

Si fort qu'on l'appelait dans des pays qui changeaient leurs présidents pour des dictateurs et leurs dictateurs pour des présidents et qu'il signait des contrats avec des présidents de républiques, avec des généraux félons et même des tyrans.

Ça lui rapportait de l'argent en quantité et ça le faisait aller partout et c'était très chouette pour lui qui avait la bougeotte.

Il allait pas qu'en Afrique.

Il faisait des sauts en Asie aussi.

Même au Pérou il était allé faire des chantiers.

C'était entre deux voyages d'affaires qu'il avait connu maman et qu'il l'avait épousée.

Dans la chambre de Mère-grand il y avait une photo de leur mariage à la sortie de la mairie du treizième place d'Italie.

Ils étaient très mignons.

L'art mon père ça l'emmerdait et je devais l'emmerder aussi.

Comme il était là, il me préparait à manger, il m'emmenait dans Paris m'acheter des boots, des pulls chers, des jouets chers. Il me gavait de cookies et de tout ce que je voulais au Macdo, il m'emmenait au cinéma voir des dessins animés.

Il faisait tout ça mais ça se voyait que ça l'emmerdait.

71

De manger avec Père-grand et moi des repas familiaux copieux qu'une dame Marcelle qui était nouvellement venue pour faire aussi le ménage nous préparait, même si c'étaient des repas très bons, ça l'emmerdait aussi.

Avec Père-grand ils se parlaient beaucoup mais ils étaient pas souvent bien d'accord.

Ça se voyait que papa prenait Père-grand pour un vieux con et Père-grand papa pour un sale con.

Alors, à la maison, ça allait de traviole.

Ça s'est mis à y aller encore plus rudement, de traviole.

Le soir, ça m'arrivait de dîner seulement avec papa à cause de l'inspiration qui avait débarqué sans prévenir dans l'atelier de Père-grand et qui le lâchait plus.

Même pas elle le laissait sortir de son atelier de plus en plus bordel, parce qu'en plus d'y faire des peintures de plus en plus ruisselantes de toutes couleurs il y dormait à l'heure que ça lui prenait sur un divan sans oreiller, sans couette et il y mangeait ce que lui apportait madame Marcelle qui était encore moins parleuse aux gens que madame Pipistrella et qui n'ouvrait son bec que pour engueuler la vaisselle qui voulait pas entrer toute dans la machine à laver, l'aspirateur qui avait un fil qui faisait exprès de s'enrouler autour de ses jambes et la poussière, les moutons de poussière qui se fourraient partout où il fallait pas.

Quand elle arrivait, papa lui disait un très poli,

très aimable : bonjour, Marcelle, et quand elle était dans une autre pièce il l'appelait la rogneuse.

Ça lui allait comme nom.

Tout la faisait rogner.

Mes jouets, mes jeux, mes papiers, mes crayons, mes couleurs, mes bouquins qui traînaient dans des tas d'endroits, on l'aurait laissé faire elle les aurait balancés aux ordures.

Elle mettait vraiment pas de bonne humeur dans la maison.

Et Père-grand, quand ça arrivait quand même qu'il se pointe, plein de peinture et pas rasé, c'était pas avec de la bonne humeur non plus.

Avec papa ils se faisaient la tronche.

Parce qu'ils se trouvaient très cons l'un l'autre.

Et il devait y avoir encore des raisons en plus.

Mais lesquelles ?

Un matin ça a éclaté le carnage.

Comme j'allais décrocher du portemanteau un de mes bonnets tricotés par Mère-grand, un jaune à rayures violettes avec un pompon en laine angora bleu qui me retombait au milieu du dos, papa m'a crié : non.

— Non, Valentin, tu me fais plaisir, tu ne mets pas cette horreur, j'en ai assez de me balader au su et au vu de la terre entière avec un schtroumpf.

Il a dit exactement ça.

On était dans l'entrée et Père-grand nous voyait et nous entendait de la cuisine où il était en train de piller le frigo pour s'emporter des provisions pour manger dans son atelier.

— Un quoi? il a demandé très fort.

— Un schtroumpf, lui a répondu papa, un schtroumpf.

Il était complètement en colère, il aurait dû la boucler, mais il a pas pu, il s'est encoléré encore plus au contraire.

Il a crié : c'est vrai quoi ! Je ne vois pas pourquoi ce pauvre garçon serait obligé de continuer à s'habiller comme un singe de cirque, maintenant que...

— Maintenant que quoi ?

Père-grand avait un salami à la main, un grand, un salami dans les un kilo.

— Maintenant que quoi, hein ?

J'ai cru qu'il allait le tuer, mon père, avec son salami, qu'il allait taper de toutes ses forces sur son crâne et le lui fracasser.

Il l'a pas fait. Mais il a regardé papa comme un crocodile doit regarder un lapin ou un steak-frites avant de les manger.

— Vous n'êtes qu'un pauvre type, Alain, qu'un vraiment pitoyable pauvre type.

Alain c'est papa.

Papa qui s'est mis à lui faire des yeux encore plus mauvais.

Moi, j'étais là à attendre avec mon bonnet en me demandant si fallait que je me le mette sur ma tête ou que je me l'y mette pas et ils m'ont oublié.

Père-grand avec toujours son salami à la main, et tous les deux avec les yeux coléreux, ils se sont balancé plusieurs camions-poubelles de méchancetés.

L'un a dit à l'autre qu'il était qu'un raté et un

charognard avec ses combines foireuses pour exploiter la misère de peuplades sous-développées.

L'autre lui a répondu qu'il aimait mieux venir en aide à des peuples en voie de développement que d'esbroufer des gogos avec des peintures qui valaient pas une queue de pelle.

C'était pas juste de dire ça parce que les peintures de Père-grand c'est des chefs-d'œuvre.

Mais ils avaient la haine l'un pour l'autre comme moi à la maternelle avec Yves-André.

Yves-André qui me donnait des coups de pied hypocrites dès que Patricia ou Marlène nous regardaient pas et qui en donnait aussi à Aurore depuis qu'elle était ma copine.

Le bonnet, mon père me l'a arraché des mains et il l'a jeté n'importe où et il m'a entraîné brutalement.

Et en route, il m'a dit qu'il allait falloir trouver une solution, qu'il fallait plus que je mène la vie que je menais, que ça pouvait plus continuer, que si ça continuait l'autre gâteux allait me rendre aussi détraqué qu'il avait rendu sa fille.

Un moment il s'est arrêté dans l'avenue des Gobelins devant la bijouterie de la Reine Blanche et il m'a embrassé sauvagement.

Embrassé comme si il avait été un sauvage cannibale qui voulait me bouffer.

Il m'a dit que j'étais son garçon.

Il me l'a dit comme si j'étais un idiot borné qui le savait pas qu'il l'était, son garçon.

Et il m'a dit que ce qui était arrivé à maman c'était un drame.

Un grand grand drame.

Mais il m'a pas expliqué lequel.

Ou peut-être que si, peut-être qu'il m'a expliqué mais j'en étais pas encore à comprendre des histoires aussi embrouillantes.

Pour finir, il m'a dit que c'était la femme la plus formidable qu'il connaissait, sa femme et ma mère Béatrice, qu'il y en avait aucune autre comme elle.

Mais qu'elle était fragile.

Trop fragile.

Il était tout remué.

Il tremblait avec ses mains.

Après, on a galopé pour arriver juste au moment où une femme qui s'occupait seulement du ménage et de choses comme ça à la maternelle allait fermer la porte.

Il m'a poussé dans l'entrée.

— Sois pas en retard, bonhomme, il m'a dit et il m'a aussi dit qu'il allait tout arranger. Tout. Ton papa il va arranger tout. Tu vas voir.

Avec leurs engueulements ils me l'avaient fait oublier mais, ce matin-là, on avait un spectacle à la maternelle.

Au lieu d'aller chacun avec son groupe dans une classe séparée, on a tous été dans le préau s'asseoir sur des bancs pour voir un magicien.

Ça arrivait des fois qu'on ait des clowns avec des baskets longs comme des baguettes de pain et des nez en tomates qui tenaient avec des élastiques et qui se chipaient et se cachaient leurs chapeaux et se donnaient des beignes bruyantes et s'aspergeaient avec de la flotte.

Ou un chanteur à guitare qui chantait des chansons endormantes de l'ancien temps qu'il nous forçait à rechanter tous ensemble en chœur avec lui quand il avait fini.

Ou des raconteurs d'histoires historiques un peu déguisés et pas bien marrants.

Là, c'était un magicien.

Madame Blanquette nous l'a présenté, il s'appelait Cocorico et il était black mais pas entièrement.

C'était un Black très clair avec des cheveux à toutes petites frisettes de la couleur jaune foin de ceux de Mère-grand quand son coiffeur homo la loupait.

Après Patricia nous a expliqué qu'il était un mérinos.

Ou albinos.

Je sais plus.

Il avait un costume pas comme tout le monde avec une manche rouge et une manche bleue et les deux jambes de son pantalon de deux couleurs aussi et un nœud en ruban comme cravate et il avait une canne qui était une baguette magique avec laquelle il a tapé sur une boîte vide qui s'est remplie de fleurs en papier ce qui m'a étonné.

Il les a fourrées dans un vieux chapeau, les fleurs en papier, et quand il l'a retourné, le chapeau, il était plein d'œufs incassables.

Ça valait d'être vu.

Les œufs ils étaient pas qu'incassables, ils étaient ensorcelés aussi.

Ils ont tous disparu quand il a soufflé sur le chapeau.

Disparus tous. On en voyait plus un seul.

Et il s'est approché de nous sur nos bancs et il a retrouvé un œuf dans l'oreille de Karim et un dans l'oreille de Patricia et deux dans le nez de Marlène qui a eu un fou rire qui a failli la faire s'étrangler.

J'avais très envie qu'il vienne vers moi et qu'il me sorte aussi un œuf de quelque part, mais il est pas venu vers moi.

Les œufs il se les est mis dans une de ses poches et il l'a retournée et elle était sans un seul œuf, tout à fait vide.

Quel type.

Et il l'a encore retournée sa poche et les œufs étaient devenus un poussin.

Et c'était un vrai poussin qui a marché sur une table et madame Blanquette a fait bravo avec ses mains et nous tous aussi.

Il me sciait, il me trouait le cul ce magicien Cocorico.

Il avait vraiment des pouvoirs surnaturels comme certains Chinois très vieux avec des barbes à deux pointes dans certains feuilletons télé.

Mais lui il était pas dans la télé, il était là dans le préau de la maternelle de la rue de la Mégisserie.

Là avec nous.

C'était peut-être un sorcier, un fakir.

Peut-être que tous les Blacks albinos ou mérinos étaient comme ça.

On aurait pu dire aussi qu'il venait d'une autre planète parce qu'il avait des jambes pas comme tout le monde.

Des jambes pas de la même longueur et qui se tordaient quand il marchait à petits pas.

Surtout celle qui avait une chaussure avec une semelle très épaisse.

Bien plus tard j'ai pensé que c'était peut-être seulement un handicapé.

Mais non.

Après le poussin qu'il a fait disparaître en lui soufflant dessus, il a demandé si une gracieuse petite demoiselle voulait bien venir l'aider à réussir un tour particulièrement délicat.

Et la gracieuse petite demoiselle ça a été Aurore.

Elle avait la trouille, mais elle a pas pu faire autrement que d'y aller parce qu'elle était assise sur le premier banc et que madame Blanquette lui a dit qu'il fallait que ce soit elle qui y aille.

Le magicien Cocorico lui a fait une révérence et il lui a embrassé la main et elle était toute rouge et j'ai eu honte et peur pour elle. Mais j'étais vachement content que ça soit elle et pas Nadège, Célia, Nathalie, ou toutes les autres nunuches de la maternelle.

Le magicien Cocorico a déplié un torchon et il l'a posé sur la tête d'Aurore et ça l'a cachée.

Et il a compté jusqu'à dix.

Et hop ! il a arraché le torchon.

Et Aurore avait plus ses cheveux blonds raides mais des cheveux noirs et avec une natte.

Et il a recommencé et elle a eu les cheveux verts.

C'était à pisser de rire. Mais j'ai pas ri.

Aucun autre a ri non plus.

C'était trop sciant.

Même madame Blanquette Marlène Patricia

79

elles étaient si sciées qu'elles regardaient ça le bec ouvert comme des vaches qu'auraient vu un ovni.

Et le magicien Cocorico nous regardait le regarder en faisant l'important et il a dit que c'était pas fini.

Et ça l'était pas.

Il a fait le plus beau.

Avec son torchon il lui a plus caché seulement la tête à Aurore, il l'a cachée tout entière jusqu'à ses pieds et il a compté encore dix.

Et hop !

Et elle était plus habillée pareil, elle était habillée en princesse avec une robe à traîne et un collier, des boucles d'oreilles et un bonnet pointu.

C'était tellement terrible que Norbert qui était le plus gniard de la maternelle s'est mis debout sur le banc et a hurlé.

Et le magicien Cocorico lui a fait faire une danse à la princesse Aurore en nous demandant de tous taper dans nos mains.

Une danse gracieuse.

Et il lui a remis le torchon dessus et, quand il l'a retiré, Aurore était comme avant et il lui a encore embrassé la main et il a salué comme Mère-grand quand elle avait fini de me jouer une scène de pièce de théâtre.

On lui a fait la masse de bravos au magicien Cocorico.

Il a resalué.

Et c'était fini et personne voulait se lever des bancs.

On aurait voulu qu'il en fasse d'autres des tours de magie.

Mais il devait être fatigué.

Je me suis un peu approché de lui pour bien le voir et il avait de la transpiration plein sa figure.

Sa chemise avait le col sale et sa veste avait des trous et sa semelle de chaussure épaisse était usée de partout.

De près, il avait l'air d'un pauvre.

Il m'a regardé d'un regard sympathique.

— Ça te plaît la magie ? il m'a demandé.

— Ouais. Ça me plaît.

Il ramassait ses affaires qu'il mettait dans une valise avec la poignée rafistolée avec de la ficelle.

Il avait aussi des sacs en plastique avec des trous bouchés avec du scotch.

Sûrement s'il avait voulu être riche avec sa magie il aurait pu.

Mais ça devait pas le brancher les richesses.

Après le spectacle du magicien Cocorico y a pas eu moyen de nous faire tenir tranquilles de toute la journée.

À la cantine à midi, tous on se faisait sortir des morceaux de pain de nos oreilles et de nos nez.

Et y en a eu un qui avait retourné son assiette et qui tapait si fort dessus avec sa fourchette pour trouver un poussin en dessous quand il la retournerait qu'il l'a cassée.

Et Aurore, qui était comme tout le temps assise à côté de moi, voulait rien manger du tout et elle s'est tout d'un coup mise à pleurer et à se tordre ses mains.

Il lui avait flanqué un traumatisme, le mérinos albinos.

Elle comprenait tellement pas comment elle avait pu avoir d'autres cheveux que les siens et devenir une princesse, qu'elle criait.

A fallu que Marlène l'emmène à l'infirmerie l'allonger et lui donner de l'alcool de menthe sur des sucres.

Ça m'a inquiété.

Mais les sucres l'ont très bien remise dans son état.

Elle est revenue manger son yaourt aux fruits et le mien et a fait sa prétentieuse.

C'était normal. Elle avait été transformée en princesse et pas les autres filles.

Avec moi elle l'a pas trop fait sa prétentieuse.

Elle m'a dit à l'oreille que, quand ses cheveux, sa robe, avaient changé, elle avait rien senti, mais qu'elle aurait voulu le rester, princesse.

Et Yves-André qui l'a vue me parler à l'oreille a dit : les amoureux se disent qu'ils s'aiment, ils roucoulent comme des pigeons et il a rajouté assez fort pour que toute la cantoche entende : ils roucoulent pour se faire des petits.

Quel con.

Ça lui a valu plusieurs énormes coups de poing qui m'ont valu de me retrouver au mur dans le coin les mains sur la tête.

Ce qui m'a gâché tout le bonheur d'avoir vu un magicien.

Les types qui ont inventé les maternelles, aurait fallu les étouffer dans l'œuf.

Et mon père qui avait eu l'idée de m'y mettre...

L'épouvante c'était quand venait Olivier.

Il valait le voyage celui-là.

Olivier avec sa tête de caca à cheveux entièrement rasés, avec son bronzage de tapette et ses si
obèses paquets de muscles qu'ils faisaient éclater
son survêt avec écrit dessus ALLEZ LE FOOT !

Que des connards pareils ça vive, ça vous tue.

Il venait pour la gym, Olivier.

Trois matins sur cinq il venait et il disait que
footballeur, rugbyman, basketteur, skieur, sportif
en tout genre, pour le devenir, plus on s'y met petit
mieux ça vaut.

Comme je voulais devenir rien de tout ça, de m'y
mettre, j'en voyais pas l'utilité.

Mais, lui, il la voyait.

Ça le faisait bicher de nous faire souffrir et en
baver.

Dans la cour, tous il nous mettait avec rien que
nos slips et nos tee-shirts et fallait lever les bras
tous en même temps et lever les pattes, une
d'abord, puis l'autre après et les tendre pour que ça
nous fasse mal et pas se gourer parce que, si c'était
pas la bonne jambe qu'on avait tendue, fallait
recommencer à se gourer de jambe, tout seul avec
tous les autres qui se bidonnaient pour lui faire de
la flatterie à l'ordure d'Olivier.

Et des mouvements en cadence au sifflet, il nous
faisait faire, et de la respiration et essayer de grimper à une corde comme des singes.

Après y avait les jeux avec le ballon.

Chacun son tour pour s'entraîner à chouter d'un pied puis de l'autre puis avec la tête puis, tous ensemble, la partie de foot ou de basket avec deux tabourets pour faire les buts ou le panier au-dessus de la porte de madame Blanquette dans lequel j'en ai jamais mis un, de ballon.

Et cette saloperie humaine d'Olivier qui me loupait pas lui.

— Ben alors, Valentin, c'est pas des bras que t'as, c'est des vermicelles. T'es en quoi ? En sucre ? Et tes miches elles sont en quoi ? En plomb ? Ben alors, Valentin, t'es un garçon ou t'es une fille ? Si t'es une gonzesse dis-le.

Quand Olivier il sortait ça tous ils s'en pissaient dans leurs slips tellement c'était drôle.

Père-grand, le sport, que d'y penser ça lui flanquait des boutons, des rougeurs. Il disait que les matchs de foot, de rugby, c'était des porcs bourrés de bière entassés dans des stades pour beugler des insultes à des porcs un peu moins porcs qu'eux et bourrés de drogues au lieu de bière et jouant à la baballe comme les arriérés qu'ils étaient et que, dans les coulisses des stades, en prime, y avait des assoiffés de pognon qui faisaient que des combines et des truquages. Et que le tennis c'était pas mieux et la boxe et le catch encore pire et que des types comme Olivier, il en avait connu pendant l'Occupation de la France par les Allemands.

Les types comme Olivier c'étaient des S.S. nazis, il disait Père-grand.

On en a beaucoup fusillé à la fin de la guerre mondiale de ces tortionnaires, mais il en reste.

Maintenant on les appelle des profs de gym.

Et les élèves de toutes les maternelles, de toutes les écoles, de tous les lycées leur obéissent parce qu'ils font peur.

Moi, les jours où je savais qu'on allait avoir gym avec Olivier, j'avais tant la pétoche que j'arrivais pas à boire mon chocolat du matin, que j'avais la tremblote et au moins quarante de température.

Et la dirlotte madame Blanquette s'y mettait aussi, les matins à gym.

Elle venait nous regarder en train de nous faire torturer et elle trouvait que je me fatiguais pas assez.

Fallait que j'en profite bien des leçons d'Olivier, elle disait. Parce que de la gymnastique, avec les petits bras et les petites jambes que j'avais, j'en ferais jamais trop.

Elle arrêtait pas de me trouver pas assez volumineux, cette grosse morue, et tellement bêta avec un ballon que je la désolais.

Mais d'un autre côté elle était forcée de me trouver le plus intelligent de ma classe.

Elle était forcée. Parce que j'écrivais des mots entiers quand aucun autre arrivait à écrire même que des syllabes.

Et je savais que le cheval, quand il était avec un copain cheval comme lui, ça les faisait devenir chevaux tous les deux. Et je savais que Picasso était cubiste et pas Léonard de Vinci.

Marlène pensait que je finirais intellectuel.

En attendant, leurs études niaiseuses, j'arrivais pas à m'y faire.

Tous les matins j'aurais voulu qu'il y ait un incendie, une inondation, une guerre atomique mondiale, quelque chose pour empêcher les maternelles d'ouvrir.

Tous les matins j'aurais voulu rester à la maison.

Père-grand y était revenu.

Pendant trois jours et trois nuits il avait pas été là puis il était revenu.

Il était revenu avec un chapeau que je connaissais pas, un chapeau très peintre connu, vert au bord très large, et avec des paquets mystérieux pour moi.

Des paquets enveloppés de papiers noirs d'un magasin de Londres en Angleterre.

Dans un y avait une casquette de collégien anglais avec un écusson avec un lion doré qui aurait été trop grande si j'avais pas eu d'oreilles, mais classieuse.

Dans un autre y avait des bonbons exquis achetés chez le fournisseur de Sa Très Gracieuse Majesté la Reine.

Dans un autre y avait une tasse à chocolat en forme de tête de monsieur Pickwick qui est un homme dodu très historique en Angleterre.

Qu'est-ce que ça m'a fait plaisir qu'il soit revenu, Père-grand.

Avec papa ils se sont pas dit un mot.

Pas un.

Et ça a continué les repas, que nous deux papa et moi, avec à la télé du sport, parce que papa, lui, voir l'O.M. se faire foutre des pâtées par des Allemands ou des Canaques et des pilotes de formule Un faire des excès de vitesse, ça le contentait.

Père-grand il s'emmenait son manger dans son atelier où il me disait qu'il était très inspiré.

Pour l'être, il l'était.

Il m'a fait voir ses toiles en train.

C'était toujours des tableaux d'animaux très géants mais, en plus de mettre des couleurs criardes en gros pâtés sur ses toiles, il s'était mis à y mettre des cailloux du jardin, du sable du jardin, des petites pierrailles, de petits morceaux de fer qu'il allait chercher dans des endroits à saloperies qu'il rendait artistiques.

C'était de plus en plus magnifique sa peinture.

Son bordel d'atelier aussi il était de plus en plus magnifique.

Comme madame Marcelle avait le droit de faire le ménage partout mais pas là, je dis pas la crasse.

En plus des salissures de travail, y avait tous les restes de manger que Père-grand oubliait d'aller mettre à la poubelle, toutes ses bouteilles de vin ou d'eau à bulles, tous ses mégots de cigarettes qu'il fumait par cartouches.

Et, dans le fouillis sur une de ses tables très encombrées de toutes sortes de choses, j'ai vu quelque chose de drôle.

Une culotte.

Une petite culotte jaune pâle avec une bordure de dentelle et un nœunœud vert.

Et Père-grand a vu que je la regardais et il m'a dit : tu te demandes ce que ce ravissant petit bout de culotte fiche là, hein ? Eh bien ça, Valentin, c'est la vie.

Et ça l'a fait rire de me dire ça.

Rire en me clignant d'un seul œil.

Il se mettait à devenir un vieux voyou qui avait des visites, des fois, la nuit, dans son atelier. Mais moi je pouvais pas le savoir.

Puis il y a eu les sept ans.

Les sept ans du frère à Aurore pour lesquels j'ai été invité par sa mère à venir dans leur maison un mercredi manger un gâteau à bougies.

D'être un invité ça m'était pas encore arrivé et Père-grand m'a acheté un chandail en laine de mouton irlandais et papa m'a acheté un pantalon dernière mode à plis et en tissu pas en jean pour que je sois le plus élégant de tous les enfants qui viendraient le manger, le gâteau.

Ça risquait d'être un grand tralala comme quand Père-grand avait été chercher sa médaille à l'Hôtel de Ville de Paris.

Ça me rendait si ému que, le matin de ces sept ans, j'ai eu une diarrhée.

Une diarrhée grand format qui me dansait tant dans les boyaux qu'à peine sorti des cabinets il fallait que j'y retourne.

Les cabinets, je m'y suis toujours plu.

On en a de très beaux avec une lunette en ancien bois ciré à l'encaustique, des images très vieilles d'Épinal aux murs et un pantin qui pend à son fil du plafond pour qu'on puisse tirer dessus et lui faire faire des gestes rigolards avec ses bras pendant les besoins assis.

Ça pouvait m'arriver d'y rester longtemps à m'occuper du pantin ou à bouquiner ou à dessiner.

J'avais ma réserve de livres et de cahiers et de crayons, dans les cabinets.

Me manquait qu'une télé.

Mais ce mercredi-là fallait pas que j'y traîne. Fallait que j'aille prendre mon bain que, ça y était, je prenais tout seul, fallait que je me récure bien tous les coins de mon corps et que je m'habille avec le pantalon dernière mode, le chandail de mouton irlandais et des boots chic que j'avais mis que deux fois pour les faire pour qu'elles me torturent pas les pieds.

Fallait que je me grouille.

Mais une diarrhée quand ça se met à commencer on sait pas quand ça va vouloir s'arrêter.

Père-grand et papa, qui se parlaient plus entre eux mais qui me parlaient tous les deux à moi, me criaient derrière la porte de me dépêcher.

Et mon ventre j'arrivais pas à le vider.

L'enfer c'était.

Assis sur la lunette en ancien bois ciré j'arrêtais pas de dire merde merde merde merde merde.

Ça a enfin fini par finir. Mais j'avais du roulis de boyaux, mes boots qui coinçaient et de l'émotion d'être un invité.

Papa avait été acheter une tarte prunes et fraises pour dix personnes et Père-grand avait été acheter presque une brouette de rochers surfins que j'ai amenés à la fête qui a été très animée avec des enfants de plusieurs âges et deux grandes personnes seulement.

La maman d'Aurore et une femme belle à pouvoir jouer dans des feuilletons qui me fit des compliments sur le chic de mes habits.

C'était une Aurore comme Aurore parce qu'elle était sa marraine.

Elle avait aidé la maman d'Aurore à décorer leur salon avec des guirlandes lumineuses et tous les nains de Blanche-Neige grandeur nature découpés dans du carton et peints à la gouache.

Ma tarte et mes rochers furent bien reçus mais y avait déjà largement de quoi.

Des tartes au citron, à l'ananas, aux pommes avec et sans cannelle, des beignets froids, des sandwiches à l'œuf dur, au pâté et aux sardines.

Plus un gâteau plus haut que moi avec les bougies pour le frère qui était un prétentiard qui m'a même pas dit bonjour et n'a arrêté de manger des gâteaux de quoi attraper une indigestion que pour aller s'enfermer dans sa chambre avec ses copains à lui qui ne voulaient surtout pas copiner avec les pisseux.

Les pisseux c'était moi Aurore ses copines Anna et Guiguie, ses copains Jean-Marc et un Patrick qui n'était pas notre Patrick de la maternelle et, l'angoisse, Yves-André.

Pourquoi il était aussi un invité cet affreux tas de merde ?

Pourquoi ?

Quand il a fallu s'asseoir à une table pour manger des gâteaux, la dame Aurore marraine m'a pas fait asseoir comme j'aurais voulu à côté d'Aurore mais entre la copine à Aurore Guiguie et Yves-André.

Qui a tout de suite commencé à me donner des coups avec ses coudes sournoisement pour me fâcher.

J'ai fait celui qui sentait pas les coups de coude et j'ai mangé une part de tarte aux pommes avec cannelle, une part de tarte au citron qui piquait et des sandwiches surtout aux sardines et j'ai bu du jus d'orange.

Je me régalais.

La copine Guiguie n'a rien mangé du tout.

Mais c'était pas inquiétant a dit la maman d'Anna à son amie Aurore, c'était normal parce qu'elle était anorexique.

D'être anorexique ça l'empêchait pas d'avoir un caleçon avec des Bambi dessus et les oreilles percées avec des boucles d'oreilles en étoiles sûrement en vrai or et d'être belle comme une chérie.

Ça l'empêchait pas non plus de bavasser comme une pie pour qu'on sache que son père, sa mère, sa grande sœur et elle ils avaient chacun plusieurs anniversaires par an parce qu'ils étaient très riches.

Elle avait des bras plus maigres que les miens et de la pâleur de feuille de papier blanc.

Quand la maman d'Aurore a mis de la musique, elle a dansé comme une sauterelle en sautant plus haut que la table et en faisant des grimaces poilantes.

Aurore aussi a dansé.

Elle a fait une danse distinguée comme celle de princesse que lui avait fait faire le magicien Cocorico.

Moi j'ai été forcé de danser aussi quand la maman d'Aurore nous a fait faire à tous une ronde dans la salle où on goûtait et le couloir de la cuisine et la chambre à Aurore.

Danser j'aime pas.

La chambre d'Aurore était comme un magasin de jouets avec plusieurs Barbie avec leurs fiancés, leurs jeeps, leurs costumes pour toutes les saisons.

Après les danses et une autre tournée de tartes, de sandwiches à la sardine et jus d'orange, on s'est retrouvés dans la chambre d'Aurore où Yves-André a pris une des Barbie et un des fiancés et a dit : je vais vous montrer comment ils s'enculent.

Ça m'aurait un peu intéressé de voir ce que ça voulait dire, mais pour vexer Yves-André j'ai été dans un autre coin regarder une collection de cailloux que le père d'Aurore lui avait mis sur une étagère.

Des cailloux presque tous pareils mais venant de pays différents.

Je les ai regardés chacun à son tour et ça m'a fait chier.

Les cailloux c'est pas amusant à regarder.

Puis ça a recommencé à me tortiller dans mes boyaux, ma diarrhée me reprenait.

C'était peut-être plus une diarrhée d'énervement d'être invité mais une diarrhée pour avoir mangé trop de sandwiches à la sardine ou de tarte au citron piquante.

Mais c'en était une.

Plus raide encore que celle du matin.

A fallu que je demande à Aurore où étaient les cabinets de sa maison.

Ça m'a embêté de faire ça.

Ils étaient au bout d'un couloir après la cuisine, un couloir sans lumière, un couloir effrayant et c'étaient des cabinets sans rien que le chiotte avec une lunette en plastique blanc et du papier.

Y avait même pas une seule image au mur.

Qu'est-ce qu'elle devait s'ennuyer Aurore quand elle avait des ennuis de ventre.

J'avais rien à faire en attendant que mes boyaux se vident alors j'ai pensé.

J'ai pensé que partout ailleurs que dans notre maison c'était mochard miteux.

J'ai pensé que ça serait bien qu'on y fasse une fête dans notre maison à nous pour que tous les autres des autres maisons la voient.

Même leur papier à cabinets il valait pas le nôtre.

Il raclait.

C'est Père-grand qui est venu me chercher.

Il m'a posé des tas de questions sur la fête. Il voulait tout savoir, qui y avait, ce qu'on avait mangé, ce qu'on avait bu, ce qu'on avait fait, si je m'étais amusé, comment Aurore était habillée, comment était habillée sa mère, si son père était là, si on avait remarqué que j'étais le plus beau et le plus intelligent.

C'était comme si il était encore plus content que moi que j'y sois allé à cette fête d'anniversaire.

Papa, lui, il m'a demandé si je m'étais bien amusé et rien de plus.

Il s'en foutait que ma première invitation elle ait été réussie ou pas.

Il avait ses soucis à lui.

Des soucis qui avaient démarré avec un télégramme et continué avec des coups de téléphone

avec des gens qui étaient pas là où qui voulaient pas
lui répondre au téléphone.

Surtout un bonhomme en Allemagne qui voulait
pas casquer.

Casquer quoi ? On me l'a pas dit parce que je l'ai
pas demandé.

Mais ce bonhomme était dans les assurances.

Père-grand, qui entendait lui aussi sans rien dire
puisque leur bouderie à lui et à papa durait toujours, il m'a dit après que ça avait été une catastrophe qui avait tout déclenché.

Un ouragan ou un cyclone, enfin une grosse
couille qu'on pouvait pas prévoir, qui avait pété en
mille morceaux un pont que papa avait construit
sur un fleuve africain à caïmans et l'assureur
d'Allemagne qui avait magouillé avec des pontes
du pays du fleuve voulait pas payer ce qu'il devait à
papa qui se retrouvait comme ça dans la plus sale
embrouille de toute sa vie.

Père-grand on peut pas dire que ça lui faisait de
la peine ce qui arrivait à papa.

Ça le faisait même plutôt se fendre la pêche.

Mais papa qu'est-ce qu'il se la fendait pas.

Il s'est pas couché pendant deux nuits.

Il buvait tout ce qu'il pouvait trouver d'alcoolisé
dans la maison et il s'est mis à piquer des cigarettes
dans des paquets de Mère-grand qui traînaient
encore sur des meubles.

D'un fou paumé perdu il avait l'air.

Et puis, hop, un matin si tôt que j'étais même pas
encore lavé et habillé il a appelé un taxi par téléphone et il est parti comme le cinglé qu'il avait l'air
d'être devenu.

94

Parti en Allemagne à Munich faire casquer le salaud qui voulait pas casquer.

Ça a dû être un vache boulot parce que je l'ai revu que beaucoup de mois plus tard mon pas sympathique de père.

Que papa ait filé faire casquer son bonhomme allemand des assurances ça a fait un vide dans la maison.

Mais pas très grand comme vide.

Père-grand et moi on suffisait pour la remplir notre cahute comme il disait quand il était de bonne humeur.

Et il s'est mis à l'être comme avant la mort de Mère-grand.

De plus voir papa là ça lui faisait du bien à Père-grand.

Ça lui en faisait encore plus de savoir que papa était dans le caca jusqu'aux yeux avec son pont bousillé et son assureur qui voulait pas casquer et tous les présidents et tyrans d'Afrique qui allaient lui faire des misères.

Il y pensait à haute voix et ça le faisait rigoler comme un bossu.

Il disait que mon père allait finir par se retrouver en prison et qu'il faudrait lui envoyer des oranges dans un pays où justement y avait que ça, que des oranges et il en riait encore plus.

Là, il était salaud.

Mais d'être salaud comme ça ça le gênait pas.

Au contraire.

Et puis, salaud ou pas salaud, c'était Père-grand et de le voir rire ça me faisait rire moi aussi.

Ouais. Après le départ à toute allure de papa ça a été des journées entières à se marrer.

D'abord Père-grand m'a demandé si ça me plaisait vraiment d'aller à la maternelle.

Ça me plaisait pas du tout.

Je lui ai dit.

Je lui ai dit comment je m'y ennuyais et tout ça.

Alors il a dit que je n'avais qu'à y aller que les jours où ça me ferait envie.

Et j'en ai eu envie aucun jour.

C'était bien mieux pour moi de rester à traîner dans les pattes de Père-grand dans son atelier, de le regarder faire ses tableaux avec des cailloux, des gravillons, de la limaille de fer qu'il allait acheter au kilo dans une boutique du faubourg Saint-Antoine et qu'il mélangeait avec ses couleurs.

Même que je l'aidais à faire ses mélanges.

Je vous dis pas le gâchis, la gadoue partout, la saleté.

Madame Marcelle, mes tee-shirts, mes jeans, toutes mes fringues elle voulait plus les toucher même avec des pincettes.

Cradingue comme trente-six poux je devenais.

Mais qu'est-ce que je faisais comme progrès en art.

Fabuleux c'était.

Père-grand avait déblayé un coin de son atelier pour moi, rien que pour moi où il me laissait faire tout ce qui me plaisait. Et plus sur du papier, mais sur des morceaux de vraie toile de peintre qu'il clouait sur mon bout de mur à moi avec des push-pins et je prenais les pinceaux que je voulais, les couleurs que je voulais et en avant !

Sur mes toiles à moi, j'y tartinais ce qui me disait. Ça pouvait aussi bien être des animaux comme ceux de Père-grand que je copiais que des idées de peintures que j'avais tout seul.

Je faisais des Yves-André avec des cornes de diable, des profs de gym avec des têtes de chiens méchants ou de loups et des croix gammées de nazis s.s. sur leurs blousons.

C'était pas bien bien bien mais c'était pas mal et Père-grand me faisait que des compliments.

Des révérences même il me faisait.

— Je m'incline devant le Mozart de la barbouille, il disait.

Et c'est une fois en s'inclinant comme ça, un soir à l'heure d'aller dîner, que ça lui est arrivé.

Il a levé les bras, il a fait semblant de s'enlever de sur sa tête un chapeau à plumes du temps des rois de France et il s'est penché devant moi autant qu'il a pu et il a fait des grands moulinets avec son bras et son sourire exagéré est devenu une grimace de souffrance.

— Ma colonne ! il a hurlé.

Il a voulu se redresser mais impossible.

En faisant sa clownerie de salut il venait de se coincer ou un muscle ou quelque chose dans les vertèbres du dos.

Ça devait lui faire mal atroce parce qu'il est devenu d'une pâleur verdâtre et il a eu juste la force de se traîner jusqu'à un de ses canapés qui étaient encombrés de cent saloperies et de me crier d'aller chercher vite vite madame Marcelle.

Elle était en train de mettre son manteau pour partir et elle m'a suivi d'urgence et a trouvé Père-grand qui se tortillait comme un lézard à qui t'as coupé la queue parce que ça lui faisait de plus en plus mal.

De plus aucune façon il pouvait s'y tenir sur le canapé.

Ni allongé, ni assis, ni sur le dos, ni sur le ventre, ni sur les côtés.

C'était un déglingage de muscle ou de vertèbres carabiné.

Il a fallu que ce soit madame Marcelle qui fasse en s'énervant et en se trompant le numéro de téléphone pour appeler le docteur qui venait pour moi quand j'avais mes angines, mes gros rhumes, mes rougeoles de garçon mais qui était très capable aussi pour les grandes personnes.

Il est arrivé assez dare-dare ce toubib et il a commencé par tripoter Père-grand qui a poussé des braillements pire que des braillements d'école maternelle.

À force de prendre de l'âge il s'était fait de vieux os qui s'emboîtaient plus les uns dans les autres.

Son squelette était endommagé et il avait suffi d'un faux mouvement pour qu'il se le déglingue.

Le docteur avait dans sa sacoche de quoi faire des piqûres calmantes, mais pas de quoi guérir.

Fallait faire des radios et peut-être plâtrer.

Ben oui.

Et sans perdre une minute fallait faire ça.

Père-grand a commencé par dire qu'il en était pas question, que c'était rien qu'un faux mouvement et que ça allait lui passer aussi vite que ça lui était arrivé. Mais comme la piqûre calmante faite par le docteur empêchait pas que ça lui fasse un épouvantable mal de chien sitôt qu'il remuait même d'un millimètre, il a molli et le docteur a dit on va faire un saut dans une clinique que je connais.

Pas une clinique pour y prendre le temps de mourir lentement d'une pourriture de cancer, une clinique pour se faire faire des clichés de radio et un bon emplâtrage.

Père-grand a fait remarquer que c'était pas possible qu'il aille dans une clinique à cause de moi qu'il pouvait pas abandonner tout seul dans notre maison.

Madame Marcelle a proposé de m'emmener passer la nuit dans sa maison à elle vu qu'elle pouvait pas rester dormir dans notre maison à nous à cause de sa très âgée mère invalide qui ne pouvait plus quitter le lit dans lequel elle était clouée.

Le docteur a trouvé que c'était la bonne solution.

Et Père-grand a eu beau râler, il a été obligé d'être d'accord.

Moi on m'a pas demandé mon avis.

On s'est fait autant de baisers qu'on a pu Père-grand et moi et on est partis lui direction une clinique du seizième arrondissement moi direction Les Lilas.

Elle avait pas qu'une très vieille mère invalide aux Lilas, madame Marcelle, elle avait aussi un mari et deux grands fils.

Ça faisait bien des personnes pour une maison qui aurait largement pu tenir tout entière dans notre salon à nous.

Pas une vraie maison en plus.

Un appart sans forcément aucun jardin au onzième étage d'une maison H.L.M. qui en avait quatorze.

Père-grand avait donné de l'argent à madame Marcelle pour qu'elle m'y emmène en taxi chez elle.

Mais, ses habitudes à elle c'était de circuler en métro et en bus, alors on a commencé par descendre dans le métro Gobelins où j'avais jamais mis le nez et qui était un endroit entièrement souterrain avec des Arabes qui vendaient des kiwis au rabais sur des journaux étalés par terre dans le couloir et des wagons rapides archibourrés.

Le premier on l'a loupé parce que fallait faire plus fissa qu'on a fait à la deuxième entrée qui était un portillon. Mais le deuxième train on l'a eu et on a fait un long voyage avec une foule de gens serrés les uns contre les autres et j'ai eu aucune peur parce que madame Marcelle m'a tout le temps tenu ferme-ment la main et parce que la foule de gens du métro était une foule chaudement sympathique.

D'abord ça a été surtout des Chinois ou des Viets qui disaient rien et sont tous descendus en même temps, puis ça a été une foule de jeunes à peu près tous blacks qui parlaient en criant et se bousculaient vigoureusement exprès pour bien se sentir entre eux.

Puis on a eu deux musiciens à guitare et à harmo-nica qui ont joué plusieurs airs dansants que tout le monde a écoutés avec plaisir. Quand ils ont eu fini leur concert ils ont fait tout le métro avec un cha-peau pour qu'on y mette de l'argent dedans et per-sonne en a mis.

Ça les a pas fâchés.

En descendant à une station ils ont dit un bon salut à tout le wagon et merci et que Dieu vous garde.

Plus on arrivait vers la porte des Lilas plus le métro se vidait et on s'est assis.

Madame Marcelle ouvrait pas son bec mais elle me lâchait pas la main.

Elle m'a parlé seulement quand après avoir marché un bon bout dans des rues pleines de boutiques d'Arabes pas très belles puis de rues à maisons très hautes et sans boutiques on est arrivés à son immeuble à elle.

— V'là l'palace, elle a dit, ça vaut pas votre château des Gobelins mais c'est quand même mieux que si c'était moins bien.

Pour arriver au onzième on a pris un ascenseur.

Ça avait été mon premier métro et c'était mon premier ascenseur.

Je lui ai dit à madame Marcelle.

— Ça va être ton baptême de l'air alors.

J'ai été baptisé vite fait parce que ça les grimpe comme des bolides les étages, un ascenseur.

Son appart à madame Marcelle n'avait aucun recoin comme chez nous et que très peu de pièces petitement carrées avec des meubles pas achetés dans des bric-à-brac de puces mais des meubles genre école maternelle tout lisses tout nets, et lavables.

Mais y avait du confort plus que chez nous.

Dans cet appart d'H.L.M. les ordures on les mettait dans des sacs en plastique de supermarché et on les fourrait dans une petite trappe à trou et elles dégringolaient dans une cave à ordures.

Une cave avec je suis sûr des régiments de rats mais j'y ai pas été voir et c'est tant mieux.

Y avait pas comme chez nous des bibelots anciens précieux et du fouillis en pagaille.

Y avait aucune décoration que les rayures de papiers peints très rayés.

La télé était pas riquiqui comme la nôtre.

Ça devait être une télé XL.

Ils avaient aussi un frigo plus perfectionné que le nôtre.

Et un robot-mixeur, un grille-pain, un appareil à découper tout en rondelles, une machine à café, un séchoir à salade à manivelle.

Ils avaient aucune vieillerie. Que des choses reluisantes qu'ils choisissaient dans des catalogues Trois Suisses, La Redoute, Darty et Neckerman qui étaient sur le buffet de leur salle à manger et qui étaient les seuls bouquins que j'ai vus chez eux.

C'étaient pas des gens comme Père-grand, Mère-grand, mon père.

C'étaient des gens autrement.

Mais très bien quand même.

Ils avaient de la pauvreté. Mais ça les rendait pas tristes ni ronchons puisqu'ils avaient aucun goût de luxe et qu'ils pouvaient avoir autant de choses pas luxueuses qu'ils voulaient en les achetant à crédit.

Une Rolls déglinguée ça les aurait pas intéressés. Ils aimaient mieux leur Renault d'occase remise en état comme neuf par un ami garagiste qu'ils avaient.

Fumer des cigarettes anglaises comme Père-grand ou Mère-grand ça les aurait pas intéressés. Eux, ils préféraient fumer des cigarettes ordinaires françaises tout en goudron qui les contentaient tout à fait.

La mère invalide de madame Marcelle, elle, elle fumait pas et elle se nourrissait que de soupes en sachets très délayées.

On me l'a pas montrée.

Madame Marcelle m'a dit qu'une grabataire de quatre-vingts ans plus les mois de nourrice c'était pas un spectacle.

Mais j'ai beaucoup vu le mari de madame Marcelle et ses deux garçons.

Le mari René de madame Marcelle était un fonctionnaire à la retraite.

Ce qui était le bonheur pour lui qui n'avait plus besoin d'aller tous les jours dans un bureau.

Maintenant ses mots fléchés, il pouvait rester les faire dans sa cuisine qui avait une vue imprenable superbe sur tous Les Lilas et une bonne partie de Romainville et Bobigny et par temps clair Noisy-le-Sec, Bondy, Le Raincy, Villemomble et Pavillons-sous-Bois.

Après m'avoir très bien reçu et offert plusieurs des petits biscuits à apéritif au gruyère qu'il avait dans une soucoupe pour les grignoter, il m'a expliqué toute la vue de sa fenêtre de cuisine.

C'était un excellent endroit pour voir les avions qui décollaient de Roissy-Charles-de-Gaulle.

J'ai tout bien regardé, tout bien vu. Tous les immeubles H.L.M. tous bien pareils avec les mêmes couleurs gris béton, rose sale et blanc pas blanc. J'ai

vu des petits pavillons aussi dans des rues à ver-
dure avec, le mari René m'a dit, des clapiers pour
les derniers lapinos du coin, j'ai vu des grandes
grandes grues de chantiers, des terrains vagues qui
allaient plus rester vagues bien longtemps et de
fiers bouchons de voitures de périples et le super-
supermarché de Roissy-deux.

Pendant qu'on admirait toutes ces belles choses
par la fenêtre, madame Marcelle a mis du
concombre à dégorger et elle a sorti une pizza
champignons jambon de son congel pour qu'elle
dégèle.

Puis sont arrivés ses garçons Nicolas et Philippe
qui étaient deux malabars dans les vingt ans avec
des cheveux très coupés et habillés comme Olivier
le nazi prof de gym de ma maternelle.

Ils s'attendaient pas à me voir là alors leur mère
leur a expliqué l'accident de vertèbres de Père-
grand.

Et les deux garçons se sont assis dans la cuisine
pour en parler parce que les histoires d'accidents
d'os ils avaient l'air d'aimer beaucoup ça.

Ils en connaissaient un rayon sur les os et les
muscles.

C'était forcé parce que leur principale distrac-
tion quand ils travaillaient pas, Nicolas comme
livreur et Philippe dans la charpente métallique,
c'était la lutte.

Ils étaient, Nicolas et Philippe, lutteurs au club
de lutte des Lilas.

Des lutteurs c'est des sportifs.

Quand j'ai compris ça je me suis mis à pas leur
sourire.

Mais là j'étais con, parce qu'ils étaient pas cons, eux, et très copineurs.

Si copineurs que, quand on a eu très bien mangé le concombre, la pizza, des nouilles réchauffées avec du gratin très bonnes, du fromage très fait et autant de gâteaux secs qu'on voulait, ils ont dit à leur mère : et si on l'emmenait avec nous, ton petit coco ?

J'avais pas du tout du tout envie que des lutteurs m'emmènent avec eux mais madame Marcelle a trouvé que c'était une fameuse idée qu'ils avaient là ses fils vu qu'avec le grand-père que j'avais je me couchais à pas d'heure et que comme de toute façon j'avais pas à me lever pour aller à l'école puisque j'y allais plus et que ça me plairait sûrement d'aller avec eux.

J'étais pas pour mais ils m'ont embarqué.

Direction la salle Maurice-Thorez où c'était l'endroit où avait lieu la rencontre.

C'est que j'ai assisté à une rencontre.

À une rencontre amicale entre les lutteurs du club des Lilas et ceux d'un autre club.

Mais l'amicalité chez les lutteurs ça vaut d'être vu.

Ça le vaut, oui.

Dans un préau très long très large ça s'est passé et sur un tapis jaune en plastique grand comme la place de la Concorde avec un rond rouge dessiné dessus.

Et fallait pas qu'ils en sortent, du rond, les lutteurs.

Ils étaient de deux sortes, les gréco-romains et les libres.

Les gréco-romains avaient pas le droit de se faire des prises aux jambes ni des croche-pattes ni rien de comme ça, mais les libres ils pouvaient faire ce qu'ils voulaient de leurs jambes.

Fallait le savoir pour comprendre.

En y allant à pied par des petites rues entre les H.L.M. et des vrais gratte-ciel et aussi des petites maisons de campagne avec des chiens et des poules, les deux garçons de madame Marcelle m'ont donné des explications pour que rien m'échappe de la rencontre amicale.

Arrivé à la salle Maurice-Thorez ils m'ont fait asseoir sur une chaise alignée avec d'autres chaises sur lesquelles étaient assis des vieux anciens lutteurs, des mères de lutteurs, des copines et des femmes de lutteurs, et des garçons et des filles de lutteurs qui tous étaient venus là pour applaudir les gagnants et crier des encouragements à ceux qui étaient en train de se faire dérouiller ou de mettre amicalement une trempe à leur adversaire.

D'où j'étais je voyais très bien tout.

Je voyais très bien le patron du club de lutte des Lilas qui criait en bras de chemise blanche les noms des lutteurs qui allaient lutter et les points qu'ils marquaient quand ils faisaient des prises bien trouvées et le nom du gagnant à la fin de chaque combat.

Quand c'était un des Lilas qui arrivait avec un maillot collant, les pépères et les mémères et les autres garçons et filles sur les chaises autour de moi braillaient LUTTE LUTTE LUTTE LILAS LA LA.

C'était comme dans les matchs mondiaux qu'on

voulait surtout jamais voir Père-grand et moi à la télé.

Mais là je voulais voir.

Je voulais voir parce que j'étais dans le coup.

Au premier match j'ai pas osé mais au deuxième j'ai beuglé moi aussi LUTTE LUTTE LUTTE LILAS LA LA.

Et quand c'est arrivé le tour du fils de madame Marcelle Philippe j'ai beuglé si fort que j'ai cru que j'allais me péter la gorge.

Qu'est-ce qu'il était puissant.

À peine au milieu du rond rouge sur le tapis jaune il a attrapé l'espèce de gorille qu'il avait en face de lui l'air mauvais et il l'a fait tomber de toutes ses forces à genoux sur son dos et il lui a serré le quiqui avec son bras.

LUTTE LUTTE LUTTE LILAS LA LA.

Le gorille il était comme mort, il avait plus la force que de secouer faiblement ses pieds.

Comme mort il était et, je sais pas comment ça s'est passé, mais tout d'un coup on y a rien vu et Philippe s'est fait jeter sauvagement et c'est l'autre, le gorille qui s'est retrouvé dessus en train de mettre une des jambes de Philippe à l'envers.

De carrément lui dévisser sa jambe gauche.

Et le pédé d'arbitre qui était là au milieu tout en blanc pour les surveiller il disait rien, il sifflait pas, il laissait faire ce fumier.

Et Philippe avait des regards crispés avec sa figure aplatie sur le tapis.

C'était trop épouvantable. J'ai fermé mes yeux pour plus voir.

Quand je les ai rouverts ils étaient debout tous

les deux à essayer de s'arracher leurs cous brutalement en tournant comme des toupies.

À la fin c'est le gorille qui a gagné.

Gagné aux points m'a dit le gros tout transpirant qui était le plus près de moi.

Il avait gagné ce répugnant babouin mais il avait du sang qui lui pissait du nez et Philippe, lui, il avait rien.

Il a serré la main de son ennemi sans aucune rancune et il est parti du côté de l'endroit où les lutteurs prenaient leurs douches, l'air pas fâché du tout.

Le gorille j'aurais voulu qu'il le pisse entièrement son sang.

Après, deux très jeunes, un Noir un Blanc, se sont lancés l'un sur l'autre comme deux balles de revolver et le Noir a été du premier coup allongé sur ses deux épaules et le bonhomme au micro a déclaré le Blanc gagnant et tout le monde a applaudi et tapé des pieds et crié : bravo Tintin, t'es le meilleur-leur-leur, t'es le champion-pion-pion !

Et Tintin, qui était le Blanc, a salué et une fille avec des cheveux punkos et des bottes en cuir à talons haut perchés est entrée dans le rond rouge et l'a embrassé sur la bouche et la salle a tapé encore plus des mains et des pieds et de leurs culs sur leurs chaises et dans le fond de la salle près de la buvette où ils vendaient de l'orangeade, de la citronnade et du Coca, des garçons et des filles très rockers ont trépigné.

Lutte lutte lutte lilas la la.

Jamais j'avais rien vu de pareil.

Même Père-grand il aurait été obligé de trouver ça beau à regarder et à entendre.

Quand ça a été le combat du fils Nicolas de madame Marcelle j'en pouvais plus.

Il était balèze mais son affronteur l'était autant.

Ils se sont pas foncé dessus au coup de sifflet.

Ils se sont mangés des yeux.

Ils bougeaient même pas.

Dans la salle y avait plus un bruit.

Personne respirait plus.

Et Nicolas a tendu une main.

L'autre qui était balèze mais pas intelligent dans sa tête, a cru qu'il allait pouvoir l'attraper, la main.

Mon œil, oui.

C'est lui qui s'est fait attraper, comme le barjo qu'il était.

Les deux jambes d'un coup il s'est fait prendre et il s'est retrouvé allongé mais une de ses épaules touchait pas et il était tout rouge de la figure et il serrait tant ses dents que dans le silence total de la salle on entendait un bruit de dents.

Un homme qui devait s'y connaître très bien a gueulé à Nicolas : Prise de tête, Nico ! Prise de tête !

Ça devait être un bon conseil parce que tout le monde a répété : Nico, prise de tête ! Nico, prise de tête ! Nico, prise de tête.

Et Nicolas a lentement fait glisser un de ses deux bras et on a vu ce bras s'enrouler comme un serpent autour du cou du balèze et se mettre à serrer.

C'était du premier choix, du soigné.

T'avais l'impression que Nicolas allait serrer si

fort que le rougeaud allait avoir du sang qui allait lui sortir par les yeux et les narines et les oreilles.

Il aurait pas donné un grand gnon dans la poitrine de Nicolas avec son coude puissant, il lui en serait sorti son sang.

Mais y a eu le grand gnon.

Plof, ça a fait.

Et Nicolas s'est retrouvé repoussé avec la sueur qui lui coulait de partout.

Pitié, il faisait.

Et l'autre lui enfonçait son coude dans le bidon.

Sale coup.

Les deux fils de madame Marcelle allaient quand même pas se faire niquer par des invités même pas des Lilas.

Non. Ils allaient pas.

Nicolas a trouvé la ruse.

Au moment où l'autre se croyait gagnant, il s'est retrouvé sans s'y attendre avec une clé à son bras.

Pas une clé de porte, une clé de lutte, tournante, qui l'a si suffoqué de souffrance qu'il s'est laissé retourner comme une crêpe et que ses deux épaules ont touché.

Ces cris de fauves alors.

Oulala !

Ça faisait tant de boucan qu'on entendait plus ce qu'on entendait.

Y a eu encore des combats. Mais moins bien.

Le champion de tous les lutteurs c'était Nicolas.

Tout le monde a voulu lui serrer la main, lui taper sur l'épaule, sur le dos, lui offrir des tournées à la buvette.

On est pas rentrés tout de suite à la maison

H.L.M. On a bu à la buvette avec des gens énervés de contentement qui se racontaient des âneries, des blagues, on a bu avec une tripotée de Blacks, d'Arabes, de Chinetoques et de Lilatiens qui avaient envahi le tapis jaune et faisaient les dingues et rapaient : lutte lutte lutte lilas la la.

C'était la fête.

Dans les rues, après en rentrant, c'était aussi la fête.

Comme tous ceux qui étaient à la rencontre l'avaient dit aux gens des Lilas, tout le monde savait que Nicolas venait de faire un combat du tonnerre, alors des gens qu'il connaissait très peu ou qu'il avait jamais vus, venaient vers nous et lui serraient la main et l'appelaient champion.

Même un tout vieux qui était à faire son besoin contre un arbre s'est arrêté de pisser quand il a vu Nicolas et, l'outil à la main, il lui a crié : t'es l'meilleur, Nico, t'es l'meilleur. Et un épicier arabe qui prenait le frais devant sa boutique lui a fait cadeau d'un kilo de pommes granny.

C'est fraternel les habitants des banlieues.

On est rentrés dormir chez madame Marcelle à la nuit noire.

Par la fenêtre de la cuisine, le mari René de madame Marcelle regardait les milliers de milliers de lumières jusque plus loin que Villepinte, plus loin que Tremblay-lès-Gonesse et on voyait dans le ciel filer les lumières des avions de Roissy-Charles-de-Gaulle et toute la famille était dans la joie d'avoir des fils lutteurs émérites.

Ça me faisait très très plaisir d'être avec eux.

En même temps Père-grand était dans une clinique à souffrir peut-être malgré les calmants, alors j'aurais voulu qu'il soit là aussi avec nous même si les sportifs il les appréciait pas.

J'ai dormi dans un lit dépliant sans couette mais avec des draps d'enfant de l'époque où Nicolas et Philippe avaient mon âge.

La nuit, la mère grabataire a fait des hurlements piailleurs très effrayants.

Ou alors c'était des oiseaux de banlieue.

Le matin, on a tous ensemble bu du café au lait avec des tartines brûlées au grille-pain avec de la confiture de cerises sans noyaux.

Avant de partir à leur travail en salopette, Philippe et Nicolas m'ont fait des baisers et ils m'ont demandé quand est-ce que je reviendrais à la lutte.

Je savais pas.

Je savais pas. Mais ça me faisait envie d'y revenir.

La rencontre amicale, ça m'avait presque donné envie de me muscler mes bras et mes jambes pour me retrouver dans le rond rouge et faire des prises très brutales, des clés, des prises de tête et être à mon tour champion.

Dans les cabinets de leur maison, à madame Marcelle et son mari René, y avait des photos de journaux plein les murs, des photos de champions de lutte, de boxe, de surf, de courses automobiles, l'artiste de cinéma Coluche sur une moto et le Christ sur une montagne faisant un discours à des figurants en costumes de l'ancien temps.

C'étaient des cabinets accueillants.

Et ça se voyait que la vie des pauvres était une vie pas mauvaise du tout.

Il leur suffisait de se contenter de ce qu'ils avaient et de rien de plus.

Père-grand s'est retrouvé pas avec un emplâtrage mais avec une chiennerie de minerve qui lui bloquait le cou et, comme il disait en ronchonnant, l'empêchait même de se voir faire pipi.

Ça l'a plongé dans la pire des mauvaises humeurs et y avait de quoi.

Ça lui a retiré le goût de peindre.

Mais pas celui de boire du vin et des alcools raides.

Il restait toutes les journées dans le jardin à regarder des fourmis charrier des brindilles.

Peut-être qu'il en ferait des peintures de ces fourmis quand le goût de travailler lui reviendrait.

Peut-être.

Il me regardait moi aussi.

Moi qui m'entraînais à faire des mouvements de lutte, des prises, des clés sur notre pelouse.

Je luttais contre personne mais avec le plus de sauvagerie possible.

Comme Nicolas des Lilas je fonçais et, comme y avait personne d'autre pour le faire, je criais le cri de mon club que je m'étais inventé : LUTTE LUTTE LUTTE GOBELINS LIN LIN !

Il faisait un beau temps de printemps mais la gaieté elle était de sortie.

Que je joue au champion de lutte, il encaissait pas bien ça Père-grand.

— Tu ne vas tout de même pas abandonner la barbouille pour faire le sportif ? il me demandait.

Non. J'allais pas la laisser tomber la barbouille, j'allais la continuer pour devenir peintre connu comme lui Père-grand, mais ça m'empêchait pas de devenir champion de lutte aussi.

Comme Père-grand traînait sa grande longue carcasse avec peine, on n'allait même pas manger dans la maison, alors madame Marcelle nous apportait de quoi sur une table de jardin en fer.

Avec tout ça j'avais plus bien ma dose de télé qui était dans le salon.

Je manquais des morceaux de l'histoire des Simpson, des morceaux de mes feuilletons chéris avec les jeunes qui se retrouvaient dans des cafétérias pour se faire des bisous.

Même le soir quand fallait qu'on rentre parce que ça devenait la nuit et le froid dans le jardin, Père-grand la télé il était pas partant pour qu'on la mette.

Les nouvelles ça lui manquait pas.

— Entendre les mêmes cons raconter que les mêmes cons ont encore fait les mêmes conneries, à la longue ça fatigue, il disait.

Fatigué, il l'était même sans regarder la télé.

C'était l'avis du docteur qui passait le voir en passant par hasard dans notre rue.

Il était pas que fatigué, il avait un souci en plus.

Je savais bien sûr pas lequel.

Mais ça se voyait à sa figure que quelque chose lui rongeait sa tête qu'il pouvait pas remuer comme il l'aurait voulu à cause de la minerve.

Alors c'était un printemps printanier et pas printanier en même temps.

Et puis un jour.

Ce jour-là Père-grand était resté traînailler dans son lit avec ses douleurs de cou et ses élancements dans le dos qui le faisaient souffrir tellement trop que, comme j'étais moi levé, il m'avait appelé et demandé de lui apporter de l'eau et deux Doliprane et il les avait avalés et m'avait demandé d'aller aussi lui chercher les cigarettes qu'il avait laissées en bas sur la table du salon.

Mal-en-point il était, mon Père-grand.

Je lui avais fait plusieurs très tendres baisers. Mais même très tendres ça lui faisait des douleurs que je lui en fasse.

C'était la poisse vraiment ce qui lui arrivait.

Je voulais rester assis par terre à côté de son lit mais il m'avait dit : va jouer dehors, sale fripouille, va profiter du soleil.

J'avais envie de jouer avec aucun de mes jouets ou jeux, envie de bouquiner aucun de mes livres, pas envie de regarder la télé. Envie de rien. Alors je me suis retrouvé en pyjama le cul dans l'herbe du jardin à rien faire que d'attendre qu'il se passe quelque chose comme une fille de la poste qui viendrait apporter du courrier ou madame Marcelle qui arriverait. Et ça a sonné à la porte du jardin sur la rue.

C'était ou du courrier ou madame Marcelle qui avait oublié sa clé de la maison.

Mais ouvrir cette porte-là c'était comme ouvrir le gaz.

115

Défense absolue.

Alors j'ai pas bougé.

Et ça a resonné et resonné.

Si ça avait été une fille de la poste elle aurait mis le courrier dans la boîte à moins que ça soit un paquet de taille à pas rentrer par la fente.

Et si c'était madame Marcelle c'était con que je lui ouvre pas.

Alors tant pis, je me suis rapproché de la porte et j'ai demandé si c'était madame Marcelle.

— Non, on m'a répondu, non je ne suis pas madame Marcelle, mais je sais qui tu es toi. Tu es Valentin.

Ça alors.

C'était une voix que je connaissais pas et qui me connaissait.

Une voix qui a parlé encore pour me dire : tu es Valentin et je viens pour m'occuper de toi parce que ton grand-père est souffrant.

Si cette voix savait ça, c'était une voix amie.

Je savais pas quoi faire.

— Alors tu m'ouvres, Valentin ?

Elle était enchanteuse comme voix.

J'ai été prendre la clé de secours sous le pot de fleurs retourné au pied du saule pleureur et je l'ai mise dans le trou de la serrure et ça a pas été facile parce que c'était une vieille serrure pas commode. Mais j'ai ouvert.

J'ai ouvert à une dame ou une demoiselle en robe longue jusqu'à ses tennis noires, avec un sac à la main.

Grand, de voyage, le sac.

— Bonjour, Valentin, elle m'a dit en me regardant avec des yeux d'un bleu bleu pâle si pâle que j'en avais jamais vu des comme ça.

Et qu'est-ce qu'elle les ouvrait.

Et qu'est-ce que ses cheveux blond pâle étaient longs.

Elle avait jamais dû aller se les faire couper de toute sa vie.

Elle entrait pas, elle restait dans la porte ouverte à me mater.

Et elle m'a dit une idiotie.

— Tu es grand et tu n'es pas grand, elle m'a dit.

C'était qui celle-là ?

Jamais je l'avais vue et elle connaissait mon nom et elle était au courant de la mauvaise santé de Père-grand.

Ça devait être quelqu'un que lui il connaissait.

Qu'il connaissait très bien.

Peut-être une des pétasses avec qui il allait s'amuser en douce dans des Montparnasse ou des Bastille pendant que pauvre Mère-grand l'attendait pour dîner et pour dormir avant son cancer.

C'était à une salope alors que j'avais ouvert la porte ?

Elle avait pas une figure de salope, pas des yeux, des cheveux de salope, mais ça devait en être une.

Une salope pétasse pouffe.

Ou alors c'était une baby-sitter.

Père-grand me l'avait pas dit, mais il avait dû combiner de faire venir dans notre maison une fille un peu prof pour s'occuper de m'apprendre le calcul et des trucs dans ce goût-là.

Une baby-sitter comme des copains de la maternelle disaient qu'ils en avaient quand leurs pères et leurs mères allaient à des soirées de copains à eux ou au ciné.

Peut-être que c'était à elle la petite culotte que j'avais trouvée dans l'atelier de Père-grand et que ça avait fait tant rire que je la trouve.

Pendant que je me demandais qui elle pouvait être, elle continuait à me regarder cette demoiselle ou dame aux yeux pâles comme si on les avait lavés à une température de machine trop forte.

— Je peux entrer, oui ? elle m'a demandé.

Quand elle a dit ça, elle y était déjà entrée dans notre jardin, en refermant la porte de la rue derrière elle avec la clé qu'elle a été remettre exactement à sa bonne place sous le pot de fleurs à côté du saule pleureur.

Si elle connaissait la cachette c'est qu'elle était déjà venue et qu'elle était une poule pétasse à Père-grand.

Elle m'a demandé si il était là.

— Oui, il est là. Il dort à cause de son mal de cou, de dos et d'épaule.

— Ça le fait encore beaucoup souffrir ?

— Ouais. Il a mal.

— Ça peut durer. Mais c'est pas tragique. Le docteur Quiblier va vite le remettre en état, ton grand-père.

Putain ! Elle savait même le nom de notre docteur.

J'aurais pas dû lui ouvrir.

Maintenant qu'elle était là Père-grand allait lui

faire des baisers des cajoleries et peut-être plus s'occuper de moi.

Peut-être qu'elle venait pour se marier avec lui maintenant que Mère-grand était morte.

Quelle salope celle-là avec ses yeux de poisson et ses cheveux de clocharde.

Elle regardait le jardin, elle marchait dans l'allée pleine d'herbes sauvages comme si elle voulait y entrer dans notre maison.

Merde et remerde ! Je voulais pas moi qu'il se remarie avec une autre femme que Mère-grand, Père-grand.

Elle s'approchait de notre maison, elle montait les marches sans se biler, l'autre !

Elle entrait chez nous.

Au moment d'entrer dans la maison où elle avait rien à faire, elle s'est retournée.

— Tu ne viens pas avec moi, tu préfères rester au soleil ?

Elle a eu droit à aucune réponse. Mais ça l'a pas dégoûtée de me parler.

— C'est vrai que tu es assez grand garçon pour te débrouiller tout seul. Enfin, quand tu voudras, tu viens. Je te ferai un bon chocolat. À condition qu'il y en ait, évidemment.

Connasse.

Connasse qui croyait que, parce qu'elle allait faire des cajoles à l'autre vieux débris, j'allais la laisser me faire mon chocolat.

Qu'elle crève !

Je me tenais une si belle colère que j'ai ramassé une branche cassée qui était par terre et que j'ai massacré tout ce que j'ai pu.

J'ai massacré des fleurs qui avaient poussé toutes seules, j'ai massacré des pots de fleurs qui traînaient par-ci par-là.

J'ai essayé de dégommer aussi un pigeon qui me regardait massacrer mais le temps que mon coup de branche lui arrive dessus, il s'était envolé sur un arbre et je l'ai engueulé comme jamais ça avait dû lui arriver.

Et il me regardait de son œil de côté et il s'en foutait de ma fureur, ça se voyait qu'il s'en foutait.

Toute la terre entière se foutait de moi.

J'étais dans la rage jusqu'au trognon.

Et j'ai rien pu faire d'autre que m'asseoir sur de l'herbe à fourmis et pleurer.

Des larmes m'ont jailli.

Des larmes très nombreuses de garçon qu'arrêtait pas d'avoir une vie de merde, de garçon qui n'avait plus de Mère-grand pour le poupouter et presque plus de Père-grand puisque ce gâteux allait me préférer une pétasse pouffe.

Et j'avais même pas un Kleenex dans mon pyjama puisqu'il avait pas de poches et il a fallu que je m'essuie avec mes mains.

Et c'était mouillé-salé et c'était la misère la plus terrible qui me soit arrivée.

Et elle est revenue, elle est ressortie sur le perron, l'autre.

Elle avait une cigarette allumée et j'ai fait celui qui la voyait pas.

Et ce qu'elle m'a dit, là alors !

Elle m'a dit : ah, au fait, je te l'ai pas dit encore, Valentin, mais je suis ta maman.

On a les parents qu'on a.

Qui sont là ou qui y sont pas.

Moi, ce matin très tôt de printemps beau et chaud, j'avais un père parti dans je ne savais pas quel pays d'Afrique et une mère avec une cigarette allumée sur le perron de notre maison à Père-grand et à moi.

Une mère très belle dame.

Vue un peu d'en dessous comme je la regardais en tenant mes mains devant ma figure pour qu'elle voie surtout pas que je la regardais je voyais combien elle était belle.

Surtout des yeux et des cheveux.

Mais bon.

Belle ou pas belle j'en avais pas plus besoin ce matin de printemps-là que j'en avais eu besoin depuis qu'on m'avait sorti de ses entrailles et qu'elle avait décidé que son garçon Valentin elle en avait rien à foutre.

D'aucune mère j'avais besoin.

D'aucune.

Alors elle est restée à me regarder du haut des marches de l'entrée de la maison et je suis resté moi dans mon herbe à faire celui qui savait même pas qu'elle existait.

Je me suis retourné et j'ai commencé à écraser des fourmis qui vadrouillaient autour de mes jambes avec un caillou.

J'en ai écrasé.

J'en ai loupé.

C'est fourmilleux, les fourmis, ça arrête pas de l'être.

Quand madame Marcelle est arrivée et qu'elle a ouvert la porte avec sa clé elle m'a trouvé là.

— Bonjour Valentin, qu'est-ce que tu fabriques là de si bonne heure en pyjama que tu vas tout salir ?

— Je tue des bêtes nuisibles.

Elle a vu ma mère sur les marches.

— Bonjour madame.

— Bonjour madame.

Elles sont rentrées dans la maison ensemble en se parlant.

Écraser des fourmis ça commençait à me peler.

Mais j'avais pas envie de rentrer.

Je suis allé finir de casser un pot de fleurs et j'ai cassé aussi avec un bout de pot de fleurs la petite vitre du petit cabanon où Père-grand rangeait ses outils à jardiner qui servaient jamais à rien.

J'ai essayé de dégommer des oiseaux avec des cagnasses.

Mais je les ai fait que sauter d'une branche à l'autre en se payant ma gueule.

J'étais mal.

Il m'est venu alors l'idée d'aller dans l'atelier.

La porte était ouverte. Père-grand la fermait pas.

J'ai retrouvé des paquets de gâteaux avec encore des gâteaux dedans des jours où Père-grand quittait pas son atelier pour pas voir papa.

Je les ai mangés.

Tous. Même les complètement rassis.

Puis j'ai eu envie de finir une peinture que j'avais commencée et qui était restée en plan.

Un bouquet de deux roses.

Puis j'ai plus eu envie de la finir.

Comme j'avais vidé un tube de rouge et un tube de blanc tout entiers sur une vieille palette pour faire du rose, j'étais embêté.

Le gâchis c'est dommage.

Alors j'ai cherché ce que je pouvais peindre.

Y avait un carton toilé tout neuf par terre, je me suis mis sur mes genoux devant et j'ai attendu que l'inspiration m'arrive.

Elle a pris son temps.

Mais elle m'est arrivée.

Un portrait j'allais faire.

J'en avais fait encore aucun mais j'allais en faire un.

Pas un portrait de quelqu'un entier avec son corps, ses bras, ses jambes et les mains, les pieds, les chaussures, les chaussettes et le reste.

Juste une figure.

Je me suis bricolé du rose en touillant bien ensemble mon blanc et mon rouge et je me suis appliqué pour bien l'étaler en forme de figure sur le carton toilé.

Ça faisait un peu comme un citron ou un œuf rose mais c'était assez au poil.

Restait plus qu'à attendre les petites minutes pour que l'acrylique sèche et je pouvais mettre la bouche, les yeux, le pif.

Mais fallait que ça soit le portrait de quelqu'un.

De qui ?

J'aurais bien fait Bart Simpson mais j'avais peur de le louper avec sa bouche zarbi et ses yeux qui ressortaient. J'ai fini par décider de faire le portrait de la dernière tête que j'avais vue.

Celui de la tête de ma mère qui débarquait

comme ça sans prévenir on savait vraiment pas pourquoi.

J'ai mis tout le blanc qui me restait et à peine une chiure de mouche de bleu pour que ça soit comme le bleu pâle si pâle de ses yeux à elle.

Et je lui ai fait ses yeux.

Je lui ai fait des cheveux jaune blond d'une tellement longue longueur qu'ils tenaient pas en entier sur le carton toilé. J'ai dessiné une bouche au crayon-feutre que j'ai coloriée en rouge et j'ai dessiné un nez avec des narines et la petite rigole en dessous qui descend jusqu'au milieu de la bouche.

De travers il était le nez mais j'ai fait comme j'ai pu.

C'était artistique.

J'ai cherché jusqu'à le trouver un petit pinceau quatre poils pour le signer en bas dans le coin mon premier portrait.

Pas avec tout mon nom, avec juste le V de Valentin à la manière des artistes les plus cotés.

J'ai pris un tube de noir, j'ai appuyé dessus qu'il en tombe qu'une miette sur la palette, j'ai trempé mon pinceau dedans et j'ai tiré la langue et j'ai fait un V très propre, très net.

Imprimé on l'aurait cru.

Et, comme il me restait du noir sur mon pinceau, je l'ai utilisé en faisant un petit point à côté de ce V impec.

Et comme j'avais de l'inspiration, ce petit point noir, je lui ai fait des pattes et des ailes et ça a donné une sorte de fourmi.

Ben oui, c'est à ça que ça ressemblait le plus. À une fourmi. C'était marrant et ça faisait original une fourmi de la taille d'une fourmi à côté du V de mon nom Valentin.

Et, comme il en restait encore du noir au bout de mon pinceau, j'en ai fait une autre.

Elles étaient ressemblantes mes fourmis parce que je venais juste d'en regarder en les tuant avec un caillou dans le jardin.

Je me suis mis à en faire plein.

Tout autour du portrait de cette dame qui m'avait dit qu'elle était ma mère.

Plein de fourmis.

Et j'étais tellement inspiré que, quand mon pinceau s'est retrouvé sans noir, j'en ai repris sur la palette et partout partout j'en ai foutu des fourmis.

Partout partout.

Sur les joues du portrait, sur son nez, sur sa bouche, sur ses yeux bleu pâle, sur ses cheveux.

Comme je savais pas du tout compter, je pourrais pas dire combien j'en ai mis des fourmis, mais ça pouvait bien en faire cent.

Cent fourmis ou plus qui se baladaient sur la figure de ma mère, qui lui grouillaient dessus, qui peut-être voulaient la bouffer.

Je l'avais pas du tout fait exprès, c'était que de l'art et rien d'autre.

Mais après, quand j'ai eu un psy, qu'est-ce qu'elles ont pu le faire gamberger, ces fourmis-là.

Le docteur Filderman.

Un psy sommité qui s'arrangeait pour être en même temps juif et rouquin.

Juif ça se voyait pas et je savais pas ce que c'était et c'est pas du tout grave d'être juif.

Mais être rouquin autant que lui, faut le vouloir.

Ses cheveux et sa barbe et tous ses poils de bras et de mains sont carrément carotte.

Le docteur Élie Filderman.

De toutes les personnes que j'ai connues jusqu'à maintenant aucune m'aura aussi bien cassé les couilles.

Aucune.

Mais ma mère le trouve un génie.

C'est vrai que elle, il l'a sauvée, elle dit.

Je sais pas et je saurai peut-être jamais tout de ses paquets d'embrouilles, à ma mère, mais pour avoir galéré elle a galéré.

Ça.

Après m'avoir enfanté dans de si mauvaises souffrances qu'elle m'a pris en grippe et qu'elle a refusé même de voir quel merveilleux beau bébé j'étais, elle s'est retrouvée dans une maison de repos de la vallée de Chevreuse pas loin de Paris.

Une maison pour s'y reposer la tête et les nerfs que son accouchement avaient raide niqués.

Elle avait sombré, maman.

Une épave elle était devenue.

Après son épouvantable grand cri d'animal à la clinique à ma naissance, elle avait arrêté de parler aux autres.

Elle faisait plus que se dire tout bas des choses à elle-même.

Paraît même qu'elle aurait plus bougé du tout si on l'avait pas un peu secouée.

Des infirmières la levaient le matin, l'emmenaient dans la salle de bains, lui mettaient un savon dans une main pour qu'elle se lave, lui donnaient une serviette éponge pour qu'elle s'essuie, l'emmenaient dans le réfectoire où elles lui mettaient une tartine dans sa main et lui poussaient sa main pour que la tartine arrive dans sa bouche et à peine elle mordait dedans.

Elle regardait pas la télé, écoutait pas la radio, lisait pas et se grattait même pas si quelque part ça la démangeait.

Si on allait l'asseoir dans les cabinets, elle y restait tant qu'on venait pas la rechercher sans même souvent faire un pipi.

Les seules fois qu'elle se remuait un peu c'était pour essayer de se tuer.

Avec une boîte entière de cachets volés à une infirmière.

Avec un couteau piqué dans la salle à manger.

En tortillant sa chemise de nuit comme une corde et en se la serrant autour du cou pour s'étrangler.

Sauter par la fenêtre elle pouvait pas, elle avait une fenêtre à barreaux de fenêtre de prison, mais ça lui est arrivé d'essayer de se casser le crâne en se le tapant sur les barreaux.

Papa, Père-grand, Mère-grand allaient la voir.

Elle les regardait pas, les écoutait pas.

Tous les jours le docteur Filderman se la faisait amener sur un divan dans son bureau et il fumait un ou deux cigarillos en attendant qu'elle se décide à lui dire quelque chose.

Et elle disait rien de rien.

C'est le patron de la maison de repos de la vallée de Chevreuse le docteur Filderman.

Il taxait d'un max d'argent papa et Père-grand, mais c'était pas de l'argent volé.

Il était un lacanien très diplômé.

Et encore plus patient.

Deux ans entiers, sauf les samedis et les dimanches où il allait faire des tournois de golf de psys, il l'a fait s'allonger tous les jours sur son divan de bureau, maman.

Et il a réussi petit bout par petit bout à lui décaper l'intérieur de la tête de ses idées pas nettes de presque folle, à lui mettre à la place des idées riantes.

Il l'écoutait ne pas lui parler et il lui expliquait pourquoi elle lui parlait pas.

Ça devait être salement casse-bonbons leurs séances de tous les jours. Mais ça a eu des résultats.

Au bout d'un grand bout de temps elle a commencé par plus essayer tout le temps de se tuer.

Puis elle a eu une boulimie de manger qui la faisait se lever la nuit pour aller piller dans les cuisines de la maison de repos du pâté, du fromage, des restes de soupe, de purée de pois, de choucroute, de crème renversée.

Même dans les poubelles ça lui est arrivé d'aller se trouver du manger en douce.

C'était malpropre. Mais le docteur Filderman voulait pas qu'on l'empêche.

Il avait raison. C'est le pire des cons. Mais ça lui arrive d'avoir raison.

Elle a pris neuf kilos, maman, et quand papa, Père-grand, Mère-grand, venaient la visiter, elle les reconnaissait et leur causait un peu.

Mais ça pouvait lui arriver encore de faire brusquement celle qui s'endormait au milieu d'une conversation ou de sonner l'infirmière de garde pour lui demander de faire partir ces gens qu'elle connaissait pas et qui lui gâchaient son repos.

Mère-grand, Père-grand, papa, désespéraient.

Puis elle a plus volé de manger la nuit et a perdu ses neuf kilos et a demandé un jour à Mère-grand de lui amener du rouge à lèvres et du parfum de lavande.

C'était tellement bon signe ça, que ce jour-là Père-grand nous a emmenés Mère-grand et moi manger dans un grand restaurant de Montparnasse *La Coupole*.

Mais j'étais encore trop gniard pour que ça me rentre dans la mémoire.

Père-grand m'a raconté que, dans le grand restaurant *La Coupole*, j'ai fait l'admiration de toute la clientèle huppée en trempant ma main tout entière dans une coupe de champagne et en me suçant tous les doigts un par un après.

Parfumée et ses lèvres avec du rouge, maman était redevenue comme avant son maudit accouchement.

Elle reparlait de tout comme avant et elle refaisait des parties de scrabble avec Mère-grand avec le scrabble qu'on lui avait apporté dans sa maison de repos.

Elle racontait même à Père-grand, Mère-grand et papa, quand il venait lui aussi la voir entre deux voyages d'affaires, des blagues sur les autres pensionnaires qui vivaient avec elle.

Des histoires de suicides loupés des autres pensionnaires, des histoires de délires de sa voisine d'étage qui avait ses règles tous les jours de l'année pour être sûre qu'aucun homme la toucherait jamais, des histoires de chasse à l'insecte et à la souris sur le toit et dans les arbres d'une autre de ses voisines d'étage qui faisait son oiseau de proie.

Ils se la jouaient tous durement durement dingue, dans sa maison de repos de la vallée de Chevreuse à ma mère.

Mais le docteur Filderman paniquait pas et ma mère il la sortait de ses états lentement mais sûrement.

Au bout d'à peine deux ans elle était guérie.

Si guérie que Mère-grand lui a apporté un jean, un chemisier, un blouson, des chaussures et tout le fourniment pour que le lendemain Père-grand vienne la chercher dans la Rolls et qu'elle revienne vivre une vraie vie à la maison.

Et le lendemain, quand la Rolls est arrivée, elle était pas là ma mère.

Elle était plus nulle part.

Absolument introuvable dans sa chambre et dans toute la maison de repos.

Guérie et disparue.

Elle voulait plus être un légume épave mais elle voulait pas devenir une maman, alors elle a fugué.

Ça personne me l'a jamais dit mais ça m'est tombé dans les oreilles y a pas tellement longtemps, une fois que maman en parlait avec quelqu'un et qu'elle savait pas que j'étais dans leurs parages et que j'entendais tout ce qui se disait.

Ce qu'elle a fait, ce qu'elle est devenue après avoir filé en douce de sa maison de repos personne le sait en entier. Pas même elle-même je crois.

Le docteur Filderman qui la pensait tout à fait guérie, il s'était planté gros.

Mais elle a fini par revenir.

Par revenir dans notre maison.

Par revenir un matin très beau de printemps et je l'ai boudée et je lui ai fait son portrait avec des fourmis.

Ce portrait je le trouvais plus superbe que toutes les peintures que j'avais faites avant.

Mais mon inconscient devait pas en être si fier que moi, parce que avant de sortir de l'atelier de Père-grand, il m'est venu l'idée de le planquer.

Ouais. J'ai pas trop pensé à ce que je faisais, mais n'empêche que je l'ai fourré sous une armoire en faisant bien attention qu'il dépasse pas.

Et je suis rentré à la maison pour y faire un pipi parce que j'aimais pas faire mes besoins dans le jardin. Puis après je me suis allumé la télé et je me suis vautré dans le canapé et j'ai zappé jusqu'à ce que je trouve un film pas mal.

Un polar avec un type gros sans trop de cheveux qui voyageait en train avec une femme qui avait vu éventrer au couteau à cran d'arrêt un avocat de la maffia par des tueurs à gages et que le type gros sans trop de cheveux qui était procureur voulait emmener à Vancouver pour qu'elle témoigne à un tribunal.

Mais au moins dix types étaient aussi dans le train pour flinguer la femme et le gros devait tout le temps cavaler dans les couloirs avec la peur aux fesses.

Je m'y attendais pas, j'étais complètement dans ce dangereux train de la télé et elle s'est assise à côté de moi sur le canapé.

Elle, ma mère.

Elle s'est assise tranquillement comme si elle était de la maison.

— Je peux regarder la télé avec toi, elle m'a demandé.

J'avais envie de le regarder tout seul mon film alors j'ai appuyé sur la touche ARRÊT et ça m'a fâché parce que ça m'empêcherait de savoir si le gros procureur arriverait à y arriver à Vancouver avec la femme ou si les flingueurs de la maffia auraient la peau de la femme.

J'ai éteint la télé, mais j'ai continué à la regarder.

Et ma mère que je regardais pas m'a parlé.

Parlé sans s'énerver pour que je sache qu'elle savait qu'elle avait été une horriblement mauvaise mère qui n'avait pensé qu'à elle quand elle aurait dû penser qu'à moi et qu'elle s'en voulait pour ça et qu'elle comprenait très bien qu'en arrivant comme ça elle n'avait rien à attendre de moi que de l'indifférence et que patata patata.

C'est pas exactement ça qu'elle m'a dit mais ça ressemblait à ça et elle était très embêtée d'avoir abandonné si longtemps le fruit de ses entrailles et ça se sentait.

Moi, j'étais à la fois content et pas content qu'elle me dise ces choses.

Avoir une mère ou pas en avoir une je voyais pas très bien la différence.

J'avais eu Mère-grand et ça m'avait tout à fait suffi.

Les mères, je croyais que c'était comme les pères, des gens tellement occupés ailleurs qu'ils avaient pas le temps de rester à la maison avec leurs enfants.

Et voilà qu'elle était là.

Elle était là mais ça me disait pas à quoi elle allait me servir.

En attendant de savoir, le mieux que j'avais à faire c'était de rien faire, d'attendre.

Alors j'ai fait celui qu'avait rien entendu et j'ai continué à regarder l'écran de la télé avec rien dessus.

Et ça m'a ennuyé grandement.

Elle aussi elle devait s'ennuyer puisqu'elle le regardait comme moi ce pédé d'écran sans rien dessus.

Et, à un moment, je l'avais pas sentie venir et je me suis retrouvé avec sa main sur ma tête.

Et elle s'est mise à me caresser les cheveux.

C'était bon ça, c'était rudement bon.

J'aurais eu de la fierté, j'aurais retiré ma tête, je me serais tiré du canapé pour pas qu'elle me touche.

Mais c'était trop bon.

Elle me les tripotait à la perfection, mes cheveux, elle me le grattouillait trop bien mon crâne à épis impeignables.

Alors j'ai pas bougé, j'ai laissé faire.

C'était comme si j'étais un chat en train de se faire faire des mamours. Mais j'ai pas ronronné.

N'empêche que c'est comme ça que c'est parti nous deux maman Béa et moi.

Maintenant je le sais qu'une mère deux fois à moitié folle, qui laisse choir son nourrisson pendant des années, c'est quelqu'un de pas clair.

Mais, à ce moment-là, je le savais pas et même je l'aurais su, j'aurais craqué pareil, parce que même les plus terribles câlins de Mère-grand ça valait pas les caresses de crâne de cette mère qui m'arrivait comme une surprise de je savais pas où.

Quand, toujours sur le canapé devant la télé éteinte, elle m'a pris et serré contre elle et que je me suis retrouvé la bouille contre les seins douillets de sa poitrine, ça a été encore plus extra.

Qu'on soit là comme ça, moi enfoui dans elle et elle me gazouillant que j'étais son Valentin à elle, son tout petit grand garçon, son amour, c'était meilleur que tout.

Être aussi bien que ça c'était à n'y pas croire.

A y pas croire non plus qu'on me fasse des becs sur le bec.

Et elle m'en a fait.

Des becs délicieux, comme si un oiseau très mignon m'avait picoré ma bouche.

C'est une aimeuse, maman.

Une trop aimeuse même.

Quand Père-grand est descendu en se tenant tout le haut de lui-même raide comme si il avait été une statue en bronze et qu'il nous a vus bec à bec il a failli en choir sur son derrière de surprise. Mais il a que failli, il nous a regardés d'un regard content et il lui a posé qu'une seule question à sa fille qui revenait.

Il lui a demandé : Béatrice ma belle, te souviens-tu encore du chemin de la cave ?

Oui, elle s'en souvenait.

Et elle a grandement souri à son vieux papa et a filé chercher une bouteille de champagne de la Veuve Clicquot.

Il a fallu que madame Marcelle avec son tablier plein de crasse et ses gants à vaisselle vienne trinquer avec nous.

Je dis nous, parce que moi j'ai eu droit à un fond de coupe qui m'a fait joliment éternuer.

— À tes souhaits, ils m'ont dit tous ensemble.

Et j'ai souhaité que ma mère reste avec nous à la maison et qu'elle y fasse rien d'autre que s'occuper de grattouiller mon crâne et me faire des becs sur le bec.

Ce jour-là, son premier jour, elle m'en a fait plein d'autres, des becs amoureux, et aussi des crêpes comme déjeuner de midi qu'on a fait sauter en l'air chacun son tour dans la cuisine.

Et une de Père-grand est tombée à plat par terre.

Et deux des miennes.

Ce qui nous a tous trois fait bien marrer.

Madame Marcelle, qui était là pour nettoyer après, elle a pas ri, elle.

Puis j'ai aidé ma mère à s'installer dans une chambre de la maison que je ne connaissais pas parce que sa porte était tout le temps fermée.

Ça avait été sa chambre de petite fille, puis d'ado, puis de femme de papa.

Elle y avait encore des souvenirs de son enfance

comme des poupées pas abîmées, des livres à images, son premier appareil photo et des toilettes de jeune fille et des photos dans des cadres d'elle en écolière, en communiante, en étudiante, toute petite apprenant à marcher, apprenant à faire de la patinette.

C'est celle en communiante qui m'intéressa le plus.

C'est quoi une communiante ?

Maman a froncé ses yeux quand je lui ai demandé et au lieu de me répondre elle m'a demandé elle si, au moins, j'étais baptisé.

Je lui ai répondu que je savais pas.

Elle m'a demandé si on me faisait faire ma prière.

Je lui ai demandé ce que c'était une prière.

Elle a parlé d'autre chose.

De ses robes qui ne devaient plus lui aller, de ses chaussures qui devaient encore lui aller mais qui étaient plus à la mode, du grand ménage qu'il allait falloir qu'elle fasse dans ses placards et armoires et tiroirs.

Puis elle m'a demandé de lui faire voir ma chambre à moi.

Quand elle a vu mon petit lit elle m'a demandé si c'était là que je dormais depuis toujours.

Je lui ai dit que je croyais que oui.

Alors elle est restée plantée devant mon lit et elle a eu des larmes aux yeux.

Mais elle m'a dit de pas y faire attention.

J'y ai fait attention quand même.

Elle pleurait si bien qu'elle avait l'air d'une actrice de feuilleton triste.

Il faut dire que c'est une beauté maman Béatrice.

Le soir, Père-grand nous a régalés d'un dîner qu'il était allé chercher chez un traiteur de Montparnasse.

Un dîner grand tralala avec du saumon comme l'aimait Mère-grand, de la vodka avec des glaçons, de la hure ou peut-être hurle de sanglier, des quenelles de poisson, de la salade composée avec des herbes à odeur d'eau de Cologne et un gâteau chocolat-brûlant-chocolat-glacé sur de la meringue aux blancs d'œufs à s'en faire péter le bidon.

Leurs verres de vodka, ils les ont levés pour que Mère-grand elle ait son toast là où elle était.

Mère-grand aurait été là pour voir sa fille revenue, elle aurait sûrement chanté une chanson russe de son temps à elle en mélangeant les paroles et elle aurait sûrement mélangé aussi des grands rires et des grandes larmes.

Mais elle était plus là, pour toujours.

Quand j'ai eu tellement sommeil que mes yeux se fermaient tout seuls, maman m'a emporté dans mon lit où elle m'a bordé et fait au moins cinquante baisers puis elle est redescendue faire la converse avec Père-grand.

Ils avaient des années de choses à se dire.

Je me suis endormi dans le contentement.

Mais ça m'a pas empêché d'énormément pisser au lit une fois de plus.

Et tout a changé à la maison.
Tout.

Les petits déjeuners sans lait ou sans beurre, les repas foutus n'importe comment à n'importe quelle heure sont devenus des petits déjeuners entiers et des vrais repas à l'heure.

Les plats lourds en sauce de madame Marcelle sont devenus des plats légers sans sauce de maman.

Le jardin sauvage est devenu un jardin apprivoisé par maman qui m'a réquisitionné pour arracher les mauvaises herbes avec elle et on a choyé les fleurs souffreteuses pour qu'elles deviennent des fleurs en bonne santé avec des bonnes joues de fleurs.

Tout le fouillis qu'on avait organisé Père-grand et moi dans plusieurs pièces a été défouillitisé.

Et maman a mis des rideaux neufs partout où les rideaux étaient trop sales, trop vieux, elle a fait des colis de toutes les toilettes chics et pas chics de Mère-grand et a téléphoné à des gens de chez l'abbé Pierre qu'ils viennent les prendre, elle a lessivé les volets, viré à la poubelle des montagnes de vieuseries, elle a acheté de nouveaux petits meubles pour la salle de bains et repeint les cabinets.

Tout ça en peu de jours et en salopette.

Une salopette retrouvée dans un placard de sa chambre qui lui allait encore aussi bien que quand elle était une jeune femme encore sans grossesse.

Pour bricoler, ses longs jolis cheveux, elle se les nattait de chaque côté de sa tête et se les attachait avec les lacets de ses tennis qu'elle mettait sans leurs lacets.

Et elle chantait d'une voix très perchée, très flûteuse, tout de travers des chansons swingantes et ne s'arrêtait de chanter que pour fumer des cigarettes que je lui allumais moi avec un briquet zippo qui était un cadeau que lui avait fait son premier amoureux qui l'avait emmenée l'embrasser au cinéma et allait au même lycée qu'elle.

Elle me racontait tout ce que je voulais de son enfance et de ses années ado. Mais rien de sa maladie de tête et de nerfs.

À son lycée, elle était dans les mieux notées et elle avait eu son bac les doigts dans le nez.

Après, elle avait commencé des études compliquées de langues orientales puis ça l'avait tannée. Alors elle avait laissé choir et fait des petits boulots de vendeuse de fringues aux Halles, de guide pour visiter les égouts et des monuments construits à Paris pour les touristes, de serveuse dans des Macdo et des Pommes de pain. Puis elle avait rencontré papa qui était encore pas mon papa mais un étudiant militant qui distribuait dans les rues des prospectus qui empêchaient les phoques enfants, les lions et des éléphants d'être tués. Et ils avaient fait des voyages d'amoureux dans des îles lointaines et ils avaient vu des trucs formidables dans des pays formidables où il y avait des rues avec tellement plus de vaches que d'autos que c'étaient les vaches qui faisaient la loi et des hommes avec des barbes plus grandes qu'eux qui se coupaient leurs langues qui repoussaient la nuit et qui pouvaient vivre cent ans en mangeant qu'une datte par jour et qui pouvaient même pas se toucher eux-mêmes parce qu'ils étaient intouchables. Et papa et elle s'étaient épousés dans une île où tout le monde leur avait jeté dessus du riz cru et de l'or en poudre.

Quand elle me racontait de ces formidables

souvenirs-là, si Père-grand était là, il l'écoutait me les raconter mais il disait rien.

Ça faisait comme si il écoutait mais entendait pas.

Il nous regardait et c'est tout.

Mais ça se voyait bien qu'il entendait et qu'il était content content qu'elle soit revenue de tous les endroits d'où elle était revenue et qu'elle soit là, sa fille Béatrice.

Moi aussi je l'étais.

Et y avait de quoi.

C'est qu'elle me faisait que des gentillesses ma mère.

Des gentillesses comme personne en fait.

Ça commençait quand j'ouvrais les yeux le matin.

Je me réveillais et elle était déjà assise sur mon lit avec sur un plateau un grand bol de céréales avec dedans une grande grande cuillerée de miel de montagne.

Du miel extra pur surfin qu'elle allait chercher à l'autre bout de Paris dans une boutique de santé qu'elle connaissait.

Du miel écœurant.

Les céréales non plus j'en étais pas trop gourmand.

Ça valait pas le chocolat.

Mais maman savait c'était meilleur pour moi que le chocolat qui constipe les garçons et leur engorge le foie et les intestins grêles et leur donne un répugnant teint jaune.

Les tartines ça doit être très très dangereux aussi parce qu'elle me les a supprimées.

Tout ce qui était mauvais pour son amour de fils elle m'a supprimé.

Tout.

Les frites, les carambars, le ketchup sur la viande et les œufs et le Coca et la télé plus qu'un petit peu à la fois.

La télé ça risquait de me rendre imbécile et de me détruire les yeux.

Mes yeux, elle arrêtait pas de me les regarder et un soir qu'on était à table en train de manger une de ses pâtées végétariennes pas très excellente mais impec pour le transit intestinal, elle a demandé à Père-grand si il leur trouvait pas quelque chose, à mes yeux.

Père-grand leur trouvait rien, non, c'étaient de mignons petits quinquets de petit sacripant et rien d'autre, pour lui.

Ils ont pourtant quelque chose, elle a dit.

— Quoi? Ils ont quoi ? a demandé Père-grand.

— Quelque chose, elle a répété, moi je trouve qu'ils ont quelque chose et demain nous en aurons le cœur net.

Le lendemain on l'a eu, le cœur net, et pas qu'un peu.

On l'a eu dans le cabinet noir d'un enfoiré d'oculiste à qui il a pas fallu cinq minutes pour me les trouver complètement jetés, mes yeux.

Un redoutable, ce bonhomme.

À peine j'étais là, il m'a carré dans une sorte de siège éjectable de spationaute et il m'a coincé toute la tête avec un piège à tête et aveuglé avec des minuscules lampes virulentes et il m'a fichu devant

mon nez un morceau de carton avec une cerise dessinée dessus. Pas mal dessinée. Mais très très
grande.

— Qu'est-ce que tu vois, là, mon grand ?

— Une cerise. Une trop grande cerise.

— Et comme ceci ?

Comme ceci, ça voulait dire en ayant sa main
devant mes yeux pour les boucher.

— Je la vois plus. Y a votre main.

— Parfait. Très bien. Très très bien.

Il était pas difficile à contenter. Et il était très
joueur. Il m'a bouché un œil seulement, puis
l'autre. Et fallait que je voie la cerise, que je la voie
pas.

Après, ça a été une pomme. Puis des lampes qui
s'allumaient, s'éteignaient, clignotaient. Et je les
voyais, je les voyais pas. Et ça lui plaisait de plus en
plus.

Pour finir il a fait le gugusse avec un de ses
doigts, il me le mettait loin de mon nez, puis tout
près, puis encore plus tout près, puis tellement tout
près que, son doigt je le voyais deux.

Quand je l'ai vu deux et tout brouillé, son doigt,
il s'est arrêté, l'oculiste, et il a dit : strabisme.

Strabisme accusé, même.

Pour lui, ça voulait dire que mes yeux étaient
partis pour bigler et que fallait d'urgence me
mettre des lunettes.

Des lunettes comme l'autre péteux de la maternelle Yves-André !

Ça, je voulais pas.

Je voulais pas, je voulais pas, je voulais tellement
pas que je me suis arraché du fauteuil piégeur et

142

que je me suis accroché à la robe de maman en hurlant comme un cochon qu'on égorge.

Elle m'a tapoté mes joues, ma tête et expliqué qu'aucun garçon raisonnable pouvait vouloir toute sa vie loucher et elle m'a juré que ça durerait pas longtemps les lunettes et qu'après je serais encore plus trognon, plus chou.

Je l'ai un peu crue. Mais j'ai quand même continué à hurler et j'hurlais encore quand on est arrivés dans la boutique du marchand de lunettes où j'ai eu le droit de choisir celles de la couleur qui me plaisait le plus.

Je les ai toutes trouvées de merde.

Du moment que c'étaient des couleurs de lunettes, c'était des couleurs de merde.

Bleues on les a commandées quand même.

Bleu Palm Beach.

Et quand, trois jours après, on est allés les chercher et que la vendeuse me les a posées sur mon nez et qu'elle m'a tourné de force la figure devant une glace et que je me suis vu, j'ai même pas eu la force de repleurer.

De me voir aussi amoché ça m'a flingué à mort.

Et, en plus, pour pas que je les enlève ou que je m'arrange pour les faire tomber en bougeant, elles avaient des ficelles en cuir à leurs branches pour les nouer derrière ma tête.

Des lunettes de sûreté quoi.

En sortant du magasin, dans la rue, je me cognais dans tous les gens et une fois rentré à la maison je me cognais dans tous les meubles. C'était forcé parce que je les ouvrais plus, mes yeux d'infirme loucheur.

Maman ça l'a agacée.

— Tu veux quoi, Valentin ? Tu préférerais être aveugle ou louchon que d'avoir des yeux comme tout le monde ?

— Oui, j'ai répondu, aveugle, j'aimerais mieux. Comme ça je verrais aucun oculiste et je te verrais pas toi.

En plus des lunettes, ça m'a fait avoir une tape.

Le soir au dîner j'ai eu qu'un peu faim mais très soif pour être sûr de pisser beaucoup au lit la nuit.

Je le gardais pour moi, ça, mais avec leurs lunettes je voyais mieux la télé et les mots et les dessins de mes livres.

Mais qu'est-ce qu'elles pouvaient me gêner.

Et qu'est-ce que j'étais vilain avec.

Elles me faisaient une tête d'insecte, de mouche à caca.

Elles me le faisaient tellement que j'étais sûr que de les porter ça me faisait puer.

Maman trouvait qu'avec j'étais encore plus chou et madame Marcelle qu'elles me donnaient l'air d'un savant ou d'un avocat.

D'un savant insecte repoussant, oui.

Père-grand, lui, pas une fois pas une, il en a parlé de mes lunettes.

Il devait être d'accord que c'était infect. Mais il voulait pas faire de la peine à maman qu'était pour. Alors il la bouclait.

Faut dire qu'il avait d'autres choses qui lui bectaient le crâne, Père-grand. Il avait son dos qui s'est mis à le tracasser encore plus quand on lui a enlevé sa minerve et il avait la commande qui venait de lui tomber dessus.

La plus importante de toute sa vie de célèbre artiste connu.

Une commande de l'étranger, une commande d'un cow-boy de pas loin de Dallas en Amérique.

Un cow-boy de pas loin de Dallas en Amérique qui s'était, une nuit, trouvé du pétrole en creusant pour se faire un clapier à coyotes dans un bout de lopin de terre qu'il avait hérité.

Une si énorme quantité de pétrole que ce cow-boy miséreux était devenu cette nuit-là riche comme un roi arabe et qu'il s'était fait construire, pas un clapier, mais un palais grand comme dix Hôtels de Ville de Paris, entièrement climatisé, et qu'il voulait qu'un peintre connu lui peigne une arche de Noé grandeur nature sur les murs de sa piscine couverte.

Et il avait vu dans un journal d'art des animaux peints par Père-grand et c'était lui qu'il voulait comme peintre et pas un autre.

Et des marchands de tableaux américains avaient contacté le marchand de Père-grand et celui-là qui était un habile requin avait fait grimper les enchères à des hauteurs astronomiques.

Père-grand, ça le branchait à fond cette commande, mais fallait qu'il aille faire l'artiste dans le palais du cow-boy pas loin de Dallas et ça, ça le déballait.

Les voyages plus longs qu'un jour ou deux c'était pas son bol de thé et travailler ailleurs que dans son atelier bordel parisien il jurait qu'il pourrait pas le faire.

145

Et puis quand même si.

Ça aurait été trop dommage de pas être celui qui l'aurait fignolée, l'arche de Noé grandeur nature.

Alors il a téléphoné à une agence pour qu'on lui trouve l'avion qui mettait le moins de temps et il a bouclé sa valise, il a mis son imperméable de voyageur, un chapeau craignant pas la pluie et les autres intempéries et il m'a fait un au revoir déchirant.

Depuis le jour où j'étais né, la personne que j'avais le plus vu c'était lui.

Et il s'en allait pour peut-être des mois.

Qu'est-ce que je l'ai pas aimé le taxi qui l'emmenait à Roissy-Charles-de-Gaulle.

Je l'ai regardé disparaître au coin de la rue en le haïssant.

J'aurais pas voulu qu'il tombe en panne parce que c'était bien que Père-grand aille faire la plus fantastique peinture de toute sa vie. Mais je l'ai pas aimé ce taxi.

Je le voyais plus, Père-grand, dans le taxi, que je lui faisais encore des signes d'adieu en reniflant pour pas chialer.

Et je me suis retrouvé qu'avec maman.

Qui était à la porte de la maison avec moi et qui m'a serré contre elle.

— Nous voilà comme deux amoureux maintenant, elle a dit.

Et je suis sûr ça lui faisait aussi bizarre qu'à moi qu'on se retrouve que nous deux.

On avait petit déjeuné de très bonne heure avec Père-grand qui avait son avion au petit jour, parce que avec les décalages les heures de vol étaient plus longues que des heures ordinaires.

On a repetit déjeuné dans la cuisine.

Rebelote pour le bol de céréales au miel écœurant de montagne.

Ça nous a fait rire de remanger.

Et maman a dit que de faire comme ça chaque repas deux fois au lieu d'une, ça finirait peut-être par me faire avoir les kilos et les centimètres qui me manquaient.

Comme la dirlo de la maternelle, elle me trouvait un peu rétréci pour mon âge.

C'était vrai que je grandissais au ralenti.

Mes jeans, mes chemises, mes chandails, ils avaient presque tous au moins un an et ils m'allaient toujours impeccable.

Je devais être un garçon modèle réduit.

Ça me gênait pas.

Les lunettes me gênaient, mais pas de pas avoir un gros bidon, des bras à muscles et des grandes jambes de girafe.

Je m'allais comme j'étais.

À maman Béa aussi je lui allais puisqu'elle faisait que répéter qu'elle était amoureuse folle de son grand petit Valentin.

Après notre petit déjeuner *bis* elle m'a demandé de lui choisir une robe dans sa penderie et des chaussures allant avec et elle a dit que les amoureux allaient s'offrir une petite balade dans Paris.

La robe était rouge tomate à boutons en cœurs et elle la boudinait un chouia, mais quelle élégance.

C'était une robe qu'elle s'était payée quand elle faisait un de ses petits boulots de jeune fille, quand elle était serveuse à la Pomme de pain rue de Rivoli.

Et c'est là qu'on est allés avec l'autobus quarante-sept qui allait de l'avenue des Gobelins à Châtelet.

Le bus je connaissais pas.

C'était plus épatant encore que le métro, c'était comme une voiture dans laquelle on pouvait se promener en faisant gaffe de pas s'étaler aux coups de frein, et avec des gens qui lisaient des journaux et des livres ou qui regardaient les rues.

Rue de Rivoli on a été voir des clous, des vis, des chevilles et des tringles à rideaux au Bazar de l'Hôtel de Ville.

Puis on a vu l'Hôtel de Ville où Père-grand avait reçu sa médaille. Puis on a été à la Pomme de pain manger des sandwiches succulents viande froide salade et mayonnaise.

La fille qui nous les a vendus était moins belle que maman.

Maman a rigolé en se rappelant que quand elle était serveuse là, une fois, une cliente avait trouvé une boucle d'oreille d'une copine à elle, dans le sien de sandwich.

Après on a traîné nos pattes jusqu'aux Tuileries où on a fait de la grande roue.

Ça m'a barbouillé la digestion de mon succulent sandwich et plutôt fichu les flûtes. Mais maman raffolait des grandes roues, des scenic-railways et des trains fantômes. Chacun ses goûts.

Après, on a remangé.

Des crêpes au miel tièdes baveuses qui m'ont recalé mon estomac.

Pendant qu'on mangeait nos crêpes assis sur des chaises payantes en essayant de pas se foutre du miel et du gras partout, un type est venu s'asseoir tout près de nous et il a demandé à maman si j'étais son petit frère et elle lui a répondu : oui.

Le type lui a proposé une cigarette qu'elle a prise et ils ont fumé en étant de très bonne humeur.

Je sais pas pourquoi elle lui faisait croire que j'étais autre chose que son garçon à ce type que ça regardait vraiment pas.

Je sais pas pourquoi elle s'est mise à lui faire des menteries à lui raconter qu'elle était étudiante et des choses comme ça.

Et pourquoi aussi ils ont voulu tous les deux que j'aille pas trop loin mais assez quand même regarder des garçons et des messieurs qui faisaient naviguer des bateaux sur l'eau d'un grand bassin avec des télécommandes.

Je m'en foutais de ces bateaux.

Ça devait être des torpilleurs ou des cuirassés ou des yachts ou des trimarans mais je me suis toujours branlé des bateaux, alors j'en connaissais pas un.

J'ai fait comme si je les regardais mais c'était maman et l'autre qui bavassaient dans la gaieté et s'allumaient d'autres cigarettes que je voyais.

Et ça durait.

Ça aurait pu durer mille siècles.

Mais y a eu l'accident.

Ouais. À un moment je suis tombé tout habillé dans l'eau du bassin.

Le chauffeur du taxi qu'on a trouvé râlait comme un pou.

Trempé comme j'étais, j'allais lui endommager tous ses coussins, tout lui saloper.

Son taxi c'était pas une baignoire, il disait.

Maman lui a dit de la fermer et de faire vite que, si on arrivait pas vite pour qu'on me déshabille et me sèche au séchoir à cheveux, je risquais une pneumonie, et elle me frottait mes mains pour me les réchauffer et elle m'embrassait mon front, mon crâne, et s'énervait et se demandait comment ça avait pu arriver que je tombe à l'eau, moi si petit, et sachant pas nager, et elle répétait combien elle avait eu peur quand elle avait entendu les cris et qu'elle avait vu des messieurs tout habillés se mettre les pieds dans le bassin pour me repêcher.

Elle avait son cœur qui battait si fort que je le sentais cogner.

Ça l'avait secouée que son garçon chéri manque de mourir.

Un bel accident ça avait été.

Et bizarre. Parce que personne m'avait poussé dans l'eau et que j'étais pas en train de faire de l'équilibre et que vraiment c'était pas explicable.

Comme par miracle j'y étais tombé dans le bassin des Tuileries.

Elle m'a séché, ma maman, et aussitôt plongé dans un bain brûlant.

Ce qui m'a enfiévré.

Resséché et fourré sous la couette du lit de maman, j'ai eu droit à de l'orangeade chaude et à des baisers de réconfort qui m'ont encore plus fait transpirer.

L'accident miracle qui s'était plutôt très bien passé il a viré à la maladie.

Petite. Mais avec quand même trente-sept neuf. Ce qui est pas loin de trente-huit.

Et maman s'est retrouvée dans tous ses états.

Jamais encore je l'avais vue comme ça.

Elle arrêtait pas de boire des verres d'eau et de fumer des cigarettes à moitié et de s'allonger à côté de moi pour me faire des regards d'amoureuse et de brutalement se lever et descendre en bas et remonter et se rallonger et de s'allumer encore une cigarette en s'énervant et d'en tirer deux biffes et de l'écraser dans le cendrier sur sa table de chevet et de me dire à toute allure que c'était pas possible qu'il arrive des choses pareilles, que voir son garçon presque noyé elle supportait pas ça, que j'étais la seule chose bien de sa vie où tout loupait toujours et que son Valentin y avait rien d'autre pour elle au monde, rien, rien, rien, vraiment rien d'autre.

Puis elle me touchait le front sans appuyer sa main dessus comme si elle avait peur de me faire mal ou comme si j'étais un garçon en verre et qu'elle voulait pas me casser.

Et elle s'inquiétait, disait que ma fièvre montait, que j'avais eu une commotion forte et elle s'est mise à parler de méningite et d'autres maladies qui pouvaient tomber sur les enfants sans prévenir et qui étaient des maladies pires que contagieuses.

Puis elle disait : non, non, bien sûr que non mon

151

bébé ne va avoir aucune maladie, aucune, aucune, aucune, il a tout simplement eu un choc et il a une bonne suée de bain chaud et il va transpirer gentiment et faire un gros dodo et demain tout sera oublié.

Et elle se rallumait une cigarette et tirait une biffe et l'écrasait.

À force elle en a plus eu dans son paquet posé sur la couette.

Alors elle s'en est rallumé une vieille.

Et elle a demandé si j'avais pas envie qu'on lise.

J'avais un peu envie, oui.

Elle a ouvert une malle qu'elle avait au pied de son lit et qui était pleine de livres de petite fille à elle.

Des Babar que je connaissais pas, des Espiègle Lili qui était une fille qui faisait une flopée de crasses à bien des gens mais pas par méchanceté, des aventures d'un hérisson Édouard qui était détective privé dans une forêt infestée d'animaux malfrats voleurs de noisettes et kidnappeurs d'écureuils, l'histoire du bon petit diable qui se collait un masque effrayant sur son cul pour empêcher une mère MacMich très cruelle de lui taper dessus avec un fouet. Et son livre préféré, à maman, Alice au pays des merveilles, qui était emmerdant comme tout et qu'il a fallu que je l'écoute m'en lire plein de pages.

Tout d'un coup elle s'est arrêtée de lire et a plus rien dit.

Elle s'est rallumé une cigarette qu'elle avait déjà rallumée et écrasée et rallumée et récrasée et elle a fait des petites fumées rondes avec sa bouche et a regardé la lanterne japonaise qui pendait au pla-fond de sa chambre.

Elle réfléchissait dur.

Quand elle a sursauté, parce que le dernier bout de tabac brûlant avant le filtre de sa cigarette est tombé sur la couette et a fait un petit trou dedans, elle en a presque pleuré.

— Merde, elle a dit.

Et elle a éteint le minuscule incendie avec son pouce qu'elle s'était mouillé en se le mettant dans sa bouche et elle a encore dit merde et elle a sauté en bas du lit et elle s'est regardée dans la glace au-dessus de la table où elle avait tous ses parfums, toutes ses crèmes, toutes ses brosses et ses peignes, et j'ai vu qu'elle était moins jolie que d'habitude.

Sa bouche faisait aucun sourire.

On aurait dit Mère-grand quand elle avait été paf sous la lune et que ça l'avait fatiguée.

Je la voyais dans la glace et elle elle me voyait dedans aussi.

Et elle m'a demandé : mais tes lunettes où elles sont ?

Mes lunettes ?

Dans la flotte du bassin des Tuileries elles étaient restées.

Un accident miracle encore plus miraculeux que prévu.

Mais maman, que mes lunettes soient perdues, ça l'a démoralisée encore plus.

Elle a dit : on ira t'en racheter demain, je peux même téléphoner chez l'opticien et demander qu'il te refasse exactement les mêmes.

Mais de dire ça ça lui a pas suffi.

153

Elle s'est assise lugubrement sur le pied du lit, s'est cherché encore une vieille cigarette rallumable et en a pas trouvé.

Elle s'est levée.

— Tu vas te reposer bien tranquille cinq minutes le temps que j'aille jusqu'au tabac, d'accord ?

— D'accord.

— Tu veux que je te ramène quelque chose ? Tu veux un gâteau, une de ces bonnes tartelettes qu'ils font au coin de la rue de la Reine-Blanche ?

— Une au chocolat alors.

— Si tu veux. Une au chocolat.

— Tu reviens vite ?

— Je reviens tout de suite tout de suite et tu es sage comme une image, promis ?

— Promis.

Elle allait peut-être revenir tout de suite, mais l'escalier elle l'a descendu sans se presser et je l'ai entendue qui traînaillait en bas dans le salon.

J'étais tout poisseux tout collant.

Mon trente-sept neuf avait dû faire des petits.

J'allais quand même pas m'attraper une maladie pour un plongeon de rien du tout dans de l'eau pas profonde et pas froide.

Une méningite ça pouvait pas s'attraper comme ça.

Qu'est-ce que c'était d'abord une méningite ?

Une maladie mortelle ou pas mortelle ?

Une maladie plus grave que les angines, grippes, rougeoles, otites et laryngites à toux sèche que j'avais eues ? Ou moins grave ?

À la maternelle, les autres ils avaient tous souvent des maladies.

154

Des oreillons, des varicelles, des infections bron-cho-pulmonaires.

Une maladie de sang contaminé pouvait pas se piquer dans un bassin à bateaux modèles réduits télécommandés.

Sûrement pas.

N'empêche que ma fièvre montait à toute vibure et que j'avais une douleur.

Une douleur dans mes poumons.

Une douleur pinçante.

Qui me faisait peine quand je respirais.

J'allais si ça se trouvait arrêter d'avoir de la respiration.

Et j'étais tout seul dans la maison.

Tout seul, avec de plus en plus de fièvre et de plus en plus de douleur pinçante.

Et j'étais même pas dans mon lit à moi.

J'étais dans un lit trop grand, avec pas mon polochon, pas mon oreiller et aucun de mes jouets.

C'était pas un miracle cet accident, c'était une redoutable catastrophe.

Je me retrouvais dans la catastrophe, je m'y retrouvais jusqu'aux yeux.

Je me suis appuyé sur mes poumons pour faire passer la douleur.

Elle a pas passé.

Avec mes mains j'ai senti mon cœur battre.

Qu'est-ce qu'il cognait.

Plom plom plom plom plom, de plus en plus fort.

Il allait péter.

J'allais mourir avant que maman revienne avec ses cigarettes et ma tartelette au chocolat du coin de la rue de la Reine-Blanche.

Elle le savait que j'allais mourir.

C'est parce qu'elle le savait qu'elle était partie pour pas voir ça.

Du chocolat elle voulait pas que j'en mange. Si elle avait dit oui pour la tartelette au chocolat c'est parce qu'elle savait que je serais mort avant de la manger.

Elle était même pas partie l'acheter. Elle ramènerait que des cigarettes pour les fumer en regardant mon cadavre de garçon mort.

C'était dégueulasse.

Elle m'appelait son amour unique et elle arrêtait pas de me faire des horreurs.

Me faire porter des lunettes, remplacer le manger que j'aimais par des cochonneries bonnes pour la santé, me faire faire de très dangereux tours de grande roue, m'expédier voir des idiots jouer avec des bateaux pendant qu'elle se faisait des sourires vicieux avec un type à qui elle faisait croire que j'étais son petit frère...

J'avais une mère mauvaise.

C'est pour ça que je me suis laissé mourir, qu'au lieu de m'endormir, j'ai fait un coma.

Qui est une chose très désagréable.

L'opticien a fabriqué en un jour, un mardi, des lunettes exactement les mêmes que celles qui avaient sombré aux Tuileries et un coursier à moto est venu les livrer à la maison.

Exactement les mêmes.

Et papa a trouvé qu'avec je ressemblais tout à

156

fait à un oncle Maurice qui était de notre famille.

Oui, papa.

Parce qu'il est revenu celui-là.

Il est revenu un soir sans prévenir, quelques
jours après l'accident.

Il a pas seulement trouvé que je ressemblais à
son oncle, il m'a aussi trouvé une petite mine et il
m'a fait un énorme paquet de baisers.

Mais tous les baisers qu'il a pu faire à maman
c'était fantastique.

Sa Béatrice, il était fou d'elle.

Quand il l'a vue, il l'a prise dans ses bras et il l'a
arrachée de par terre et soulevée et fait tourner
comme s'ils faisaient une danse en lui disant : Béatrice, ma Béa, ma Béa, ma Béatrice, ma Béa chérie,
mon cœur.

Et il n'a arrêté de lui dire ça que pour lui faire
des baisers dans la bouche en lui caressant les cheveux et il lui a mis sa tête à lui dans son cou à elle et
ils se sont laissé tomber sur un des canapés du
salon et il lui a embrassé et léchouillé les mains et
les bras et mordillé une oreille.

Et maman avait des petits rires de petite chienne
idiote.

Les roulades amoureuses sur leur lit de Père-
grand et Mère-grand, c'était rien à côté.

Ça faisait des mois et des mois et des mois qu'ils
s'étaient pas vus mon père et ma mère. Alors bien
sûr.

Mais ça me plaisait pas trop de les voir faire des
sauteries comme celles-là.

Je les ai laissés dans le salon et que je suis monté

157

dans ma chambre où je me suis occupé de mes robots.

J'en avais plein un coffre, des robots.

Que papa m'avait ramenés quand il revenait d'Amérique ou d'autres pays à robots et à jouets à piles.

Des Martiens j'avais aussi, des Martiens tout en acier brillant avec des bipbips incorporés et des pistolets désintégrateurs qui désintégraient rien du tout.

Et des hommes de la Lune, des hommes noirs de la Lune avec leurs scaphandres transparents avec dedans des corps mous avec des têtes comme des épingles avec un seul œil par tête. Et des Saturniens poilus. Et un Batman et sa batauto. Et Spiderman. Et Wonder Woman avec sa culotte en drapeau à étoiles et son soutif en même faux tissu en fer.

Ça faisait une collection quand je les sortais tous de leur coffre et que je les mettais en rang. Mais les faire se faire des guerres entre eux, ça m'amusait pas terrible.

Et puis ils existaient pas.

Père-grand, qui leur trouvait des bouilles et des costumes affligeants, me l'avait dit que c'étaient des inventions de marchands de jouets et rien d'autre et que, en plus, pour se trimbaler avec autant de pistolets électroniques, d'arquebuses à laser et d'armes impossibles, ça prouvait que, de pas exister, ça les empêchait pas d'être de fiers salopards.

Et si Père-grand le disait.

Alors je les ai sortis tous de leur coffre et ça a été un beau grand splendide holocauste.

Le premier à déguster ça a été Batman. Je l'ai pris par les jambes et je lui ai cogné sa tête sur mon petit banc de bébé que j'avais toujours. Sous le lit elle a roulé, sa tête. Après ça a été le tour d'un robot, de mon plus grand robot. Je lui ai allumé sa tête tournante et quand il s'est mis à marcher en se tortillant je lui ai arraché un fil électrique dans son dos et il a fait greing greing greing greing et il est tombé à plat ventre et il a battu des bras.

D'une grenouille en train de crever, il a eu l'air.

Les hommes noirs de la Lune, je leur ai fait des trous dans leurs scaphandres pour que l'air de ma chambre trop fort pour eux les asphyxie.

Tuer, je sais pas. Mais casser, ça soulage.

Quand maman m'a appelé pour descendre dîner j'étais en train de ranger dans le coffre les cadavres de toutes les morts de mon grand massacre inter-galactique et j'ai pas entendu.

Papa est venu me chercher et il s'est assis sur mon lit et il a regardé le désastre.

— Je suppose que tu es content de toi ? il m'a demandé.

— Je sais pas. Je les aimais pas ces jouets-là.

— Tous les garçons aiment les robots, Valentin, tous les garçons gentils.

Après, à table, en mangeant les spaghetti de maman, il lui a raconté le massacre.

Maman ça l'a pas étonnée.

Elle a mis beaucoup de parmesan sur ses spa-ghetti et elle a dit à papa que j'étais sans doute pas un garçon comme les autres mais que c'était nor-mal parce que j'avais pas eu une enfance comme les enfances des autres garçons.

Papa a dit : oui, bien sûr, évidemment. Et il a mangé.

Quand il a eu liquidé les spaghetti de son assiette et ceux qui restaient dans le plat, il a reculé sa chaise et il a dit : maintenant, Béa, il faut que nous repartions sur un autre pied. Il est grand temps de remettre le train sur ses rails.

Quel train ?

Ça, il l'a pas dit.

Il a demandé qu'est-ce qu'il y avait comme fromage.

C'était du brie. Et il a été très content que ça en soit parce qu'à Niakokokoundé, là où il construisait un vaste complexe industriel dans des marécages asséchés, il mangeait que du fromage de chèvre qui donnait des aigreurs épouvantables.

Après le fromage et la salade de fruits, il s'est assis tout contre maman dans le canapé devant la télé qu'il a pas allumée et il a serré maman contre lui et il lui a dit des choses tout bas et il a commencé à lui toucher sa poitrine par-dessus son chemisier puis un peu en dessous et ils ont fumé la même cigarette.

Moi, je me suis retrouvé comme une bille, par terre sur la moquette, tout seul avec les cadeaux que papa m'avait ramenés ce coup-ci.

Une flèche peut-être empoisonnée mais c'était pas sûr, un jeu de cailloux bongolés que papa savait pas comment on y jouait et un dieu bongolé en noix de coco vraiment tarte.

J'avais un père et une mère collés l'un à l'autre comme des poux et des cadeaux miteux.

Et j'étais pas un garçon comme les autres.
Mais c'était normal.

Le train qu'il fallait remettre sur ses rails, c'était un train de la gare d'Austerlitz qui allait à la campagne.

En vacances, on partait.

Des vacances je savais pas ce que c'était.

Papa et maman, eux, ils savaient.

Depuis qu'ils se connaissaient et tant que maman avait été nette dans sa tête, souvent souvent ils y allaient.

Et ça les régalait.

Ils ont dit que ça serait pour eux comme une deuxième lune de miel d'en prendre.

Et qu'à moi ça allait me faire un bien fou.

Le train de la gare d'Austerlitz était un très bon train.

Il a roulé à très grande vitesse et n'a pas déraillé comme trop de trains le faisaient à la télé.

Ça a été un voyage agréable et enrichissant.

Par la fenêtre du train on a vu des forêts, des tunnels, des Conforama, des Auchan, des Mammouth, des pylônes pour l'électricité, des châteaux d'eau, des vaches et des moutons qui nous regardaient avec épatement, et on a mangé des sandwichs de train rassis et bu des eaux minérales presque glacées.

Quand on est arrivés à la ville de Tours on était pas encore arrivés.

Il a fallu qu'on trouve un taxi pour aller à La Renardière qui était la vieille maison tout abîmée d'un ami de papa qui avait été étudiant ensemble avec lui.

Mais il était pas là, l'ami.

Il avait laissé ses clés à une dame qui avait une ferme pas loin d'une petite rivière sinueuse et entièrement polluée qui s'appelait la Brenne.

Elle a donné les clés à papa et des verres de vin pétillant à lui et à maman parce qu'elle avait pas que des animaux de ferme, elle avait aussi de la vigne à vin.

Son vin c'était du rosé goûteux qui faisait claquer les langues, dont papa et maman ont bu plusieurs verres.

Je sais qu'il était goûteux comme vin pétillant parce qu'elle a absolument voulu que j'en boive une lichée la dame de la ferme qui était grande femme musclée très rieusement accueillante.

Elle avait une fille Elsa un peu plus grande que moi qui a pas voulu me dire bonjour parce qu'elle débarrassait des salades de leurs limaces et que ça l'empêchait de me dire bonjour.

Tout autour de la ferme il y avait un paysage de campagne avec des arbres et des pelouses à vaches et des rues sans maisons pleines de trous à eau sale.

C'était très en couleurs et avec seulement un paysan de loin en loin.

Dans la maison de l'ami de papa il n'y avait pas l'eau.

Il fallait aller en prendre à une fontaine dans la cour avec un seau en faisant tourner une lourde roue en fer.

Mais il y avait des chauves-souris quand le soleil commençait à se coucher.

Très nombreuses et très attaquantes.

Maman n'en voulait surtout pas dans ses cheveux.

Moi non plus.

La cuisine fallait la faire ou sur un réchaud sur lequel tenait juste une petite casserole ou dans une cheminée dans laquelle fallait faire brûler des bûches grandes comme moi qui voulaient pas s'allumer.

Le premier soir, on a mangé froid des rillettes supergrasses de chez la fermière, des tomates, du melon et un fameux petit fromage de pays qui avait goût de beurre rance.

On a mangé dehors sous un arbre avec des oiseaux qui nous ont chié dessus.

La maison avait des pièces vides sans carreaux aux fenêtres et des pièces pleines de vieux meubles, de tabourets tenant pas debout, de lampes qui n'éclairaient pas, de pendules arrêtées, de glaces dans lesquelles on se voyait pas avec des petits anges en bois doré ou des fleurs autour.

C'était une maison à caractère et papa et maman l'ont trouvée magnifique avec toutes les pouilleries qui l'encombraient.

Ils aimaient beaucoup aussi les lits qui étaient comme des cages à animaux en fer, avec pas des couettes mais des draps qui grattaient et sentaient la vieille poussière.

Par terre, y avait aucune moquette, aucun tapis, c'étaient que des carreaux qui gelaient les pieds.

Y avait partout des courants d'air.

Et des toiles d'araignée avec des araignées dedans.

Papa et maman étaient enchantés.

Quinze jours au grand air, quinze jours sans téléphone, sans télé, ils trouvaient que c'était la joie.

Moi, elle me plaisait assez cette campagne et la maison aussi.

Mais elle m'a donné très vite les boules.

Ça a commencé quand il a fallu que j'aille faire un besoin pressé dans une cabane-cabinets dans la cour avec pas de couvercle sur le trône et, par terre, un piège à souris.

Y avait pas de souris dedans. Mais y aurait pu en avoir.

Et je les ai eues encore plus, les boules, quand je me suis retrouvé dans une chambre si loin de celle de papa et maman que, c'était forcé, si des chauves-souris venaient me boire mon sang pendant que je dormirais, ils entendraient rien.

J'ai cru que je dormais pas de toute la nuit. Mais j'ai dû dormir un peu puisque le matin, quand les coqs de la ferme ont fait un boucan d'affreux cocoricos, mon lit était trempé de pipi.

Maman a trouvé que c'était pas grave et elle a étalé les draps, le matelas, tout sur une pelouse dehors.

Et il a fallu que je me lave tout nu dehors comme papa et maman qui se sont toilettés avec des seaux d'eau froide comme des glaçons de frigo en rigolant comme des mongoliens.

Enchantés, ils étaient.

Enchantés. Mais alors enchantés.

Après s'être séché, papa n'a pas mis de slip, pas de chemise, rien.

Il est resté tout nu et il a fait sur l'herbe des mouvements de gymnastique en soufflant comme un phoque.

Y avait pas de gens autour de nous, y avait que des arbres et des vignes et des oiseaux, mais on était quand même dehors.

Et, le cul à l'air, mon père a fait des écartements de bras, des flexions de jambes, il a sauté avec son zizi qui sautait aussi, il a fait des pompes.

Quand il a été en sueur, il s'est assis et il a attendu en se faisant cuire par le soleil le petit déjeuner que maman a posé sur la table de jardin sur laquelle on avait dîné sous l'arbre aux oiseaux malpropres.

On a pas eu droit aux céréales et au miel de montagne.

On a eu du lait nature et des tranches de pain mou de la campagne avec du beurre trop graisseux.

J'ai voulu chipoter. Mais papa et maman ont pas voulu.

— À la campagne on chipote pas, ils ont dit, à la campagne on dévore.

Il a fallu que j'en mange deux, des tartines étouffantes.

Et, pour les digérer, il a fallu que je fasse une grande partie de ballon avec papa.

Jamais je l'avais vu déchaîné comme ça.

Il avait trouvé un ballon de foot, un vrai, très lourd, très dur, dans une des pièces de la maison et il m'a fait mettre entre deux arbres et il a dit : c'est le but et t'es le goal et le ballon faut pas que tu le laisses passer, et il le lançait de toutes ses forces avec ses pieds, avec sa tête et, ou j'arrivais pas à l'attraper et il passait et papa m'engueulait, ou je le recevais dans le ventre, dans ma figure, et comme il arrivait comme une bombe, ça me matraquait et ça me faisait mal, et fallait quand même que je le renvoie avec mon pied, et je tapais à côté ou mal, et papa se foutait de moi, et j'avais les tartines de pain mou bourratif qui me remontaient dans mon estomac.

Pour finir la partie de ballon, j'ai gerbé sur des petites fleurs jaunes et des insectes qui se sont sauvés effrayés.

Toutes mes tartines et le bol de lait de la ferme et le dîner de rillettes et de tomates et de melon de la veille. Tout, j'ai gerbé.

Peut-être même aussi les sandwichs de train du voyage.

J'ai vomi avec tellement de quantité que maman s'est affolée.

Elle a cherché dans la cuisine sale de la maison et a trouvé une grande boîte de tisane pour les embarras de ventre qu'elle m'a fait chauffer sur le réchaud.

Une tisane qui avait goût de savon que j'ai gerbée sur le carrelage de la cuisine.

Elles démarraient splendidement, les vacances qui devaient me faire un bien fou.

Pour me consoler, maman m'a emmené à la ferme chercher des salades.

Sur le chemin qui allait de la maison où on était en vacances à la ferme, on a rencontré un homme de la campagne à chapeau de paille, qui nous a demandé si notre santé était bonne et qui nous a fait voir les escargots qu'il venait de cueillir dans un bois et qui se bavaient les uns sur les autres dans son sac.

La dame de la ferme était dans sa cave à nettoyer des bouteilles avec une balayette spéciale en écoutant un jeu sur un transistor.

Elle nous a dit bonjour et après elle nous a plus rien dit pour pouvoir entendre son jeu.

Fallait trouver des noms de rois de France qui avaient gagné des guerres.

Elle les connaissait par cœur les noms des rois, la dame de la ferme, alors elle les disait au type de la radio qui l'entendait pas.

Mais quand c'était les bons noms qu'il fallait dire pour avoir gagné qu'elle avait dit, elle faisait des clignements malins à maman avec ses yeux.

Des bouteilles y en avait partout et des tonneaux.

Quand ça a plus été le jeu, elle a éteint son transistor et a offert un coup à maman.

Un coup d'un petit vin pétillant qui avait de la tenue.

Maman l'a bu en plusieurs fois et a fait claquer sa langue parce que c'était obligé.

Moi, j'ai eu droit à une pomme.

J'allais mordre dedans quand j'ai vu qu'elle avait un trou d'asticot, alors je l'ai rendue à la dame en disant que j'avais pas faim.

Et la dame a dit que les petits Parisiens arrivaient toujours sans beaucoup d'appétit mais que l'air les creusait.

Maman était tout à fait de cet avis-là.

Quand la fille Elsa est arrivée dans la cave, elle a bien voulu dire bonjour à maman et à moi et elle m'a emmené me faire admirer la basse-cour.

C'étaient des poules excitées, des oies, qui m'ont fait des airs sournois, des coqs, des lapins russes, et une dinde qui était aussi une Elsa parce que Elsa était sa marraine.

On lui a caressé la tête à la dinde, mais d'un peu loin.

Quand on a ramené les salades, papa était encore tout nu sur l'herbe, il lisait un polar en se grattant les doigts de pieds.

Il faisait chaud.

Maman m'a demandé si je voulais jouer à quelque chose avec elle.

Non. Je voulais pas.

Elle m'a laissé et est allée s'allonger à côté de papa.

Elle a gardé ses habits mais papa lui a retroussé un peu de sa jupe à fleurs pour lui caresser les jambes très haut tout en continuant à lire son polar.

Et maman a dû s'endormir.

Le ciel était bien plus immense qu'à Paris.

Avec des nuages qui se suivaient sans se biler, comme des wagons d'un train à petite vitesse.

À ma montre il était neuf heures.

Un oiseau noir qui ressemblait à un corbeau d'un de mes livres est venu se poser au-dessus de la fontaine.

Et il a tourné sa tête de côté pour me voir.

Il avait l'air d'un oiseau pas méchant.

Mais valait mieux pas trop l'approcher.

On sait jamais.

Dans les salades, en les épluchant dehors, on a trouvé un ver mou.

Maman l'a pris avec des doigts dégoûtés et l'a mis par terre pour qu'il aille retrouver ses frères et sœurs vers.

C'était une bonne idée j'ai trouvé.

La salade, c'est moi qui l'ai lavée dans un seau d'eau en fer rempli à la fontaine.

C'est moi aussi qui l'ai secouée dans un panier tout percé fait exprès pour ça.

J'ai aussi aidé à éplucher des oignons et ça a été du joli, ça m'a mis les yeux dans un tel état qu'il aurait presque fallu des essuie-glaces pour mes lunettes.

On pleurait si fort, maman et moi, qu'on a éclaté de rire.

Puis on a cherché dans toute la maison et pas trouvé d'huile.

Heureusement, il y avait une bicyclette dans un hangar à côté de la cabane-cabinets.

Elle était aussi abîmée que la maison et tout ce qu'il y avait dedans, mais elle a roulé jusqu'au village le plus proche qui était proche de trois kilomètres cinq cents, ce qui n'est pas proche du tout.

Maman était une vraie championne de bicyclette.

J'étais assis derrière elle sur le porte-bagages, cramponné à son dos avec pas mal de trouille et elle pédalait rageusement.

Sur la route, qui était départementale, il y avait que nous et un chien rouge qui nous a aboyé dessus.

C'était un village de l'ancien temps, avec surtout une église et qu'une épicerie qui vendait aussi du pain et une boucherie et un café de la poste contre la poste qui était toute petite.

De voir cette poste ça a donné à maman une idée encore meilleure que celle d'envoyer le ver retrouver ses frères et sœurs.

Elle a dit : on va appeler Père-grand, on va peut-être le réveiller mais tant pis, il faut qu'il sache qu'on n'est plus à Paris.

On a attendu que la fille de la poste appelle le Texas et on l'a eu, Père-grand.

Maman lui a expliqué qu'on était en vacances et après elle me l'a passé.

Ça se sentait pas qu'il était loin.

Il avait sa même voix éraillée par les cigarettes et il m'a dit : bonjour toi, tu me manques beaucoup beaucoup tu sais. Et il m'a dit que son client cow-boy était un follingue tellement follingue qu'il s'entendait à merveille avec lui et que son arche de Noé allait être un chef-d'œuvre mais que ça allait surtout être un sacré putain de boulot. Et il m'a demandé comment j'allais et comment c'était la campagne. Alors je lui ai raconté la basse-cour, la dinde Elsa que j'avais caressée et le corbeau qui m'avait regardé pas méchamment et le ver de salade. Et il m'a dit de les dessiner, les animaux que je voyais, que ça pourrait lui servir pour son arche et je lui ai promis que j'allais le faire et on s'est fait de chauds baisers téléphoniques.

À l'épicerie, maman a acheté de l'huile et des provisions comme si on allait y rester toute notre vie dans la maison de l'ami de papa.

Pour rentrer ça a été moins vite parce que ça grimpait.

Le chien rouge nous a encore aboyé dessus.

Et on a croisé des moutons qui marchaient en se

cognant les uns dans les autres en faisant béhéhé et en pétant.

Papa était toujours tout nu avec son polar.

Il avait une faim d'ogre.

On a mangé et le soleil nous a tapé fort dessus.

Si fort que ça a ensuqué papa et maman qui ont été faire une sieste dans leur chambre.

Ils m'ont demandé si je voulais pas aller en faire une moi aussi dans la mienne et comme je voulais pas ils m'ont laissé dehors en me disant d'aller me mettre à l'ombre d'un arbre.

J'avais pas envie de me faire crotter dessus par des oiseaux. Je suis surtout pas allé sous un arbre.

J'avais pas envie non plus de me faire piquer ou dévorer par des insectes ou des serpents ou des mulots ou des bestiaux que j'aurais même pas pu appeler par leurs noms, alors je me suis assis sur une bûche en bois pas confortable, mais j'étais bien.

On n'entendait rien que des minuscules grignignis dans les herbes et au loin un animal qui devait être en colère et beuglait ou barrissait.

J'ai pensé à Père-grand.

J'ai pensé que, si il avait été là avec nous, il aurait bu beaucoup de coups de vin pétillant à la ferme et qu'il se serait engueulé avec papa.

J'ai pensé que papa était pas aussi épatant que Père-grand comme homme et que j'aimais pas qu'il soit tout nu dehors.

J'ai pensé encore à d'autres choses.

Et ça a fini par m'ennuyer de penser.

Alors j'ai pensé à ce que je pourrais faire de moins ennuyant que de penser.

Et j'ai trouvé.

J'ai trouvé qu'il fallait que je me mette à faire les dessins d'animaux que j'avais promis au téléphone à Père-grand de lui faire.

J'avais de quoi dans le sac de voyage où maman avait mis mes affaires.

J'avais des cahiers, ma trousse de feutres, une boîte de gouaches, des pinceaux.

Je suis allé chercher tout ça dans la chambre où je dormais.

D'un de ses voyages papa m'avait ramené une sacoche mexicaine en étoffe à broderies de fleurs.

À la maison à Paris, elle me servait à rien, mais là, elle allait être une sacoche indispensable.

J'ai fourré tout ce qu'il me fallait pour dessiner et peindre dedans et je me la suis accrochée à mon épaule.

Je pouvais y aller.

En passant devant la chambre de maman et papa j'ai entendu des bruits qui étaient pas des bruits de sieste.

Ils devaient se poupouter.

Je leur ai dit derrière leur porte que j'allais pas loin voir si je trouvais des animaux pour Père-grand.

Ou ils m'ont pas entendu, ou ils étaient trop dans leurs amours pour me répondre.

Tant pis.

Qu'ils crèvent.

Me fallait de l'eau pour peindre.

Dans la cuisine, j'ai trouvé une bouteille de Perrier vide avec son bouchon, je l'ai remplie d'eau au seau en en foutant pas mal par terre et je l'ai mise dans ma sacoche.

J'y ai mis aussi des Petits-Écoliers qu'on avait achetés à l'épicerie, pour si j'avais une faim de marcheur.

Et en route.

Je suis parti je savais pas où.

Ça m'était jamais arrivé de partir tout seul.

De me voir en train de faire ça, ça m'a un peu tracassé.

C'était comme dans les feuilletons d'aventure à la télé quand des types ou des fois des garçons s'en allaient pour découvrir un trésor.

Moi c'était pas un trésor que je devais trouver c'était des animaux.

En bas de la hauteur sur laquelle était la maison je voyais des vaches mais je savais pas comment aller jusque-là et même si je me débrouillais pour y arriver, les vaches étaient sûrement des bêtes assez connes pour me foncer dessus et me donner des coups de cornes.

Les animaux, sauf certains élevés dans des maisons avec des aliments spéciaux, c'est féroce, ça attaque.

Le mieux c'était que j'aille faire le portrait des poulettes et des lapins russes et de la dinde Elsa de la ferme qui étaient en cage dans leur poulailler.

Pour aller à la ferme c'était pas dur y avait qu'à prendre le petit chemin que je connaissais.

Je l'ai pris.

C'était marrant, j'étais tout seul sur un chemin avec mon sac.

Tout seul en train de partir, comme une sorte d'explorateur.

C'était très marrant.

Très très.

Un papillon m'a tourné autour avec des ailes jaunes et violettes et il est allé se poser sur une fleur du même jaune que lui pour la renifler.

J'ai vu aussi un oiseau dans l'air, avec une brindille dans son bec, il devait aller se chercher de quoi se construire son nid.

Qu'est-ce qu'ils avaient comme animaux à la campagne.

La dame de la ferme m'a vu de loin.

— Tiens, le petit Valentin, elle a fait.

Elle m'a demandé si je venais chercher le lait.

Je lui ai dit que je venais voir les poulettes et les lapins.

Elle m'a dit : tu sais où c'est, t'as qu'à y aller.

Et elle est rentrée dans sa cuisine parce que c'était l'heure de son émission de chansons à la télé et qu'elle voulait pas manquer le début.

Du côté du poulailler y avait un homme en jeans avec Madonna sur son tee-shirt.

Il était en train de réparer le moteur d'un tracteur.

Il m'a demandé qui j'étais.

— Valentin.

Il a fait : ah bon, et a continué à tripatouiller sa mécanique avec ses mains pleines de cambouis.

Je me suis installé et j'ai commencé à dessiner une poule sur la première page de celui de mes cahiers à dessin qui était neuf.

C'était une poule rousse avec la queue d'un roux moins roux.

Je lui ai fait sa tête sans problème mais le corps c'était pas facile, elle arrêtait pas de bouger. Alors

174

j'ai fait le corps d'une autre poule, une blanche qui roupillait debout en oubliant de fermer ses yeux.

J'ai sorti mes gouaches, mon eau et je l'ai peinte en faisant aucune tache, aucune gadouille.

J'ai écrit POULE en dessous et j'ai signé avec mon V de Valentin.

Et l'homme au tee-shirt Madonna qui s'était arrêté de bricoler son moteur pour se fumer une cigarette qu'il s'était fabriquée lui-même avec du tabac de sa poche de pantalon a admiré.

— T'es un artiste, toi. Et t'écris comme un chef.

La fermière aussi a admiré quand elle est venue donner des graines à ses poules. Elle a trouvé que je dessinais et écrivais fichtrement bien pour un garçon de près de deux ans de moins que sa mauvaise tête de fille.

Ça m'a donné de l'orgueil !

Mais la mauvaise tête de fille a tout cassé.

Quand sa mère lui a montré ma page avec la poule tout à fait ressemblante et le mot POULE écrit impeccable pour lui faire honte, Elsa lui a répondu que j'avais peut-être des cahiers plus propres que les siens mais que, elle, elle avait jamais pissé dans son lit comme certains petits cochons.

Elle avait dû voir les draps et le matelas que maman avait mis sécher sur l'herbe.

La honte, c'est moi qui l'ai eue.

Et grande.

J'ai pris mon cahier, je l'ai fourré dans ma sacoche et j'en suis parti en courant de la ferme.

C'est pas pour rentrer dans la maison où les deux fous d'amour étaient peut-être encore bouclés dans leur chambre à faire leurs idioties que j'ai couru.

J'ai couru pour aller nulle part.

Et je me suis retrouvé dans un bois avec des arbres tellement serrés les uns contre les autres, tellement feuillus qu'il y faisait sombre comme dans les forêts à ogres des histoires que me racontait Mère-grand.

Les ogres c'est des blagues.

Heureusement parce que j'avais de quoi me payer une sacrée trouille.

Il devait être plein de champignons, de reptiles venimeux, plein de dangers qu'on pouvait même pas soupçonner, ce bois.

C'était risqué que j'y sois tout seul.

C'était de leur faute à eux, si j'y étais.

De la faute à Elsa, à ma mère et mon père qui s'occupaient que d'eux et pas de moi.

De la faute à Père-grand qui m'avait abandonné pour aller s'éclater avec des cow-boys follingues.

Y avait pas d'ogre dans le bois, mais de la tristesse y en avait.

Ce qu'il aurait fallu que j'y fasse, ç'aurait été de m'asseoir et de pleurer un bon coup.

Mais m'asseoir où ?

C'était sale partout et forcément fourmillant de fourmis et autres créatures agressantes.

Je suis resté debout.

Pleurer ça peut consoler de tout.

Mais pleurer debout, y a pas plus débectant.

Dans le malheur ça t'y plonge encore plus.

Si j'avais pas eu le paquet de Petits-Écoliers dans ma sacoche, je sais pas ce que je serais devenu.

J'en ai mangé un, puis un deuxième.

Et y a une miette qu'est tombée et un oiseau tout malingre, tout décoloré des plumes, tout trembloteur a rappliqué et, la miette, il lui a sauté dessus et il se l'est avalée.

Et il m'a regardé tendu son bec.

Il en voulait une autre, de miette, ce glouton.

Comme les Petits-Écoliers ça a des dents de petits-beurre autour du chocolat, je lui en ai cassé plein de dents que je lui laissais choir et il se les goinfrait et me retendait son bec.

À bouffer autant qu'il bouffait, c'était lui l'ogre de la forêt.

Tout le paquet on a mangé ensemble et quand il a été fini je lui ai posé par terre et il l'a nettoyé de toutes ses dernières miettes.

Je sais pas si c'était un moineau, un coucou, un merle, je sais pas qui il était comme oiseau.

Qu'est-ce que j'aurais voulu l'adopter, qu'est-ce que j'aurais voulu qu'il devienne mon oiseau ami que j'aurais emmené avec moi à Paris où je lui aurais fait un chic agréable petit nid dans le jardin de notre maison.

Mais les oiseaux, quand y a plus de miettes, ça s'envole.

La campagne c'est bien. Mais faudrait pas y être avec un père toujours à te torturer.

Ses ouvriers blacks de ses chantiers d'Afrique, ils

devaient lui manquer, alors il arrêtait pas de me choper, moi, pour me faire faire l'esclave.

Le ballon, le ballon de foot, me le lancer comme si c'était un os et moi un chien, il pouvait passer des journées entières à faire ça.

Et qu'est-ce que ça pouvait le faire bicher de me marquer des buts.

— But ! But ! il braillait comme les plus nazes garçons de la maternelle.

— Trois à zéro ! Quatre à zéro ! Mille à zéro ! il rugissait pour que toute la campagne entende quel crack il était.

Me faire m'user mes jambes, ça aussi, il adorait.

J'avais pas fini de petit déjeuner et de faire mes besoins du matin dans la chiotte à piège à souris, qu'il me braillait : allez, le garçon, en route pour la randonnée !

Et fallait que je le suive à pas de géant jusqu'au village, jusqu'à un vieux château ancien qu'on prenait même pas le temps de regarder, jusqu'à d'autres villages où on entrait même pas dans une boutique pour y acheter quelque chose, jusqu'en haut de côtes à pic.

Il marchait pour marcher, mon père.

Ou il courait.

Pour perdre les kilos de ventre qu'il avait peur de se mettre à avoir et pour se durcir les mollets.

Et fallait que je lui coure derrière.

Les boules aussi il m'a appris.

Il y en avait dans la maison. Des boules en cuivre que tu te crevais rien qu'en les soulevant tellement c'était du cuivre lourd.

Et le plan, c'était de les lancer le plus près

possible d'une bille en bois qui était leur cochonnet.

Ça me gonflait tant qu'un jour qu'il était le nez dans un bouquin mon père, le cochonnet j'ai été le virer dans le trou des cabinets.

Papa l'a cherché partout et il l'a pas retrouvé et il l'a remplacé par une patate et les parties ont continué.

Je les perdais toutes.

Et tant mieux.

J'étais pas un gagneur de jeux de sport.

J'étais un artiste comme Père-grand.

Mais des animaux j'arrivais pas à lui en dessiner la masse avec papa qui, dès qu'il me voyait assis avec mon matériel de peintre ou un livre, piquait une rage.

— C'est pas en restant comme ça sans remuer dans ton coin que tu vas te faire une santé, bonhomme, faut bouger, il me disait, faut bouger.

Une santé j'en avais une.

J'étais pas plus malade que n'importe quel garçon.

Mais j'étais un garçon de ma taille.

Et papa, ça le défrisait.

Maman, elle, ça la contrariait pas trop que je sois un garçon poids plume.

Et mes dessins d'animaux elle les trouvait remarquables.

Surtout mon biquet de la ferme tétant sa mère.

À la ferme, j'y étais retourné.

C'était Elsa qui était venue me chercher.

Après ma honte à cause d'elle.

Elle était venue apporter un saladier de mûres

179

qu'elle avait cueillies pour moi et elle m'avait fait un baiser et elle m'avait dit qu'elle me demandait pardon d'avoir été méchante.

Et elle m'emmenait depuis avec elle garder les vaches et voir des choses étonnantes de la campagne qu'on ne voit pas à Paris.

Comme un cheval en train de la mettre à une jument.

Ça se passait dans un champ et ça valait le déplacement.

Il y avait la jument qui se tortillait et tapait la terre avec ses pattes ferrées et des campagnards habillés avec des marcels qui la tenaient et un cheval étalon qui faisait des bonds en l'air avec son membre de cheval viril qui était une très très très longue bite violette.

Ça m'a impressionné.

Elsa, ça la faisait que ricaner.

Les campagnards avec leurs marcels aussi qui ont bu des boîtes de bière en l'honneur du cheval quand il a eu fait vigoureusement sa saillie.

Il s'appelait Ouragan et ça lui rapportait des sommes coquettes de monter les fiancées qu'il avait dans toutes les fermes du coin.

Ouragan avec sa bite monstre je l'ai pas dessiné.

J'aurais pu, mais mon inconscient a pas voulu.

Comme cheval, j'ai dessiné le vieux Casquette de la ferme qui boitait d'une jambe.

Sur mon dessin ça se voyait pas qu'il était boiteux, mais la maman d'Elsa l'a trouvé si ressemblant quand même qu'elle me l'a acheté cinquante francs pour le mettre sous verre sur son buffet.

Je l'ai refait encore mieux pour Père-grand.

Je lui ai fait un canard, un bouc, une des biques et les deux chiens corniauds d'une mère aux biques qui vivait dans un champ où elle tricotait des chaussettes à quatre aiguilles, j'ai fait un hanneton qu'Elsa avait coincé sous un verre à moutarde où il est mort asphyxié et une couleuvre déjà morte qu'Elsa gardait comme porte-bonheur.

J'ai fait un âne, un mulet, un cochon, sa truie, l'oiseau noir qui revenait toujours sur notre fontaine et qui était absolument un corbeau.

Une souris même j'ai croqué.

Elle s'était, cette bêtasse, prise dans le piège de la cabane-cabinets et elle gigouillait en pleurnichant et moi, debout sur le trône à cause de la peur que j'avais d'elle, je l'ai dessinée.

C'était tremblé comme dessin, tremblé mais beau.

Puis y a eu le veau.

Le veau, la nuit.

C'est là que tout a viré cauchemar.

Il faisait encore plus beau que tout le temps depuis qu'on était là. Les chauves-souris nous tournaient au-dessus comme des frappées pendant qu'on mangeait une soupe du soir à la citrouille que maman avait cuisinée avec soin et qui était une vraie dégoûtation, quand Elsa est arrivée en courant.

Elle venait me chercher.

Y avait une surprise pour moi à la ferme, une surprise urgente et il fallait que je prenne ma

181

sacoche, mes crayons et mes couleurs si je voulais faire un dessin vraiment beau.

Papa voulait que je finisse au moins mon assiette mais Elsa a dit que ça pouvait pas attendre et maman m'a retiré ma serviette et a dit qu'elle me la réchaufferait quand je reviendrais, sa soupe pas bonne.

La surprise, c'était la vache Adrienne qui se mettait à pondre un veau qu'elle avait dans le ventre.

Pour les vaches, on dit mettre bas. Mais c'est pareil que pondre, en plus sanglant.

Du sang y en avait plein la Madonna du tee-shirt de l'homme qui se tapait toutes les dures corvées de la ferme.

Plein ses bras aussi.

Et un autre homme torse nu velu était là aussi qui se grattait le crâne en disant qu'avec cette vache-là c'était toujours la même vacherie.

L'idée d'Elsa c'était que je le dessine aussitôt sorti, le petit veau.

C'était une bonne idée mais ça m'a pas plu beaucoup quand même, parce que ça sentait une odeur infernale de bouse dans l'étable et qu'on y pataugeait dans de la paille sale et dans du gluant.

En plus, on risquait de se prendre des coups.

C'est que l'Adrienne elle se tortillait pire que ma souris dans son piège de cabinets.

Comme il faisait pas trop clair la fermière est arrivée avec une torche électrique d'armée américaine.

Elsa était très en excitation.

Les mises bas elle préférait ça à tout. Même aux saillies de chevaux.

Des poulains elle avait vus naître, des cochons, des moutons. Même, une fois, un qu'était sorti avec deux têtes et qu'en était mort.

Elle loupait non plus aucun tuage de porc par son oncle charcutier.

Elle s'est mise à me raconter comment on les saignait, où on leur plantait et enfonçait le couteau, comment il fallait les tenir pour qu'ils pissent bien leur sang dans un baquet pour en faire du boudin.

C'était peut-être la soupe à la citrouille, mais j'ai senti qu'il me venait comme un mal au cœur.

Je me tenais le plus loin que je pouvais d'Adrienne et de ses puanteurs, mais même de loin, j'en perdais pas une miette de l'accouchement.

À un moment en plus ma sacoche est tombée.

Dans la bouse, putain !

J'avais une de ces envies de m'en aller.

Mais Elsa me tenait par la main, elle voulait que je loupe rien.

À un autre moment Adrienne a fait un pet.

Un pet de vache comme un coup de canon et d'une odeur à vous éventrer le nez.

Et ça durait, ça durait.

Elle se donnait du mal la pauvre Adrienne, elle poussait et son cochon de veau il voulait pas y venir, au monde.

Elsa arrêtait pas de me dire de me tenir prêt, de sortir mon cahier et mes feutres de ma sacoche, que ça allait arriver.

Sa mère, elle, elle s'inquiétait, elle demandait aux autres s'il faudrait pas téléphoner au véto qu'il vienne lui faire des piqûres à Adrienne.

Mais les hommes s'inquiétaient pas trop.

Ils avaient raison parce que Adrienne s'est tout d'un coup brusquement tortillée, elle a poussé un cri de vache qui a mal et on lui a vu sa tête au veau.

Une tête avec du sang dessus.

Et ils se sont tous énervés, ils ont crié, les hommes se sont mis à genoux dans la paille, ils ont entré leurs bras dedans la vache, ils ont tiré sur le veau.

J'ai pas bien vu tous les détails. J'ouvrais plus qu'un œil et pas en entier.

C'était un veau marron comme Adrienne, avec le dessous de son ventre blanc et des oreilles pas dépliées.

Elsa a dit qu'on aurait qu'à l'appeler Valentin pour que je sois son parrain. Ce qui m'a fait aucun plaisir.

Et je l'ai pas dessiné le veau Valentin.

Je l'ai pas dessiné parce que j'ai senti une main sur mon épaule.

La main de maman qui était venue voir pourquoi je ne rentrais pas et qui avait l'air en colère de voir ce que j'étais venu voir.

L'air dégoûté aussi.

Elle a pas regardé le veau qui essayait de se mettre debout et qui commençait à faire son mignon.

Elle a pas regardé la dame de la ferme et les hommes pleins de sang et de saleté et Elsa.

Elle a pas répondu à ce qu'ils lui disaient.

Elle m'a entraîné.

Il faisait nuit noire dehors.

Et je lui ai dit, en marchant aussi vite qu'elle, que le veau allait s'appeler comme moi Valentin.

— Ton veau, je m'en fous ! elle m'a crié.

Papa était en train de tirer de l'eau pour la vaisselle à la fontaine.

— Alors, il a demandé, c'était quoi cette surprise ?

Maman lui a pas répondu, elle a foncé dans sa chambre.

Je lui ai dit à papa, qu'un veau Valentin était né.

Il a posé son seau par terre et il a dit : c'est malin. Et il a foncé dans la chambre lui aussi.

J'y comprenais rien.

Ils me laissaient tout seul dans la nuit.

Y avait qu'un petit croûton de lune et, les chauves-souris, je les voyais pas mais je les entendais.

Ma sacoche était sale et puante, j'avais du barbouillement dans l'estomac et une envie de pipi immense et pas envie d'aller à cette heure-là à la cabane-cabinets.

Et ni papa ni maman ne revenaient.

Mon pipi, j'ai fini par le faire contre la maison et en regardant pas où il coulait, en regardant en l'air pour voir si les chauves-souris allaient pas se jeter sur moi en piqué.

Ça m'avait pas bien plu l'accouchement d'Adrienne.

Et y avait pas qu'à moi.

Quand je suis rentré dans la maison puisque ni papa ni maman n'en ressortaient, je les ai entendus dans leur chambre.

Papa parlait d'une voix nerveuse.

Et maman pleurait.

Je suis un peu resté derrière leur porte à écouter.

Ça m'a fait bizarre.

Papa disait : ça ne va pas recommencer, Béatrice. Non. C'est impossible. Ça ne peut pas recommencer, ça ne peut pas.

Maman faisait que pleurer sans répondre.

Merde.

Je suis allé dans la cuisine boire du Pulco dans de l'eau et manger du cake.

J'en ai mangé qu'une tranche.

C'était du très bon cake mais j'avais qu'un peu faim.

J'ai été dans ma chambre.

De me coucher sans aucun bonsoir ça m'était jamais arrivé.

J'avais pas sommeil.

J'ai pris un de mes livres.

J'ai lu des pages que je connaissais par cœur.

Les pages de la mort de la maman de Babar.

De les lire ça a été encore plus triste que d'habitude.

Dans la nuit je me suis réveillé à cause d'un rêve.

Le veau Valentin était mort et, comme j'étais son parrain, fallait que je creuse le trou pour l'enterrer.

Un trou dans le jardin de notre maison à Paris.

J'avais une pelle et ils étaient tous à me regarder.

Tous, papa, maman, Père-grand, Mère-grand qui était revenue du Ciel pour voir ça, la dame de la ferme, Elsa, madame Marcelle, madame Pipistrella, les maîtresses de la maternelle, Yves-André,

Aurore, sa maman, l'oculiste des lunettes, le basset Boumboum... Tous.

Et la pelle était trop grande et la terre dure et il était bien difficile à creuser, le trou, et quand j'étais arrivé à le creuser, je pouvais pas mettre le veau Valentin dedans, parce que dedans y avait déjà la mère de Babar qui prenait toute la place.

Et je me suis réveillé et j'étais pas dedans mon lit mais dessus et tout habillé, pas en pyjama, avec mes baskets et mon blouson.

Et, pour une fois, je me réveillais pas dans du mouillé de pipi.

Mais j'avais envie.

Et au lieu d'aller faire ça dehors j'ai pissé par la fenêtre de ma chambre.

Et j'avais pas sommeil.

Je suis allé dans la cuisine manger tout le reste du cake.

Je suis allé écouter à la porte de la chambre de papa et maman et je l'ai entendu, lui, souffler comme quand on dort, et, elle, pousser des espèces de petits cris.

Et je suis retourné dans ma chambre.

Et j'ai entendu cent mille bruits.

Comme des bêtes qui marchaient sous le plancher et dans les poutres au-dessus de ma tête.

Et je me suis trouvé dans une trouille si forte que j'ai tremblé.

J'ai pas éteint la lumière et je suis entré dans mon lit avec mon jean, ma chemise, mes chaussettes, j'ai retiré que mes baskets et je me suis mis la tête sous la couverture.

Et j'ai dû mettre des heures et des heures avant de m'endormir.

Quand papa est venu me réveiller, il faisait encore noir derrière les rideaux.

Mais c'était plus la nuit, c'était qu'il pleuvait à torrents et ça faisait comme si on avait mis un couvercle de marmite sur la campagne.

Les arbres de la vallée, le clocher de l'église du village, on les voyait même pas.

Mais y avait de la chaleur suffocante.

Papa m'a embrassé. Il a trouvé drôle que je me sois couché avec mes habits et mes lunettes et il m'a dit qu'on allait déjeuner tous les deux tout seuls parce que maman n'était pas bien.

— Elle a quoi ?

— Rien. Un coup de fatigue.

Ça devait être une fatigue de grande taille parce qu'on est allés en courant sous la flotte téléphoner de la ferme à un médecin qu'il passe voir maman aussitôt qu'il pourrait.

Il est venu et il a fait une ordonnance de médicaments à aller chercher à Tours ou à Amboise.

Le plus pratique c'était Amboise et ça m'aurait amusé d'y aller même en coup de vent pour voir le château des rois de France.

Mais papa qui y est allé avec la voiture fourgonnette de la fermière m'a laissé veiller sur maman.

— Tu lui fiches la paix. Elle dort. Mais si elle se réveille et appelle, tu es très gentil avec elle, promis ?

Très gentil avec elle, promis.

J'aurais préféré aller à Amboise en fourgonnette mais fallait que je fasse le garde-malade.

Je me suis installé dans la cuisine et j'ai commencé à essayer de dessiner le veau nouveau-né. Sans le voir pour le copier, j'étais bon à rien. J'ai laissé tomber.

La pluie cognait contre les carreaux des fenêtres. Ça énervait et j'avais envie de télé.

J'ai été voir si maman avait besoin de quelque chose.

Sa porte était fermée.

Je l'ai ouverte avec des précautions pour pas qu'elle grince.

Elle a grincé.

Maman dormait pas. Elle a entendu ni les grincements ni moi.

Elle était assise dans un fauteuil au tissu déchiré, assise avec que sa petite culotte et ses yeux ouverts trop grand.

Je lui ai dit bonjour et demandé si elle allait bien et elle m'a pas répondu.

Elle avait une tête à faire peur, alors j'ai eu peur.

Je me suis sauvé de sa chambre pour aller dehors attendre papa sous la pluie.

Vu toute la flotte qui me tombait dessus, j'allais choper un rhume sévère.

Mais je m'en foutais.

Papa m'a disputé de m'être trempé et m'a expédié me sécher et mettre un jean et un tee-shirt secs et demandé de pas lui rajouter des ennuis à ceux qu'il avait déjà.

Les médicaments de l'ordonnance du docteur

étaient des piqûres que papa savait faire comme pas un parce que dans pas mal des patelins perdus d'Afrique noire où il avait ses affaires y avait des malades plus qu'on en voulait et pas la queue d'un toubib.

J'ai entendu du couloir que maman se laissait piquer sans dire ouf et je suis allé manger à la ferme du bœuf gros sel avec de la moelle d'os et du dessert au lait caillé qui était un vrai manger de film d'épouvante. Beurk.

Après, Elsa m'a appris à la battre au jeu de petits-chevaux.

À la troisième partie que j'ai gagnée, elle m'a dit que j'étais un cocu et on a arrêté de jouer pour aller donner de l'herbe aux lapins et du picotin à Casquette qui m'a bavé sur mes mains.

Et on a eu droit à des éclairs, à du tonnerre et à un arc-en-ciel, tout ça presque en même temps.

Et, je jure que c'est la vérité, j'ai vu le cheval Casquette éternuer.

Il était dans l'humidité et il a fait atchi comme un humain.

Et avec Elsa on lui a dit : à tes souhaits.

On en rigolait encore quand papa a débarqué à la ferme pour encore donner un coup de téléphone.

Plus au docteur.

Un coup de téléphone à Tours pour louer une voiture.

Parce qu'on rentrait à Paris.

Ils avaient une Peugeot à Tours.

Je suis resté avec Elsa à regarder la télé pendant que papa et la fermière sont allés avec la fourgonnette récupérer maman et tous nos bagages et on a

190

foncé à Tours en fourgonnette pour tout transbahuter dans la Peugeot qui nous attendait à l'agence de location.

Maman s'est laissé transbahuter comme les bagages.

La piqûre l'avait mise K.O.

La fermière et Elsa m'ont embrassé sous la pluie qui tombait à Tours aussi.

Ça a été des adieux sanglotants et un voyage sur les chapeaux de roues.

Papa a pas dit un mot et maman a fait que dormir en se suçant un pouce sur le siège arrière.

Moi, j'ai bien vu toute la route avec rien d'intéressant qu'un accident de moto et de Mercedes qui avait l'air très réussi juste un peu avant Paris.

Mais on était dans le gris.

Dans le gris sombre.

C'est le lendemain qu'est venu le docteur Filderman, le psy.

Le rouquin, l'infect.

Comme on finissait le petit déjeuner papa et moi, il a bien voulu que papa lui fasse un café serré et il s'est assis dans la cuisine avec nous et s'est allumé un cigarillo qui sentait une odeur d'égout.

Il parlait sans se presser, en disant chaque mot bien un par un, comme si c'était à des demeurés pas foutus de les comprendre qu'il les disait.

Quand papa est monté prévenir maman qu'il était arrivé, il m'a parlé à moi comme à un grand en me soufflant sa fumée dans le nez et en me montrant ses dents jaunes.

Ça, ça devait être pour me sourire.

Il m'a dit et redit et reredit qu'est-ce que j'avais comme chance d'avoir la maman que j'avais et qu'est-ce qu'il fallait que je sois affectueux avec elle.

Et encore bien des trucs, il m'a dit.

Que, même dits à la vitesse d'une tortue, je pouvais pas entièrement comprendre.

C'était pas un rigolo, ce docteur-là.

C'était le contraire.

Et une belle saleté, en plus.

Quand il est parti en laissant l'odeur pourrie de son cigarillo dans le salon, j'avais la tête mangée et envie de tout casser.

Parce qu'il avait pas fait que me répéter comme un perroquet qu'il allait falloir que je sois grand garçon responsable avec ma maman Béatrice si je voulais qu'elle guérisse, il m'avait aussi parlé de mes incontinences.

Mes incontinences c'étaient mes pipis au lit.

Ça a été la première fois qu'il m'en parlait mais ça a pas été la dernière.

J'allais le revoir souvent, le docteur Filderman.

Souvent souvent.

Fallait que je sois grand garçon responsable avec maman.

Mais j'avais pas le droit de la voir.

Elle était trop fatiguée, trop pas dans son assiette pour que j'aille lui faire même seulement un bisou.

J'avais que papa, qu'y était pas tant que ça non plus dans son assiette, et madame Marcelle.

Qui faisait son possible en plus du ménage, des lessives et du manger.

Elle me faisait des gros baisers, me tapotait un peu la tête de temps en temps et me faisait des desserts douceurs pour me consoler.

Mais ça l'était pas assez consolant.

Papa aussi faisait son possible.

Dès qu'il était pas à s'occuper de maman ou à téléphoner en Afrique en beuglant pour ses affaires, il me prenait sur ses genoux et me racontait des histoires de ses voyages, des histoires de chasse au lion et au tigre, des histoires de singes farceurs, des histoires de petits Blacks qui se perdaient dans des brousses périlleuses et vivaient des mois en mangeant que des tartines de pain d'arbre à pain avec du beurre d'arbre à beurre.

Il faisait tout son possible, il m'emmenait faire des balades au jardin d'Acclimatation, au jardin du Luxembourg, à Beaubourg où on regardait les clowns mendiants se faire embarquer par les flics en faisant les zigotos et il me faisait des cadeaux de jouets, d'habits, de bouquins.

On a été voir Pinocchio au cinéma, les tortues Ninja.

Pendant le cinéma, pendant les films, pendant les balades, pendant que je choisissais mes cadeaux, j'étais content.

Mais une fois qu'on était sorti des cinémas et des magasins, une fois que les balades étaient finies, je l'étais plus.

Et madame Marcelle voyait ça et elle disait à

mon père : ce gamin il se ronge, et mon père venait s'asseoir sur ma moquette et me demander ce qui se passait et c'était une question qui servait à rien parce qu'il le savait ce qui se passait.

Il se passait que j'étais dans de la déprime moi aussi.

Parce que c'était ça qu'elle avait, maman. Une déprime maousse.

Et, sans même que je la voie, elle me l'avait refilée.

Je me suis mis à plus avoir faim.

Même les succulentes mousses au chocolat à madame Marcelle, même ses succulentes gaufres, j'arrivais plus à les avaler.

Et comme maman lui renvoyait ses assiettes pleines et que papa faisait que picorer, elle a piqué la colère du siècle madame Marcelle.

Se décarcasser à nous mitonner autant d'aussi bonnes choses pour se les faire jeter à la tête, c'était pas dans ses habitudes.

Elle admettait pas, c'était trop lui faire injure.

Alors une pleine marmite de bœuf bourguignon qu'elle avait fait la veille et que personne avait même goûtée, en arrivant le lendemain matin, elle l'a balancée aux ordures et elle a demandé son compte à papa.

Et, en claquant la porte pour toujours, elle a dit à papa que de voir des adultes mener une vie de fous détraqués c'était déjà pas beau à voir, mais que de voir un petit garçon pas mener une vraie vie de petit garçon, ça c'était une pure et simple désolation.

Maman s'enfermant de plus en plus dans son enfermement et papa disjonctant carrément, une fois madame Marcelle partie, je m'y suis retrouvé en plein dedans la vraie vie de petit garçon.

La maternelle étant fermée pour cause de vacances scolaires, je me suis retrouvé inscrit dans un centre de loisirs.

Les centres de loisirs c'est comme qui dirait l'école quand y a pas école.

C'est pendant les congés de Noël, de Pâques, de février et d'été.

C'est pour les garçons et les filles que leurs parents peuvent pas emmener ou envoyer en vacances.

D'y aller, ça m'emballait pas.

Mais de rester à mijoter dans le chagrin à la maison ça me disait encore moins.

Alors.

Alors je me suis retrouvé un matin dans un préau d'école avec au moins trente petits cons qui ont commencé par me chanter une chanson pour me démolir.

Une chanson qui disait : qui qu'a des lunettes il pue quand il pète.

Puis, parce que ce centre de loisirs était un centre aéré, on nous a fait grimper dans un car.

On, c'était un animateur et deux animatrices qui nous ont comptés et fait asseoir et prévenus que le premier qui chahutait pendant le voyage ils le jetaient par-dessus bord.

J'ai été assis entre un Benjamin et une Loula.

C'étaient des un peu plus grands que moi et des bavards, surtout Loula.

Qui aurait pas dû être là, mais en vacances à Fort-de-France chez sa grand-mère qui faisait le vaudou avec des coqs, mais elle y était pas à cause de son père qui avait violé sa grande sœur Félicité, ce qui avait foutu le chahut dans sa famille.

Benjamin trouvait que violer c'était pas bien.

Moi je savais pas, alors j'ai rien dit.

Ils avaient pas de sacoche pour mettre leurs affaires, eux, ils avaient des bananes accrochées sur leur ventre.

Et Loula nous a fait voir qu'elle était en maillot de bain sous son bermuda pour si y avait de l'eau là où on allait parce qu'elle était très nageuse.

On allait dans une réserve à soixante kilomètres.

Dans la réserve y avait pas d'eau pour se baigner, mais y avait bien mieux que de l'eau, y avait des animaux pas en cage qui se promenaient sans s'en faire mais qu'il fallait bien sûr pas taquiner. On en a fait tout le tour de la réserve, en car au ralenti, et c'était super.

On pouvait faire bonjour à des cerfs, à des chevreuils, à des zèbres, à des flamants roses qui nous regardaient pas effrayés du tout.

C'était comme une jungle. Mais propre. Avec un marchand de gaufres et des cabinets.

On a fait un arrêt pipi.

Après, on a été dans un espace pour jouer et pique-niquer.

C'était un espace avec des barrières autour et, de l'autre côté des barrières, des animaux sauvages domestiqués qui vivaient leur vie comme dans les pays d'où ils venaient.

On a mangé de la tambouille froide de cantine en quantité suffisante et des gâteaux secs et des fruits.

J'ai laissé ma part de tambouille à Loula mais pas mes gâteaux secs et ma pomme.

Les animateurs étaient cool, ils se fichaient que beaucoup mangent avec leurs mains et rotent et fassent les idiots.

Après manger, ils ont fumé des cigarettes et Loula a dit que c'étaient sûrement des pétards.

Benjamin et moi on a dit : non, c'est des cigarettes.

Loula nous a haussé les épaules et elle a dit qu'elle en avait marre d'être avec des petits merdeux et elle nous a laissés tous les deux.

C'était aussi bien.

Benjamin avait des nounours en chocolat dans sa banane qu'on s'est partagés à deux.

Ce qui nous a fait un dessert en plus du dessert.

Le garçon animateur a laissé les deux filles continuer leurs cigarettes et il a dit aux sportifs de se lever et de venir avec lui.

Et ils sont partis jouer à tirer sur une corde par équipe un peu plus loin.

Benjamin et moi on est restés assis sur la pelouse.

Il faisait une chaleur pas étouffante.

Une des deux animatrices a demandé à ceux qui voulaient faire une promenade de se lever et de venir avec elle.

Benjamin et moi on est encore restés assis.

On était plus que pas beaucoup et la monitrice qui était restée et qui s'appelait Virginie est venue nous parler à chacun pour nous demander ce qu'on avait envie de faire.

Benjamin il a dit : roupiller.

Et moi j'ai demandé si je pouvais dessiner les animaux qu'on voyait de l'autre côté de la barrière.

Virginie a bien voulu.

J'ai sorti mon matériel de ma sacoche et j'ai fait un zèbre qui était étalé sur du sable et qui se la coulait douce.

Virginie m'a regardé faire et elle m'a demandé combien il avait de rayures.

J'en ai compté vingt en faisant attention de pas me tromper.

Et je m'étais trompé.

Et Benjamin qui était là à rien faire s'est moqué de moi.

Mais, après, quand Virginie a demandé qui voulait faire la lecture d'un livre qu'elle a sorti de son sac à dos, je les ai tous surpassés en lisant sans faire une seule faute.

C'était un livre qui racontait les ennuis pas possibles qu'avait une fille qui trouvait un singe perdu dans une rue de Paris et qui le ramenait chez elle en cachette et le faisait dormir avec elle dans son lit et lui mettait des habits à elle pour l'emmener à l'école avec elle.

Benjamin a trouvé que c'était pissant comme livre et les autres ont trouvé aussi que c'était pissant.

Puis on a goûté et bu chacun un verre d'eau, pas gazeuse mais minérale, dans des verres en carton.

Et un garçon encore plus black que Loula s'est fait disputer par l'animateur parce qu'il a jeté son verre en carton de l'autre côté de la barrière sur un cerf.

Il avait une boucle d'oreille à une oreille, l'animateur, et une casquette américaine élégante mise à l'envers comme un rapeur.

Lui c'était Marc. Et Loula et une autre fille ont dit que c'était le copain à Virginie, qu'ils sortaient ensemble et qu'il lui mettait son rat.

Benjamin m'a expliqué ce que c'était que mettre son rat à une fille.

J'ai pas tout à fait compris, mais ça m'a eu l'air dégueulasse.

Une fois le goûter fini, on a été obligés de faire un jeu tous ensemble.

Le jeu de la balle au prisonnier.

Avec Benjamin on a été de l'équipe A et fallait toucher ceux de l'équipe B avec une balle et, à peine le jeu a démarré, je me suis retrouvé dans la prison des B ou des A, je sais même plus, et fallait que je tire sur un A ou un B, enfin un qui était libre, pour me délivrer et j'ai visé un garçon que j'ai loupé et la balle elle a été des heures avant de revenir et avec Benjamin qui s'est fait piquer lui aussi on s'est assis sur l'herbe de la prison et on a oublié leur jeu pour s'occuper à faire des signaux à des flamants et des oiseaux qui devaient être des hérons ou des autruches, mais très petites.

On se marrait, on était bien.

Après la balle au prisonnier Marc et l'animatrice qui était pas Virginie ont emmené ceux qui voulaient en colonne par deux aux cabinets.

En chantant une chanson qu'a chantée Marc et qu'il a fallu qu'on répète en chœur.

La chanson c'était : un petit chat chat chat griffu comme un pacha cha cha qui avait le poil gris gris gris et croquait les souris ris ris.

Et un faon, qui nous a vus passer en rang par deux, s'est mis à nous suivre jusqu'aux cabinets.

Morts de rire on était.

Pour revenir à notre espace, Benjamin il m'a donné la main.

Et dans le car pour le retour à Paris il me l'a pas lâchée.

En se quittant on s'est dit : salut à demain.

Le lendemain il pleuvait, et Benjamin était pas là.

Loula elle y était.

En train de raconter qu'en venant elle s'était fait agresser par un homme qui voulait lui faire des baisers et qu'elle l'avait fait tomber par terre dans le ruisseau en lui donnant un coup de tête violent dans ses parties et qu'il en était resté mort.

Virginie lui a dit qu'elle était une menteuse et que si elle continuait à débiter des sottises, elle la flanquerait à la porte.

Loula lui a répondu qu'elle pouvait pas mettre des enfants dehors, que c'était défendu par le règlement et elle a dit à Virginie qu'elle lui disait merde et elle s'est retrouvée dans le fond du préau punie le nez collé au mur.

Nous, on a pas eu le dos au mur. Mais ça a pas été mieux.

Être à beaucoup dans un préau c'est pas le bonheur.

Et, avec une balle, Marc devenait aussi flippant que papa.

Avec lui c'était pas le foot, c'était le volley et ça valait pas mieux.

Et la bouffe de cantine était pas mangeable.

J'ai pas mangé.

Pas joué.

J'ai croupi sur un banc.

Je croupissais si fort que Virginie est venue s'asseoir à côté de moi.

— Tu fais quoi, tu boudes ?

— Non je boude pas.

— Ah ! bon.

Elle s'est allumé une cigarette.

— Interdit. Mais je tiens plus.

Elle a tiré plein de bouffées.

— Mère-grand, ma grand-mère, elle est morte d'un cancer du tabac, je lui ai dit à Virginie.

— Tout le monde meurt.

Plaf !

Le ballon de volley nous est arrivé en plein dessus.

— Ils sont chiants avec leurs jeux de ploucs.

Les sports c'était pas son truc à Virginie.

Le ballon au lieu de leur renvoyer elle l'a viré d'un coup de pied dans la cour.

Pour une animatrice elle était pas du tout tarée.

Mais belle, elle l'était.

Elle avait des cheveux longs comme ceux à maman mais noirs et à ondulations très frisées.

C'est elle qui m'y a fait penser qu'elle était belle.

— Comment tu me trouves ? Belle ou pas belle ?

— Belle.

— Toi aussi t'es beau. Mais les lunettes j'aime pas trop. Comment t'es sans ?

Pour voir elle me les a enlevées.

— C'est nettement mieux.

— Faut pas que je les ôte. J'ai un strabisme.

— Et alors ? C'est pas mal de pas avoir la tête à tout le monde.

Mes lunettes, elle les a glissées dans la poche de son blouson.

— Si tu veux, ici, tu les mets pas. Je te les rendrai à six heures. Oublie pas de me les demander.

Elle a éteint sa cigarette en la frottant par terre et le mégot elle se l'est récupéré dans une des ses poches de jean.

— Les pièces à conviction, c'est l'engrenage. Suffit d'une clope dans un préau pour se retrouver dans un quartier de haute sécurité.

Et elle s'en est rallumé une autre.

— C'est vrai que ça tue. Mais quand t'as le blues tu bombardes, c'est mathématique, et pour ce qui est de l'avoir, je l'ai, le blues. Normal, à l'heure qu'il est, je devrais être en train de compter des grains de sable sur une plage en Corse. Mais j'y suis pas parce qu'un mec beau comme un dieu et goitreux comme un Corse m'a téléphoné pour me faire savoir que... Ah ! non, non !

Le : ah ! non, non, c'était pour Loula qui était plus le nez au mur depuis longtemps et qui avait enlevé tous ses habits et qui était dans la cour, toute nue, à s'arroser avec le tuyau d'arrosage pour les plantes de la cour de l'école.

Virginie lui a sauté dessus et elle s'est tout aspergée elle en lui arrachant le tuyau et elle lui a tiré sur ses tresses frisottées d'une main et donné une beigne de l'autre et Loula a hurlé et tous les joueurs de volley sont sortis et l'ont vue se faire corriger toute nue.

Et ça a crié des cris de joie, des bêtises, des conneries.

Et la concierge de l'école est sortie de sa loge et elle a été fermer l'eau et elle a dit que si y avait des sauvages qui prenaient sa cour pour leur brousse, ça allait chauffer.

Loula a eu que la tranche de pain pour son goûter et pas les deux barres de chocolat qui allaient avec.

Et Virginie est allée se sécher et elle est pas revenue s'asseoir sur le banc à côté de moi.

Dommage.

De quatre heures à six heures j'ai relu un des livres de ma sacoche.

Papa m'attendait à la porte.

— Et tes lunettes ? il m'a tout de suite demandé.

J'ai pas eu le temps de lui inventer une réponse. Virginie est arrivée et elle me les a mises sur mon nez et attachées par-derrière.

— Ils ont fait une grande grande partie de volley alors je les lui ai retirées pour pas qu'il risque de les casser.

— Ce sont des verres incassables.

— Ah ! bon, elle a fait, et elle a fait un sourire à papa et elle m'a fait un bisou sur le crâne et elle est partie.

Papa l'a regardée.

Je crois qu'il l'a trouvée belle lui aussi.

On a été à Mouffetard acheter de quoi dîner.

Il pleuvait moins mais encore pas mal.

Benjamin est revenu le lendemain et on a grandement copiné.

Il m'a donné une petite toupie qui jouait *La Marseillaise* en tournant, et un feutre à encre dorée et moi je lui ai dessiné un kangourou qui était son animal préféré.

On est allés plusieurs fois à la piscine où Marc m'a appris la planche et à faire des brasses dans le petit bain.

La piscine était grouillante de voyous qui n'étaient d'aucun centre de loisirs et venaient là pour faire les marioles.

Un des voyous a fait boire la tasse à une de notre centre qui s'appelait Sonia et Virginie a piqué une rogne d'enfer et le voyou, un beur dans les dix ans, elle a plongé pour le cueillir au vol et lui demander pourquoi il avait fait ça et il s'est rebiffé.

Il avait beau être tout minus devant Virginie, il lui a dit des injures, il bavait de rage et il lui criait : pourquoi tu me causes, toi, qui tu es, toi, pour me causer ? D'où j'te connais, toi, hein ? D'où j'te connais ? D'où j'te connais, salope ? D'où j'te connais ?

Virginie s'est pas énervée, elle, elle s'est contentée de le tenir par une jambe de son short de bain et de vouloir qu'il s'excuse.

Ça l'a enragé le petit beur, qu'elle le lâche pas.

— Arrête de me tenir, qu'il hurlait, arrête !

Virginie s'énervait de moins en moins et lui de plus en plus.

Il se débattait comme une grenouille.

— Putain de ta mère, il lui disait, je te nique et ta mère avec.

Ça faisait beaucoup, alors la gifle est partie.

Une sûrement très rude gifle, si elle lui était arrivée sur sa figure, au voyou.

Mais il a fait plus vite que Virginie.

Il avait un tuba de plongée et il lui a balancé sur la sienne de figure, à Virginie.

Et du sang lui a giclé de la bouche.

Il lui avait fendu la lèvre et elle a cru qu'il lui avait aussi pété une dent.

Pendant que Marc et le maître nageur de la piscine ceinturaient dans l'eau le voyou et le forçaient à se rhabiller et à foutre le camp fissa et pour toujours de la piscine, Virginie s'est assise par terre au bord du petit bain et elle a eu ses nerfs.

Elle a tremblé.

Avec Benjamin et des autres, on était à côté d'elle et moi, j'aurais voulu faire quelque chose pour qu'elle arrête sa crise. Mais je savais pas quoi.

Y a eu aussi maman, ce jour-là, qui était un jour de chaleur de canicule.

Elle pleurait sans larmes dans le jardin quand on est rentrés avec papa.

Elle était allongée sur le transat de Mère-grand.

Papa m'a dit d'aller lui dire bonjour.

Lui, il est rentré direct dans la maison.

Ça faisait depuis le retour en Peugeot de la campagne que je l'avais pas vue ma mère.

Elle devait aller mieux pour pleurer dehors et plus dans sa chambre.

— Bonjour, maman, je lui ai dit sans oser trop m'approcher.

Elle avait des bras maigres et une mine en papier mâché et ses cheveux qui pendouillaient n'importe comment et une jupe mal repassée et une chemise à papa toute déboutonnée et des espadrilles avec un trou au bout d'une.

— Elle est pas élégante, ta mère. C'est ça que tu regardes ?

Oui. C'était ça. Mais je lui ai pas répondu oui.

Ça devait pas l'intéresser que je lui réponde oui ou non, parce que, après m'avoir demandé ça, elle a fermé ses yeux et a fait celle qui dormait.

Je suis resté un peu auprès d'elle et j'ai été m'enfermer dans les cabinets pour relire ma carte postale de Père-grand.

La seule depuis qu'il était parti.

D'un côté, il y avait un Indien très bien sapé avec ses plumes et ses peintures de guerre, de l'autre, un timbre avec un aigle, mon nom à moi, l'adresse de notre maison et écrit par Père-grand en lettres bâtons : IL Y A TOUT EN AMÉRIQUE TOUT SAUF UN VALENTIN ET C'EST BIEN TRISTE. JE T'AIME, PÈRE-GRAND.

Qu'est-ce qu'il me manquait ce vieux fou.

Parce que, la mère et le père que j'avais...

206

Un matin, papa était coincé par un coup de télé-phone avec son chantier d'Afrique où des pluies de déluge flanquaient la gabegie et j'ai petit déjeuné sans lui et ça a été l'heure de partir pour le centre de loisirs et, comme c'était pas loin, papa m'a dit d'y aller tout seul si ça me faisait pas peur de tra-verser le carrefour des Gobelins.

Ça me faisait pas peur.

J'ai traversé au vert.

Et, devant l'école, Loula m'a vu arriver tout seul et a dit : oh ! le bébé a perdu son papa.

Et je lui ai dit, moi : le bébé il te pue au nez.

J'avais grandi.

Pas en centimètres.

Mais, dans mon crâne, j'avais grandi.

Le carrefour, je pouvais le traverser sans per-sonne et je pouvais faire des masses de choses sans personne.

Les autres, j'en avais plus besoin.

Benjamin, quand il s'est assis à côté de moi dans le métro qui nous emmenait visiter le musée de la Marine, je lui ai répondu à rien de ce qu'il me disait, j'ai fait semblant d'être trop occupé par le livre que j'avais sorti de ma sacoche.

Il a parlé à ceux qui étaient assis en face de nous. Une fille qui bavait à cause d'un appareil à dents et un garçon à casquette à l'envers qui rapait en tapant avec son derrière sur la banquette.

C'était comme si je les entendais pas, les voyais pas.

Le livre, un livre de jeunesse de maman, avait trop à lire sans images pour que je m'y retrouve, mais j'aimais mieux être dedans un bouquin qu'avec des autres.

Un peu avant Châtelet, Marc, Virginie et une animatrice qui était une nouvelle ont fait lever tout le monde et à Châtelet tout le monde est descendu.

Tout le monde et pas moi.

Quand la porte s'est refermée, Marc a fait une tête d'allumé en me voyant derrière et il a essayé de la rouvrir mais pas moyen.

Le métro partait avec moi dedans.

Tout de suite, j'ai eu la trouille.

Mais, même tout de suite, c'était déjà trop tard.

On était entrés dans le tunnel.

Une dame qui m'avait vu pas descendre m'a mis la main dessus.

— T'affole pas, mon coco, elle m'a dit, t'affole pas, t'es pas perdu. Je vais descendre avec toi à Pont-Neuf et ils vont venir te retrouver là.

Mais, au lieu de pas m'affoler, je me suis mis à le faire et tellement que, sitôt que les portes se sont ouvertes à Pont-Neuf, j'ai filé entre les pattes de la dame et j'ai sauté sur le quai et cavalé dans un couloir.

Je voulais qu'on me retrouve pas.

Je voulais me perdre.

J'avais une trouille à en faire dans mon jean, mais je voulais me perdre.

Dans le couloir de Pont-Neuf je me suis cogné dans des gens.

Et les gens me disaient : Où tu vas ? Où y cavale, le gamin ? Et je cavalais encore plus.

Et quand j'ai vu un escalier, je l'ai grimpé.

208

Et je suis arrivé à la rue et j'ai vu des voitures, de la circulation, du monde.

Alors, là, l'angoisse, je peux pas la dire.

L'escalier, je l'ai redescendu au galop.

Pour re-rentrer dans les couloirs du métro, fallait un ticket et j'en avais pas.

Ou alors fallait sauter par-dessus les petites barrières comme j'ai vu deux hommes le faire.

C'était haut à sauter.

Je suis passé par en dessous.

Et c'est à ce moment-là que j'ai vu Virginie qui me voyait.

Plus furieuse encore que pendant sa bagarre avec le voyou beur dans l'eau de la piscine, elle était.

— Petit con. Sale horrible petit con ! elle m'a crié.

Ça se voyait qu'elle avait la main qui la démangeait de me coller une paire de beignes et qu'en même temps elle était si contente de m'avoir récupéré que les beignes, je les ai pas eues.

Elle avait fait comme la dame obligeante avait prévu, elle avait pris les métros qu'il fallait pour me retrouver à Pont-Neuf et des gens à qui elle avait demandé s'ils m'avaient vu lui avaient dit qu'ils avaient vu un garçon courir vers la sortie.

Sa main qui m'a pas donné de beignes, elle me l'a tendue et je l'ai prise et pas qu'un peu.

C'était pas n'importe qui, Virginie.

Elle savait pas seulement retrouver les garçons perdus, elle avait aussi plein d'idées.

Elle a commencé par trouver un téléphone avec des annuaires avec tous les numéros et, avec une

carte qu'elle avait sur elle, elle a appelé au musée de
la Marine pour demander à quelqu'un de bien vouloir prévenir Marc quand il arriverait que Valentin
était retrouvé et qu'il fallait pas qu'il s'en fasse et
elle a dit aussi de lui dire à Marc que fallait pas
qu'il l'attende, elle, au musée, parce que, comme le
petit Valentin qu'elle avait retrouvé était très très
choqué par ce qui lui était arrivé, elle le raccompa-
gnait chez lui.

Et elle a raccroché et elle s'est allumé une cigarette et elle m'a dit : une vraie calamité ambulante,
t'es, mais en un sens, t'as raison, ça serait dommage
avec un si beau soleil d'aller s'enfermer dans un
musée.

Et elle m'a repris ma main, qu'elle m'avait lâchée
pour chercher dans les annuaires et téléphoner, et
on est remontés à la surface.

La rue, effrayante, elle l'était plus.

Elle était même belle comme tout avec sa Sama-
ritaine et son pont avec un roi Henri Quatre à
cheval.

Virginie était plus en fureur. Au contraire.

— L'école buissonnière on va faire, elle m'a dit.
Mais à l'aise parce que nous voilà dans ce qui
s'appelle un cas de force majeure, alors, Valentin,
on va tranquillos y retourner à pied aux Gobelins,
et si Marc et mes chefs ça leur va pas, tant pis pour
eux, c'est pas pour les quatre cents balles moins les
retenues que ça me rapporte que je vais me priver
d'une petite trotte pour une fois un peu moins cre-
vante que les autres, parce que vous êtes bien sym-
pas, les nains, mais se retrouver avec une trentaine
d'agités comme la Loula plus quelques filous dans

210

ton genre, c'est peut-être pas le goulag, mais ça y ressemble.

Une fois ça dit, on a léché quelques vitrines avec des fringues, puis des vitrines avec des poissons rouges de toutes les couleurs et des lapins, des hamsters, des poules au moins à cent par cages, un ouistiti qui se faisait un déjeuner avec ses puces, un chat ancêtre de l'ancien temps qui faisait des grimaces féroces et qui était, Virginie m'a dit, une genette.

Y a des magasins terribles sur le quai du Pont-Neuf.

Puis on a descendu des marches et on est arrivés au bord de l'eau de la Seine où il y avait des gens qui se bronzaient en regardant passer des bateaux mouches dans lesquels y avait des gens qui regardaient les gens qui se bronzaient.

Ceux qui étaient pas trop cassés par la grosse chaleur se faisaient des bonjour avec leurs bras.

Tout doucement, on a marché. Virginie me disait plus beaucoup de choses mais ça me plaisait d'être là avec elle à rôder au ralenti sans nous en faire.

Y avait des hommes et des femmes, des garçons et des filles qui dormaient tout habillés sur les pavés du quai.

Y en avait qui avaient retiré presque tout, qui montraient leurs ventres, leurs jambes, leurs poitrines de dames même.

Y avait un vieux barbu qui avait juste son slip pas très lavé et un ventre tout mou à plis et une sorte de chapeau en journal, qui avait jeté son chien dans l'eau et qui le regardait nager en lui

211

disant : vas-y, Rintintin ! Attrape-le, le requin !
Attrape-le !

De requin, y en avait sûrement pas. Mais le
barbu et le chien, ils faisaient comme si.

Le barbu a demandé à Virginie si elle aurait pas,
par hasard, une tige de huit.

Elle a sorti son paquet et lui a donné trois cigarettes.

Alors il a voulu aussi dix francs pour une petite
mousse.

Mais il les a pas eus.

Après, on s'est arrêtés devant un type sans chemise et avec des bagages posés sur le pavé qui jouait
du saxophone que pour lui.

C'était du jazz très mouvementé.

Quand il a eu fini sa musique, il a parlé avec Virginie.

Mais ça a pas duré beaucoup. Le type parlait trop
polonais pour Virginie.

Ou peut-être russe ou roumain.

On est repartis et Virginie m'a dit qu'aller dans
des pays, voyager, c'était sa plus grande envie. Que
se gâcher son été, et tout le temps qu'elle gâchait,
avec des monstres comme moi dans des centres de
loisirs, elle faisait ça que pour la thune qu'elle
économisait pour partir un jour loin très loin. En
Inde, en Amérique du Sud, en Amérique amérique.

— Moi, Père-grand, qui est mon grand-père, il y
est en Amérique. Chez un milliardaire pour y faire
une arche de Noé dans sa piscine, je lui ai dit.

— Il est fabricant d'arches ?

— Non. Il les peint.

— Ah.

Comme peindre c'était un des métiers qui la tentaient, elle m'a questionné et quand elle a compris qui c'était Père-grand, alors là...

Son nom, elle le connaissait, et ses peintures elle en avait vu, et pas qu'une, elle en avait découpé dans des magazines, elle trouvait ça hyper génial et elle comprenait pas comment, si j'étais de la famille de quelqu'un d'aussi connu et friqué que lui, j'étais pas en vacances dans un coin superbe au lieu de venir au Centre.

Je lui ai expliqué comme j'ai pu ma mère malade, mon père dans ses problèmes d'affaires en Afrique et tout ça.

Et on a continué à marcher pas vite le long des quais où on est tombés sur une bande de clodos qui se lançaient des boîtes de bière vides et des injures de clodos et des coups de pied de clodos.

Comme ils étaient moitié dans la rigolade, moitié dans la colère, on a arrêté de marcher doucement et on est remontés dans la rue d'une île et Virginie nous a offert à chacun une glace Berthillon, qu'à une boule parce qu'elles coûtaient la peau des fesses.

Elle a pris chocolat.

Moi aussi.

C'était bon mais peu.

Après, on a traversé encore un pont et puis ça a été la rue Monge que je connaissais parce que c'était tout près de chez moi.

Quand on est arrivés à la rue de notre maison, Virginie a dit : si je te ramène maintenant, va falloir que j'explique à ta famille pourquoi je te ramène et tu vas te faire houspiller alors, le mieux, c'est qu'on aille au Centre, comme ça ni vu ni connu.

Quand on y est arrivés, les autres venaient juste de revenir du musée de la Marine, et ils en revenaient pas, des goélettes et des navires de corsaires pirates qu'ils avaient vus.

Virginie est allée s'expliquer avec Marc qui était un peu son chef.

De loin ça a eu l'air de chauffer. Marc était furax et Virginie l'envoyait paître.

Moi, je me suis assis sur le banc où je m'asseyais toujours et Benjamin est venu me demander comment j'avais fait pour pas être perdu.

Ça le regardait ?

Aucune réponse il a eue. Et bien fait pour lui.

À six heures papa est venu me chercher.

Il m'a demandé si c'était bien, le musée de la Marine.

— Ouais. C'était bien. Y a des goélettes. Des goélettes avec des voiles. Des mâts de misère.

Je m'en foutais de lui mentir parce que je l'aimais plus comme père.

Et maman, comme mère, encore moins.

Je faisais aussi bien de plus l'aimer ma mère parce qu'elle me parlait plus.

Ni à papa.

Et lui, il couinait. Parce qu'il faisait trop chaud. Parce qu'il pouvait pas retourner s'occuper de son chantier où ça allait mal. Parce que les melons qu'il achetait à Mouffetard étaient des courges. Parce

214

que ce qu'on regardait tous les deux à la télé était lamentable. Parce que ses cheveux tombaient par poignées. Parce que, depuis que madame Marcelle était partie, la maison devenait un champ de bataille et que la Portugaise qui venait faire le plus gros du ménage était une incapable et une insolente. Parce que, il a même couiné une fois, si c'était ça le mariage, il aurait mieux fait de devenir pédé ou bonze tout en haut d'une montagne du Tibet.

Heureusement, tous les matins à huit heures moins le quart, je traversais tout seul au vert le carrefour des Gobelins pour aller au centre où c'était plein de garçons et de filles et de monos tous débectants, à part Virginie, mais qui, c'était déjà ça, étaient pas mes parents.

Tous les matins sauf le samedi et le dimanche qui étaient des jours sans Centre que je passais à la maison à traînasser, à me gaver de gâteaux, de sucreries, de restes même à peine bouffables que j'allais faucher en douce à la cuisine et qui faisaient même pas avancer ma croissance.

Les samedis et les dimanches, je les ai pris en grippe.

Et le docteur Filderman encore plus.

Il était pas parti en vacances, lui, faudrait pas croire.

Il arrêtait pas d'être fourré à la maison à écouter maman rien dire et à avoir des converses importantes dans le secret avec papa, en se tapant ses cigarillos.

Et à me choper moi.

Et ça y allait les questions de flic.

215

Une psychothérapie, il s'est mis à me faire.
Méchamment.

Il voulait savoir ce que je pensais de ceci, ce que je pensais de cela, si je faisais des rêves la nuit et qu'est-ce qu'ils racontaient ces rêves-là.

Il était collant, mais collant.

Comme je lui répondais pas, il attendait en s'avalant sa fumée empestante ou en se tritouillant ses poils rouges de nez.

Pour rêver, je rêvais.

Je rêvais que Père-grand était tombé de son arche de Noé dans une piscine et qu'il savait pas crier au secours en américain et coulait à pic et que je plongeais et faisais des brasses pour aller le repêcher et qu'il était trop lourd et m'entraînait dans des eaux glauques.

Je rêvais au veau de la ferme que j'arrivais toujours pas à enterrer dans notre jardin.

Je rêvais qu'il faisait beau dans le jardin et que c'était Mère-grand et pas maman qui était dans le transat, mais elle me disait qu'elle pouvait plus me parler parce qu'elle était morte.

Pour qu'il me lâche, je finissais par lui raconter tout ça au docteur Fildermerde.

Et il en oubliait ses crotteux poils de nez et disait : eh bien voilà, il s'ouvre, le Valentin. Bravo.

Et au lieu de me laisser filer, puisque c'était bravo, il s'inquiétait de savoir où j'en étais avec mes pipis au lit.

J'en étais toujours pareil, Ducon ! Je me réveillais toujours dans la honte mouillée.

Ça, ça lui plaisait pas, ça lui faisait tirer une telle

216

tronche qu'on aurait dit que mes draps, c'est lui qui les lavait.

Et de me torturer avec mes pipis d'incontinence, ça lui suffisait pas. Lui en fallait plus.

Un dimanche matin, au lieu de me faire asseoir dans le salon pour me pomper l'air avec ses devinettes cruelles, il m'a pris par la main et entraîné dans l'atelier de Père-grand et je me demandais ce qu'on venait y faire et pourquoi il avait le culot d'y venir, lui.

Et il s'est baissé et a sorti de sous l'armoire le portrait que j'avais fait de maman avec des fourmis qui lui vadrouillaient dessus.

— Et ça, Valentin, si on parlait un peu de ce petit chef-d'œuvre ?

Ça devait être papa qui l'avait trouvée, ma peinture, et qui m'avait cafté.

— Alors, Valentin ?

Alors quoi ?

Le portrait, il le trouvait une vraie œuvre d'art mais, les fourmis...

Peut-être qu'il était bien, le discours qu'il m'a fait sur les mères, les enfants des mères, les fourmis qui étaient des bestioles très travailleuses mais pas faites pour se promener sur des figures de gens. Peut-être.

Je l'ai pas écouté.

Je le regardais même pas, je regardais les immenses grandes belles peintures finies ou pas finies de Père-grand sur les murs, sur les chevalets, partout dans l'atelier.

C'était le plus grand peintre de toute la terre entière et tous les gens bien comme Virginie le connaissaient et en bavaient d'admiration.

217

Et moi, je deviendrais un grand très célèbre artiste connu comme lui, et le docteur Filderman et tous ceux qui me gâchaient la vie, ils avaient qu'à aller se faire enfiler.

Alors je lui ai dit.

Je lui ai dit : allez vous faire enfiler, au docteur Filderman.

Et ça lui a fermé son clapet.

Il est resté là, debout, mon portrait à fourmis dans ses mains, et il avait la bouche ouverte. Mais il en sortait plus rien.

Il a dû y aller, se faire enfiler. On l'a plus vu pendant le reste des beaux jours.

Qui ont été des beaux jours, des fois vraiment beaux, et des fois à malheurs, à chagrins, à sale temps dans la tête.

Pour commencer, après avoir dit ce que j'avais dit au docteur Filderman, j'ai eu droit à une dérouillée de papa.

Je pouvais pas m'y attendre. Mais ça m'est arrivé quand même : j'ai reçu une raclée de garçon vraiment plus supportable. Si sévère qu'à côté, la première beigne de ma vie que m'avait donnée l'infect Yves-André à mon premier matin de maternelle, c'était une caresse, de la papouille amicale.

Ouyouyouye !

Ses joggings d'idiot, ses pompes, ses mouvements de gym, ça l'avait endurci des muscles, papa. Quand il m'a cueilli dans l'escalier de ma chambre après le : allez vous faire enfiler, dit à l'autre tas de boue, j'ai cru que c'était me tuer, qu'il voulait.

Au moins cinquante gifles, il m'a plu dessus.

Et des tapes pas sur les joues, plus frappantes que des gifles. Sur mon derrière, sur mes jambes qui étaient ce jour-là en short. Et mes bras.

Plus il cognait, plus il avait envie de cogner, la brute.

— Ah ! on veut jouer les voyous des rues, il disait. Ah ! on n'est pas encore fichu de ne pas souiller ses draps comme le petit goret qu'on est encore et on se croit autorisé à, déjà, plonger dans la délinquance. Ah ! on fait d'ignobles dessins de sa maman qui a manqué mourir en vous donnant le jour et on dit des ignominies au docteur Filderman. Ah !...

À chaque ah, c'était un gnon de plus.

Sans maman, il se retrouvait assassin d'enfant aux infos de vingt heures, papa, et moi, cadavre froid et glacé dans un trou comme ceux que je creusais dans mes rêves.

Mais y a eu maman.

Qui, de me voir me faire massacrer, en a retrouvé sa langue.

— Alain ! elle a crié. Alain, tu arrêtes immédiatement de battre ton fils, comme l'ignoble sadique que tu es, ou je...

On le saura jamais ce qu'elle aurait fait s'il avait pas arrêté de me taper, parce qu'il était tellement sur le cul d'entendre maman reparler qu'il a aussi sec arrêté.

Maman, pour qu'elle entre dans une déprime, lui suffit souvent de pas bien grand-chose. Et une fois qu'elle y est, dedans, elle y est sacrément. Et ça peut durer. Et si salement que même des spécialistes aussi endurcis et vicieux que le docteur Filderman, ça leur prend des semaines qui durent des mois et des années pour la sortir de là. Et ça arrive aussi que, rien qu'un choc que personne aurait pu prévoir la guérisse d'un seul coup d'un seul.

Ça s'est passé comme ça, là.

Elle avait retrouvé sa langue pour crier Alain. Et comme elle l'avait retrouvée, elle s'en est tout de suite resservie comme avant.

Elle s'en est resservie pour dire à son mari mon père que, si une fois, une seule, il levait encore la main sur moi, tout serait définitivement fini entre elle et lui.

Puis elle s'en est servie pour dire qu'elle avait très envie d'un très bon dîner chinois et que, pour se faire pardonner son inqualifiable brutalité, papa allait nous emmener manger du canard laqué et des ravioli de crevettes sucrés et des nids dans un délicieux coûteux restaurant où ils allaient des fois avant que je sois né.

Les nids étaient d'hirondelles qui, j'ai compris en en mangeant, font leurs nids pas avec des brindilles d'herbes mais avec des nouilles glueuses.

On a mangé très tard en entendant de la musique de grelots crispants. Et maman, qui s'était remise en cinq minutes à être très élégante belle femme, a été de grandement bonne humeur et a rigolé de son portrait à fourmis qui, c'était son avis sincère, prouvait que j'avais hérité du talent de Père-grand.

Le manger des Chinois, c'est pas celui que j'aime le mieux.

Mais maman, je me suis, ce soir-là, mis à la réa-dorer.

Mon père, lui, il aurait pu se crever un œil avec une baguette de restaurant que je lui aurais même pas prêté ma serviette pour qu'il s'essuie son sang avec.

Me taper comme il m'avait tapé, ça méritait aucun pardon.

Un soir, on venait à peine de commencer les hors-d'œuvre du dîner qui étaient du concombre au yaourt et un melon pas trop courge, quand a sonné le téléphone.

Papa s'est jeté dessus et à minuit passé il y était encore.

Et ça devait tellement chier à l'autre bout du fil, à Niakokokoundé où il avait ses travaux et leurs problèmes, que papa a pris au petit jour un taxi pour Roissy-Charles-de-Gaulle.

Il a même pas eu le temps de me dire au revoir.

Avec ou sans au revoir, partir c'était ce qu'il pouvait faire de mieux.

Maman, maintenant qu'elle allait dans l'amélio-ration, ça pouvait aller.

Elle était un poil canulante avec sa folie de trop me poupouter pour me faire oublier qu'elle avait oublié de le faire depuis la nuit du veau à la campagne.

Mais bon.

On a pris l'habitude de téléphoner souvent à Père-grand.

Fallait viser juste pour pas le réveiller en sursaut à cause du décalage, mais quand on le trouvait pas endormi, debout, ça le mettait dans la grande gaieté et nous aussi.

Il s'ennuyait de nous et de Paris. Mais l'Amérique était un endroit très fréquentable, il disait. Et il était devenu copain comme cochon avec son client follingue qui l'appelait maestro et lui faisait des barbecues avec des taureaux entiers.

Il avait commencé son arche sur les murs de la piscine.

La télévision américaine avait envoyé une équipe pour le filmer en train de peindre sur une échelle de dix mètres de haut.

Ah ! il a demandé qu'on lui expédie les animaux de campagne que j'avais dessinés pour lui et qui allaient bougrement lui servir.

On les a envoyés en recommandé avec accusé de réception.

Maman les trouvait si bien qu'elle en a fait des photocopies avant de les poster.

L'appareil à photocopier était dans l'atelier de Père-grand et elle a enfin vu son portrait à fourmis.

— Piqué. J'ai un fils qui est complètement piqué, elle a dit, piqué, piqué comme moi, elle m'a répété en me serrant très fort.

Elle arrêtait plus de me serrer très fort contre elle.

De me chérir.

Et de me choyer.

Et d'avoir des idées comme celle qui lui est venue dans l'atelier.

— Tu sais ce qu'on devrait faire, Valentin ? Une

fête. Oui, mon cher, une super et grandiose fiesta, on va s'offrir. Pour célébrer tous les Noëls qu'on n'a pas passés ensemble et tous les réveillons de la Saint-Sylvestre et toutes les Saint-Valentin et tous les anniversaires que je ne t'ai pas souhaités. La fiesta des fiestas, voilà ce que ça va être.

Toute frétillarde elle était.

Si frétillarde qu'elle m'a attrapé et fait danser avec elle, avec les animaux des peintures de Père-grand qui nous regardaient.

Elle m'a fait tourner, tourner, tourner.

Piqués on était, moi et ma mère.

La fête, ça a été une garden-party dans le jardin.

La veille, à cause de gros nuages, on a cru que ça serait une garden-party de salon et puis un anti-cyclone a nettoyé le ciel et on a pu la faire dehors notre fiesta.

Et elle a été bien mieux que celle pour les sept ans du frère d'Aurore. Bien bien mieux.

Il y avait trois tables avec du sucré et du salé.

Il y avait des œufs en chocolat avec des surprises dedans, cachés partout comme si c'était Pâques.

Il y avait des océans d'orangeade pur fruit et du champagne à volonté pour les grands.

Les grands c'étaient des amies de maman que j'avais jamais vues et Virginie et Marc.

C'est maman qui avait pensé à eux. Elle m'avait dit : demande donc à ces deux jeunes gens du Centre que tu trouves sympathiques si ça les amu-serait de venir à une garden-party.

Ça les amusait, alors ils sont venus.

Et elle avait pas pensé qu'à eux.

Elle m'avait dit aussi de dire de venir à tous mes copains du centre que ça me plairait de recevoir.

Alors y avait Benjamin bien sûr, et d'autres que j'ai invités pour que ça fasse du monde.

Et Loula qui était pas invitée du tout et qui est arrivée la première avec une robe blanche à volants et un nœud de ruban à chacune de ses tresses et une rose à la main qu'elle a offerte à maman avec des sourires d'angesse.

Et maman s'est extasiée.

— Oh ! la délicieuse petite fille et comme c'est mignon cette rose qui sent si bon.

Merde alors. Maman l'a embrassée Loula.

Sur les deux joues.

Et deux fois par joue.

Et cette chipie de Blaquesse qui a fait la révérence.

Marc et Virginie, ça les a étonnés de la voir là.

Ils m'ont embrassé.

Marc s'est incliné devant maman. Il a presque failli lui baiser la main.

Il avait des boots cirés à mort au lieu de ses baskets crades et sans lacets de tous les jours.

Et Virginie était pour la première fois en robe. Et presque aussi belle que maman.

Et les autres sont arrivés et la musique a démarré à fond la caisse avec les baffles accrochés dans les arbres pour que toute la rue soit au courant de notre fiesta.

Et maman a dit : amusez-vous, les enfants, amusez-vous.

Et on s'est pas tout de suite amusés.

C'était marrant. Tous, et encore plus Loula, au centre, ça faisait pas une minute qu'ils étaient ensemble que ça démarrait l'agitation, les bagarres, tout le tremblement.

Et, là, ils étaient tous sages comme des hypocrites qu'ils étaient.

Même Loula elle restait droite comme un *I*, sans bouger, à à peine prendre un petit four et à mordre dedans en faisant des manières du bout de ses dents.

Maman, elle les regardait et ça lui plaisait pas de voir qu'ils faisaient pas la fête à sa fête.

Alors elle a annoncé les œufs.

Les œufs en chocolat avec des surprises dedans cachés partout dans le jardin.

Ça l'a fait démarrer, la fiesta.

Maman elle avait pas fini d'en parler des œufs que, déjà, tous ils étaient à quatre pattes à chercher dans l'herbe jamais tondue de la pelouse.

Et Loula elle s'est mise à creuser comme un chien qui veut récupérer des os qu'il a enterrés.

La robe blanche à volants elle en a pris un vieux coup.

Mais ça la gênait pas Loula de se salir.

Les autres non plus. Même Kabir Alékassam qui avait une cravate.

Tous ils se sont retrouvés à plat ventre.

Dans un chenil, on se serait cru.

Même Marc il s'y est mis.

Et des amies de maman aussi.

C'étaient des personnes de son âge ses amies.

Qui toutes m'ont trouvé adorable.

Et je l'étais.

Maman m'avait plaqué tous mes épis de cheveux avec de son gel coiffant vapeur translucide pour que j'aie une coiffure de jeune premier années trente et j'étrennais une ceinture de cow-boy authentique que Père-grand m'avait envoyée spécialement pour l'occasion.

Et puis qu'est-ce que j'étais poli.

À chaque amie, je disais un grand bonjour très bien élevé et un grand merci d'être venu.

Plusieurs m'avaient amené des cadeaux.

Une amie de maman journaliste m'avait amené un globe terrestre gonflable qu'elle m'a gonflé pour que je voie exactement où se trouvait mon cher papa.

J'ai surtout regardé où se trouvait Père-grand.

Une dame qui avait été à la fac avec maman et qui avait un garçon qui s'est fait flanquer un coup de genou par Loula dans ses couilles, parce qu'il voulait lui chourer un des œufs qu'elle avait trouvés, m'avait amené trois albums Tintin pour quand je saurais lire.

Elle croyait que j'étais aussi attardé que son fils qui avait le même âge que moi.

Une dame qui, on me l'a pas dit mais je l'ai compris, avait soigné maman quand elle était dans sa maison de repos m'avait amené un appareil photo jetable.

Ça, c'était grand.

J'ai fait des photos de tout le monde.

La plus chouette était une de maman en train de danser un tango avec Marc.

Parce que la garden-party, une fois que plus personne a eu faim de salé et de sucré et que les œufs étaient presque tous trouvés, elle est devenue bal.

Maman, danser, elle aurait fait que ça.

Vite elle dansait, sans s'embrouiller les jambes.

Loula aussi elle se défendait comme une reine.

Y a eu un air de jazz endiablé avec une batterie d'enfer. Alors, boum badaboum, elle a envoyé dinguer ses chaussures et elle est montée pieds nus sur le perron de l'entrée pour que tout le monde la voie et elle s'est mise à se tortiller en se balançant ses fesses et en faisant des gesticulations de bras.

Et en même temps elle sautait en l'air et roulait des yeux et poussait des ouaou ouaou ouaou de petite chatte complètement paf.

Terrifique c'était.

Et maman et ses amies et Virginie et Marc et même moi et les autres du Centre, on s'est tous mis à frapper des mains.

Des piles électriques dans le trou de balle elle avait, Loula.

Plus on la regardait, plus elle sautait haut et se tortillait son croupion et ouaou et ouaou et ouaou !

Tous les jours elle était chiante comme la pluie, Loula, mais pour les fêtes, c'était une invitée de première classe.

Quand elle est descendue du perron, elle a eu droit à des bravos et maman l'a soulevée de par terre et embrassée aussi fort qu'elle m'embrassait moi.

Après, maman est venue me voir sur l'herbe où on était assis Benjamin et moi, en train de chercher des pays inconnus sur le globe terrestre gonflable.

Et elle m'a demandé à l'oreille si ça me ferait pas plaisir d'avoir une petite sœur.

Je lui ai dit : non, ça me ferait pas plaisir.

Après, Virginie et une amie de maman ont organisé une ronde avec tout le monde.

Ça, ça m'a pas amusé terrible. Mais y en a qui ont aimé.

Surtout maman qui arrêtait pas d'être heureuse que sa fête soit aussi réussie.

Je crois qu'elle aurait voulu que ça s'arrête jamais.

Mais des mamans sont venues récupérer leurs filles et fils et les amies de maman sont parties et aussi Marc.

Restait plus que Virginie.

Qui s'en allait pas, qui traînaillait exprès parce qu'elle crevait d'envie de voir des peintures de Père-grand.

Elle a fini par le dire à maman.

Et maman s'est servi une coupe de champ d'une bouteille qui restait.

— En principe, ma petite Virginie, mon père déteste qu'on aille fourrer le nez dans son atelier, mais comme je suis sûre et certaine qu'avec l'allure et l'âge que vous avez, pour vous il ferait une exception, Valentin va vous servir de guide.

J'en pétais d'orgueil d'avoir à faire visiter l'atelier du plus grand peintre du monde entier qui était mon Père-grand à moi à Virginie qui avait l'air d'être une connaisseuse en très belles choses.

J'ai ouvert la porte et j'ai dit : voilà c'est ici.

Et elle a eu les yeux qui sont devenus grands grands grands.

— Ben dis donc.

C'était comme Babar quand il voyait une ville pour la première fois.

Elle s'est approchée d'une des toiles que Père-grand avait peintes avec de la tristesse juste après l'enterrement de Mère-grand, son *Troupeau de biques consternées*.

Et elle l'a regardée.

Et elle a reculé pour la voir de plus loin.

— Cet homme ! elle a dit. Qu'est-ce qu'il peint bien. Ça alors. Depuis les derniers Dubuffet au Jeu de Paume, j'avais pas été si secouée. C'est un beau... C'est... C'est...

Elle les a dévorées avec ses yeux, les peintures.

Pas une, elle a manqué.

Même les dessins qui traînaient sur les tables, les petits croquetons que Père-grand avait oublié de déchirer, les brouillons un peu ou très loupés.

Tout, elle matait en prenant son temps et elle bichait.

— Jamais j'étais entrée dans l'atelier d'un peintre et en plus c'est un grand, un très grand. Tu peux pas savoir comme ça me fait plaisir, Valentin.

Oh si. Je pouvais.

Elle s'est posé ses fesses sur un tabouret tout croûteux de couleurs séchées et elle a poussé un soupir.

— Je suis ravie, Valentin, ravie ravie. Mais qu'est-ce que ça décourage.

Elle bichait plus.

Ça la décourageait de voir autant d'épatantes merveilles parce qu'elle voulait faire des choses d'art elle aussi comme métier, elle savait pas encore

bien quoi, peut-être de la peinture, peut-être dessiner des robes, peut-être des publicités, peut-être de
la photo, et elle se trouvait une crotte, une lamentable riquiqui poussière de rien du tout, comparée
à un Père-grand.

Heureusement que maman est arrivée avec deux
coupes et une bouteille de champagne.

Une toute neuve celle-là.

Elle a fait sauter le bouchon et, de trinquer, ça l'a
remontée, Virginie.

La bouteille elles l'ont vidée en copinant et en
blaguant, ma mère et elle.

Elles se disaient des tas d'âneries de femmes en
se promenant au milieu des tableaux et elles étaient
jolies comme tout.

Père-grand ça l'aurait enchanté de les voir.

Il devait être en train de se cuiter lui aussi mais à
un autre bout du globe terrestre et pas au champagne, à l'alcool américain de cow-boy milliardaire.

Moi je tenais plus bien sur mes pattes.

C'est crevant les fiestas.

Mais ça vaut la peine d'être dedans.

Le centre de loisirs, ça a continué.

J'aimais toujours pas tout ce qui était sport et
jeux où fallait galoper, prendre des suées, se faire
des bosses, des écorchures et se faire battre par les
crétins balèzes.

Rayon lecture, dessins, découpages, modelage,
fabrication de corbeilles en rotin, de cendriers

décorés en pâte à cuire et de pins en plastique fou, j'étais de plus en plus le caïd.

La garden-party avait eu des suites.

J'avais distribué les photos de l'appareil jetable que maman avait fait tirer en quantité pour que tous ceux qui étaient dessus puissent en avoir.

Sauf une de Loula me tirant la langue, elles étaient toutes largement floues mais j'ai eu droit à des mercis de tous les invités à la fiesta.

J'avais été invité au baptême de la troisième petite sœur de Loula qui en avait déjà trois grandes.

Ça avait été une fiesta black chaude.

J'étais le seul pas black d'au moins cinquante personnes, dans un logement en plusieurs chambres de bonnes minuscules sous des toits à pigeons du boulevard Saint-Marcel et on avait mangé des salades d'ananas et du boudin créole qui vous explosait dans la bouche et chanté tous en chœur des chansons d'îles lointaines et des dames en robes fleuries m'avaient dit que j'étais un tout mignon ti zoreille et Loula m'avait fait monter sur son lit à étages où elle dormait avec ses sœurs Olympe et Félicité et elle avait soulevé sa robe, fait glisser sa culotte pour que je voie sa fente de fille et elle m'avait demandé en mariage et j'étais descendu du lit très honteux.

J'avais été aussi goûter chez Benjamin qui m'avait fait des démonstrations de jeux vidéo barbants, sauf celui de Dick Tracy qui est un très malin flic américain à chapeau jaune.

Et tous les soirs à six heures, maman venait me chercher et elle taillait des bavettes très joyeusement bavardes avec Virginie qui venait des fois à la maison et à qui maman faisait choisir dans ses placards des jupes, des chandails et d'autres choses de quand elle était jeune fille, qui étaient parfaites pour Virginie en donnant un peu de vague aux hanches.

Et quand on sortait du centre et qu'ils voyaient maman, Loula, Benjamin, Sonia et d'autres lui sautaient dessus pour l'embrasser.

Et elle voulait qu'ils viennent jouer avec moi dans notre jardin tant que c'était encore les beaux jours.

Et ils venaient des fois.

Et ça me plaisait de faire celui qui reçoit des amis qu'il connaît en visite. Mais aussi ça me foutait dans des colères qu'ils tripotent mes affaires et aient des curiosités que j'avais pas envie qu'ils aient.

Un samedi, Loula, Benjamin et d'autres étaient là à jouer à cache-cache.

Et c'était moi qui m'y collais.

Et quand j'ai rouvert les yeux, j'ai vu aucun d'eux et j'ai cherché et j'ai trouvé pas même Sonia qui était la plus nunuche et qui tout le temps se faisait retrouver avant les autres.

Et c'était à y rien comprendre.

Entrer dans la maison c'était interdit.

Fallait qu'ils soient dans le jardin et ils y étaient pas. Même derrière ou dans la cabane à outils de jardinage, même dans un arbre.

Nulle part quoi.

Et ça se pouvait pas qu'ils soient tous partis dans la rue pendant que j'étais les yeux fermés à compter jusqu'à cinquante, ce qui était très difficile pour moi.

Y avait qu'un endroit où ils pouvaient être. Mais ils pouvaient pas y être puisque c'était encore plus interdit que la maison.

Et ils y étaient, ces saloperies.

C'était Loula qui les avait entraînés.

Ouais. Dans l'atelier je les ai trouvés.

Qui se marraient.

Qui se marraient de m'avoir feinté.

Et qui se marraient à cause de Loula qui disait des âneries sur les peintures de Père-grand.

Elle disait que les girafes du grand tableau, pour se tenir aussi raides, c'est qu'on avait dû leur enfoncer des balais dans leurs culs.

Elle disait des canards d'un autre tableau : qu'est-ce qu'ils sont moches, on dirait pas des canards vivants, on dirait des canards cuits.

Elle disait : cet oiseau vert là, il est nullos. Moi je l'aurais mieux fait. Même ma petite sœur qui vient de naître elle l'aurait mieux fait.

Elle disait : faut que je m'en aille d'ici. Parce que de voir toutes ces couleurs qui vont pas ensemble, ça me donne envie de gerber mon goûter.

Elle a pas gerbé. Mais elle a salement piaillé quand elle a pris en plein sur elle un grand pot de couleur rouge cerise lumineuse que je lui ai lancé pour qu'elle la ferme.

Un grand pot qu'elle a reçu sur son front et qui avait un couvercle pas assez vissé, qui s'est ouvert et l'a toute recouverte de rouge en la cognant si brusquement fort qu'elle en est tombée sur le plancher.

Tombée assise et plus black, mais cerise et hurlante.

Et les autres ont filé dire à maman que je l'avais tuée, Loula.

Et maman est arrivée comme un éclair pour l'emmener encore plus comme un éclair dans la salle de bains et la plonger telle quelle tout habillée dans la baignoire et la lessiver de tout le rouge qui la recouvrait avec la pomme de douche.

Et une fois toute la peinture rouge lavée avec bien du mal, il en restait du rouge sur son front, mais c'était du sang.

Le pot lui avait fendu la tête.

Et maman, de voir ce sang, ça lui a donné assez de sang-froid pour la porter dans la Rolls de Pèregrand, la faire démarrer en flèche et arriver en pas un quart d'heure aux urgences de l'hôpital la Pitié-Salpêtrière où, en plus d'une piqûre antitétanique, Loula a eu droit à des points de suture.

Onze.

Et maman a raccompagné Loula dans sa famille et elle est revenue à la maison où j'attendais dans bien de l'inquiétude.

Et maman m'a dit : ça ira.

Elle m'a dit ça ira et rien de plus.

Elle m'a rien dit de méchant.

Elle a fait comme si il était arrivé un accident qui aurait été de la faute à personne.

Comme si c'était la foudre qui était tombée sur Loula ou une balle perdue d'une guerre qui lui avait atterri dans son front.

En rentrant de raccompagner Loula chez elle, elle a fait le dîner comme tous les soirs et on a mangé comme tous les soirs et maman a parlé de plein de choses et pas du tout de ce qui était arrivé dans l'atelier.

Elle m'a parlé de papa qui avait téléphoné que les pluies de son bled d'Afrique s'étaient arrêtées et qu'il avait commencé à remettre debout tout ce qui était par terre de son chantier de chantier et que c'était pas une mince affaire.

Elle m'a parlé de la rentrée qui s'approchait et de l'école elle savait pas encore laquelle où il allait falloir qu'elle m'inscrive.

Elle m'a parlé d'un manteau caban de marin bien chaud et amusant comme tout qu'elle avait vu dans une vitrine et qu'elle pensait qu'elle allait m'acheter.

Aurait mieux valu qu'elle en parle, du pot de rouge.

Aurait mieux valu qu'elle me dise que j'étais un salaud d'avoir fait ce que j'avais fait.

Même qu'elle me prive de dîner et qu'elle m'expédie tout seul dans ma chambre, ça aurait mieux valu.

Parce que, quand je m'y suis retrouvé tout seul dans ma chambre après une flopée de bisous les mêmes que tous les soirs, ça a commencé à plus aller du tout.

C'était pas que je regrettais de l'avoir lancé le pot sur l'autre conne, c'est que le mal que ça lui avait fait et les points de suture ça me défrisait raide raide.

C'est que ça se pouvait parfaitement que les

235

points de suture suffisent pas pour complètement refermer la plaie et que ça suppure, que ça devienne une infection grave de toute la tête de Loula. Ou que les points de suture suffisent mais qu'en dedans y ait des écoulements de sang avec du pus qui lui empoisonnent la cervelle et lui fassent avoir une infection mortelle ou qu'elle devienne aveugle.

Le pot en pleine poire elle l'avait mérité.

Mais les suites, mortelles ou même seulement aveuglantes, elle les méritait pas.

Personne sauf les nazis de guerre mondiale mérite ça.

N'empêche que ça pouvait arriver.

Et que, si ça arrivait, ça serait de ma faute.

Comme n'importe quel autre soir maman m'avait dit : bonne nuit, mon Valentin.

Bonne nuit. Tu parles.

Cette nuit-là j'ai fait ce que j'avais jamais fait.

J'ai fait ce que Mère-grand disait qu'elle faisait quand vraiment y avait plus que ça à faire.

J'ai demandé au Bon Dieu.

Comme j'avais encore eu aucune leçon de caté et que les seules fois qu'on m'en avait parlé du Bon Dieu, c'était Mère-grand quand j'étais si gniard que je pouvais rien comprendre ou Père-grand pour me dire qu'il fallait surtout jamais rien en dire parce que, oser en parler, ça te faisait forcément dire que des niaiseries indignes de sa magnificence, je savais pas du tout qui c'était, ni où il était et si il était vivant ou mort et si c'était quelqu'un comme les hommes et les femmes ou un engin impossible à comprendre comme les super-créatures des feuilletons de science-fiction.

Tant pis.

Je lui ai quand même demandé de tout mon cœur d'arranger le coup, de se dépatouiller pour que la blessure de Loula soit un peu mauvaise pour la punir, mais qu'elle devienne pas une blessure à complications.

Je lui ai demandé à genoux à côté de mon lit, parce que j'avais vu une fille lui demander comme ça que son chien perdu soit retrouvé dans un film qui m'avait fait pleurer.

Je lui ai demandé plusieurs fois pour être sûr.

Mais comme j'étais pas sûr qu'y en ait un de Bon Dieu, de lui demander ce que je lui ai demandé ça m'a pas servi à grand-chose.

J'ai continué à trembler et à me faire du mouron.

Du mouron de nuit, atroce.

Trente-neuf.

Maman a essuyé le bout du thermomètre avec un coton alcoolisé et elle l'a posé sur ma table de nuit à côté de mon Bart Simpson statuette en plastique qui me voyait avoir autant de fièvre avec ses yeux en globules.

— C'est de la fièvre, mon chéri, mais ce n'est pas de la mauvaise fièvre de maladie, c'est de la fièvre de remords, de la fièvre qui prouve que tu es un bon garçon qui se fait du souci pour son amie Loula et qui regrette d'avoir été brutal.

Ça m'a un peu consolé d'entendre ça.

Et, dans son lit à elle, blotti tout nu contre ma maman toute nue, je me suis senti mieux et j'ai pensé qu'avec les cinquante francs de ma sacoche, si elle mourait je lui achèterais un bouquet de très belles fleurs, à Loula, pour les poser sur sa tombe avec tristesse et que, si elle était seulement aveugle, tous les jours j'irais la voir pour lui lire les livres qu'elle voudrait.

J'étais chaud de fièvre et ça me faisait du bien d'être contre maman qui était fraîche à point et j'aimais énormément avoir cette fièvre qui était la preuve que j'étais un bon garçon à remords.

Le lendemain, maman m'a emmené prendre des nouvelles de Loula qui avait un kilomètre de bande Velpeau autour de sa tête et qui aidait sa mère à éplucher des légumes de ratatouille dans leur logement sous les toits du boulevard Saint-Marcel.

On avait acheté des petits-fours pour elle au coin de la rue de la Reine-Blanche.

On a été obligés de parler pas fort à cause de son père qui était chômeur sans travail et que ça démoralisait tant qu'il dormait toute la journée pour oublier qu'il l'était.

Tout bas, je lui ai demandé comment ça allait et si elle voulait bien me pardonner ma brutalité.

Elle allait bien et pour le pardon elle voulait bien, c'était O.K. d'accord.

Elle m'a emmené sur son lit à étages où on a continué à parler dans le chuchotement à cause d'une de ses sœurs, celle qui s'appelait Félicité, qui dormait parce qu'elle couvait quelque chose.

Peut-être les oreillons.

Loula m'a dit de faire gaffe à pas les attraper, si c'était ça, à cause de mes couillettes qui pouvaient, si c'était ça, devenir comme des ballons de foot.

Je l'ai pas crue et on a joué à faire les andouilles pas trop brusquement à cause de sa blessure qui pouvait se rouvrir.

Quand on est revenus dans l'autre pièce, maman épluchait les légumes de ratatouille avec la maman de Loula qui avait ses nibars qui s'évadaient de son chemisier pas assez boutonné.

Cent fois gros comme ceux de maman ils étaient et tout mous, ça se voyait.

Elle a demandé si on voulait pas boire un chocolat comme dans les îles.

On voulait volontiers.

Ça a été une casserole de cacao aux épices qui sentait si bon que son odeur a réveillé le papa chômeur sans travail.

Qui s'est levé en short à fleurs, pieds nus, torse nu et qui a bu deux bols de chocolat, qui a becté presque tous les petits-fours qu'on avait apportés à Loula, qui s'est roulé une cigarette, l'a fumée, et est retourné sur son lit ruminer des pensées de tristesse.

La maman de Loula a dit dans l'oreille de la mienne que, de la chance, il avait pas la chance d'en avoir, et que c'était dur pour lui d'être très habile coupeur de canne à sucre sans embauche depuis leur arrivée à Paris et que c'était pas un paresseux loin de là. Mais qu'il avait trop de sentiment, que c'était le sentiment qui lui gâchait tout le temps la vie. Et elle a soupiré et ses nibars se sont encore plus gonflés.

C'était une femme à mamelles.

Et, de la façon dont elle parlait, ça faisait comme si elle chantait.

Même si elle disait des choses tristes c'était gai à entendre.

La sœur de Loula qui couvait s'est mise à piailler à son étage de lit et maman est allée voir et elle l'a prise dans ses bras et l'a bercée et couverte de bisous.

C'était gentil de sa part. Mais ça pouvait me rapporter des oreillons.

Une fois les légumes épluchés et la ratatouille mitonnée avec de l'ail en quantité et du piment pour cacher le goût de l'ail, on est restés la manger avec toute la famille et Loula qui n'était ni morte ni aveugle.

Et, même si la ratatouille était ce que j'ai mangé de plus écœurant de ma vie, c'était bien.

Un vendredi avec presque plus du tout de soleil, on est arrivés au Centre avec tous des gâteaux encore un peu chauds enveloppés dans du papier alu ou des torchons.

C'était Marc et Virginie qui nous avaient demandé de demander à nos mères d'en faire.

Des gâteaux pour le goûter du dernier jour de l'été.

Un goûter amélioré, ils appelaient ça.

Maman avait fait un clafoutis aux prunes très épais, très moelleux.

Y avait des tartes aux pommes, aux poires et à la

banane. Y avait des cakes, des quatre-quarts et des gâteaux au chocolat bons et moins bons. Y avait une corne d'amour dégoulinante de miel de la maman de Kabir. Et deux espèces d'omelettes fourrées faites par la maman des jumeaux du Centre. Une fourrée banane, une fourrée groseille.

Avec, pour faire passer tout ça, du Coca, des eaux pétillantes, de l'orangeade.

Et avec des guirlandes décoratives qu'on a mis toute notre journée à découper, à peindre et à tendre au plafond du préau pour manger les gâteaux dessous dans la gaieté et puis chanter dans la tristesse : ce n'est qu'un au revoir mes frères, ce n'est qu'un au revoir.

C'est une chanson qui donne de l'émotion.

Et on en a tous eu.

Le lendemain le Centre s'arrêtait et on allait s'en aller, les uns à la maternelle, les autres, les plus grands, à la grande école au cours préparatoire et les autres encore ailleurs.

Moi, maman m'avait trouvé l'endroit parfait pour un garçon un peu caractériel qui était pas foutu de comprendre pourquoi trois et trois ça faisait six, qui ne connaissait pas plein de choses que les autres de son âge connaissaient déjà vachement bien, mais qui dessinait à la perfection et savait presque entièrement lire.

L'école Saint-Yves, elle m'avait trouvé.

Une école privée pour enfants à parents se saignant aux quatre veines pour leur éducation.

C'était à trois petites rues tranquilles de chez nous et on pouvait y arriver sans avoir à traverser le dangereux carrefour des Gobelins.

Et c'était catholique comme école.

Mais pas trop.

Seulement ceux qui voulaient avaient catéchisme facultatif fait par deux chères sœurs qui avaient l'air si vaches que j'ai supplié maman de pas y aller à leur caté.

Maman a dit : d'accord, on verra plus tard.

Mais c'est à l'école Saint-Yves tout entière que j'aurais voulu pas aller.

À part les deux chères sœurs qui étaient là pour surveiller que tout se passe bien à la minute où ça devait se passer et pour nous empêcher de dire des gros mots et faire gaffe que l'école soit toujours bien propre et qu'on se batte pas pendant les récrés et qu'on reste pas trop longtemps aux cabinets, y avait que des profs hommes et pas une seule fille comme élève.

Et les profs étaient des vieux types à cravates moches qui voulaient qu'aucun garçon leur dise tu comme on disait tu à Marc, à Virginie et à tous les animateurs du Centre et qui voulaient surtout qu'on devienne tous superintelligents.

Ils le voulaient absolument parce que Saint-Yves c'était une usine à fabriquer des Q.I. d'enfer.

Et, pour y arriver, ils nous en faisaient baver bien bien.

Ils disaient : c'est pas parce que vous êtes petits comme vous l'êtes qu'il faut écouter les mouches voler au lieu de nous écouter nous.

Ils disaient : c'est à l'âge que vous avez qu'on

242

prend les habitudes qu'on gardera toute sa vie. Alors, mes petits cocos, on va vous en faire prendre des bonnes, des habitudes, les meilleures des meilleures habitudes, on va vous faire prendre.

Moi, d'arriver pour entendre ça, ça m'a donné envie d'en repartir tout de suite de l'école privée Saint-Yves.

Mais pas aux autres garçons.

Ils ont écouté et ils se sont installés aux places qu'on nous a données et ils ont déballé leurs belles trousses toutes neuves, leurs beaux crayons, leurs belles gommes, tout ça, et ils ont attendu sans moufter que les ennuis commencent.

Faut dire que c'étaient tous que des goinfres de bonnes notes qui s'intéressaient qu'à gober tout ce que les maîtres leur disaient et qui leur léchaient leurs vilains derrières de profs et aussi ceux des deux salopes sournoises de sœur Agnès et sœur Suzanne.

Même à la récré, ils rigolaient jamais, déconnaient jamais, les garçons de Saint-Yves.

Ils avaient trop la trouille que de se marrer ou faire même qu'un peu les turbulents, ça empêche leurs Q.I. de grossir.

À part moi, c'étaient tous des graines de premier de la classe.

Cette école et moi on était pas faits l'un pour l'autre.

Même pour la lecture où j'étais le plus fort, ça collait pas parce que je disais les mots en entier d'un seul coup et que c'était pas la mode à l'école Saint-Yves.

Syllabe par syllabe fallait lire.

Fallait pas lire au tableau LE CHIEN MANGE UN OISEAU.

Fallait lire LE, puis CHI, puis EN, puis MAN, puis GE, puis UN, puis OI, puis ZO.

Et les dé-ta-chant-bi-en les syl-la-bes.

Putain.

Si fallait faire autant le guignol pour devenir superintelligent c'était trop triste.

Alors je levais jamais le doigt pour être appelé pour y lire au tableau.

Je restais sur mon banc à mariner.

Et à attendre que ça soit l'heure où sœur Suzanne ou sœur Agnès ferait sonner la cloche pour qu'on rentre dans sa maison.

Et j'avais que des notes minables et des séances de piquet dans un couloir et des engueulades sévères et des mots à remettre à ma mère pour la prier d'avoir l'obligeance de bien vouloir venir voir monsieur le Directeur pour qu'il lui explique quelle déplorable calamité j'étais.

Et maman se désolait et m'embrassait de plus en plus souvent de plus en plus fort et elle était de plus en plus gentille avec moi parce qu'elle se faisait du souci pour moi son garçon.

Et comme mon père était dans ses embrouilles d'Afrique et le sien de père en Amérique, elle a lancé un S.O.S. à qui elle aurait vraiment pas dû.

Au docteur Filderman elle a téléphoné.

Et ça a remis ça.
En pire.

D'avoir des entretiens, comme il appelait ça, avec moi dans le salon de notre maison à nous, c'était pas la bonne méthode, il a dit à maman l'éminent psy.

Il a voulu que je vienne dans son cabinet une fois par semaine le mercredi matin.

Son cabinet c'était en haut d'une tour de la Défense, un appart genre bureau avec un divan pour s'allonger dessus, mais il a dit que ça serait suffisant que j'y sois assis.

Il était toujours rouquin affreux et accro à ses cigarillos pourris.

Et on s'entretenait.

— Valentin, il me disait pour mettre le bavardage en route, Valentin, mon petit Valentin, qu'est-ce qui se passe dans cette école qui fait que toi, toi un garçon très éveillé, très malin, tu ne veux rien y faire ?

— Je sais pas, je répondais.

— Bien sûr que si tu sais. Alors dis-moi, ce sont tes camarades de classe qui te déplaisent ? Ils sont méchants avec toi, ils sont méchants, c'est ça, hein ?

— Je sais pas.

— Ce sont les professeurs alors ?

— Je sais pas.

— Allons, Valentin, sois coopératif, aide-moi un peu, tu le sais, tu as compris qu'en m'aidant moi, c'est toi que tu aides, alors fais un effort.

— J'ai pas envie.

— Pas envie de quoi ?

— De faire un effort.

— Je sais, Valentin, je sais que faire des efforts,

c'est pénible. Mais nous sommes ici ensemble tous les deux, rien que nous deux, pour essayer d'y voir clair. Alors il faut m'aider.

— Je veux pas voir clair.

— Qu'est-ce que ça veut dire : je veux pas voir clair ?

— Ça veut rien dire.

— Valentin, tu as ton petit caractère bien à toi et ce n'est pas moi qui te le reprocherai. C'est très bien d'avoir du caractère. Mais je te le répète, je ne veux que te donner un coup de main pour que tu deviennes un garçon équilibré heureux.

— Je veux pas être heureux.

Ça me bassinait les entretiens dans le cabinet du docteur Filderman.

Tous les mercredis matin, je faisais une colère pour pas y aller et, dans l'ascenseur de sa tour, je me cramponnais à maman, je pleurnichais pour qu'on monte pas au quatorzième étage, pour qu'on redescende et qu'on aille se balader.

Mais une fois assis sur le divan j'étais très content d'y être.

Content de pouvoir emmerder un psy.

Mais c'était un coriace.

Alors fallait que j'y mette le paquet.

Que par exemple je réponde à aucune de ses questions pendant les trois quarts d'heure de l'entretien.

Ou que je lui réponde n'importe quoi qui me passait par la tête, des trucs que j'inventais. Vraiment n'importe quoi.

Comme il se fatiguait jamais de me demander toujours les mêmes choses, je répondais des imbécillités.

— Valentin, ton professeur, comment il est ?

— C'est un géant.

— Un géant, comment ça, un géant ? Tu veux dire que c'est un homme très grand ?

— Non, c'est un géant.

— Il est plus grand que moi ?

— Vachement. Dans la classe, il peut pas tenir debout. Alors il se met à genoux pour nous faire les cours.

— Enfin, Valentin, c'est ridicule. Aucun professeur n'est assez grand pour devoir se mettre à genoux pour faire ses cours.

— Ben lui, si. Il mesure trois mètres quarante.

— Trois mètres quarante ? Enfin, Valentin, aucun homme ne mesure trois mètres quarante. Aucun.

— C'est comme ça. Lui, il les mesure. Il est d'une famille de géants. Il nous a dit que son père mesurait dix mètres et sa mère aussi et ses frères pareil. Même qu'on a été forcés de leur construire une maison spéciale sur mesure.

— Là, tu es stupide, Valentin. Tu dis des absurdités pour te rendre intéressant et tu n'arrives qu'à une chose : à nous faire perdre notre temps. Alors tu vas être brave et cesser de raconter des bêtises et tu vas me dire comment est ton professeur. D'accord ?

— Mon professeur, il est tout bleu.

Pour me feinter ça lui arrivait de faire semblant de me croire, à ce tortueux.

— D'accord, Valentin, d'accord. Ton professeur est un géant tout bleu.

— Non. Il l'est plus, géant. Il est seulement bleu.

— Compris. Tu as un professeur de taille normale mais bleu. C'est intéressant, ça. Et bleu comment, tu pourrais me le dire ? Bleu clair, bleu foncé ?

— Foncé.

— Bleu foncé. Tu as un professeur bleu foncé.

— Pas très foncé. Seulement un peu foncé.

— Seulement un peu, d'accord. Et, sa couleur mise à part, il est comment comme professeur ?

— Il est sympa.

— Tu l'aimes bien, alors tu t'entends bien avec lui ?

— Ouais. Moi je m'entends bien avec lui, je m'entends drôlement drôlement bien.

— Alors comment expliques-tu tes mauvaises notes ?

— Les mauvaises notes, il me les donne parce qu'il peut pas me blairer.

— Et pourquoi, à ton avis ?

— Il aime pas les élèves pas bleus. Il les déteste. Il leur met que des zéros.

Ça aurait pu durer le mercredi tout entier nos séances qui servaient à rien. Mais heureusement, il avait un chrono suisse, le docteur Filderman, pour lui dire que le moment était arrivé qu'il me rende à ma mère qui était à lire des vieux de journaux de mode dans la salle d'attente et qu'elle lui donne ses trois cents balles et qu'on s'en aille.

Et fallait que je lui laisse me serrer la main.

— À mercredi, Valentin.

Comme j'oubliais toujours exprès de le faire, maman me demandait : tu ne dis pas au revoir au docteur Filderman, Valentin ?

Et je le disais.

— Au revoir, docteur Filderman, à mercredi, docteur Filderman.

Et on s'en allait enfin se balader dans Paris, s'offrir maman et moi un mercredi en or.

Mais même d'aller manger des glaces trois boules plus la chantilly dans des bons endroits, même d'aller voir les films les plus emballants, même de faire du shopping et des razzias de fringues et de trucs déments dans des boutiques branchées, ni maman ni moi ça nous éclatait.

On se disait : ça, pour un bon mercredi c'est un bon mercredi.

Mais on le disait juste pour le dire.

Ni elle ni moi, on était vraiment dans la gaieté.

Elle, maman, elle était pas dans son assiette.

Dans aucune assiette elle était.

Elle était peut-être sur le chemin d'une déprime de plus.

Moi, c'était clair comme de l'eau de robinet d'avant la pollution, moi, si j'étais miné c'était à cause de l'école Saint-Yves, à cause de ce psy qui me gonflait pour soi-disant me dégonfler, à cause de Père-grand qui, à force d'être à faire l'artiste renommé dans un palais américain de milliardaire, avait dû m'oublier.

Et c'était rien encore.

Parce qu'il s'est mis à y avoir le reste.

Le reste, c'est tout ce qui m'est arrivé l'automne et l'hiver de cette année-là qui est l'année dernière.

Pour commencer, j'ai eu des nouveaux ennuis de lunettes.

Elles étaient toujours bleu Palm Beach et canulantes à porter et attachées à ma tête pour pas qu'elles se sauvent. Mais pour me gâter au maximum, l'oculiste qu'on était retournés voir pour un contrôle de vue leur avait ajouté un chouette supplément. Des sparadraps transparents, mais pas assez, entre mes deux yeux et me descendant sur le nez pour empêcher que mes yeux se croisent qu'il a dit, ce con d'oculiste en souriant connement.

C'était gênant, mais gênant.

Pour regarder sur mes côtés, suffisait plus que je tourne mes yeux, c'était ma tête en entier qu'il fallait que je tourne avec ce machin qui me torturait le nez.

Et tout le monde à l'école, dans les rues, partout, voyait que j'avais des lunettes d'infirme des yeux et ça me donnait des colères.

En plus, ma croissance arrivait toujours pas.

Même maman que ça chiffonnait pas trop que je sois petit ou grand, ça a commencé à lui sembler pas normal que mes chaussures, mes baskets s'usent jusqu'à la corde mais deviennent jamais trop petits pour mes pieds.

Mes pantalons et mes tee-shirts pareil.

Un an après qu'on me les avait achetés, ils m'allaient toujours comme des gants.

Je mangeais, je mangeais et je prenais pas un centimètre, pas un gramme.

Rien du tout je prenais.

Maman m'a emmené chez un médecin.

Puis deux, puis trois.

On m'a mis aux fortifiants, aux vitamines de toutes les lettres de l'alphabet, on m'a suralimenté à la viande de cheval pas cuite, au foie de veau pas cuit non plus, aux bouillies de protéine cimenteuse, aux épinards pleins de fer, aux lentilles, au pain complet dégueu comparé à la baguette, à tout ce qui transformait les autres en colosses.

Et moi, mon poids, ma taille, ils restaient dans de la stagnation.

Des piqûres on a essayé, pour voir.

Les piqûres m'ont fait que mal.

Après, y a eu un spécialiste plus spécialement goitreux que les autres qui a estimé que certains exercices physiques appropriés pourraient peut-être lui donner un sérieux coup de main à ma croissance.

Par sa faute, on s'est retrouvés aux Galeries Lafayette pour m'acheter une bicyclette.

Une pas mal, avec deux vraies roues et deux petites en plus pour apprendre et éclairage dernier modèle et en option une tapée de gadgets pas utiles mais classe, que maman m'a achetés tous sans discuter.

Après, a fallu que je tourne en rond dans le jardin sur ma bécane, avec maman qui m'a tenu pour pas que je me ramasse les premières fois, et tout seul, comme un vrai coureur, une fois que j'ai su en faire.

C'était un peu amusant.

Seulement un peu.

Et de me fatiguer les jambes à appuyer sur les pédales, ça les a pas fait du tout s'allonger.

Elle a fini appuyée contre un arbre pas loin de la

porte de l'atelier de Père-grand, la bicyclette, et quand il y a eu les pluies glacées et la neige de l'hiver, elle a rouillé.

Mais on était qu'en octobre.

Et j'avais des lunettes vexantes et j'étais un gar- çon si riquiqui chétif que je finirais par le devenir pour de vrai, nain.

À Saint-Yves, ça loupait jamais, suffisait que je comprenne pas un truc, que j'éternue, que je traî- nasse à la gym ou que je pique une rogne, pour aus- sitôt me faire appeler Simplet, Atchoum, Dormeur ou Grincheux.

Y avait même des grands des grandes classes pour me taper dessus quand on se croisait dans l'escalier comme pour m'écraser et qui me disaient après, en faisant les ennuyés : oh mec, tu m'excuses, j't'avais pris pour un moustique.

Pas un copain je me suis fait, dans cette boîte démolissante.

Et ceux que j'avais eus au centre de loisirs : Ben- jamin, Loula, les jumeaux, les autres, plus jamais je les voyais. Je les rencontrais même pas dans les rues parce que les écoles où ils allaient, eux, elles étaient dans des rues qui étaient pas du côté de celles qu'il fallait prendre pour aller à Saint-Yves.

Même Virginie qui avait promis craché juré qu'elle viendrait nous voir maman et moi, pas une seule fois elle est passée même que pour nous faire un petit coucou.

J'avais de plus en plus de livres que maman m'achetait et que je lisais de mieux en mieux, j'avais les peintures que je continuais à faire dans l'atelier de Père-grand où j'étais comme chez moi, j'avais maman pour des bavardages souvent très rigolos, j'avais la télé autant que ça me plaisait de la regarder.

Mais me manquait quelque chose.

Quoi, maintenant je le sais, mais en attendant, je me faisais chier plus souvent qu'à mon tour.

Et se faire chier, ça fait ni grandir ni grossir.

Et puis y a eu Noël.

Mon premier vrai grand Noël avec toute ma famille sauf Mère-grand que les vers avaient déjà sûrement entièrement mangée dans sa tombe de cimetière mais qui devait être quand même très en forme au paradis et y chanter faux et dans la joie des chansons éternelles.

Toute ma famille, ça faisait maman et papa et Père-grand.

Dix jours avant le vingt-cinq décembre il est arrivé, Père-grand.

Par surprise.

On s'y attendait absolument pas.

C'était un dimanche à froid piquant avec un infernal fabuleux bordel dans la maison.

Le fabuleux bordel c'était à cause d'une souris qui devait en avoir trop marre de se geler ses pattes de souris dans le jardin et qui était venue, par on ne savait pas quel trou ou fissure, se réchauffer dans notre maison.

La veille, maman avait cru la voir passer dans le couloir.

Puis, non, c'était pas une souris.

Elle avait seulement cru.

Puis, le lendemain dimanche, ça avait plus été non, ça avait été oui, parce que maman l'avait revue.

Une souris aussi petite souris que moi j'étais petit garçon.

Mais tout à fait souris quand même.

Et qui, sans se biler cette salope, était montée sur un toast beurré sur la table de la cuisine pour se taper le beurre qu'il y avait dessus.

Et que je te le mange et que je te le mange.

Y avait pas que maman pour la voir, y avait moi aussi.

Et on avait poussé le même cri ensemble maman et moi.

— Une souris !

Et on l'avait regardée bâfrer avec de l'étonnement, du rire et de la trouille.

Et quand elle avait eu le ventre assez rempli et qu'elle s'était mise à trotter, il nous était plus resté que la trouille.

On se tenait par la main et on l'a vue se laisser glisser de la table sur un tabouret et glisser le long d'un des pieds du tabouret et nous regarder avec ses petits yeux pointus de cruauté et nous narguer avant de renifler un coup par-ci un coup par-là pour trouver où il ferait bon chaud pour elle et y filer en flèche.

Ça a été du côté du salon qu'elle s'est caltée, cette engeance à queue en lacet de soulier plus longue qu'elle.

Fallait qu'on la retrouve et qu'on la zigouille et rapidos.

Mais une souris dans un salon pour savoir où qu'elle s'est nichée, bonjour la devinette.

Elle était forcément sous quelque chose.

Mais sous quoi ?

Maman nous a distribué à chacun un balai et à l'attaque.

Elle était pas sous le canapé-télé.

Pas sous aucune des armoires, sous aucun des buffets.

Ou alors elle y était, mais devenue si plate, si recroquevillée que pas un balai pouvait la récupérer.

On faisait, maman et moi en même temps, un sévère ratissage.

En les tenant bien du bout de nos mains, les balais, pour atteindre cette vermine sans qu'elle puisse elle nous atteindre nous.

Et elle s'arrangeait pour être à aucun endroit et en même temps partout.

On entendait son bruit de pattes.

Et des couinements essoufflés.

Elle s'emmerdait autant que nous c'est sûr.

On aurait fait un concours de pétoche, maman cette souris et moi, ç'aurait été coton de trouver le gagnant.

On l'a repérée sous un pouf si bas qu'il avait presque pas de dessous.

On s'est approchés en rusant.

Cernée, elle était.

Maman m'a dit qu'elle allait pousser le pouf du bout de son balai à elle pour qu'il tombe et que moi, j'aurais qu'à lui taper raide dessus en surtout ne la loupant pas, la souris.

— Oui, maman, j'ai dit, je vais le faire.

Et paf ! Elle a fait se renverser le pouf.

Et j'ai frappé fort et bien là où il fallait.

Et on l'a entendue la petite saloperie à longue queue, on l'a entendue qui galopait à l'autre bout du salon en se foutant bien de nos gueules et de nos coups de balai.

Et on l'a vue se mettre à faire de la grimpette sur un des doubles rideaux d'une des fenêtres.

Maman était blanc pâle et moi j'avais la sueur.

C'est à ce moment-là que Père-grand est entré.

Il tenait une lourde valise avec chacune de ses mains et il a dit que faire toutes les heures d'avion qu'il venait de faire, sans compter l'attente à Kennedy Airport et les interminables micmacs de bagages à Roissy pour se faire accueillir par des Huns brandissant leurs armes, c'était vraiment de la déveine.

Il m'en a fait oublier la souris dans le rideau.

Je lui ai bondi dessus.

Père-grand !

— Mon Valentin ! il a crié de joie en m'embrassant.

Il s'était laissé pousser une barbe de baroudeur qui m'a piqué.

Il m'a trouvé pas grandi mais bonne mine et il a fait bien des baisers paternels à maman.

Qu'il y ait une souris dans la maison ça l'a fait glousser.

Mais il était revenu pour rire de tout.

Et pas les mains vides. Ses valises étaient bourrées de cadeaux, à croire que, l'Amérique, il l'avait dévalisée pour moi et maman.

Mais les cadeaux, je m'en suis pas occupé tout de suite.

De voir mon Père-grand revenu là ici chez nous ça me suffisait.

Même barbu, il était la personne la plus réconfortante à regarder.

Et pas qu'à regarder.

Avec tout ce qu'il avait à raconter de son voyage, on aurait pu faire une armoire entière de bouquins, une bibliothèque nationale.

Il s'est assis, il a commencé par nous raconter qui y avait avec lui dans l'avion qu'il avait pris pour y partir en Amérique et ça a continué, continué, continué si bien que je me rappelle que, quand je me suis endormi sur ses genoux, il en était encore qu'à la nuit qu'il avait passée à casser des verres et des assiettes avec des authentiques descendants de l'Indien Géronimo dans un bar de pochtrons d'une rue chaude de Dallas où même les policemen les plus culottés osaient pas mettre les pieds.

Maman, comme moi, elle en perdait pas une miette de ce qu'il disait. Peut-être même la souris aussi elle l'écoutait en se boyautant du haut du rideau où elle s'était perchée.

Quel Père-grand !

Le lendemain matin, c'est la pétarade de sa Rolls qui m'a réveillé.

Il partait pas, il revenait.

Levé bien avant nous, il avait été là où il fallait pour y trouver ce qu'il fallait à notre maison.

Une chatte.

Une chatte avec deux yeux de chasseuse, très jolis mais pas pareils, un bleu et un vert, et entièrement blanche de poil.

Fallait lui trouver un nom qui aille au genre élégant qu'elle avait.

Maman a trouvé Aspirine.

Père-grand Cocaïne.

Moi Farine.

Et on a décidé que c'était Farine qui lui allait le plus à la perfection et on lui a fait des caresses de bienvenue qui lui ont fait très plaisir parce qu'elle venait d'un refuge pour animaux perdus où, des caresses, y en avait pas.

Alors elle a ronronné, ce qu'elle savait faire mieux même que des chattes médaillées dans des concours de chattes.

Puis elle s'est intéressée à ce qu'on avait comme petit déjeuner.

Mais elle a eu droit qu'à une lichette de lait, une seule parce qu'il fallait qu'elle garde toute sa faim pour la souris.

C'est moi-même qui l'ai portée dans mes bras jusqu'en bas du double rideau pour qu'elle fasse son boulot de chatte.

Mais elle a fait comme si ça pressait pas.

Au lieu de se mettre en chasse, elle s'est mise à faire la visite complète du salon.

C'était une chatte qui s'intéressait à tout. À la moquette, aux petits tapis d'Orient posés un peu partout sur la moquette, aux canapés, aux fauteuils, aux chaises, à ce qu'il y avait sur les meubles, aux prises de courant qu'elle a été toutes une par une renifler.

Ça a duré son inspection.

Et, comme ça l'avait fatiguée d'inspecter aussi sérieusement, après, elle s'est choisi un petit tapis marron avec des fleurs turques, orange et roses, elle lui a peigné les poils comme il fallait les peigner avec ses griffes et elle s'est mise à dormir dessus.

La souris, elle en avait rien à branler, la chatte Farine.

Elle avait beau avoir des yeux bleu cruel et vert cruel, ça devait pas être une fana de la chasse.

Mais c'était une bête d'une intelligence rare qui a su sans même qu'on lui explique où y avait du manger et que, pour ses besoins, elle avait un jardin où elle s'est choisi un coin à l'ombre d'un rosier pour y enterrer ses crottes et ses pipis.

Maintenant, elle a son portrait de deux mètres sur quatre par Père-grand dans un important musée en Suède, la chatte Farine.

Mais on en est pas encore à maintenant.

On en est à deux semaines avant Noël de l'année dernière, avec maman et moi qui ont retrouvé leur belle bonne humeur, parce que avec un Père-grand, une chatte et une souris, ils sont plus tout seuls dans la maison.

La souris, dans le rideau, elle y était pas restée.

Même que, le lendemain du jour de l'arrivée chez nous de Farine, on l'a vue passer par terre sur le carreau de la cuisine où on était en train de manger du cake américain à la carotte, Farine et moi.

C'était un des cadeaux des valises de Père-grand,

le cake carotte, et je lui en donnais des miettes succulentes à cette détraquée de chatte.

Parce qu'elle était complètement détraquée.

La preuve : elle a regardé la souris sans que sa queue devienne toute hérissée ce qui serait arrivé à toutes les autres chattes de la terre.

Farine, elle, elle a continué à bouffer son cake tranquille.

Ce qui lui a valu des compliments et des caresses de Père-grand qui méprise les chasseurs encore plus que les footballeurs.

— Une chatte non violente ! Merveille !

— Mais pour la souris on va faire quoi alors ? je lui ai demandé.

— On peut, mon garçon, ou acheter des tapettes à tuer les souris qu'on garnira de gruyère ou, ce qui serait préférable, on peut laisser ce sympathique, cet exquis mammifère vivre benoîtement sa vie en attendant que Dieu le rappelle à lui. On a une maison assez vaste pour ça, tu ne crois pas ?

C'était vrai qu'on pouvait vivre avec une souris chez nous sans avoir besoin de se serrer mais quand même.

— Elle te fait si peur cette bestiole ?

— Oui. Elle m'inquiète.

— Alors nous allons faire quelque chose, quelque chose qui te permettra de découvrir si tu es déjà un grand garçon ou encore un bébé.

Et il m'a pris par la main et emmené dans un petit bazar crasseux comme pas permis dans une ruelle derrière la place d'Italie.

Il y allait de temps en temps y acheter des pinceaux de modèle ancien qu'on trouvait plus ailleurs ou des plumes, que les sergents majors d'avant l'invention des stylos trempaient dans de l'encre en petites bouteilles pour faire des dessins avec.

Dans ce bazar, des tapettes à souris ils en avaient de six modèles différents. Tous vraiment bien et perfectionnés.

On en a pris un de chaque.

Puis on a acheté chez un épicier du meilleur gruyère qu'on a pu trouver.

Et, une fois rentrés à la maison, Père-grand m'a montré comment il fallait s'y prendre pour mettre le gruyère dans les pièges sans risquer de se détériorer les doigts.

Et il m'a dit : ces pièges et ce gruyère, ils sont à toi, Valentin. Tu en fais ce que tu veux. Si le cœur t'en dit, tu les armes et tu les places un dans le salon, un dans la cuisine, un dans le couloir, un dans...

Je commençais à voir où il voulait m'emmener, Père-grand.

— Mais, si tu veux, tu peux aussi les fourrer tous les six dans un tiroir, les oublier et le manger toi-même le gruyère.

J'avais très bien compris.

C'était pas qu'un génie de la peinture Père-grand, c'était aussi une sorte de Notre Seigneur Jésus-Christ.

Il aurait très bien pu faire des sermons sur la montagne.

Des miracles, comme de changer de l'eau de noce en vin de qualité supérieure ou de faire courir le quinze cents mètres à un paralytique, peut-être pas. Mais des sermons sur la montagne, les doigts dans le nez, il aurait pu en faire.

La souris on l'a toujours.

On la voit des fois passer. Ou on la voit pas passer parce qu'elle fait sa discrète. Qui veut pas déranger des personnes assez humaines avec elle pour la laisser être au chaud dans une maison, j'en suis sûr, plus confortable que des égouts ou des terrains vagues à ordures.

Et il a pas sauvé qu'un innocent mammifère, ce jour-là, Père-grand, il m'a sauvé moi aussi.

De l'école.

L'achat des pièges et du meilleur gruyère, ça nous a pris un tellement grand morceau de la matinée que c'était plus la peine que j'y aille, à Saint-Yves.

À midi, Père-grand a failli faire flamber tout le quartier en nous faisant griller dans le jardin des travers de porc et des saucisses à la manière des Texans et, le tantôt, on est restés, lui, maman, Farine et moi dans le salon à faire rien d'autre qu'être heureux d'être ensemble.

Père-grand, de l'Amérique, il avait pas rapporté que du cake à la carotte et des cadeaux épastrouillants, il avait aussi rapporté de la fureur.

Mais il se l'est cuvée pendant une semaine pour pas se gâcher son total plaisir d'avoir retrouvé sa piquée de fille et son piqué de Valentin et son atelier bordel et son cher vieux Paris qui lui manquait tant dès qu'il, comme il disait, commettait l'indicible bêtise d'aller traîner ses guêtres ailleurs.

Il se l'est cuvée et elle a éclaté, sa fureur d'Amérique.

J'étais dans l'atelier, assis sur un petit banc, à le regarder étaler avec un rouleau à poils des kilos de vert vert pomme pas bien mûre sur une toile, quand il m'a demandé pourquoi je lui demandais pas pourquoi il était revenu si tôt et sans prévenir de Dallas Texas.

Alors je lui ai dit que je lui demandais pourquoi.

Et c'est parti.

— Parce que l'Amérique, Valentin, l'Amérique, Christophe Colomb, plutôt que de la découvrir comme l'abruti de navigateur pas fichu d'aller en Chine qu'il était, il aurait mieux fait de se faire hara-kiri. Parce que l'Amérique... Note que je dis l'Amérique, c'est plutôt les Américains qu'il faudrait dire. Car en Amérique, même sans aller chercher les neiges à caribous du grand Nord ou les forêts spacieuses comme des continents avec leurs milliasses d'oiseaux-mouches ou pas mouches de l'Amazonie, il y a à voir. Et du grandiose. Mais l'Américain consommateur de beurre de cacahuètes qui fait vingt-cinq heures de body-building par jour et appelle police-secours si t'as le malheur de t'allumer même une Lucky à moins de cent mètres de sa maison...

Alors, celui-là...

Prends mon client, mon cow-boy croulant sous ses dollars, à première vue, bien, très bien. Aucune culture, pas capable de voir une différence entre la cathédrale de Chartres et une station-service. Mais fondamentalement bêtement brave homme. Toujours partant pour se cuiter avec ce qui se fait de plus goûteux dans le genre alcool. Toujours partant pour se bien goinfrer et laisser grappiller qui voulait dans son tas d'or. Toujours partant aussi, et ça ne gâtait rien, pour tomber en admiration devant ma peinture. Je n'avais pas commencé à les barbouiller en bleu, les murs de sa piscine, que, déjà, il était en extase. Son Michel-Ange décorant le plafond de sa Sixtine, j'étais. Suffisait que j'y glisse un âne, un chameau même plus petit que nature, dans son arche, pour qu'il m'applaudisse des deux mains et crie au génie. C'était grisant. Jamais je n'avais travaillé dans un tel climat. J'étais au mieux. Au mieux. Et ça avançait. J'ai peint un éléphant à en faire crever de jalousie Rembrandt, Vélasquez, le Titien et pas mal d'autres. Un rhinocéros beau comme l'antique. Un castor. Une belette avec tous ses poils. Un koala. Un panda. Fallait qu'ils y soient tous, absolument tous. J'étais parti pour... Je ne sais pas, moi... Peut-être jusqu'à la fin de mes jours, j'aurais entassé des bestiaux dans cette folie d'arche. Dans le désordre, je les peignais. À l'inspiration. Et comme ça, une nuit, j'ai attaqué un dinosaure. Un ptéranodon, pour être précis. Oui. Le sémillant animal, long de sept mètres environ, qui se distinguait du tricératops, du stégosaure et du diplodocus en volant comme le fieffé farceur qu'il était. Et alors, là... Mon benêt de cow-boy qui n'en avait jamais tant vu s'est étonné. Il m'a demandé quoi c'était. Et quand il a su, ça l'a si fort chiffonné qu'il a faxé à un ami à lui, un évêque un peu alcoolique et très anglican, de venir nous donner son avis sur la question. Pour moi, de question, il n'y en avait pas. Pas la moindre. Noé avait reçu du

Très-Haut ordre de faire monter à bord de sa bar-
casse des représentants de toutes les espèces. De
toutes. Mais l'évêque, lui, il a brandi sa bible. Dans
laquelle il n'était fait mention d'aucun dinosaure.
D'aucun. Et il m'a traité de darwiniste. Tu ne sais
pas ce que ça veut dire darwiniste ? Pas grave,
Valentin. Pas grave du tout. Ce qui est sûr, c'est que
dans la bouche de ce ratichon stupide, c'était une
insulte. Une terrible insulte. Et il n'a pas fait que
m'injurier. Il voulait, il exigeait que je le supprime,
mon ptéranodon. Faute de quoi, il refusait de la
bénir, la piscine ! Et le cow-boy m'a supplié de faire
ce qu'exigeait son prélat arriéré. Il m'a promis des
dollars en plus, autant de dollars que je voudrais en
plus, si je... Certainement pas ! Le torchon se mettait à brûler entre mon mécène et moi ? Et alors ? Je
me suis arrangé pour qu'il brûle jusqu'à son dernier
fil, ce foutu torchon. Jusqu'à son dernier dernier fil.

Il était comme ça, Père-grand.

L'arche grandeur nature dans la piscine, c'était
râpé.

Avant de grimper dans l'avion pour Roissy-
Charles-de-Gaulle via New York, il l'avait entièrement effacée sa peinture.

Avec de l'essence et un balai-brosse.

Toute l'arche, tous les bestiaux qui étaient déjà à
son bord, il les avait gommés, anéantis, ratiboisés.

C'est qu'il avait eu la rage.

L'Amérique aurait jamais deux cents mètres car-
rés de peinture de Père-grand.

Et c'était bien fait pour son cul, à l'Amérique.

Des mois de sa vie il avait paumés avec cette histoire.

Mais tant pis tant pis.

Il allait pas verser des larmes là-dessus, il m'a dit. Et son ptéranodon il allait le peindre quand même et le vert qu'il était en train de tartiner, c'était du vert d'herbe, d'herbe de prairie préhistorique sur laquelle il allait faire gambader des dinos et pas qu'un.

Pas qu'un mais dix, mais cent dinosaures.

— Comme aucun peintre n'en a jamais peint. Aucun. Jamais. Tu peux me faire confiance, Valentin.

Pour lui faire confiance je lui faisais confiance à mon Père-grand.

Toujours, je lui faisais confiance.

Mais j'aurais pas dû.

Parce que y avait pas que les dinosaures qui allaient arriver.

Oh non.

Noël, ça approchait.

Ça approchait si fort qu'on a eu de la neige et le jardin si blanc que, quand Farine allait y faire ses cacas, elle devenait chatte invisible.

À part ça et manger un max de bonnes choses, y compris du chocolat qui n'est pas du manger convenable pour chatte, elle savait faire que dormir.

Partout.

Sur tous les coussins, tous les canapés, tous les tapis et sur n'importe qui de nous trois, maman, Père-grand ou moi, qui s'asseyait.

Être sur des genoux et qu'on la caresse, qu'on lui grattouille le dos ou lui tortille doucement ses oreilles roses en dedans et assez transparentes pour qu'elles aient l'air roses aussi dehors, c'était son vice à la chatte Farine.

La nuit elle me dormait dessus.

Mais, ça allait. Elle pesait pas lourd.

Et moi toujours pas non plus.

Un kilo tout rond sur la balance de salle de bains à maman, j'avais pris en deux ans.

On peut pas dire que c'était bézef.

Mais à part des sortes de bouts de rhumes avec écoulements de morve abondante qui duraient même pas le temps d'une boîte de Kleenex, j'étais le garçon le mieux portant de Saint-Yves.

Une santé de fer, j'avais. Qui m'empêchait de manquer même un seul jour cette école que j'encaissais toujours pas.

Question notes, engueulades et piquets dans le couloir, ça s'était un peu arrangé.

Pas que je me donnais spécialement du mal.

Mais, souvent, c'était quand même moins chiant de faire ce que le maître voulait qu'on fasse que de rester assis à son pupitre à attendre l'heure de la récré ou de la sortie en faisant rien qu'attendre.

Alors j'allais au tableau et j'écrivais des mots sans fautes.

Je faisais aux craies de couleur des dessins qui me rapportaient des compliments.

J'étais imbattable aussi pour apprendre par cœur des poèmes et des fables et les réciter en mettant le ton.

En plus des récitations que le maître nous apprenait, je savais celles que j'avais apprises à la maison avec les mimiques les gestes qu'il fallait.

Et ça, les autres garçons ça les snobait si fort que plusieurs se sont mis à essayer de copiner avec moi.

Mais copiner je voulais plus le faire.

Un peu parce que je regrettais ceux du Centre de loisirs, Benjamin, Loula, les jumeaux et des autres encore.

Beaucoup parce que comme les chats aiment pas les autres chats, j'étais un enfant qui aimait pas les enfants.

Un égoïste, je devais être, un mal embouché, un sauvage.

Je sais pas exactement.

Mais, le certain, c'est que d'être avec des garçons et des filles, ça me branchait jamais autant que d'être avec Père-grand ou maman ou des personnes comme Virginie que, malheureusement, je voyais plus jamais.

D'abord, avec des copains garçons ou filles, fallait jouer et jouer ça m'emmerdait à peu près toujours.

Chat, gendarmes-voleurs, la balle au chasseur, la balle au camp, un-deux-trois soleil, les portraits, les métiers, les petits chevaux, les puces, les osselets, la bataille, les game boys, tout ce qui faisait s'éclater les autres, moi ça me fanait.

M'amuser à m'amuser tout seul, ça m'amusait pas non plus.

Des jeux, des jouets, j'en avais plein ma chambre et plus ça allait moins j'y touchais.

Que parler avec des grands, que les écouter se parler entre eux, que regarder la télé, que bouquiner et faire des dessins, des peintures, j'aimais.

Le docteur Filderman que maman continuait à m'emmener voir, il l'avait compris, et pour m'en parler, il m'en parlait.

— Franchement, Valentin, tu trouves normal, toi, qu'un garçon de ton âge n'ait aucun ami de son âge ?

Je lui répondais bien sûr pas.

Il retirait ses grosses fesses de son fauteuil et venait se planter devant moi assis sur son divan, il tétait un bon coup son cigarillo, soufflait de la puanteur et m'en balançait une autre, de question.

— Et ne jamais jamais jouer, tu trouves ça bien ?

Encore pas de réponse.

Ça le dérangeait pas, il refumait, me réenfumait et il les posait sur le divan, ses fesses.

— Tu t'enfermes, Valentin. Voilà ce que tu fais : tu t'enfermes. Oui. Tu t'isoles du monde. C'est comme si tu construisais une forteresse. Comme si tu la construisais avec des murs de plus en plus hauts et sans portes, sans fenêtres et que tu restes enfermé dedans et...

Il se relevait, nous tournait autour, au divan et à moi, et continuait à piapiater.

— Ce n'est pas sain, mon garçon, pas sain du tout de vivre sans les autres. Personne ne peut se priver du regard des autres, de la présence des autres, de leur chaleur. C'est...

Il s'arrêtait net.

Son cigarillo s'était éteint et il trouvait pas son briquet dans sa poche ni dans une autre ni dans une autre.

Il l'avait posé sur le divan.

Alors, l'air de rien, je glissais doucement doucement pour m'asseoir dessus.

Et il le cherchait partout. Sur son bureau, sous
ses papiers, sur la moquette des fois qu'il soit
tombé, et il le trouvait pas, son briquet, et il paniquait ça se voyait, il tirait comme un perdu sur son
répugnant clope pour voir si il était pas encore un
peu allumé et ça donnait rien, alors il le posait avec
de la tristesse dans son cendrier déjà trop plein et il
me regardait.

Et alors, parce qu'il me demandait plus de lui
répondre, je lui répondais.

— J'ai pas de copains parce que j'en rencontre
jamais qui soient pas petits cons pas intéressants et
j'aime pas jouer parce que jouer c'est con.

Et pour qu'il soit vraiment pas déçu du voyage je
lui disais encore autre chose.

Je lui disais : docteur, cette nuit j'ai encore fait
pipi au lit et la nuit d'hier aussi.

Ça c'était un mensonge.

Au lit j'avais arrêté d'y pisser depuis que Père-
grand était revenu.

Mais ça le regardait pas le docteur Filderman.

Et après lui avoir dit ça je lui demandais si c'était
fini l'entretien, si je pouvais m'en aller.

Il regardait sa montre.

— Oui. C'est l'heure.

Et je me levais et il voyait son briquet.

Et j'étais content.

Très content.

C'était peut-être parce que Noël approchait de
plus en plus mais j'étais de plus en plus content.

Pas copineur, pas joueur, enfermé tout seul dans

une forteresse que je me construisais pierre par pierre.

Et content.

Ce mercredi-là, le dernier avant Noël qui tombait le vendredi, on l'a passé dans l'agitation fiévreuse.

Le matin, avant d'aller m'asseoir sur le divan du docteur Filderman, j'avais été avec Père-grand acheter un sapin grandeur nature qui, ficelé avec des cordes sur son toit, l'a fait ressembler, la Rolls, au traîneau du Père Noël.

En sortant de mon entretien on a été avec maman acheter tout ce qu'on a pu trouver comme belles garnitures pour l'orner, ce sapin sentant fort la forêt et si imposant qu'il touchait le plafond à poutres pourtant très hautes du salon.

Bougies s'allumant et s'éteignant, guirlandes de fils d'argent, boules de neige en faux, boules de verre en vrai plastique très légères, très cassantes, ramoneurs en massepain, clowns, chiens et poneys en pain d'épice, étoiles de mer dorées, chaussettes de lutins bourrées de jouets à regarder à la loupe, petites trompettes, petits nounours. On a rempli des grands sacs de tout ce qu'on pouvait.

On a été à Mouffetard au marché se faire mettre de côté une dinde pesant pas tellement moins que moi, et sa farce.

On a été aussi acheter des foulards et des chemises élégantes pour Père-grand et pour papa qui devait arriver seulement le matin du vingt-cinq, à cause de son avion qu'il avait eu toutes les peines du monde à trouver avec les troubles de guerre civile qui venaient d'éclater dans le pays africain où il commençait à enfin venir à bout de ses constructions.

Père-grand, qui se remettait parfaitement d'avoir dû anéantir son arche de Noé de piscine, a lâché les dinosaures qu'il avait commencé à peindre pour nous aider à l'enguirlander l'arbre.

C'était du boulot.

Mais on était enchantés de le faire.

Et puis on a eu de l'aide.

Quelqu'un a sonné à la porte et on s'est demandé qui ça pouvait bien être et c'était Virginie.

De plus en plus belle avec ses cheveux longs ondulants et un manteau en peau de bique synthétique qui lui tombait jusqu'à ses godillots noirs grunge à triple semelle épaisse.

Elle avait ses cours à l'université pour décrocher un diplôme qui avaient arrêté depuis trois jours et elle aurait déjà dû être partie en Toscane en Italie avec un copain qu'elle avait rencontré après la fin du Centre de loisirs mais, à la suite de quelque chose qui la rendait toute triste, elle y était pas partie en Italie, alors elle avait eu l'idée de venir nous dire bonjour.

Et ça a fait énormément plaisir à maman et à moi.

Et aussi à Père-grand qui ne la connaissait pas, Virginie, et qui est descendu de l'échelle sur laquelle il était grimpé pour garnir le haut de l'arbre et lui a serré la main chaudement.

Comme elle lui a dit, tout de suite après bonjour

monsieur, qu'elle était folle dingue de ses peintures, il lui a pas lâché sa main et il a dit à maman : et si nous profitions de la visite de cette ravissante petite demoiselle Virginie pour souffler cinq minutes et boire un bon thé bien chaud.

Maman a été d'accord pour souffler et boire du thé qu'elle a été faire dans la cuisine et les cinq minutes ont duré si longtemps que j'ai cru qu'on s'y remettrait jamais à s'occuper de l'arbre.

Mais c'était bien de revoir Virginie.

Elle m'avait manqué.

On a sacrifié quelques-uns des clowns et des chiens en pain d'épice décoratifs pour les tremper dans le thé bien chaud.

Et Père-grand a posé la masse de questions à Virginie sur ses études, sur ce qu'elle voulait faire.

Et c'est lui qui a eu l'idée de l'inviter à venir manger la dinde de Noël avec nous si elle avait rien de mieux à faire.

Elle avait rien de mieux à faire.

La dinde elle viendrait la manger.

En attendant elle a mangé de l'omelette aux champignons qu'on avait pour notre dîner ce soir-là, parce que quand on a eu fini l'arbre tous les quatre il était l'heure de manger.

Ça la consolait de s'être fâchée avec son copain et de pas aller passer Noël en Toscane en Italie avec lui, d'être avec nous à bavarder dans de l'humeur très joyeuse.

Père-grand lui a dit une foule de choses intéressantes sur la manière de devenir artiste.

Et elle l'écoutait avec du plaisir qui se voyait sur son visage souriant.

Quand maman m'a monté pour me coucher, Père-grand a proposé à Virginie d'aller avec lui dans son atelier pour qu'elle voie son tableau de dinosaures qui démarrait pas mal du tout.

Et il l'a prise par la main comme si elle était une petite fille.

Elle avait vingt ans. Mais Père-grand, vieux comme il était, pour lui c'était encore une gamine, Virginie.

Elle s'est laissé entraîner.

J'y aurais bien été avec eux.

Mais à l'heure qu'il était ç'aurait pas été raisonnable.

Alors Valentin est allé sous sa couette s'endormir en pensant au fameux Noël qu'on allait s'offrir.

Il y aurait été dans l'atelier avec Père-grand et Virginie, il se serait peut-être pas passé ce qui s'est passé cette nuit-là et que j'ai su bien après.

Peut-être.

Le lendemain on a tous speedé.

Surtout Farine.

Elle jouait à Tarzan dans sa jungle, dans l'arbre, en prenant les guirlandes pour des lianes et faisait dégringoler des boules en fausse neige qui roulaient sous les meubles et des boules en verre imitation qui se cassaient.

Ce qui faisait un si joli boxon que maman a été obligée de la cueillir au vol, de lui taper dessus sans taper vraiment, avec un journal roulé, ce qui est la meilleure méthode pour corriger les chats sans les martyriser, et de l'enfermer dans le placard à balais où, malgré de l'air qui entrait par plein d'endroits, une assiette de croquettes et un bol d'eau, elle a miaulé des heures comme si elle était une enterrée vivante.

— Qu'elle miaule, ça lui fera les poumons, a dit maman qui avait assez de tracas avec tout le ménage à faire toute seule, puisque toutes les femmes de ménage du quartier étaient en train de faire leurs arbres chez elles, avec le repas du lendemain à préparer grandiosement, et avec ses cheveux, ses beaux grands cheveux blonds qu'elle a, sur le coup de deux heures de l'après-midi, décidé de couper.

Quand elle a dit qu'elle allait le faire, j'ai cru que c'était une blague ou qu'elle disait ça pour leur faire comprendre, à ses cheveux, qu'elle en avait assez qu'ils lui tombent sur la figure et dans les yeux.

Mais non.

C'était de l'officiel.

— Je ne peux plus supporter cette tignasse d'ado montée en graine, elle m'a dit, et elle a ajouté que c'était tout à fait le moment qu'elle change de peau puisque, le lendemain jour de Noël, elle allait commencer une nouvelle vie.

Laquelle ? Ça elle me l'a pas dit.

Mais elle a pris des ciseaux à ficelle dans un des tiroirs du buffet de la cuisine, elle s'est plantée devant celle des glaces du salon qui était le plus dans la lumière et ça a commencé l'hécatombe.

C'est pas une petite bouclette ou deux qu'elle avait décidé de couper, c'était tout ce qui lui descendait plus bas que les oreilles.

Comme Jeanne d'Arc, elle voulait devenir.

Je voyais pas l'utilité qu'elle devienne comme Jeanne d'Arc pour découper une dinde que Père-grand pouvait découper aussi bien qu'elle.

Mais c'était son idée.

Et ses grands beaux cheveux de femme élégante superbe sont devenus des cheveux presque de garçon comme moi.

Ça a pas duré dix minutes.

Et c'était pas génial comme résultat.

Elle, elle s'est trouvée charmante une fois sa connerie faite.

Moi, j'ai rien dit.

Je me suis contenté de ramasser tous ces beaux fils d'or qui n'étaient plus sur sa tête et qui étaient par terre et je les ai rangés dans une boîte vide en fer de biscuits anglais au gingembre.

En souvenir.

Père-grand, lui, il a apprécié le carnage, il a trouvé que ça la rajeunissait, maman, d'être une Jeanne d'Arc, qu'elle faisait moins baba et il l'a embrassée sur le nez et il lui a dit des choses mystérieuses à propos du cadeau de Noël pas banal qu'elle allait recevoir le lendemain.

Ce cadeau, la vie nouvelle que maman allait commencer, j'y comprenais pas grand-chose.

Mais c'était normal qu'ils me fassent des mystères.

Comme Noël c'est un jour à surprises, la veille on se fait des cachotteries.

Ah ! Père-grand, lui aussi, il avait travaillé du ciseau.

Sa barbe américaine de baroudeur il l'avait plus.

Il se l'était laissée pousser pour être lui-même le modèle du Noé de son arche mais, maintenant qu'elle était à l'eau, l'arche, la barbe elle servait plus à rien, alors tchao.

Moi aussi je me serais bien coupé quelque chose. Mais je voyais pas quoi à part le cordon qui retenait mes saletés de lunettes.

Et ça il en était pas question.

Malheureusement.

J'ai aidé maman à sortir d'un buffet qu'on ouvrait jamais la vaisselle de famille de Mère-grand.

Des couverts en argent, des couteaux comme des sabres à manches en corne de rhinocéros, des assiettes en porcelaine de Sèvres avec dessus des bergers et des bergères roses et cons peints à la main, et une collection de verres de toutes les grandeurs d'une fragilité rare à atteindre.

Y en avait pour le vin blanc, pour le vin rouge, pour l'eau, pour le madère, pour les liqueurs.

Pour le champagne, c'était pas des verres, c'était des flûtes.

Et, ça a pas manqué, la première flûte à champagne que maman m'a donnée pour que je la pose sur la table, je l'ai laissée tomber par terre où elle s'est retrouvée en mille morceaux.

Ç'aurait pu me valoir une engueulade de première. Mais pas du tout. Maman a dit que, quand c'était du verre blanc, c'était signe de bonheur.

Et ça tombait bien, elle a trouvé, parce que le bonheur, à partir du lendemain, on allait plus faire que patauger dedans.

Et ça a été Noël.

Et ça a été très très mal.

Il y avait Farine qui avait suivi en roucoulant de plaisir les préparatifs de la dinde et qui espionnait sa cuisson à travers la vitre du four avec des regards cannibales.

Il y avait Père-grand, distingué comme un chanteur d'opéra, en nœud papillon et smoking sentant l'antimite, qui finissait de ranger la tripotée de paquets-cadeaux autour de l'arbre pendant que maman et Virginie, venue très tôt pour lui donner un coup de main, allaient et venaient avec agitation toutes les deux en vraiment très belles robes et avec autant de beaux bijoux qu'elles en avaient.

Et il y avait moi, bien bien énervé.

Et ça a sonné à la grille de la rue.

C'était papa qui arrivait en taxi de Roissy-Charles-de-Gaulle.

Et, quand il y a eu ce coup de sonnette, maman qui tenait un plateau avec des amuse-gueules s'est arrêtée et elle a dit à Père-grand qu'elle avait le cœur qui battait si fort qu'elle avait l'impression qu'il allait la lâcher et elle a refilé le plateau qu'elle tenait à Virginie, et elle est venue vers moi et m'a pris par la main.

— Viens, Valentin, elle m'a dit, viens ouvrir avec moi.

Elle avait la main qui tremblait.

Moi, de revoir papa, ça me faisait pas un effet pareil.

On a traversé le jardin qui était glacial de froid d'hiver.

Maman a ouvert la porte.

Papa avait pas ses sacs de voyage de d'habitude mais plusieurs valises en fer-blanc que le chauffeur de taxi et lui retiraient du coffre.

Papa nous a fait un sourire plus souriant que ceux qu'il faisait d'habitude et il a dit : j'espère, mes chéris, que vous allez être contents de moi.

Et maman a dit : je le suis déjà, Alain, je suis déjà follement follement heureuse.

Et c'est à ce moment-là que j'ai vu qu'il y avait pas que plusieurs valises.

Qu'il y avait aussi, qui sortaient du taxi, un garçon et une fille.

Des Blacks très blacks et avec des habits pas terribles, d'aucune mode, et très usés comme habits.

Qu'est-ce que c'étaient que ces oiseaux-là ?

C'étaient une Clarisse et un Sékou.

Papa me l'a dit. Il m'a dit : Valentin, voilà Clarisse et Sékou.

Et la fille, qui était perchée sur des longues pattes de girafe maigre et avait des anneaux aux oreilles comme des roues de bécane, m'a demandé si elle pouvait m'embrasser et, sans attendre de savoir si je voulais ou pas, elle m'a fait des poutous claquants de vieille bonne copine.

Elle était pas gênée.

Le garçon Sékou, il a pas essayé de m'embrasser. Ce qui l'intéressait, c'était les valises qui sortaient du coffre du taxi. Surtout une, qui devait être la sienne à lui. Il avait des yeux en billes et il était grand aussi, mais sûrement plus petit que la fille Clarisse qui avait au moins quinze ans.

Et maman les regardait, ces deux-là, avec leurs habits tartes, comme si c'étaient des anges du Bon Dieu descendus sur la Terre.

— Qu'ils sont beaux ! Qu'ils sont choux ! elle a dit et répété.

C'est à ce moment-là que j'ai compris pourquoi on avait mis autant d'assiettes et de couteaux et de fourchettes et de verres en mettant le couvert de cérémonie. C'était parce que papa avait invité deux petits affamés africains à manger la dinde de Noël avec nous.

Allait falloir se serrer. Mais bon.

Elle était assez grosse pour toutes les bouches que ça allait faire, notre dinde. Mais c'était quand même une idée pas claire d'avoir ramené deux Africains d'Afrique pour la déguster. Parce que, des goulus de bon manger qu'en avaient pas dans leur assiette ce jour-là, à Paris on n'en manquait pas.

Mais papa, souvent, fallait le suivre.

Quand on s'est retrouvés à table, Père-grand a fait péter les bouchons de deux bouteilles de champagne pour que tout le monde en ait, même moi.

J'ai eu bien sûr seulement que le fond du fond d'une flûte.

C'était du champagne très piquant délectable.

Mais mon fond de fond de flûte, je l'ai pas bu tout entier.

Parce que papa s'est mis à dire des mots, qu'en les entendant j'ai cru que ma tête allait éclater.

Il a dit à maman : et maintenant, Béatrice, nous

allons, ma chérie, porter un toast à nos deux nouveaux enfants et Valentin va trinquer avec nous à la santé de son frère Sékou et de sa sœur Clarisse.

À la santé de quoi ?

Même grande cuvée Dom Pérignon spéciale pour grande occasion, le champagne, il pouvait pas m'avoir saoulé avant que je l'aie bu.

Frère Sékou et sa sœur Clarisse !

C'était ça absolument qu'il avait dit, cet enculé.

Eh ben qu'ils se la bouffent avec leurs ploucs d'Afrique mal fringués, leur cochonnerie de dinde.

Et qu'elle les étouffe tous.

Tellement j'ai fait vite à sauter de ma chaise et à filocher m'enfermer à clé dans l'atelier de Père-grand, qu'ils ont même pas eu le temps de s'en rendre compte.

Une sœur et un frère !

Sans moi, oui.

Qu'elle soit fermée à clé la porte de son atelier où j'étais réfugié, Père-grand, ça l'a pas dérangé.

D'un coup de pied, il l'a ouverte.

D'un coup de pompe vernie assortie à son smoke de vieux con.

Et il l'a refermée derrière lui et il est venu s'asseoir sur le plancher de toutes les couleurs, tout près de moi dans le coin où j'étais recroquevillé dans ma colère.

Il a sorti sa pochette de sa poche à pochette et il me l'a fourrée dans la main.

— Pour commencer tu te mouches, Valentin.

Tu te mouches ton sale nez, tu t'essuies tes larmes de petit idiot trop gâté et tu m'écoutes.

Je lui ai répondu que je me moucherais pas et que je l'emmerdais.

Ça lui a pas plu, ça.

Pas du tout du tout.

Il s'est rapproché de moi encore plus.

Si près que je sentais son odeur de tabac qu'il avait toujours, son odeur de champagne qu'il venait de boire, son odeur d'antimite de placard et une odeur de mécontentement qu'il avait encore jamais eue.

— Mouche-toi, je te dis ! Torche-toi vite ton sale nez avant que je te le fasse moi-même, et si bien qu'à sa place il te restera plus qu'un trou.

De la façon qu'il a dit ça, j'ai vu que, lui qui m'avait même jamais donné une petite tape, il était prêt à me foutre une tatouille à assommer un bœuf.

Je me le suis mouché, mon nez, je me suis essuyé sur mes joues le plus de larmes que j'ai pu et sa pochette, je lui ai rendue.

Et il l'a soigneusement déchiffonnée, pliée comme il fallait qu'elle le soit, et remise joliment dans sa poche à pochette.

Et il a pris par terre une bouteille de champagne et une flûte que j'avais pas vu qu'il avait avec lui en arrivant.

Et il s'est empli une flûte.

Et il a bu un petit peu et fait claquer sa langue et il s'est posé sur une de ses tables pleine de pots de couleurs, de pinceaux, de plein de ses ustensiles de travail, sans même faire attention à pas se tacher son smoking et il a parlé.

282

D'abord, il a expliqué tout ce que je savais bien sûr encore pas : ma naissance et ce qui était arrivé aux entrailles de maman dans la clinique et comment elle en était ressortie comme folle, de ma mise au monde, en les laissant Mère-grand et lui se dépatouiller avec le nourrisson pisseux, geignard et chiant comme un nourrisson que j'étais, et qui était vraiment plus de leur âge à eux qui étaient déjà arrivés à un moment de leur vie où, pouponner, trafiquer des biberons, des langes et du talc à tutu, c'était plus du tout du tout leur affaire.

Et pourtant, lui beaucoup, et Mère-grand, sa Lydia son amour, mille fois plus, ils s'étaient mis à l'adorer le poupard Valentin. À l'adorer.

Et c'était normal, il m'a dit. C'était normal parce que, sur cette foutue planète où on est venus faire, on ne sait pas pourquoi, un petit séjour dont on ne sait même pas combien il va durer, si les uns ne se mettent pas à adorer les autres et les autres les uns, alors, l'existence, vraiment elle vaut pas le détour.

Ça devait pas être aussi embrouillé que ça. Mais c'est ça que j'ai compris.

Et il s'est levé, s'est offert une coupe de cuvée spéciale grande occasion et il est venu près de moi, dans le coin où j'étais toujours tassé comme un chiot dans la peine et il m'a essuyé avec son pouce sur ma joue une larme qui me restait.

Et j'ai vu à sa tête qu'il m'adorait toujours autant que quand j'étais un Valentin poupard pisseux geignard.

— Honnêtement, bonhomme, pourquoi tu devrais leur faire la gueule avant même de les connaître, à ces deux négrillons ? Pourquoi ?

J'avais rien à répondre.

Quand il m'a pris par la main pour me ramener en manger, de la dinde de Noël à la farce, j'ai pas moufté.

À table, ils ont tous fait comme si il s'était rien passé.

On s'est gavés de dinde et de farce et de marrons, on a lessivé la plus grande des bûches que maman avait trouvée à la pâtisserie du coin de la rue de la Reine-Blanche. Une décorée avec des champignons en sucre et des lutins plus petits qu'eux mais pas mangeables.

Clarisse a dit que jamais elle avait fait un repas succulent comme celui-là et Sékou a roté. Mais ils ont tous fait comme si ils l'avaient pas entendu.

Farine, elle, elle a pas arrêté d'attaquer tout le monde pour avoir des lichettes de tout.

Quand on a été tous bien gavés, y a eu la distribution des cadeaux somptueux pour tout le monde qui a fait pousser des cris de joie même à Farine qui a reçu un collier à grelots du même bleu que celui de ses deux yeux qui était bleu.

Puis il y a eu de la musique et papa a fait des danses d'amoureux avec maman et Père-grand a appris le tango langoureux à Virginie qui s'était tapé trop de champagne et de prune de fût et qui se cognait dans tous les meubles et a perdu une boucle d'oreille que Sékou a retrouvée. Ce qui lui a valu un bisou de Virginie qui l'a rendu très réjoui.

Mes cadeaux à moi étaient formidables.

Une mini-télé-réveil pour remplacer mon radio-réveil, un bouquin pour tout savoir sur les dinosaures, un diplodocus en kit de deux cents pièces et au moins une douzaine encore de paquets que j'ai même pas regardés.

Tous mes cadeaux, j'ai dit à Sékou qu'il pouvait les prendre, que je lui donnais pour son Noël.

Il en revenait pas.

Maman non plus.

Elle m'a fait un sourire très large de mère éblouie par la générosité de son garçon.

Elle aurait pu se l'économiser.

Ses sourires, j'en voulais pas plus que de mes cadeaux.

Je voulais plus rien.

Et surtout pas de frère ou de sœur.

À part d'être de la même magnifique couleur chocolat amer, ils avaient pas tellement de ressemblance Clarisse et Sékou.

Sékou rotait dès qu'il avait mangé même qu'un tout petit morceau.

C'était une coutume de son pays.

C'était aussi une coutume pour Clarisse. Mais elle le faisait pas parce qu'elle était bien trop prétentieuse pour ça.

Elle était prétentieuse pour tout, Clarisse.

Faut reconnaître qu'elle avait des raisons.

Orpheline à quatre ans de son père tué par des rebelles, orpheline à neuf de sa mère tuée par des forces antirebelles, elle avait vécu chez sa mémé

285

dans un village de paillotes qui avaient toutes brûlé une nuit et sa mémé avec.

Puis elle avait été recueillie par des bonnes sœurs qui l'avaient baptisée Clarisse au lieu de Djaoula et lui avaient appris à lire, à écrire et le calcul avant d'être violées et pendues sans ménagement par un commando de mercenaires, sauvages avec les bonnes sœurs.

Puis elle avait été dans un camp d'hébergement où il y avait tout le confort sauf à manger.

Puis elle avait été récupérée par un oncle à elle, chef de tribu réputé mais très violeur, qui avait failli lui faire des sévices sexuels juste avant d'être exécuté sur une place publique par une brigade de rebelles antirebelles.

Au bout de tout ça, elle avait quand même passé son bac à quinze ans dans un lycée français dont elle avait été une des onze élèves sur cent cinquante à pas mourir quand il avait été bombardé au moment d'un coup d'État spécialement vigoureux.

En plus de son bac, elle avait des notions d'anglais et un brevet de secouriste, et ce qui la contentait le plus d'être à Paris, c'est qu'elle allait pouvoir faire de l'université et devenir avocate pour défendre les droits de son Peuple.

Sékou, lui, il voulait devenir mécanicien de garage de voitures américaines.

Il avait échappé à toutes les bombes et fusillades, lui.

Il n'avait connu qu'énormément de famine dans un bidonville à côté de Niakokokoundé.

Il avait jamais eu de père. Et sa mère était morte

d'un sida éclair pour avoir fait des passes sans capotes avec des hommes sans hygiène.

Il avait dix ans et, en plus de roter plus que n'importe qui, il faisait des pets splendidement bruyants qui l'emplissaient de satisfaction.

Il aimait être le plus possible tout nu, et ce qui l'a le plus enchanté chez nous, c'est la baignoire où il serait bien resté tout son temps à faire des clapotis d'eau.

Et Clarisse a été installée dans la chambre de Mère-grand.

Et une nouvelle vie a commencé. Avec maman en Jeanne d'Arc toute frétilleuse d'avoir plus seulement un enfant mais trois à s'occuper. Trois becs à remplir, trois derrières à torcher au lieu d'un, pour elle c'était la fiesta des fiestas.

Papa, ça s'est vu tout de suite que Clarisse et Sékou, il en avait pas grand-chose à faire.

Il était content de les voir se remplumer à notre table plutôt que de les voir crever de faim la gueule ouverte comme il en voyait tant dans les bleds où il travaillait.

Mais ça allait pas plus loin que ça.

Père-grand, lui, il a mis pas longtemps à trouver Sékou bien rigolo bien brave et Clarisse remarquablement intelligente et un peu pas mal chiante.

C'est qu'elle avait trop de rages accumulées, à force.

De la rage contre les pirates blancs qui étaient venus kidnapper des ancêtres à elle et leur mettre des chaînes et les avaient expédiés cultiver du coton dans des campagnes américaines où ils recevaient plus de coups de fouet que de tartines beurrées.

De la rage contre les coloniaux qui avaient chamboulé la vie des grands-parents de ses grands-parents en les forçant à mettre des caleçons, et en les forçant à coups de pied aux fesses à cultiver trop de manioc pour que les Blancs s'empiffrent de bons desserts au tapioca pendant qu'eux ils claquaient du bec.

De la rage contre les magouilleurs blacks de l'Afrique décolonisée qui s'achetaient des Mercedes, des climatiseurs et des chaînes hifi dernier cri avec l'argent qu'ils recevaient pour lutter contre la faim et les maladies.

De la rage contre ses frères qui, au lieu de se fabriquer une dignité, pensaient plus qu'à boire du Coca et du Ricard, à regarder Colombo sur leurs télés et à découper dans des journaux pour illettrés des photos de princesses de Monaco pour les scotcher sur les murs de leurs cases.

De la rage contre les requins blancs qui venaient construire des cathédrales et des palais des sports qui coûtaient des milliards dans des pays où y avait même pas de...

Ça, quand elle l'a sorti, en mangeant sa bouillie du petit déjeuner, papa, il a failli s'étouffer en avalant ce qu'il avait dans la bouche.

Il a posé sa cuillère, il a bu entièrement un verre d'eau et il a essayé de lui faire comprendre sans s'énerver à Clarisse que les Blancs n'étaient pas obligatoirement des profiteurs.

Mais Clarisse lui a tenu tête.

Les magouilleurs blancs, pas blancs, elle s'en fichait bien de leur couleur de peau, elle les mettait tous dans le même sac et elle était bien décidée à s'instruire autant qu'elle pourrait pour devenir capable de les chasser d'Afrique et de tous les continents où ils fourraient leurs sales pattes.

Papa a dit : bon.

Et il est parti donner des coups de téléphone urgents sans finir de manger.

Maman, ça lui a pas coupé l'appétit.

Elle a pris la main de sa grande fille et elle lui a dit que c'était très bien vraiment très très bien qu'elle soit aussi résolue et elle lui a promis d'aller très vite l'inscrire dans la meilleure université où il y aurait de la place pour elle.

Y avait pas trois jours qu'elle était là, Clarisse, et maman était déjà sûre et certaine que c'était elle qui l'avait pondue cette fille aussi foncée qu'elle était pâlichonne.

Sa rage, à maman, c'était de la rage d'amour maternel.

Elle lui trouvait des noms chérisseurs qu'elle avait même jamais trouvés pour moi, à sa Clarisse.

Elle l'appelait sa fleur, sa princesse des terres lointaines, sa gazelle aux longues jambes et aux yeux de velours.

Entre Père-grand et la gazelle aux longues jambes et aux yeux de velours, ça a vite pas été autant l'amour.

Comme elle avait aussi de la rage contre les pollueurs, la gazelle, à la première cigarette que Père-grand a allumée à côté d'elle dans le salon, elle a commencé à faire des grands moulinets avec ses bras pour chasser la fumée.

Père-grand lui a demandé pour quel oiseau elle se prenait et si elle allait s'envoler.

C'était de la moquerie comme Père-grand arrêtait pas tout le temps d'en faire. Mais Clarisse, qui le connaissait pas assez, s'est énervée et a dit que c'était parce qu'elle était noire qu'il se fichait d'elle.

Alors Père-grand lui a fait un sourire de charme et dit que lui, les races, il s'en souciait tellement pas qu'il avait toujours été incapable de faire la différence entre un Papou et un Breton ou un Chinois et un Auvergnat. Mais que si il devait choisir entre un Peau-Rouge qui lui offrirait de tirer avec lui sur son calumet et un New-Yorkais garanti pur blanc qui lui dirait no smoking, il choisirait le Peau-Rouge.

Même scalpeur, il a ajouté.

Et il a tiré plusieurs biffes coup sur coup et soufflé autant de fumée qu'il a pu.

Et Clarisse a toussé en se forçant et pris Père-grand en grippe.

Sékou, lui, il avait rien contre les fumeurs et tout ce que Père-grand disait et faisait, lui, ça le faisait se marrer comme un dératé.

Et ses peintures d'animaux il les a trouvées aussi extra que celles d'un sorcier de sa rue de bidonville africain qui tatouait des lions, des serpents et des tigres sur le bidon et le cul des malportants pour qu'ils dévorent les maladies que les malportants avaient dans le bidon ou le cul.

Pèle-gland, comme il l'appelait au début, sans le faire exprès, c'est devenu son admiration, à Sékou et, dès qu'il se posait quelque part, il faisait encore plus vite que Farine pour lui grimper sur ses genoux et lui faire des cajoleries.

Et Père-grand s'est mis à l'aimer autant qu'il m'aimait moi.

Et c'était trop.

Pendant toutes les vacances de Noël, on a fait que courir dans les magasins avec maman pour acheter des fringues à Clarisse et à Sékou qui en avaient rudement besoin et pour leur faire découvrir la tour Eiffel, les quais, le Sacré-Cœur, Beaubourg et un tas d'endroits que j'avais déjà tellement découverts que ça me faisait suer terrible d'y retourner encore.

En plus, comme maman avait maintenant trois enfants et toujours quand même que deux mains, ça arrivait qu'elle en donne une à Sékou une à Clarisse et que moi je me retrouve tout seul à leur trotter derrière.

C'est pas compliqué : ça a été des vacances si enrageantes que je me languissais qu'elles finissent pour retourner à l'école Saint-Yves.

Là au moins j'avais pas de sœur, pas de frère.

Et si intéressants, ces deux chéris.

C'est que, quand on se baladait comme ça tous les quatre, les vendeurs des magasins où on entrait, des gens dans les rues, dans les autobus, en finissaient pas de s'extasier sur eux.

— Qu'ils sont cocos cette belle grande fille et ce grand garçon, ils disaient.

— Qu'ils sont craquants avec leur belle peau et leurs dents plus blanches que des dents blanches.

— Et la grande fille comme elle est bien élevée

et comme elle s'exprime bien et le grand garçon comme il a l'air éveillé.

— Et d'où ils viennent ces bons enfants ? ils demandaient, les gens, à maman.

Et maman leur expliquait d'où ils venaient et quelles misères ils avaient connues.

Et là tout le monde se mettait à les plaindre, à bêler que c'étaient de pauvres petites créatures bien méritantes.

Et personne faisait attention au chétif petit vilain nain Valentin avec ses lunettes de bigleux.

Et je me sentais mochard, pas intéressant, tartignole, foireux.

C'était pas de leur faute à Clarisse et à Sékou, je le sais bien, ils y étaient pour rien et, après tous les gros ennuis qu'ils s'étaient farcis, qu'ils soient enfin chouchoutés c'était que justice.

Mais ça me niquait la confiance, ça me larguait, ça m'ôtait le goût de faire des peintures, même le goût de m'éclater en m'enfermant dans ma chambre, la salle de bains ou les chiottes avec un bouquin.

Parce qu'en plus ils étaient très envahisseurs.

Surtout Sékou qui s'est mis à, je crois, bien m'aimer, et me lâchait plus et voulait tout le temps jouer avec moi, faire des peintures comme moi, lire mes livres avec moi.

Un pot de colle.

Et quand je l'envoyais bouler, ça manquait pas, maman me hurlait dessus, me reprochait d'être pas fraternel avec mon si brave frère.

Papa aussi m'houspillait et Virginie pareil quand elle venait. Ce qui lui arrivait de plus en plus souvent.

Parce que Père-grand, à qui elle avait apporté pour qu'il les voie des petites gouaches pas très terribles qu'elle avait faites, lui avait trouvé un don et s'enfermait avec elle dans son atelier pour lui donner des conseils.

Des chouettes conseils, oui.

Tout ce qu'il faisait enfermé avec elle c'était de lui tournicoter autour parce qu'elle était une agréable appétissante minette et lui un répugnant vieux bouc.

Et cette idiote, ça la faisait se trémousser, qu'un peintre connu célèbre qu'elle admirait se mette à rouler ses yeux et à tirer une langue baveuse d'un kilomètre dès qu'elle arrivait.

Alors c'est plus en jeans et blouson qu'elle venait nous voir, c'était avec des caleçons qui lui moulaient son derrière qu'elle avait tout de même un peu énorme et avec des bracelets, des boucles d'oreilles, du rouge sur sa bouche, du bleu autour des yeux, du parfum de dragueuse.

Et elle avait plus jamais le temps de bavarder avec moi ou avec maman.

Maman ça la dérangeait pas vu qu'elle était entièrement occupée à faire le bonheur de sa nouvelle grande fille et de son nouveau grand garçon.

Moi, ça me dérangeait.

Et le temps s'y est mis aussi.
De la neige on en a eu.
Plus qu'il en aurait fallu.
Des tonnes de flocons comme des boules de bil-

lard qui sont tombés pour en mettre plein la vue à Clarisse et Sékou qui croyaient que ça existait qu'au cinéma et qui ont trouvé ça super.

Sékou, c'est pas compliqué, il s'est approché un tabouret d'une fenêtre et il l'a regardée tomber toute une journée, la neige.

Comme si c'était le plus beau film qui serait passé à la télé, il la regardait.

— Ça mon flèle, ça mon flèle, il me répétait, ça mon flèle, c'est encore plus grand que les pluies d'été sur le lac Ngobingoba.

Quand il a compris qu'en plus d'être plus grand que les pluies d'été sur son lac à la con, ça pouvait aussi servir à faire des projectiles pour massacrer les gens avec, il a carrément déliré.

Ça lui rappelait les amicales batailles à la noix de coco avec ses potes de bidonville. Alors il m'a déclaré une guerre dans le jardin dont je suis sorti vivant, je me demande encore comment.

C'est qu'il visait comme un tireur d'élite et qu'il était fort comme un éléphant.

C'était pour jouer, d'accord.

Mais j'étais pas client.

J'étais plus client de grand-chose de ce qui se passait chez nous.

Où ça a si fort empiré que c'est devenu plus tenable, c'est quand mes frère et sœur ils ont commencé à faire des petits.

Un régiment de petits.

Parce que Clarisse aussi bien que Sékou c'étaient des enragés copineurs.

C'est Clarisse qui a donné le départ.

Elle était pas depuis deux jours à l'université qu'elle a demandé à maman si elle pouvait ramener une amie qu'elle venait de se faire pour qu'elles fassent leurs devoirs ensemble.

— Mais comment donc, a dit maman.

L'amie, ça a été une Farida qui était très beure et un peu bêcheuse. Puis une Estelle et une Dolorès ont suivi.

Qui ont trouvé la maison hyper sympa et ont plus décollé.

Rayon garçons, Sékou a rameuté un Jean-Claude, un Aldo et un Maloud qui rotait pour le plaisir encore plus fort que Sékou.

C'étaient des garçons de l'école que maman lui avait trouvée, à Sékou. Mais lui, c'était pas pour faire des devoirs qu'il les voulait avec lui, c'était pour faire des combats de boules de neige dans le jardin.

Et quand elle a eu fondu, des batailles sans neige, ils ont fait. Avec des cailloux, des cagnasses.

Si y avait pas eu Père-grand pour défendre à coups de gueule les carreaux de la verrière de son atelier, ça aurait tourné au merdier sanglant genre guerre du Golfe.

Fallait le voir pour le croire.

Ça cognait et ça braillait au-dehors, pendant qu'au-dedans Clarisse et sa meute de pisseuses crâneuses piapiataient à en rendre enragé même un mort.

Farine, Père-grand, moi, on avait du mal à supporter.

Mais, maman, elle supportait, elle.

295

Et même elle en redemandait.

C'est tous les étudiants de l'université de Clarisse, tous ceux de l'école de Sékou qu'elle aurait voulu à goûter dans notre maison.

Se retrouver à beurrer et tartiner de confiote des tonnes de baguette pour dix, douze, quinze goulus, pour elle c'était l'extase.

Et ils pouvaient faire le raffut qu'ils voulaient, foutre la pagaille qu'ils voulaient, foutre de la confiote sur les coussins du salon, pisser dans le jardin, oublier de tirer la chasse des chiottes si c'est là qu'ils allaient, ça l'épanouissait.

Et ça se voyait.

Elle s'est mise à prendre de grosses joues et du poids de partout et à plus perdre son temps à faire la coquette, à se maquiller, à passer des heures chaque matin pour se choisir une belle robe dans son placard.

Elle s'est mise à être toute la journée en tablier et en savates avec ses cheveux de Jeanne d'Arc même pas coiffés, à faire que s'occuper de ses chers enfants et de leurs chers copains.

Plus ça allait, plus elle avait l'air d'une maman.

Et moins elle ressemblait à ma drôle de maman à moi.

Et je comprenais plus rien à rien.

Et c'était l'hiver.

Et après la neige qui tombait, on a eu de la neige fondue qui faisait de la bouillasse pas propre.

Et le froid est devenu très froid.

Et, en rentrant de Saint-Yves, au lieu de me dépêcher de rentrer dans le poulailler trop plein, je traînaillais.

Dans des petites rues sans boutiques et à murs gris.

Et les petites rues sans boutiques et à murs gris, quand c'est l'hiver bouillasseux et qu'on n'a pas la pêche, c'est pas pensable comme ça peut être moche.

Un soir, après une leçon de chant où j'avais pas chanté mais rongé un de mes ongles presque tout entier, comme je traversais le square René-Le Gall pour me rallonger un peu ma route, j'ai été attaqué.

Par quatre grands à casquettes de rapeurs qui m'ont taxé mon blouson.

Un blouson que Père-grand m'avait ramené de Dallas, en cuir rouge avec dans le dos la tête de Sitting Bull belle comme une photo.

Ils m'ont dit que si je leur donnais pas, ils me cassaient mes lunettes à coups de talon.

Je leur ai dit que j'en avais rien à foutre.

Ils me les ont cassées et ils m'ont quand même pris mon blouson et le Bart Simpson porte-clefs sans clef qu'il avait dans une de ses poches.

Ma sacoche, ils ont seulement failli.

Puis au dernier moment ils l'ont pas voulue, parce que y en a un qui a dit que de se balader avec un truc comme ça, ça faisait trop tapette proute ma chère.

J'avais eu vachement les boules qu'ils me battent.

Mais c'était que des piqueurs.

Mon blouson j'y tenais et, sans, je pétais de froid.

Ça m'a donné une idée.

Au lieu de vite rentrer, je me suis assis sur un banc du square pour attraper la crève.

Peut-être pas une pneumonie double ou la tuberculose mais, au moins, une bonne grippe.

Assis sans bouger, j'ai vraiment gelé.

Tout seul, j'étais, dans le square.

Pas un promeneur y avait, pas un chômeur, pas une vioque avec des croûtons pour nourrir des pauvres petits zoziaux sans papas, sans mamans.

Même pas le gardien, j'ai vu.

Il devait être à se réchauffer au grog dans un café du coin.

Même aucun oiseau.

Ils devaient avoir tous émigré dans des pays où on se les caillait moins.

C'est des cerveaux les piafs, ça peut faire des vols d'un continent à l'autre sans escales, sans s'arrêter de battre des ailes pour roupiller. Ou alors peut-être que ça continue à voler même en dormant, un oiseau.

J'ai pensé à ça sur mon banc en ayant froid.

Aux oiseaux.

Et aux animaux de la terre qui disparaissaient un par un, plombés par des enflés de chasseurs ou assassinés par les pots d'échappement et les émanations mortelles des bombes de laque à cheveux.

À tous les animaux j'ai pensé.

Aux vrais et à ceux de Père-grand.

Lui, il peignait plus que des bêtes de la préhistoire, que j'allais même pas voir dans son atelier parce que, si j'y allais, je dérangeais.

J'avais trouvé Père-grand à quatre pattes sur son

plancher avec Virginie à genoux dans des pâtés de couleur elle aussi, ses cheveux en broussaille et Père-grand qui lui mordillait le bout d'un de ses deux petits nibars qui était sorti de sa chemisette.

Et ils faisaient des gloussements salingues tous les deux.

Et ça les occupait tellement qu'ils ont même pas vu que je les voyais.

Et je suis resté à les regarder.

Et ça a été le tour de l'autre nibar.

Et Virginie a plus gloussé, elle a fermé ses yeux et elle a dit : je t'aime Martin je t'aime je t'aime je t'aime.

Et Père-grand s'est arrêté de mordiller et il a dit : faut pas dire ça, Virginie, faut pas. T'es encore qu'une petite fille et c'est une folie ce qu'on fait là. Mais c'est bon. Comme un soleil tu es. Une lumière. C'est bon.

— Oh oui ! elle a dit, c'est bon, c'est bon, c'est bon.

Et il lui a enlevé toute sa chemisette et ils se sont allongés par terre et je les ai plus vus à cause d'une table qui me les cachait.

Alors je suis parti sans bruit.

Et la nuit après, j'ai rêvé à ça.

Dans mon rêve c'était encore dans l'atelier et c'était encore Père-grand. Mais à la place de Virginie c'était Clarisse et elle était toute noire comme elle était mais ses nibars étaient roses comme ceux de Virginie et Père-grand les mordillait.

Rêvé, c'était moins dégoûtant qu'en vrai. Bien moins.

Sur mon banc de square, en attendant qu'il m'arrive une crève, j'ai repensé à ça.

Et ça m'a encore plus déballé que de m'être fait taxer mon blouson Sitting Bull.

Pas tant parce que c'était sale à voir que parce que Virginie était mon amie à moi et que Père-grand me l'avait fauchée.

De m'adorer autant qu'il disait qu'il m'adorait, ça l'empêchait pas d'être bien bien dégueulasse.

Quand j'ai eu enfin un éternuement, j'en suis parti du square.

Je devais avoir zéro de température mais je suis rentré sans courir. À pas de tortue. Quand je suis arrivé, maman était avec Clarisse à se pencher sur le cas d'une fille qui s'était fait choper chipant des disques dans une boutique.

Elle m'a demandé pourquoi je rentrais si tard de l'école.

— Parce que la leçon de chant a duré plus long-temps.

— Très bien. Si tu veux goûter, il doit rester de la tarte aux pommes dans le frigo et referme-le bien à cause de Farine.

Elle a même pas remarqué que j'avais plus, en rentrant, le blouson que j'avais en partant.

Pas même un léger rhume, j'y ai attrapé, dans le square.

Faut croire que les garçons presque nains, c'est des plus solides que les autres.

Ou alors c'est que la forteresse que je me

construisais autour de moi me protégeait même du froid et de ses microbes.

C'est le docteur Filderman qui l'avait dit, que je me construisais une forteresse.

Celui-là, j'y allais plus jamais, m'asseoir sur son divan pour qu'on s'entretienne.

Débordée comme elle l'était, maman avait plus le temps de m'y emmener le mercredi.

Mais je l'ai quand même revu, mon psy.

Lui, pas. Mais moi, si.

C'était en février que je l'ai revu.

Et bien.

En février qui est un mois plus court que tous les autres mois de l'année mais tellement frisquet et tristounet qu'il a l'air d'être le plus long.

À ce moment-là papa était reparti.

Appelé avec empressement par de nouveaux grands travaux importants dans un pays encore plus lointain et catastrophé que celui où il avait été me pêcher une sœur et un frère.

Pour y construire une mosquée pouvant contenir un million de clients et avec un minaret deux fois haut comme la tour Eiffel.

Qu'il soit parti, ça faisait quelqu'un de moins à table, dans la salle de bains et aux chiottes, mais ça se remarquait même pas parce que Clarisse et Sékou rameutaient de plus en plus de copines et de copains et parce que maman ça s'est mis à plus lui suffire d'avoir une aussi volumineuse maisonnée.

Ça lui suffisait tellement plus qu'elle s'est lancée dans la bienfaisance caritative.

Dans les copines de Clarisse, les copains de Sékou, y avait des cas intéressants.

À la maison, il venait des enfants de parents pas friqués ou pas assez aimeurs, de parents à emmerdements parce que chômeurs ou mal logés ou dans des ennuis de papiers d'identité.

De les entendre parler de ça entre eux, les jeunes, maman ça l'excitait comme une puce. Elle voulait en savoir plus.

Elle demandait des détails sur les misères.

Et quand elle les savait les détails, ça lui fendait le cœur, ça l'empêchait de dormir.

Alors, à Farida qui avait un père qui s'alcoolisait avec l'argent de son chômage et qui battait sa femme et ses enfants le soir, elle lui disait : dis donc à ta mère de passer me voir qu'on en parle entre mères.

Et la mère de Farida rappliquait.

Et maman avait le cœur qui se refendait et elle commençait à se mettre en quatre pour lui trouver un job à cette attachante misérable femme.

Et elle se mettait en quatre aussi pour trouver une crèche pour accueillir les petits frères et petites sœurs d'un Ahmed ou d'un Saïd qu'aucune crèche voulait prendre parce que leurs parents étaient en situation irrégulière de concubins.

Et elle se mettait en quatre pour aider une autre femme travailleuse et méritante qui avait le gros souci de voir sa fille de quatorze ans faire la pute pour aller s'acheter au métro Stalingrad des barrettes de hash qui, pour cent francs, étaient que des barrettes de henné.

Et elle se mettait en quatre pour trouver un logement à la famille d'un copain d'un copain de Sékou qui était à la rue.

Se mettre en quatre, elle y a pris goût.

Ça donnait un sens à sa vie, elle disait.

À la nôtre de vie, ça lui donnait surtout du trop-plein de personnes et de l'agitation énervée.

Parce qu'elles arrêtaient plus de défiler dans notre maison, les mamans et leurs enfants à ennuis.

Une que ça faisait hurler de joie, c'était Clarisse.

Dès qu'elle sortait son nez de ses livres et de ses cahiers d'étude qu'elle potassait pour devenir grande avocate pour sauver son Peuple, elle frico-tait avec maman, elle donnait des flopées de coups de téléphone pour trouver des jobs de femme de ménage, de caissière intérimaire de supermarché, de récureuse de chiottes de bureaux pour les dames qui venaient pleurnicher à la maison.

Ou pour trouver des hôpitaux pour des filles de dames qui s'étaient accrochées à des drogues nui-sibles ou qui avaient chopé des grossesses embar-rassantes ou des maladies pas bien curables en sor-tant avec qui il aurait pas fallu.

Bien sûr, toutes les dames dans l'embarras, toutes les filles dans la dérive, qui venaient nous verser leurs larmes à domicile, avaient droit à un bol de thé ou à une tasse de café de réconfort et à un petit quelque chose, une tranche de cake, un morceau de pain beurré, pour tremper dedans.

Ça arrivait même que maman leur propose de rester dîner avec nous si leurs malheurs étaient de vraiment grand format.

On sortait pas la vaisselle de cérémonie, les verres en cristal de gala.

À la bonne franquette de la fortune du pot, on mangeait.

Mais à huit ou dix ou douze.

C'était plus une cuisine, qu'on avait, c'était un resto du cœur.

Alors, forcé, la bouffe était de moins en moins bouffable.

On a eu des soirs à marmites de lentilles sans lard et de riz sauvage bouilli dans son jus qui craignaient si fort que, ces soirs-là, Farine et moi, on s'en allait dormir dans ma piaule sans y avoir touché, au manger.

On se fourrait le plus l'un contre l'autre qu'on pouvait, sous la couette, pour oublier nos creux au ventre et on se faisait un câlin.

Ma chambre, c'était notre nid à Farine et à moi.

On y était au doux et au chaud et que deux.

Mais y avait toujours l'odeur de pipi.

Parce que mon lit, si moi je pissais plus dedans la nuit, Farine, elle se gênait pas pour se laisser aller dessous.

Ça sentait toujours l'incontinence dans ma chambre, et alors ?

On y était chez nous, moi et cette chatte qui grandissait pas chouia elle non plus et qui se laissait manipuler et trifougner les poils comme une peluche.

Et puis elle faisait et disait jamais rien qui me contrariait, elle.

Et c'est une nuit qu'on était à dormir ensemble, museau contre museau, que ça s'est passé.

Je dormais, Farine dormait.

Et elle a dû faire un rêve de chatte très consolant bien beau parce que, tout d'un coup, elle s'est

304

mise à ronronner si fort qu'elle m'a réveillé en sur-saut.

Et ça m'a fait penser qu'à table où on était nous tous, plus plusieurs filles pas marrantes pour qui maman se mettait en quatre, y avait eu que de l'infecte salade de nouilles froides aux poivrons que j'avais pas mangée et que ça serait bien que je profite que tout le monde dorme pour aller faire un peu de pillage de frigo.

Alors j'y suis allé.

Avec des précautions d'agent secret, pour réveiller personne.

Un hold-up dans sa maison à soi, même si c'est qu'un hold-up de manger, c'est risqué.

Comme un vrai voleur endurci, je l'ai descendu, l'escalier de l'étage, et j'ai ouvert la porte de la cuisine sans le moindre bruit de poignée de porte et j'ai pas allumé.

Fallait que la lumière du frigo me suffise.

Mais il était plein que du reste de l'infecte salade de nouilles, de yaourts, de fromages blancs maigres et de légumes et d'eaux minérales pas pétillantes et de lait.

Rien de même seulement un peu bon.

Avec la lumière du frigo pas refermé j'ai regardé dans le buffet.

Pas un petit-beurre j'y ai trouvé.

Y avait autant qu'on voulait de lentilles, de pâtes, de pilpil, de boulgour, de riz.

Y avait bien des boîtes de thon, des boîtes de sardines, des boîtes de pâté.

Mais me lancer dans une ouverture de boîte c'était risqué.

C'était pas bien l'heure de me couper un doigt.

Je me suis contenté de deux tranches de pain complet très gavantes et de morceaux de sucre.

Pas du manger gai.

C'était comme si j'étais un évadé de camp de la mort en train de s'assurer clandestinement sa survie.

J'entendais que mon bruit de bouche.

Et puis j'ai entendu une voiture qui s'arrêtait dans la rue.

Elle faisait pas assez de boucan pour être la Rolls de Père-grand qui revenait de faire un dîner de copains artistes à Montparnasse comme ça lui arrivait sept soirs sur sept depuis que chez nous c'était devenu une cantoche de bienfaisance.

À table, Père-grand on le voyait plus qu'au petit déjeuner et même pas tous les jours.

C'était quoi cette voiture ?

J'ai regardé par la fenêtre sur la rue.

C'était une voiture comme j'en avais déjà vu.

Mais je connaissais pas sa marque parce que les voitures, à part les Rolls, j'en reconnaissais aucune.

Et un bonhomme en est sorti.

Gros.

Qui était trop de dos et trop dans la nuit pour que je voie qui c'était comme bonhomme.

Et y a eu des pas dans l'escalier de chez nous, des pas qui descendaient de l'étage.

Si c'était un autre pilleur de frigo, il allait être déçu du voyage.

Je lui ai vite fermé sa porte au frigo, pour pas être vu et je me suis calé derrière le haut bahut du couloir pour voir sans être vu.

306

C'était maman très dépeignée qui le descendait l'escalier, avec un kimono qu'on avait acheté pour elle ensemble une des dernières fois qu'on avait été faire du shopping tous les deux tout seuls.

Un kimono en soie artificielle infroissable que je lui avais choisi moi, avec des dragons verts, jaunes et violets chinois.

Elle venait pas dans la cuisine, elle est sortie dans le jardin glacé.

Pieds nus, sans ses pantoufles.

Pour aller ouvrir la porte du jardin au bonhomme gros qui était sorti devant chez nous de sa voiture, et le faire entrer.

Et j'ai vu que le bonhomme c'était le docteur Filderman, et qu'à peine dans le jardin il mettait ses deux bras autour de ma mère pour sûrement qu'elle prenne pas un coup de froid à être comme ça, dehors la nuit, seulement en kimono.

Mais où c'est devenu pas normal c'est qu'il l'a embrassée ma mère.

Embrassée sur la bouche.

Et pas juste un petit bisou.

Ils sont restés collés.

Collés dehors, collés par leurs bouches.

Cette nuit-là, j'en ai vu.

Caché en respirant le moins possible dans un coin du couloir, je les ai vus tous les deux rentrer dans l'entrée et ce gros patapouf de psy rouquin retirer son pardessus et l'accrocher au portemanteau et dire avec une voix murmurante à maman :

comment vas-tu, ma Béa, comment t'en sors-tu de
tous tes problèmes ?

Et maman lui a répondu : tout va bien, Sammy,
tout va pour le mieux.

Et ils se sont ré-embrassés sur leurs bouches.

Et ça a duré.

Avec la lumière de lune qui leur arrivait dessus
par la fenêtre de l'entrée dont on fermait jamais les
volets, je les voyais assez pour voir qu'ils étaient en
train de faire les amoureux.

Quand ils se sont désembrassés, ils étaient
rieurs.

— Tu as goût de miel, il lui a dit. Tu es ma reine
abeille.

Et il lui a touché la bouche, les joues, le nez, les
cheveux.

Il lui a tortillé ses cheveux comme moi je tortil-
lais les poils de Farine, en l'appelant sa petite
Jeanne d'Arc à lui.

Et maman se laissait faire.

Avec la puanteur de cigare qu'il avait tout le
temps, ce salingue, elle était pas dégoûtée.

Elle l'a laissé aussi lui mettre la main dedans son
kimono.

Sa main entièrement dedans.

Il la pelotait.

Sans se faire chier, tranquillos, cette salope de
psy pelotait ma mère.

Et ça la faisait se trémousser, elle.

Et pendant qu'il lui mettait ses sales mains partout sur elle, elle elle l'a embrassé dans son cou.

Le cauchemar !

Il l'avait peut-être guérie de sa folie qu'elle avait

eue quand j'étais né, mais elle en avait, c'était sûr, repiqué une autre, de folie, et maousse.

Parce que, pour faire des choses comme ça, avec cette infection de rouquin graisseux, fallait être archi archi-dingue.

Que Virginie fasse des fricotages avec Père-grand qui avait cent ans de plus qu'elle, c'était déjà pas net net mais au moins, Père-grand, il était beau vieux homme et sans graisse et peintre mondialement connu même aux États-Unis.

Mais le docteur Filderman...

En plus d'être rouquin, gras et vilain comme trente-six crapauds, il était con comme soixante-douze bourriques et tellement tellement débectant.

Moi, de fourrer ma tête dans son cou, ça m'aurait, c'est sûr, fait vomir jusqu'à mes boyaux de ventre.

Pas maman.

Après s'être bien léchouillé leurs figures et leurs bouches, ils se sont accrochés l'un à l'autre pour monter l'escalier en faisant toujours pas le moindre bruit.

Moi, j'en ai fait encore moins qu'eux pour les suivre dans la curiosité et l'envie de leur crier quels cochons ils étaient.

Mais, mon bec, je l'ai pas ouvert. J'ai ouvert que mes yeux pour voir sans avoir même pris le temps de laisser ma mère fermer la porte de sa chambre, le cher, l'excellent docteur Filderman sortir sa bite-pénis de son froc.

— Je te veux, il disait. Je te veux, je te veux, je te veux.

Papa était en train de construire une mosquée

musulmane à un autre bout du globe terrestre et maman...

Quand ils l'ont eu refermée, la porte, j'ai craché dessus.

Pour s'y retrouver, dans le feuilleton, fallait surtout pas en louper un épisode.

Ça filochait tellement si vite, les événements, que j'avais envie de crier pouce.

Mais crier pouce à qui ?

J'avais plus que Farine à qui tout dire, à qui raconter mes chagrins. Et Farine elle était quand même qu'une chatte.

Alors, cette nuit-là, après avoir encaissé ce que je venais d'encaisser, au lieu de remonter dans ma chambre, j'ai été dans le salon.

Dans le salon où Sékou dormait sur celui des canapés qui était devenu son lit.

Un Black dans une pièce sans aucune lumière ça se voit pas bien. Mais il faisait des ronflements pas forts, un peu comme les ronrons de Farine.

Des ronflements légers et battant bien la mesure, de garçon dans un bon sommeil.

Pour le réveiller sans qu'il se mette à crier je lui ai tout doucement chatouillé un peu la figure avec le drap qu'il avait dessus.

Et il s'est réveillé sans mauvaise humeur.

Il a ouvert qu'un œil et il a demandé si c'était une mouche venimeuse de marigot ou si c'était un ennemi qui lui chatouillait son nez.

Puis il a dit : ah ! c'est toi.

Et il a voulu savoir pourquoi je venais lui casser ses noix si c'était pas encore l'heure de se lever pour aller à l'école.

Et j'ai pas su quoi lui répondre.

Il avait une petite loupiote sur un guéridon près de son lit-canapé. Il l'a allumée.

— Toi t'as pas ta tête, il m'a dit. T'as quoi ? T'as fait un sale rêve ?

— Non, Sékou, c'était pas un rêve.

— C'était quoi ?

J'allais quand même pas lui raconter ce que ma mère, qui était maintenant un peu aussi sa mère à lui, faisait de vilain.

Comme je restais là comme un niaiseux sans plus rien dire, Sékou s'est replongé la tête dans son oreiller.

— Bon, bon, Sékou, il va se le continuer, son sommeil, il a dit. Et il a éteint la loupiote.

De me retrouver dans le noir, ça m'a empiré mon malaise.

J'étais trop mal, vraiment trop.

— Ça t'embêterait si tu te poussais un peu et que je dorme avec toi ?

— Et comment que ça va m'embêter. Ça va me gâcher ma nuit. Mais viens quand même.

Il s'est poussé et je me suis glissé sous son drap.

J'avais mon pyjama.

Lui il était tout nu et tout chaud.

J'avais à peine place, et j'étais du côté sans bord, suffisait que je bouge d'un millimètre pour me retrouver en train de tomber sur la moquette.

— Bonne nuit, Valentin, il m'a dit. Roupille, et bouge pas.

Mais le sommeil devait pas lui revenir, alors il l'a rallumée la loupiote et il a tendu une main et pris des choses sur le guéridon.

C'était un paquet de cigarettes à maman et des allumettes qui devaient traîner là, depuis que maman avait arrêté de s'encrasser les poumons pour faire plaisir à Clarisse.

Sékou s'est sorti une cigarette, il se l'est mise dans la bouche, il a frotté une allumette...

Sékou fumait.

Plus ça allait et plus je découvrais des trucs pas possibles dans la maison.

Il fumait sans tousser, comme si il avait toujours fait ça.

Et il passait son bras par-dessus moi pour faire tomber sa cendre sur la moquette.

Je devais le regarder avec une drôle de bille parce qu'il s'est marré.

— T'as jamais fait ça, toi ?

— Non.

— Tu veux goûter ?

— Non.

— T'es con.

Et il s'est mis à m'expliquer qu'à mon âge il était déjà fumeur acharné de cigarettes de soldats parce que dans son pays, la nuit, les garçons ils allaient tous pour voler de la nourriture dans des camions de camps militaires et que de la nourriture ils en trouvaient que pas souvent vu que les militaires la revendaient très cher pour se payer des putes mais que des cigarettes, ça oui, ils en trouvaient en quantité.

Des cigarettes de soldats Casques bleus, des

wagons, des trains entiers, il en avait déjà fumé, Sékou.

Des trains ?

Il a fallu quand même que j'y goûte.

Une biffe, j'ai tiré.

Ça m'a fait comme si j'avais aspiré ce qui sortait d'un pot d'échappement. Beurk.

Sékou m'a repris la cigarette et m'a dit que c'était normal, qu'il fallait pas que je m'en fasse de pas être capable de fumer, que c'était parce que j'étais un Blanc et que les Blancs avaient des constitutions pas solides.

Mais que, d'un autre côté, ils étaient plus costauds que les Noirs pour la mécanique des bagnoles, des motos et des avions.

Mais que, lui, il les rattraperait, et même il les coifferait au poteau parce que, déjà, il connaissait par cœur dans sa tête toutes les pièces des moteurs de plusieurs camions militaires et, un jour, il connaîtrait toutes les pièces de tous les moteurs et deviendrait général mécanicien.

Ça nous était pas encore arrivé d'être comme ça, moi et lui tous les deux, et ça me plaisait d'y être, même avec toute sa fumée qui m'arrivait dans le nez et les yeux.

Son mégot qu'il a éteint avec ses doigts en faisant je sais pas comment pour pas se brûler, il l'a rangé à l'intérieur du paquet de cigarettes.

Puis il m'a demandé pourquoi j'étais venu le réveiller comme ça.

— J'avais peur tout seul dans ma chambre. Mais c'est fini. J'ai plus peur.

Il a éteint la loupiote et on a dû s'endormir.

Quand maman est venue ouvrir les volets du salon et qu'elle a trouvé ses deux fils, le noir et le blanc, dormant dans les bras l'un de l'autre, ça l'a émerveillée.

— Mes chéris ! elle a crié, mes deux chers petits chéris.

Et elle s'est penchée sur nous pour nous faire une pluie de bisous.

Elle était jolie comme tout.

Le psy qui s'était sûrement sauvé dans le noir comme un rat, il avait dû la niquer très bien.

Niquer je savais pas vraiment ce que ça voulait dire. Mais Sékou, lui, pour la nique, la fourre, le limage, il était très connaisseur.

Avoir une mère qui fait des passes, ça aide.

À mon âge et même avant, quand elle revenait avec un homme, sa mère, fallait qu'il décanille de leur case pour aller voir dehors le temps qu'il faisait.

Mais quand c'était le temps des pluies torrentielles, il avait le droit de rester à l'abri mais le nez tourné contre le mur et avec un sac en plastique sur la tête pour pas voir ce qui se passait.

Mais même sans voir, c'était pas dur à deviner.

Sa mère faisait des suçages d'engin à cinq francs (ou une cartouche de cigarettes blondes), des suçages déshabillée à dix francs (ou deux cartouches) et des baises à capote à quinze francs (ou trois cartouches).

Pour les baises sans capote y avait pas de prix.

Ça pouvait grimper jusqu'à quarante francs (ou une caisse de boîtes de beans qui sont des haricots américains).

Sékou a commencé à me raconter tout ça quand on a commencé à dormir ensemble pour de vrai.

C'est que maman avait été si heureuse de nous trouver faisant notre roupillon comme deux vrais frères qu'elle a le jour même filé en Rolls commander deux lits jumeaux pour que Sékou s'installe dans ma chambre.

Que ma chambre soit plus ma chambre rien qu'à moi, ça me plaisait qu'à moitié.

Mais Sékou, il était trop chic type pour que je dise non.

C'étaient des lits de bateau à ce que maman a dit, qu'elle avait commandés, et, comme ça, on serait comme dans une cabine pour une croisière de luxe.

C'est vrai qu'ils étaient au poil les lits en bois rouge avec des tiroirs en dessous avec des poignées dorées.

Et Père-grand nous a offert une peinture pour accrocher au-dessus.

Une baleine verte qui remplissait tout le mur.

Et, une fois la chambre pour un seul installée pour deux, on lui a pendu sa crémaillère au champagne.

Pendre une crémaillère, c'est faire une petite fête.

Il y avait maman et Père-grand et Clarisse et des copines à elle et des copains de Sékou et Virginie qui se disait hypocritement vous avec Père-grand et une dame polonaise pauvre pour qui maman se mettait en quatre parce que son mari avait fugué.

La dame polonaise avait apporté un gâteau au fromage qu'elle avait fait, il y avait des macarons et des sandwiches à un peu tout.

Manquait que Farine, qui a arrêté de mettre ses pattes dans la chambre quand on a enlevé le lit sous lequel elle avait pris l'habitude de faire ses besoins.

La crémaillère a été pendue à toutes blindes parce que, le lendemain, y avait école.

Mais une fois les autres partis, Sékou et moi on s'est pas couchés tout de suite.

On était trop énervés.

Sékou s'est fumé quatre cigarettes et il m'a fait une déclaration d'amour fraternel.

Il m'a dit qu'il avait bien vu le jour de Noël quand il était arrivé que je le voulais pas pour frère et que ça l'avait mis dans la désolation.

Mais il m'a dit que ça l'étonnait pas que les riches ça les emmerde de voir des pauvres venir chez eux pour leur prendre de ce qu'ils ont même en trop.

Il m'a dit que lui, à ma place, il aurait été furieux de colère et que sûrement il m'aurait chassé à coups de pied, ou qu'il aurait été acheter là où il savait de la liqueur avec des poils de tigre hachés tout petit qu'on met en cachette dans le manger des gens et qui les fait mourir sans qu'on sache comment.

Et puis il m'a dit que si je voulais, mais seulement si je voulais, on pourrait se faire la tradition du sang.

C'était quoi, cette affaire ?

C'était une tradition, c'était qu'il fallait se faire chacun une entaille dans la chair de son corps avec un poignard et se boire du sang l'un de l'autre.

Elle était si pas claire, sa tradition, que j'étais pas du tout partant.

Et d'abord, le poignard, où on trouverait, hein ?

Ça pouvait aussi se faire avec un outil très pointu tranchant de cordonnier, il m'a dit. Dans son village, ça arrivait même que ça se fasse avec des clous qu'on trouvait par terre ou du métal de boîte de conserve. Mais c'était malpropre et moins bien que l'outil tranchant de cordonnier.

On avait aucun outil très pointu tranchant de cordonnier dans la maison.

Avec une aiguille alors, une aiguille pouvait suffire.

Tout ce que j'ai trouvé ça a été la pointe du compas de ma trousse.

Sékou est allé la laver à l'eau chaude de la salle de bains pour éviter les contaminations et il se l'est enfoncée profond dans le pouce.

Moi, je l'ai enfoncée pas profond. Dans mon petit doigt.

On s'est sucé nos sangs.

Et Sékou m'a tapé plusieurs fois sur l'épaule et il a fallu que je lui fasse pareil.

Et il est retourné dans la salle de bains chercher un verre à dents d'eau qu'on a bu chacun la moitié en se regardant bien en face et en s'appelant mon frère.

Pour bien faire aurait fallu un verre à dents de vin de palme.

Mais, comme ça, c'était parfait quand même.

Ça me donnait un peu envie de rigoler de faire tout ça, mais pas à Sékou.

Avant qu'on éteigne et dorme, Sékou m'a fait le cadeau qu'il pouvait faire qu'à un frère de sang.

Il a sorti d'un vieux Kleenex qu'il avait au fond de sa valise un caillou.

Un caillou comme tous les cailloux.

Mais celui-là c'était un grigri.

Qui avait été donné à la maman de Sékou par un important sorcier marabout très calé en magie.

C'était un caillou à pouvoirs qui pouvait guérir de la morsure des crocos et de n'importe quel serpent et d'un tas d'autres dangers de brousse.

En échange, je lui ai donné, à Sékou, une calculette que papa m'avait ramenée d'Angleterre.

Ses piles étaient nazes.

Mais Sékou a dit que ça faisait rien et il l'a enveloppée dans son vieux Kleenex et fourrée dans sa valise en me disant que jamais il s'en séparerait.

Moi, le caillou à pouvoirs magiques, je l'ai toujours dans une de mes poches.

Partout où je vais il va.

On s'est mis à tellement toujours être ensemble Sékou et moi que Père-grand s'est mis à nous appeler les frères siamois.

Ça arrivait qu'il nous emmène déjeuner avec lui le mercredi ou le dimanche dans un restaurant chinois et voir des endroits valant la peine d'être vus.

Il nous apprenait à manger du riz avec des baguettes sans le mettre partout sauf dans sa bouche, il nous a fait voir le château de Versailles où les rois Louis chiaient devant des nobles dans des fauteuils à trous, il nous a fait voir le musée Grévin avec, empaillés, Charlotte Corday qui était une tueuse de gens dans leur salle de bains, le général de Gaulle, Napoléon jeune et Napoléon vieux, les égouts de Paris où j'ai eu grandement les flûtes que des rats nous attaquent.

On le revoyait beaucoup plus, Père-grand.

Et Virginie on la voyait plus du tout.

Et c'était peut-être à cause de ça que Père-grand il lui arrivait de se mettre à faire la tronche.

— Je vieillis, il disait des fois.

Ça se voyait pas mais ça devait être la vérité pour qu'il le dise autant.

Une fois même il m'a fait une triste conversation à moi tout seul.

On avait été passer notre après-midi de dimanche tous les trois, lui, Sékou et moi au zoo de Vincennes et Sékou avait parlé en africain à des zèbres et à des singes qui avaient rien pigé de ce qu'il leur disait parce qu'ils devaient être nés en cage en France.

Quand on est rentrés, maman et Clarisse étaient pas là.

Y avait un mot tenu par une carotte magnétique sur le frigo pour nous prévenir de manger sans elles parce qu'elles rentreraient tard d'une réunion d'un comité de soutien à des squatters qu'on voulait virer de leur squat.

De lire ça, Père-grand ça lui a fait dire : c'est pas des cheveux de Jeanne d'Arc qu'elle mériterait, votre chère mère, c'est une barbe d'abbé Pierre.

De penser à maman avec un barbe d'abbé Pierre, ça nous a fait bien nous poiler Sékou et moi.

Mais Père-grand il se poilait pas.

Il a bu un premier, puis un deuxième, puis un troisième whisky.

Puis il a donné de l'argent à Sékou pour qu'il se débrouille pour trouver un Arabe encore ouvert et acheter ce qu'il trouverait de bon à manger, parce que dans le frigo c'était le désert.

Une fois Sékou parti, Père-grand s'est servi un quatrième whisky et il m'a demandé si je me souvenais de Mère-grand.

— Ben oui.

— Tu te souviens comme elle était belle et agréable à vivre ?

— Ouais. Elle était gentille.

— Elle n'était pas que ça, Valentin. Ta mère-grand c'était... c'était...

Il trouvait pas le mot à dire. Il a regardé son verre comme si le mot était dedans. Le mot y était pas. Il a relevé le nez.

— Tu vois, Valentin, que des gens s'en aillent, que quelqu'un d'aussi fantastique que ta Mère-grand disparaisse, c'est pas encaissable. On a beau se répéter que c'est la règle du jeu, on a beau se raisonner...

Il a levé son verre pour boire et puis il l'a reposé sur la table sans avoir bu.

— C'est pour ça que ta piquée de mère elle a cent fois raison. La vie faut s'y accrocher par n'importe quel bout. Et s'y cramponner. Et chacun s'y cramponne comme il peut. Ta mère, elle, c'est en aidant les autres, le plus possible d'autres, à pas crever de faim ou de misère ou de solitude. Et c'est pas la pire des méthodes. Oh non. Moi c'est en peignant mes bestiaux que je m'y cramponne. Passer son existence à faire la pige au bon Dieu en essayant de bricoler des mammifères, des reptiles, des sauriens plus beaux à voir que ceux qu'il a créés, c'est une bien curieuse occupation si on y pense. Mais c'est plaisant. Et je les aime bien mes peintures. Seulement voilà, des toiles avec des couleurs dessus, même sublimes, c'est jamais que des toiles avec des couleurs dessus. Et...

Là, il l'a bu son quatrième whisky.

— Virginie tu en as pas de nouvelles toi ?

— Ben non. Elle doit faire ses études d'art dans son université.

— Tu as raison. Virginie doit faire ses études d'art. C'est de son âge les études.

Ça se voyait que ça lui faisait du chagrin de plus la voir, Virginie.

Sékou est revenu qu'avec du riz au lait en boîte plastique, de la mousse au chocolat en boîte plastique, trois sortes de confitures différentes et deux grandes bouteilles de Coca.

Il avait même pas pensé à prendre du pain.

Père-grand l'a pas disputé, il a dit qu'il avait du travail et il est parti dans son atelier, laissant les frères siamois se coller mal au cœur tout seuls.

En mangeant que du sucré, on a fait que dire des gros mots et des saloperies.

Sékou m'a expliqué les appareils génitaux des garçons des filles et ceux des éléphants qui étaient les mêmes en cinq cents fois plus volumineux et plus sales.

Et il m'a demandé si je jouissais et m'a dit ce que

ça voulait dire pour que je puisse lui répondre oui
ou non.

J'ai été forcé de lui répondre non.

Et ça m'a embêté.

À Saint-Yves, en mars, j'ai été le meilleur de ma
classe.

Quand le maître l'a annoncé, on se serait cru
dans une cage aux fauves avant que le dompteur
soit bouffé tout cru.

Y a eu un murmure.

Moi qui copinais avec pas un élève de cette école
imbitable, que je sois le crack ça les effondrait, les
élèves.

Même l'autre tête de nœud d'instit il était dans
le mécontentement d'être obligé de le dire.

Mais fallait bien.

En additionnant tous mes zéro-faute en dictée,
tous mes dix en lecture et en dessin, je les enfonçais
tous.

Faut reconnaître que je m'étais appliqué, que je
m'étais torturé pour arriver à faire que des addi-
tions et des multiplications bonnes et que j'avais
aussi gratté des huit et des neuf en calcul.

Le meilleur j'étais.

Et le dirlo m'a tapoté une joue et m'a dit qu'il
était très content de moi, très.

Et une des deux bonnes sœurs vachardes m'a
coincé dans un couloir pour me dire combien
c'était dommage qu'un garçon à l'intelligence aussi
développée que moi vienne pas à ses cours de caté.

Ça me disait toujours pas.

Mais elle m'a expliqué un truc que j'avais pas bien compris depuis le début : si t'allais au caté, pendant que tu y étais, t'économisais des heures d'activité physique, de gym, de ballon.

Là, ça a fait tilt.

C'est comme ça que je suis devenu catholique pratiquant.

Parce que j'avais pas démarré en octobre avec les autres, pour que j'arrive à pas trop me paumer dans l'histoire et comme je savais lire presque tout à fait bien, elle m'a refilé un petit bouquin, sœur Agnès.

Que j'ai avalé tout entier en même pas dix séances de cabinets.

Ça racontait avec tous les détails comment le Créateur avait inventé la lumière puis, une fois qu'il voyait ce qu'il faisait, la galaxie, les légumes, les fruits, les animaux et l'homme et sa femme.

Et comment, eux deux, il les avait piégés avec son arbre à pommes défendues pour pouvoir les forcer à travailler dans la sueur.

C'est féroce comme histoire. Mais ça aide à comprendre tous les emmerdements que les gens ont tout le temps.

Dieu nous a créés pour qu'on en bave.

Mais comme ça lui plaisait qu'à moitié d'avoir été aussi salement méchant avec ses créatures, il s'était inventé un clone comme dans les films de science-fiction.

Ouais. Il s'était fricoté un autre lui-même qui était lui et qui était en même temps son fils.

Et qui avait tellement l'air d'un juif que même les habitants de la Palestine, qui savaient mieux que n'importe qui quelle tête ça avait un juif, ils avaient été feintés et l'avaient invité à des noces de Cana et appelé Notre Seigneur Jésus-Christ.

Et comme ils étaient assez faux derches, ils l'avaient laissé clouer sur une croix par des soldats centurions.

Mais, comme lui, il était extrêmement pas rancunier, il était revenu les voir, une fois mort, pour leur apprendre le repentir.

Et le repentir... alors ça...

C'est génial le repentir.

Le repentir c'est, si t'as fait une saloperie même énorme, de te dire après que tu regrettes de toutes tes forces de l'avoir faite cette saloperie.

Et ça l'efface, ta saloperie.

Et tu meurs comme tout le monde. Mais au lieu de devenir sitôt mort de la charogne mangée vite fait par des vers de cimetière, un certain temps après, tu as une résurrection.

Maman, que je me sois mis à apprendre tout ça, ça lui a fait pas mal plaisir.

À Père-grand aussi j'ai eu l'impression.

Mais Clarisse ça l'a fait râler.

Du caté et des boniments de bonnes sœurs et de curés à la solde des impérialistes, elle en avait eu sa dose, elle a dit, et qu'on fourre encore des absurdités pareilles dans les têtes des petits Blancs ça l'étonnait pas parce que ça faisait partie d'un système.

Et elle a fait tout un discours avec que des mots sûrement faits pour être compris que par elle. C'est qu'elle était d'une intelligence que pas grand monde pouvait suivre celle-là.

Comme l'université ça lui suffisait pas, chaque soir avant de s'endormir elle apprenait par cœur tous les mots d'une colonne de Petit Larousse.

Et le matin au petit déj, elle nous en faisait profiter.

La fois où ça a été la page de dico qui allait d'Helladique à Hématopoïèse, même maman, qui bavait devant tout ce que disait sa chère fille aînée, elle a pas pu s'empêcher d'avoir des bâillements.

Sékou, lui, Clarisse, c'était sa haine.

C'est qu'elle était toujours sur lui à l'enguirlander parce qu'il parlait pas correctement, parce qu'il était paresseux pour aider à mettre le couvert ou à donner un coup de main pour des épluchages de légumes ou des nettoyages de saletés qu'on avait faites moi et lui. Et pour ses rotages, ses pétages et sa manie de mettre même pas un slip pour se balader devant nous.

Elle l'enguirlandait surtout parce qu'à l'école il en fichait pas une secousse et avait eu neuf zéros sur onze notes sur son cahier scolaire.

Mais ça le bilait pas. Pour lui tout ce qui aidait pas les gens à devenir un grand mécanicien-chef, ça servait à rien.

C'est que question mécanique c'était un vrai génie.

Ma bécane abandonnée, toute rouillée, foutue dans le jardin, un mercredi il s'y était attaqué et il l'avait remise en état mieux que neuf.

Alors je lui avais donnée.

Et pour pas qu'il lui arrive encore des malheurs d'intempéries, il avait été la chercher une nuit en cachette de toute la maison et depuis elle dormait avec nous dans notre chambre en attendant les beaux jours.

Et ils sont venus.

L'été ça a été.

Et Père-grand nous a tous plongés dans l'éblouissement.

Plusieurs fois quand elle a vu que la fin des classes approchait, maman avait parlé de partir dans une campagne, d'aller changer d'air et à chaque coup Père-grand lui avait dit de pas s'occuper de ça, de laisser venir.

Et le soir du dernier jour d'école pour Sékou et moi et d'université pour Clarisse, il a dit sans avoir l'air de rien tout en regardant les infos à la télé : ah ! les enfants, faudra pas oublier de bien mettre vos réveils ce soir parce que demain matin à huit heures précises on embarque !

C'était bien du Père-grand, ça.

Sans mettre même maman au courant de rien il avait loué au bord de la Manche une maison encore plus grande que la nôtre à Paris.

Et, sans nous dire où on allait, le lendemain matin à huit heures pétantes il nous a tous fait grimper dans la Rolls et en avant !

Maman avait du regret d'abandonner la grande quantité de pauvres personnes pour qui elle se mettait de plus en plus en quatre mais c'était Père-grand qui commandait.

L'endroit il l'avait choisi par téléphone mais il s'était pas gouré.

C'était genre le paradis terrestre du livre de catéchisme que m'avait passé sœur Agnès. Avec, en plus, des pédalos.

Le patelin c'est Fleuriville.

Mais nous on était un peu en dehors et, sauf si on voulait absolument des pédalos, il suffisait de sortir du jardin de la maison que Père-grand avait louée pour se retrouver sur une plage de cailloux pointus tellement rudes pour les pieds qu'aucun vacancier n'y allait à part nous et Farine, qui a détesté la mer dès qu'une vague l'a cueillie si fort qu'on l'a crue noyée.

Elle s'en est sortie en éternuant et, tout juillet tout août, elle est restée enfermée dans la cuisine de la maison à roupiller.

Les chats sont pas pour, mais ils ont tort, parce que la mer c'est quelque chose.

Sans Sékou et Père-grand ça m'aurait sûrement fait si peur que jamais j'aurais mis les pieds dedans.

Mais, la première fois Père-grand m'a emmené dedans perché sur ses épaules et, après, Sékou m'a montré comment il fallait faire pour nager.

C'est pas sorcier la nage.

Suffit de remuer les bras et les jambes d'une certaine manière.

Les premiers temps y a les tasses qu'on boit mais, une fois bues les tasses réglementaires, nager c'est presque du plaisir.

Ça vaut pas, bien sûr, le pédalo qui est une pure merveille des merveilles.

Avec Sékou qui n'a jamais aucune trouille, on faisait des randonnées si lointaines en pédalo qu'on voyait presque l'Amérique.

Disons qu'on l'aurait vue si y avait pas eu la pluie qui tombe toute l'année d'une façon incessante sur Fleuriville.

Qui est un coin où, même pendant les éclaircies qui n'ont pas lieu souvent, on bénéficie d'un petit crachin très mouillant qui est excellent pour l'herbe, les salades et les pommiers.

Comme Père-grand voulait que sa surprise de location en Normandie soit vraiment une vraie surprise, maman avait pas eu le temps de faire des bagages sérieux.

Alors, à peine arrivés, il nous a à tous acheté les mêmes bottes en caoutchouc, les mêmes cirés jaune citron, les mêmes chapeaux de pêcheurs de morue, les mêmes gros chandails antirefroidissements dans le grand magasin de Fleuriville qui était de la même taille que l'épicerie, la boucherie et la charcuterie qui étaient les seuls magasins de Fleuriville.

Habillés tous pareil on avait l'air d'une armée.

C'était à crever de rire.

Alors, sauf Farine, on a ri.

Et, le soir du premier jour là-bas, on a mangé une soupe de poissons avec des croûtons à la mayonnaise faite par une dame du pays que Père-grand avait louée par téléphone avec la maison.

Quand elle m'a vu, cette dame, elle a juré à Père-grand qu'avec sa tambouille entièrement au beurre de vraies vaches et à la crème fraîche, j'allais prendre deux bons kilos si pas trois en Normandie.

J'en ai pris qu'un.

Mais cinq grands centimètres aussi.

À cause de l'air de la mer de Fleuriville qui est très efficace pour la croissance.

Sékou a pris quatre kilos et Clarisse deux.

Maman en a pris tant qu'elle a jamais voulu qu'on sache combien.

Et Père-grand n'a pris pas même un décigramme. Mais il a pris une tapée de cuites au calva avec des clients de chez le père Langrot qui était un café du village rempli de vieux ploucs très qualifiés en alcoolisme.

Père-grand, en vacances, il y était venu que pour qu'on en ait nous.

Mais il aimait pas ça.

Il aimait ni la campagne ni la mer qui étaient trop ailleurs que dans son cher Paris.

L'idée de marcher sur des chemins qui avaient pas de métros qui roulaient dessous ça le déboussolait, il disait.

Et comme il aimait que son travail, sa peinture et qu'il pouvait rien faire de bien ailleurs que dans son fouillis d'atelier, il s'ennuyait.

Ça lui arrivait quand même, des fois, de se mettre à dessiner des morceaux de campagne avec des crayons pastel.

Mais il les déchirait dès qu'ils étaient finis parce qu'il disait qu'il était pas encore assez gâteux pour devenir peintre impressionniste et que, dans ce bled, tout, même les crottes de chèvre, l'était, impressionniste.

Et quand il en avait déchiré un de dessin, même très joli, il partait au village chez le père Langrot s'alcooliser.

Maman ça la foutait en rogne.

Je l'entendais le dire à Clarisse que ça la foutait en rogne.

Puis d'en parler ça la lui faisait passer sa rogne et alors elle disait qu'après tout, Père-grand, d'aller s'imbiber de calva avec des péquenots ça l'aidait peut-être à oublier Virginie qu'il s'était mis, comme un vieux bête, à adorer sans se le dire même à lui-même.

Ça devait être un peu ça.

Mais que Père-grand rentre se coucher quand on était déjà en route pour aller louer un pédalo, ça nous gênait pas, moi et Sékou.

Rien nous gênait.

Surtout Sékou.

Dans la maison louée, sur les pelouses autour, sur la plage, même quand on y était pas rien que nous, partout il s'est mis à se mettre sans arrêt tout nu.

Fallait que son engin et ses couilles respirent, il disait.

Et Clarisse le traitait de sauvage de la brousse.

Et il traitait, lui, Clarisse de négresse mal blanchie.

Et maman les appelait ses deux grands chéris et les suppliait de se chérir autant qu'elle chérissait ses trois enfants.

Et ça empêchait pas la pluie de pleuvoir.

Quand papa est venu passer quelques jours du mois d'août avec nous, il nous a trouvés tous changés.

Il a eu du plaisir à voir que Clarisse et Sékou s'étaient Dieu merci remplumés, qu'ils avaient plus leurs joues et leurs yeux creux d'affamés d'Afrique.

Il a trouvé sensationnels mes cinq centimètres. Mais que je nage des dix, vingt brasses sans couler et que je fasse du pédalo très loin, ça l'a encore plus contenté.

Il m'a trouvé devenu grand garçon.

Il a aussi trouvé Père-grand devenu bien vieux, bien décati.

Mais il l'a pas dit devant lui.

Et maman...

Je sais pas ce qu'il lui a trouvé de changé à maman, mais ça a pas eu l'air de l'emballer.

À part de s'embrasser sur leurs bouches quand il est arrivé, je les ai pas vus faire des choses d'amoureux les huit jours qu'il est resté à Fleuriville.

Et, la deuxième nuit qu'il était là, il y a eu dans leur chambre une engueulade si forte que tout le département de Normandie a dû l'entendre et, toutes les autres nuits, il a dormi sur un divan défoncé dans un grenier à toiles d'araignée et à piétinements de mulots de grenier.

Qu'il la boude, maman ça l'a laissée indifférente.

Elle était trop dans le bonheur d'être en vacances avec ses trois petits cocos chéris pour se laisser casser le moral même par papa.

Qui, lui, a eu comme ça plus de temps pour le sport.

En Normandie il était encore pire qu'en Touraine.

Y aurait pas eu Sékou pour nager des kilomètres avec lui, cavaler sur les cailloux tueurs de pieds des kilomètres avec lui et pour faire avec lui du foot et du volley à deux sur la pelouse de la maison, j'en serais pas revenu vivant de Fleuriville.

Papa il a pas dû en prendre des kilos mais en perdre.

C'est que Sékou, d'avoir tété du lait de lionne dans ses biberons quand il était bébé ça l'avait rendu increvable.

Le lait de lionne, ça devait être des craques. Mais il lui en a quand même fait baver, à papa.

Pendant qu'ils étaient en train de faire leurs âneries sportives, moi je m'emplissais la tête avec des lectures.

Lire, ça y était, je savais complètement et pas que des petits machins avec plus de dessins que de lignes écrites, pas que des bandes dessinées. Des vrais livres, je lisais.

Ceux que j'avais fourrés dans ma sacoche le matin du départ précipité par Père-grand et d'autres qui étaient sur des étagères de la maison louée.

Des bouquins pas neufs aux pages devenues jaunasses avec des cacas de mouches. Mais bien.

Un, c'était l'histoire d'un garçon du temps où Père-grand était garçon, quand les Allemands de l'armée nazie étaient venus à Paris s'occuper de faire le max de misères aux Parisiens. Et le garçon qui était juif et héroïque se planquait dans une cave pour pas être emmené comme toute sa famille et se retrouvait garçon errant sans rien à manger et aucun endroit où loger dans un quartier entièrement dans le noir à cause du couvre-feu la nuit avec toutes les lumières cachées par du bleu. Et il rencontrait d'autres garçons juifs héroïques aussi et ensemble à sept ou huit ils s'organisaient une vie secrète avec pillages bien mérités de nourriture chez des épiciers du marché noir et piégeages d'Allemands nazis et de Français traîtres appelés collabos.

Un livre comme j'en avais jamais lu.

Les Vaillants Garçons de la rue des Rosiers, il s'appelait et, quand j'ai lu les pages où un copain Max du garçon principal qui s'appelait David mourait tué par une balle de patrouille allemande, j'ai pas pu m'empêcher de chialer sous mes draps.

Parce que je lisais la nuit aussi, avec une torche électrique en cachette de Sékou qui dormait en ronflant un peu dans la chambre qu'on partageait.

J'ai bouquiné aussi un roman de pirates qui s'appelait *L'Île au trésor* et une histoire de chasseurs de loups un peu emmerdante dans le grand nord de l'Amérique et une autre de chien de bateau que son maître très chic avec lui abandonnait parce qu'il mourait de la lèpre et qui était récupéré par des dresseurs de cirque abominables et qui avait des malheurs de chien très douloureux avant d'enfin, très longtemps après, retrouver son frère Jerry qui était un frère chien affectueux comme tout, dans une île des mers du Sud pleine de pêcheurs de perles très accueillants avec les animaux perdus.

Encore un livre formidable d'une collection verte de l'ancien temps qui croupissait sur l'étagère de la maison louée.

Bien plus que la mer et de nager dedans, ça a été ça ma grande découverte de ces vacances : les livres tellement bien qu'ils vous font pleurer.

Les histoires des chiens frères Jerry et Michaël et celle des héroïques vaillants garçons de la rue des Rosiers, je m'en serais fait crever.

Après les avoir lus en entier, je les ai toutes les vacances relus par morceaux, ces deux-là.

Quand on est partis, j'ai eu l'idée de les faucher pour les emmener à Paris pour les garder toute ma vie.

Mais je me suis dégonflé.

Mais y a pas de bobo, parce que je les ai tellement dévorés que je peux encore me faire venir des larmes très délicieuses rien qu'en repensant très fort à la mort du pauvre Max après qu'il a reçu dans son ventre la balle de patrouille allemande ou au moment où le maître du chien Michaël lui caresse pour la dernière dernière fois son crâne de chien avec sa main lépreuse et qu'avec sa truffe il flaire qu'il va se retrouver tout seul dans des mers désastreuses.

Voler, je fais jamais ça.

Parce que c'est un péché que je trouve plus mortel que d'autres.

Comme la gourmandise, la colère ou dire des grossièretés comme bite, couille, cramouille, ragnagnas, enculé, fion. Ou encore l'orgueil ou le péché de convoiter la femme de son voisin.

Et même si c'était pas un péché très grave, par trouille je volerais pas.

Quand papa est reparti, après des engueulades de plus en plus énervées avec maman, s'occuper de ses chantiers de construction dans ses pays paumés, on a recommencé nos balades que j'adorais en pédalo avec Sékou.

Mais ça a pas duré.

Parce qu'il y a eu Betty.

C'est moi qui l'ai vue le premier, un matin qu'on allait à la cabane où ils les louaient les pédalos.

Je l'ai vue. Une grosse fille qui était sur le chemin qui venait du camping où s'entassaient des gens des congés payés dans des caravanes et des tentes où ils se nourrissaient de pizzas-pommes frites et qui faisaient des fêtes en nocturne avec de la musique de danses lascives si puissante qu'on entendait plus la pluie, le vent et les vagues.

Je l'ai vue le premier, Betty, avec un derrière si important qu'on voyait qu'il avait du mal à tenir en entier dans son short mini très court.

Elle était à quatre pattes par terre et je l'ai montrée à Sékou pour qu'il se moque avec moi de son cul exagéré.

Mais Sékou il s'est pas moqué.

Au contraire.

Il s'est mis à le mater comme si c'était le trésor de l'île au trésor, le derrière, et quand il a vu pourquoi elle était à quatre pattes, cette fille, il m'a donné une grande tape sur mon épaule et il m'a dit : Valentin, mon pote, j'ai dans l'idée qu'on a gagné le gros lot !

Et il s'est mis à cavaler pour y arriver plus vite à la fille qui était en train de se manger la tête en essayant de réparer je sais pas quoi qui venait de tomber en panne dans son vélomoteur.

Et il a pas été long à s'y retrouver aussi à plat ventre, Sékou, et à le trouver le quelque chose qui glutait dans sa mécanique au biclo à la fille avec trop de fesses et à lui réparer ça avec pas même un

335

tournevis et la fille lui a dit que son nom c'était Betty et qu'il était drôlement sympa de l'avoir comme ça dépannée.

Et je me suis retrouvé comme un con, tout seul planté sur le chemin, parce que c'est Sékou qui s'est mis à le piloter le vélomoteur avec la fille assise sur le porte-bagages et se cramponnant à lui comme si elle était un koala et lui sa mère.

Les fumiers.

Ce jour-là, la virée en pédalo, elle m'est passée sous le nez.

Et pas que ce jour-là.

C'est qu'il leur était arrivé un coup de foudre, à cette radasse et à mon connard de frère adopté.

Pour lui, je comptais plus, y a plus que sa Betty qui a compté.

Plus qu'elle, qu'il allait attendre à la sortie du camping dès qu'on avait fini de petit déjeuner et avec qui il partait, personne savait même où, et d'où ils revenaient que quand vraiment fallait qu'elle rentre dormir dans la caravane de sa famille campeuse pour pas avoir droit à une dérouillée.

Tout ce qu'ils ont pu faire là où ils fonçaient sur le vélomoteur pour deux mais avec un seul casque, je le saurai jamais.

Mais j'ai vu au moins comment ils se collaient l'un à l'autre quand ils se retrouvaient à la sortie du camping et comment ils se fourraient leurs langues dans leurs bouches et se faisaient des échanges enflammés de salive.

Et, les nuits, Sékou il pouvait pas s'empêcher de m'empêcher de roupiller pour me dire des horreurs qui pour lui étaient des splendeurs, me raconter comment ils se trouvaient des granges isolées pour aller à l'abri dedans se vautrer dans de la paille et comment elle le laissait lui enlever son short et tout ce qu'elle avait comme habits sur elle et comment il lui touchait tous les endroits défendus de son corps de fille et comment, de faire ça, en même pas un rien de temps, ça lui procurait à lui un kiki si impressionnant qu'elle le lui empoignait en lui disant avec de la fureur d'amour dans ses deux oreilles : chéri amour, mets-le-moi, mets-moi ton rat, mets-le-moi tout entier, enfile-moi tout entière, enfile-moi toute.

C'était si dégueulasse que je faisais des efforts pour pas l'entendre ce salaud.

Mais j'y arrivais pas bien.

Il aurait passé les nuits qu'à en parler des saletés qu'il faisait avec sa grosse, Sékou.

Elle avait quatre ans de plus que lui et tellement de poids que si ça avait été elle qui se soit allongée sur lui dans les granges isolées au lieu de lui sur elle, elle l'aurait à tous les coups écrasé.

Mais qu'elle le laisse s'occuper de ses fesses molles comme de la purée, qu'elle lui permette de tâter et sucer ses nichons et toucher à un clito qu'elle avait à sa chatte de vicieuse, lui, ça l'aveuglait.

Une fois, j'en avais tellement marre que je lui ai proposé de lui prêter mes lunettes pour qu'il voie quelle affreuse horreur c'était, Betty-la-truie.

Et ça l'a si complètement fâché qu'il m'a dit que j'étais qu'une petite chiure de nain envieux et balancé un coup de poing en pleine figure qui m'a fendu la lèvre du haut et fait bouger une de mes dents de devant.

Comme — même si ça se voyait pas beaucoup — j'étais devenu pratiquant catholique, j'ai eu de la charité chrétienne et j'ai juré à maman que je m'étais accidenté en dégringolant d'un rocher en essayant d'attraper un crabillon.

Et maman m'a cru et m'a mis du produit antiseptique sur ma lèvre pour pas que ça s'infecte mais que ça enfle quand même pas mal.

Et, avec Sékou, on s'est plus parlé.

Les frères siamois, c'était râpé.

Papa était reparti.

Père-grand décollait plus de son bistro de pêcheurs allant jamais à la pêche parce que la pollution avait rendu le hareng trop anémique et de cultivateurs cultivant plus, parce que le haricot vert coûtait plus à faire pousser que ce qu'il se vendait dans les supermarchés.

Clarisse préparait sa rentrée en bûchant comme une follasse dans sa chambre.

L'autre salaud de nègre était tout le temps parti mettre le rat à son obèse.

Restait que maman.

Maman qui s'était installé un bureau dans une pièce de la maison louée qui avait des murs en vitres et que des pots de fleurs comme meubles.

C'était un jardin d'hiver avec des quantités de fleurs pas fleuries et des plantes rabougries rachitiques parce que, dans cette campagne tout le temps mouillée, personne venait jamais les arroser.

Mais maman s'y plaisait.

Elle s'était trouvé une chaise en fer, une table en fer et elle écrivait la masse de lettres du matin au soir.

Des lettres pour les femmes et les filles à problèmes de Paris pour qui elle se mettait en quatre, qu'elle arrivait pas à oublier.

Et elle recevait des réponses que le facteur à bécane lui apportait plein son sac.

Alors, plutôt que de me faire chier en solitaire, j'allais lui donner un coup de main.

Je lui ouvrais ses lettres avec une lame de canif, je lui collais des timbres sur les enveloppes de ses réponses, j'allais lui chercher un verre d'eau ou un fruit ou une tartine beurre-confiture que je tartinais moi-même quand elle avait une petite soif ou une petite faim.

— T'es trop mignon, mon cœur, elle me disait.

Et elle me demandait pourquoi je restais dans la maison au lieu d'aller respirer le bon air vivifiant du dehors.

Et, pour pas cafter, pour pas qu'elle comprenne que c'était parce que Sékou me laissait tomber pour une fille nulle, j'y allais, respirer dehors.

Et je m'asseyais sur un banc de pierre qu'il y avait devant la maison.

Et je regardais comme c'était beau la pluie.

Ou alors je marchais jusqu'au village et je regardais les choses intéressantes qui s'y passaient : la queue des braillards du camping devant la boulangerie à l'heure où le pain et les croissants sortaient tout chauds du four, les garçons de Fleuriville qui faisaient les acrobates avec leurs motos pour s'épater les uns les autres sur la place de la mairie, je regardais les cartes postales avec des prairies à vaches artistiques sur le tourniquet devant l'épicerie, je regardais le monument aux morts des guerres mondiales de quatorze-dix-huit et de trente-neuf-quarante-cinq avec ses noms de glorieux défunts écrits en doré.

Des qui avaient pas de veine pendant les guerres, c'était les Roubier. Sept fois ils y étaient sur le monument.

Après eux, y avait les Guillemain. Qui avaient eu deux morts par guerre. Ce qui fait une bonne moyenne.

J'allais à la grande plage aussi.

Mais pour voir l'entassement de gens, pas pour nager.

Entrer tout seul dans la mer j'aurais jamais osé.

Y a eu des garçons et même une fille, une frisottée avec une bouée Donald et plein de bracelets en ficelle tressée, qui m'ont parlé des fois, qui m'ont demandé si je voulais jouer avec eux.

Non merci, je voulais pas.

C'était débile de pas vouloir, parce que je me serais peut-être moins pas marré en jouant avec eux qu'en jouant pas.

Mais c'était comme ça.

Ça m'était déjà arrivé plus qu'à mon tour d'être un Valentin tout seul.

J'aurais pu dessiner, faire comme je l'avais fait quand on avait été en vacances en Touraine, des peintures d'animaux.

Mais mes travaux de campagne pour aider Père-grand à faire son arche, ils avaient servi à rien.

Alors pourquoi se casser le fion à dessiner ?

Je bouquinais.

Ou je faisais rien.

Je regardais la flotte flotter.

Et je pensais au Créateur du caté qui s'était décarcassé une semaine entière pour mettre au point tout ça.

C'était quand même une invention un peu foireuse, la pluie.

Avec le Q.I. qu'il avait sûrement, Dieu, il aurait aussi bien pu trouver un autre système pour humidifier l'herbe, les pommiers, les autres arbres.

Par exemple de l'eau qui leur serait arrivée par en dessous, direct à leurs racines.

Il aurait pu aussi s'éviter d'inventer la neige. Surtout sur les villes où elle devenait à tous les coups verglas dangereux ou gadoue infréquentable.

Et les orages.

Les orages comme celui qui a empêché la procession du quinze août de Fleuriville et qui a si terriblement sinistré le camping qu'on a été forcé de recueillir une foule de gens des congés payés dans notre maison, c'était utile qu'il les crée, les orages ?

En pleine nuit ça s'est mis à péter.

Et des pétements si tumultueux que la queue de Farine a triplé et qu'elle s'est mise à se baver dessus comme une chienne en épilepsie.

Et tous debout on s'est retrouvés dans la cuisine à se demander ce qui se passait.

Des orages comme celui-là y avait que Clarisse à

en avoir vu un qui avait réduit en bouillie dix paillotes d'un village de dix paillotes.

La maison louée c'était pas une paillote. Mais elle a quand même trinqué, quand même perdu les carreaux de toutes les fenêtres qui étaient pas fermées et beaucoup de tuiles de toit et l'eau en trombe s'est mise à nous pisser dessus des greniers.

Et les éclairs s'arrêtaient que le temps qu'on entende pétarader leurs coups de tonnerre assourdissants et ça repartait.

Ce cirque !

Un éclair qu'on a vu de nos yeux vu a fait des zigzags effrayants dans tout l'infini paysage pour nous éclairer comme en plein jour et finir par aller s'engouffrer dans le trou du croupion du coq de l'église qu'on a crue foutue.

Ça a fait sonner toute seule sa cloche mais elle a tenu, l'église.

Pas les tentes du camping, dont aussi l'installation électrique a disjoncté dans des crépitements qui ont fait flamber la cabane du marchand de frites et de merguez et tout leur coin cabinets bâti en rondins rudimentaires.

Pour ceux dans les caravanes, ça pouvait encore aller en écopant la flotte qui les envahissait avec des marmites et des casseroles.

Mais ceux des tentes, ils se sont retrouvés en plein naufrage.

D'où on était on voyait la panique au loin et maman a dit : les pauvres. Il faut faire quelque chose.

Et on a fait quelque chose.

On est tous allés là-bas au camping faire du

secourisme dans tellement de boue vaseuse que c'était comme si on se baladait dans de la compote de pommes.

Moi, j'ai fait ce que j'ai pu, j'ai aidé des vieilles dames et des vieux hommes avec rien que des tee-shirts trempés sur eux à récupérer dans la gadouille des chaussures, des boîtes de conserve, des palmes, des masques de plongée, des boules de jeu de boules, un harmonica, un chien cocker qui m'a fait une morsure de reconnaissance.

C'était comme les œufs dans notre jardin à Paris quand maman avait fait sa super-fiesta. Mais là, tout ce qu'on arrivait à récupérer en fouillant dans le mouillé, on savait pas où le poser pour pas que ça se renoie.

Pendant que je farfouillais dans le sol qui était plus du sol mais de la soupe avec mes vieillards, maman, Clarisse et Sékou ils faisaient les héroïques.

Sékou il a été d'office volontaire pour aller aider ceux qui essayaient d'empêcher l'incendie des chiottes en rondins et de la baraque à bouffe de se répandre.

C'était un frère faux-frère, un odieux à qui, c'était juré craché, je parlerais plus jamais jamais, mais c'était pas un peureux. Ça non.

Fallait le voir.

Le feu, il s'est jeté dessus.

Officiel.

Y avait un peu partout des bouts de bois enflammés qu'il aurait fallu éteindre avec des couvertures ou des seaux de flotte mais, comme il en avait pas, il s'asseyait dessus, Sékou.

343

Les cheveux de Jeanne d'Arc c'est maman qui les avait, mais c'est le cul à Sékou qui a failli être brûlé vif.

Il l'a pas été et le feu a été éteint.

Et maman et Clarisse ont sauvé tous les petits qu'elles ont pu et aussi une vieille très âgée et fragile de ses jambes qui était ensaucissonnée dans les cordes de sa tente et qui se faisait marcher dessus par tous les campeurs qui se trottaient loin du sinistre comme des lièvres.

Évidemment bien sûr, maman a supplié tous ceux qui le voulaient de venir finir cette nuit d'épouvante sous notre toit.

Ils sont venus beaucoup.

Pour dormir dans nos lits à nous et boire des lessiveuses de grogs au calva que Père-grand est allé chercher d'un coup de Rolls chez le père Langrot.

Un camp de réfugiés, elle est devenue notre maison louée.

Une Somalie, une Bosnie à domicile, on avait. Et maman en ronronnait de bonheur.

C'était plus trois enfants qu'elle avait, c'était un camp tout entier d'enfants mouillés, crottés, crotteux, salissant tout, éternuant, se mouchant dans leurs doigts, que le bon Dieu du ciel qui fait les orages lui expédiait à domicile.

Même Betty-la-cochonne a dormi chez nous.

Mais pas dans le lit de son chéri Sékou parce qu'elle était encombrée d'un père, d'une mère, des deux petites sœurs et d'une mémé qui tenait encore plus de place qu'elle avec son arrière-train.

Le matin il a fallu leur servir du café au lait à la

marmite, à nos réfugiés, et leur beurrer je sais plus combien de pains de quatre livres.

J'ai pas mangé avec eux, ça écœurait, autant de mangeurs.

Je suis parti me balader tout seul le plus loin possible en tournant le dos à la mer qui était d'un gris trop crade et j'ai vu des vaches qui m'avaient l'air d'avoir chopé la bonne grosse grippe et qui se serraient, patraques, les unes contre les autres.

J'ai vu un arbre tué par la foudre.

Un bel arbre qui avait rien fait à personne et qui était couché par terre, mort.

Et j'ai eu de la peine pour lui.

Et, assis sur son cadavre en bois, de la peine pour moi aussi.

À la rentrée il s'est passé des choses.

D'abord, de retrouver notre vraie maison à nous, de retrouver Paris, ça m'a fait bien du bien.

À la mer, j'avais passé, surtout pendant les séances de pédalo, des moments très bons. Mais, là-bas, c'était comme si j'étais un autre garçon que moi.

À Paris, j'étais vraiment tout à fait Valentin.

Il avait raison Père-grand de trouver louches les endroits sans métros qui roulaient en dessous, les endroits sans égouts avec, sous nos pattes, rien que de la terre de globe terrestre.

À Paris, on savait où on était et y avait à craindre aucune vague, aucune lame de fond, aucun élément déchaîné.

Même la pluie, à Paris, elle était pas très coriace.

En plus, à Paris, il y pleuvait pas quand on est rentrés.

Faisait un brave temps d'automne qui ensoleillait les rues qui menaient à Saint-Yves où j'ai changé de classe.

Les autres élèves étaient les mêmes qu'avant les vacances, toujours tous aussi à quatre pattes devant les maîtres.

Mais mon nouvel instit avait une jolie figure d'homme à lunettes souriant avec presque aucun cheveu et il nous a prévenus qu'il fallait l'appeler monsieur Cerisier mais que, si on lui disait Henri, il en ferait pas une maladie.

Il nous a demandé le premier jour si y en avait qui se sentaient de taille à faire une rédaction même toute petite pour raconter leurs vacances.

Toute la classe a levé la main pour dire qu'elle se sentait de taille.

Mais quand il a fallu aller se planter devant le tableau et la lire sa rédac, à part Ben Slaoui qui a raconté en se pissant au froc de rire son mois dans l'oasis pouilleuse où il avait quatre grand-mères paternelles et cinq grand-mères maternelles et vingt et une tantes et une biquette qui venait lui lécher ses doigts de pieds dans son lit, ça a été la tasse.

Les autres, leurs vacances, elles tenaient en quatre lignes qui disaient que des numéros de routes nationales et des nombres de kilomètres. Rien ils avaient vu, ces abrutis.

Puis y a eu moi, et monsieur Cerisier a été dans l'éblouissement.

Cinq pages, j'avais pondues, avec tout ce qui fallait : la maison louée, la plage, les pédalos, le camping, l'orage, le secourisme dans la nuit, l'arbre mort dans sa tristesse.

J'avais sauté que les amours dégueu de Sékou et de sa radasse de camping, qui méritaient pas d'être écrites.

Henri a dit que, même avec trente et une fautes, c'était une rédaction modèle, que je surclassais tous les autres.

C'était malin. Comme ça, déjà que j'étais pas très bien saqué, je suis devenu l'ennemi public numéro un, dans ma classe.

Mais comme c'était une classe d'enculés...

Ma rédac, je l'ai lue à la maison au dessert du dîner à maman, Père-grand et Clarisse, qui m'ont fait un quintal de compliments.

Même Clarisse, qui est pourtant pas une grande féliciteuse, a trouvé que pour mon âge j'étais super-doué.

Sékou a rien trouvé.

De toute façon il me disait plus jamais rien à moi et plus grand-chose à personne.

Son bec, il l'ouvrait plus que pour la nourriture qu'il engouffrait plus vite que même Farine.

De plus pouvoir mettre sa langue dans la bouche de sa Betty et son rat j'avais toujours pas pigé exactement où, ça le rendait déboulonné.

Plus jamais je l'entendais. Sauf la nuit, dans son lit. Ce vicieux infect se cajolait sous sa couette son gourdin démesuré, en faisant des gémissements encore plus infects que lui.

À se branler autant, il courait à la maladie, c'était sûr.

Mais tant pis pour ses miches.

Moi, le faire, je pouvais pas encore.

Ça m'arrivait d'essayer un peu avant de dormir. Mais je devais pas les faire bien, mes attouchements de queue. Ou alors c'était mon inconscient de catholique pratiquant qui me bloquait.

Je peux toujours pas.

Ça me viendra avec ma sexualité d'ici deux ou trois ans mais pour ce que ça rend les gens intelligents, y a pas le feu.

Père-grand, ma rédac, il se l'est photocopiée et pendant des semaines il a pas arrêté de répéter les lignes où j'avais écrit que « *mon Père-grand ses vacance en Normandi il les avait passé à boire du kalva chez le père Langro* ».

Que j'aie pas mis de **t** au bout de Langrot, Père-grand ça l'a pas frappé, mais que j'ai mis à calva un **k** comme à la vodka de Mère-grand, ça, ça l'a soufflé, et contenté.

— Tu penses toujours à elle ? il m'a demandé.

— Oui. Beaucoup beaucoup.

— Moi aussi. Et pour une foule de raisons toutes meilleures les unes que les autres. Tiens, un exemple : peindre, maintenant qu'elle n'est plus là pour voir mes peintures, eh bien... Ça a l'air d'une blague, n'empêche que voir ses yeux découvrir une de mes toiles, ça me payait de toutes mes peines, ça balayait tous mes doutes, toutes mes angoisses... Même mes œuvres les plus tocardes, rien qu'en les regardant elle en faisait des chefs-d'œuvre... C'est qu'elle avait de ces yeux... Alors, depuis qu'elle est partie, je vais te dire...

Il a dit je vais te dire. Mais il m'a pas dit. Il s'est seulement planté une cigarette dans sa bouche, il l'a allumée et il l'a posée sur le coin de sa table et oubliée et il a attaqué à grands traits de peinture rouge sanglant un diplodocus mélancolique sous de la pluie normande drue.

Il démarrait foutrement bien ce tableau-là.

Fallait qu'il en fasse dans l'urgence une douzaine pour une exposition en Allemagne à Berlin dans une importante galerie où on le réclamait vivement.

Je le regardais lui dessiner sa gueule à son diplo et ses oreilles bien pointues, et quand il s'est baissé pour tremper son pinceau dans le pot de rouge sanglant, j'ai pas pu m'empêcher de lui faire un baiser sur une de ses deux joues piquantes d'avoir pas été rasées depuis au moins une semaine.

Et il me l'a rendu mon baiser.

Et on s'aimait pleinement.

Comme il était trop à son travail pour prendre le temps de dîner, j'ai été lui chercher de quoi : du pain, du fromage et des fruits et un scotch avec de l'eau plate et des glaçons.

Après, je suis allé à table avec maman, Clarisse, ce crétin de Sékou et une dame avec une robe élégante à rayures pleine de taches et des cheveux gras qui lui pendaient sur ses yeux, que maman avait invitée parce qu'elle en était à son cinquième suicide loupé et qu'il fallait lui raviver le moral.

Elle a mangé que du pain sans rien avec et a parlé que de ses malheurs qui étaient des malheurs de folle.

Elle se tuait très souvent à cause de son mari qui était parti avec une autre femme mais qu'elle continuait à voir toutes les nuits dans leur duplex où il était pas revenu depuis deux ans.

Il y foutait plus les pieds, chez elle, mais elle, elle l'y voyait et lui parlait. Et c'était triste.

On en était même pas au dessert que Clarisse a demandé à maman de l'excuser de quitter la table pour aller dans sa chambre réviser ses maths et Sékou s'est en allé en même temps qu'elle.

Lui, c'était pour aller s'occuper de son membre sous sa couette, mais il a dit que c'était pour finir un devoir.

Puis la loupeuse de suicides est partie en taxi parce qu'elle voulait pas louper son rendez-vous de tous les jours avec son mari qui bien sûr n'y serait pas, au rendez-vous.

Maman l'a embrassée en lui demandant d'être raisonnable et courageuse, surtout courageuse.

Et comme ça, ce qui n'arrivait plus jamais, je me suis retrouvé seul avec maman.

Qui a été chercher dans le four un gâteau de riz trop grand pour deux qu'on a quand même presque dévoré tout entier à cuillerées empressées à même son plat.

Après, j'avais le ventre très empli mais pas envie d'aller au lit.

J'ai demandé à maman si on pouvait pas regarder la télé tous les deux.

C'était pas raisonnable. Mais elle a bien voulu et elle m'a serré contre elle sur le canapé en regardant un téléfilm policier qu'on pouvait pas comprendre vu qu'on avait manqué la découverte du corps de l'assassiné et qu'on ne savait pas si le type qui était enfermé dans une cave de building était un flic ou un malfrat.

Mais c'était bien même sans être compris.

Maman me caressait la tête.

Elle avait la main chaude et, à un moment du téléfilm, je l'ai plus sentie bouger, sa main.

Maman dormait.

Je l'ai réveillée par un baiser tout doux sur son nez.

Elle a fait un sursaut et a ouvert ses yeux et m'a vu et elle a dit qu'elle était claquée, claquée, claquée et qu'il était grand temps d'aller au pays des rêves.

Elle m'a pas dit que ça.

Elle m'a dit aussi qu'elle était contente de m'avoir comme garçon et que d'être maman c'était le plus beau des métiers et que d'être trois fois maman c'était un enchantement mais que, bientôt, ça allait l'être encore plus un enchantement.

Je lui ai demandé pourquoi.

— Tu verras.

Elle m'a répondu que ça, avec une grimace malicieuse.

C'est pas beaucoup de jours après que j'ai vu.

J'ai vu Thü Yen et Thü Yin.

Deux filles qui se ressemblaient tellement qu'on aurait dit la même multipliée par deux.

Des sœurs, pas siamoises mais de par là, de l'Asie, et que maman s'était arrangée toute seule sans l'aide de papa ni de personne pour se faire envoyer comme enfants supplémentaires.

Je les ai vues dans la cuisine, un soir en rentrant de Saint-Yves.

Elles étaient toutes proprettes, toutes gracieuses, avec des cheveux plus noirs que ceux de Clarisse ou de Sékou mais raides comme des baguettes et elles aidaient maman à éplucher des pommes reinettes pour faire une compote.

Elles avaient, Thü Yen, treize ans, et Thü Yin, treize ans moins dix minutes, parce qu'elle était sortie un peu plus tard du ventre de leur même mère qui avait disparu en même temps que leur père dans un camp de punition pour communistes pas assez communistes.

Encore des créatures du bon Dieu qui avaient eu que du malheur, et plus qu'il en fallait, et qui méritaient d'avoir du bonheur, au moins un peu.

Deux gentilles.

Et pas encombrantes, un seul lit dans une pièce qui servait jusque-là à rien leur a suffi et le peu de mots qu'elles disaient, elles les disaient si bas que ça faisait comme si elles n'avaient pas causé.

Et riant comme des petites clowns, mais sans bruit, quand on appelait Thü Yin : Thü Yen, et Thü Yen : Thü Yin.

Elles étaient ni prétentiardes et grinchantes comme Clarisse, ni envahissantes et dans la folie du sexe comme Sékou.

Deux jolies petites perles, deux sœurs on peut pas mieux, faut reconnaître.

Mais trois sœurs et un frère ça faisait trop de monde à l'heure des besoins du matin, même si

Sékou allait comme Farine se soulager dans le jardin défeuillu de l'hiver, ça faisait une famille trop nombreuse pour un qui, comme moi, avait de plus en plus envie d'être tranquillement sans personne dans la solitude.

J'étais comme ça, j'étais comme ça.

C'était peut-être pas bien, ça l'était même sûrement, pas bien, mais tout ce trop de monde dans la cuisine pour manger, dans le salon, dans les couloirs, partout, tout ce trop de monde à me voler ma mère, ça me gonflait.

Et ça faisait trop de grands pour un comme moi, que de grandir empêchait de moins en moins d'être petit.

Les fugues je dis pas que c'est pas con, parce que ça l'est.

Même préparées aux petits oignons, même si tu marches jusqu'à plus avoir de pieds au bout de tes jambes, ça te ramène forcément toujours à ton point de départ, les fugues.

Mais bon.

Fallait que je fugue alors j'ai fugué.

J'ai même pas eu besoin de faire mon sournois.

Un soir de lundi je suis parti.

Ils étaient au salon, Sékou se curant profondément son nez en regardant des danseuses à tutus à la télé, Clarisse apprenant en chuchotant sa colonne de dico, et maman choisissant dans un catalogue, avec ses deux adorables et adorées nouvelles filles, les sapes qu'elle allait leur acheter.

La porte du salon était complètement ouverte et ils pouvaient tous très bien me voir passer habillé pour aller dans le froid du dehors avec ma sacoche bourrée à craquer. Mais ça les intéressait pas de voir un Valentin qui s'en allait pour toujours.

Je me suis même pas gêné de faire claquer fort la porte de sortie de la maison. Personne a dû l'entendre.

Ils étaient occupés à s'aimer les uns les autres, alors moi...

Il faisait nuit et ça verglaçait.

Dans l'atelier de Père-grand il y avait de la lumière.

Il travaillait ou était en train de pleurer l'autre lâcheuse de Virginie qui l'avait lâché, même lui.

On voyait pas la lune mais j'ai quand même levé le nez pour lui dire un au revoir, ça m'a fait penser à Mère-grand qui l'avait quittée elle aussi, la maison.

Et tout en l'adorant, parce que l'adorer, je pourrais jamais m'en empêcher, je lui en ai voulu de s'être laissé tuer par un cancer.

Mourir, même quand on le fait pas exprès, c'est quand même très salaud pour ceux qui ont besoin de vous.

J'étais tellement entièrement partant que, même pour cent milliards de millions, mon idée de partir on me l'aurait pas ôtée de la tête, mais là, dans le jardin, j'ai eu un peu les boules.

C'était de penser à Mère-grand, c'était de penser que j'allais même pas aller faire un bisou d'adieu à mon vieux fou de Père-grand qui était à deux pas de moi dans sa barbouille ou ses peines de cœur.

Puis y a eu l'autre.

Y a eu Farine, y a eu ses deux yeux de deux couleurs qui m'ont regardé.

Elle était sur le toit de la petite cabane à outils de jardinage.

Elle me matait avec un regard de chatte qui voit quelqu'un partir pour toujours.

Elle me fixait avec du reproche, cette conne.

J'ai ramassé un caillou par terre et je lui ai lancé dessus pour qu'elle arrête de faire ça.

La caillou l'a pas touchée heureusement mais ça lui a fait comprendre.

Elle m'a fait un miaulement mauvais et elle a sauté et est retombée j'ai pas vu où.

Tant pis pour tout.

J'avais pas que ma sacoche avec du nécessaire dedans.

J'avais aussi mon plan.

Et il était d'acier.

Tout, j'avais prévu, organisé, fignolé.

Je partais pas comme un débilos, à l'aventure.

J'allais où j'allais.

Forcément, je me suis payé un fameux petit paquet de trouille en me goinfrant de nuit les petites rues d'à côté de chez nous que je connaissais tellement par cœur que j'aurais pu m'y balader les yeux fermés.

Seulement, mes yeux, ils étaient ouverts et ils voyaient le noir et, mes rues, elles avaient plus leurs mêmes têtes de rues bien gentilles.

355

Ça faisait comme si je marchais dans un rêve pas bon du tout.

Comme si, partout où y avait de l'ombre, y avait des gens cachés avec des intentions, comme si chaque porte de maison allait s'ouvrir pour qu'il en sorte quelqu'un de malfaisant, comme si...

Merde ! C'était pas comme si. C'était vraiment un rat qui trottinait peinard dans le ruisseau et qui arrivait de mon côté.

Un rat moins blanc que Farine mais plus mastard, avec une queue rose saignant sans la queue d'un poil qui le suivait en faisant des tortillements.

Même toute seule, cette queue, elle m'aurait gelé les glandes.

Mais avec, en plus, son rat qui m'a vu ou flairé et qui s'est arrêté sa gueule en pointe pointée sur moi...

Il me voulait quoi, ce répugnant ? Il allait m'attaquer ? Il allait me bondir dessus, me planter ses griffes de pattes dans ma figure et me la déchiqueter avec ses dents pleines de microbes d'égouts ?

C'était que des horreurs comme ça, que ça pouvait faire, un rat.

Je pouvais plus bouger, j'avais mes boots collés au trottoir et de la sueur qui me coulait des doigts de mes mains.

J'allais attendre et, pourri dans sa tête comme il était, il allait, lui, pas se presser de me sauter dessus, il allait me laisser mijoter dans ma sueur de peur tout le temps que ça l'amuserait.

J'ai peut-être crié.

Je me rappelle plus.

Si y avait pas eu des pas de passant arrivant pour le faire se cavaler comme un gros foireux, le rat, j'y serais peut-être encore collé, au trottoir.

Le passant, c'était un clodo, il avait comme moi une sacoche bien bourrée et, en plus, une chiée de sacs plastique.

De voir le rat prendre la fuite, ça l'a pas étonné.

Même qu'il a dit pourquoi il faisait ça, cet animal sale.

— C'est mon odeur qui les défrise, les gaspards, il m'a dit. Ils sentent que je sens l'homme qui en a mangé, du rat.

Il avait très peu de dents et trop de pardessus et d'imperméables les uns sur les autres.

Même pour un clodo, il la fichait mal.

Je lui ai pas répondu, mais il a fait comme si.

— Quand j'en ai mangé ? Ça, mon petit père, les dates, moi, tu vois, c'est pas mon truc. Mais où et comment, là, d'accord. C'est inscrit, mémorisé. C'était avec des Portos et c'était bouilli. Du rat bouilli. Ils étaient partis pour me faire goûter une spécialité de chez eux, de la soupe au corbeau. Mais dans le coin de banlieue où on se trouvait à l'époque dont je te parle, des corbeaux y en avait pas. Alors ils ont fait avec le gibier qu'ils ont trouvé. Du rat d'entrepôt. Bien nourri, bien gras. Pas déplaisant comme goût. Mais, tu me diras ce que tu voudras, ça vaut pas le chat. Le chat, si t'es un tant soit peu gourmet... Le chat d'appartement, bien sûr. Le chat nourri, soigné. Pas le galeux qui vadrouille, pas le matou S.D.F.

Je sais pas si c'était d'avoir mangé du rat, mais il

357

avait une odeur si puante qu'on pouvait pas rester longtemps à côté de lui.

Et c'était le style de clodo à vous piquer froidement votre sacoche et à, en prime, vous zigouiller.

J'ai profité de ce qu'il posait ses sacs par terre pour s'allumer une cigarette pas entière pour me sauver.

Et j'ai couru droit devant moi en regardant pas par terre pour pas voir si y avait ou pas d'autres rats.

Je savais où j'allais, j'y ai été. À toute allure.

Toujours, tout le monde a dit que je suis un garçon intelligent.

Ça remonte à dès que j'ai commencé à parler bien avant l'heure.

Mais, intelligent, je le suis plus, beaucoup beaucoup beaucoup plus que le pensent même tous ceux qui le disent.

Mon plan il avait aucun défaut, pas une seule bavure même microscopique.

J'étais pas parti de notre maison pour me retrouver garçon paumé errant, j'étais parti pour m'installer ailleurs, dans un chez-moi secret bien caché et qu'à moi tout seul.

Et je m'y suis retrouvé, dans ma planque insoupçonnable.

À l'aise, avec un bon chauffage et avec un lit pas large, pas douillet douillet, mais bien assez pour y dormir.

Ce que j'ai fait. Mais pas avant d'avoir lu des pages d'un des livres de ma sacoche.

J'ai lu pas trop parce qu'il fallait que j'économise les piles de ma lampe torche pour pas qu'elle me fasse le coup de tomber en panne dans cet endroit où je devais allumer aucune lumière jamais pour pas me faire choper.

C'était une planque à risques.

Mais bien.

En plus du chauffage et du lit j'avais des ressources de manger géantes, de quoi caler les joues d'un régiment de fugueurs pendant dix ans.

Mais c'était comme de pas allumer la lumière, aller chercher du manger, fallait faire ça discret, avec de la malice d'animal traqué.

Et à des heures et pas à d'autres.

Allait falloir que je fasse gaffe aux horaires. Très gaffe.

Ma montre avec les mouvements de la lune que papa m'avait offerte, elle avait des chiffres et des aiguilles fluo. Alors no problemo.

Elle avait même une sonnerie-réveil.

Alors, avant de m'endormir à dix heures, je l'ai mise à cinq heures, la sonnerie.

Et, à cinq heures pétantes, elle m'a tiré d'un rêve où j'étais en train de m'injurier dans une campagne avec un lapin désagréable qui disait que c'était l'heure de sa montre à lui qui était la bonne et pas la mienne.

C'était le lapin très con du bouquin *Alice au pays des merveilles*.

Elle était très bonne, mon heure.

Très bonne pour aller à pas de fourmis dans le noir jusqu'à un escalier que j'avais repéré et le descendre et arriver dans une pièce où y avait un placard avec des clés dedans pendues à des clous et trouver la clé avec l'étiquette « RÉSERVE » et aller à la réserve et ouvrir la porte et piquer ce que je pouvais de manger.

J'ai pris deux boîtes de haricots blancs en sauce, une boîte de tomates pelées, deux boîtes de thon, quatre paquets de biscuits fourrés praliné et une plaque de chocolat au lait.

Ça faisait beaucoup à trimbaler mais ça faisait de la provision.

J'ai remis la clé bien à sa place, j'ai bien regardé si je laissais pas de traces et j'ai regrimpé à pas de fourmi dans ma planque où j'avais droit à encore deux heures de sommeil.

Quand ma montre a sonné deux heures après, j'étais pas d'attaque pour me sortir du lit et encore moins pour m'ouvrir mes yeux.

Mais fallait absolument dégager ces lieux-là.

J'avais des bâillements à me déglinguer les joues, je tenais qu'à peine sur mes jambes, mais j'ai remis le drap en ordre, j'ai plié la couverture comme elle était quand j'étais arrivé là et j'ai filé discret discret dans ma cachette de jour.

Parce que, là où j'avais dormi, c'était une infirmerie. Si on m'y trouvait, j'étais cuit et recuit.

Ma cachette de jour c'était un réduit sous un toit dans un endroit où personne allait jamais et qui s'appelait des combles.

Il y faisait sale et bien moins chaud qu'à l'étage de l'infirmerie et y avait comme meubles qu'un vieil harmonium sans notes, un tabouret de piano bouffé aux mites et des caisses de vieux cahiers, de vieux bouquins.

Ça suait pas la joie.

Ça devait pas être difficile d'y attraper des grosses trouilles dans ces combles.

Mais j'étais pas venu là pour ça, fallait surtout pas que je me mette à avoir des peurs.

Fallait que je me cale les fesses dans du courage calmant et que je m'organise du confort.

En allant farfouiller à quatre pattes dans des recoins où le plafond touchait presque le plancher, j'ai trouvé des couvertures kaki poussiéreuses à odeur de moisi mais propres, un petit banc avec un pied en moins, une sorte d'espèce de petite table toute tachée d'encre.

Je me suis arrangé tous ces débris sous une fenêtre vasistas qui laissait entrer un peu de lumière et beaucoup de froid.

Comme j'étais dans des hauteurs, en me tortillant j'arrivais à voir un paysage de toits de Paris avec des cheminées, pas beaucoup, qui fumaient et des milliers d'antennes télé et des morceaux de ciel couleur de ciel quand il va se mettre à tomber de la merde.

Je voyais aussi un bout de tour Montparnasse.

À une prison ça ressemblait un peu, mon endroit.

Beaucoup même.

Mais ça m'a pas empêché de me rendormir entortillé dans des couvertures et de faire des rêves déprimants avec encore un lapin à montre et des flics qui me couraient après, des spéciaux, une brigade des combles, qui m'obligeaient à me faufiler par le vasistas et à me mettre à cavaler sur des toits glissants.

Je me suis réveillé au moment où une cheminée à laquelle je me raccrochais se cassant, je tombais et j'allais m'écrabouiller sur un trottoir, réveillé trempé de sueur et pas que de ça.

J'avais pissé au lit !

Et comme c'était pas un lit lit...

Ça démarrait tragique : j'avais pissé dans les couvertures, dans mon jean.

Et j'en avais pas de rechange, j'avais pensé à prendre deux tee-shirts, deux chandails, trois écharpes, des baskets de maison. Et pas de jean.

Alors je me suis retrouvé le cul nu et j'ai pensé que j'avais pas pensé que, dans ces crétineries de combles, y avait ni chiottes ni lavabos ni rien.

Pas même un robinet à eau froide.

Et il était onze heures du matin à ma montre et fallait que j'attende au moins dix heures du soir.

J'avais pas pensé non plus que des boîtes de haricots et de tomates pelées, si t'as pas un ouvre-boîte, c'est comme si tu les avais pas.

J'ai mangé les gâteaux, le chocolat.

J'ai pas bu.

J'avais les fesses à l'air qui était froid et une odeur de pipi très asphyxiante.

J'étais chouette.

Pour qu'il soit dix heures du soir à ma montre ça a bien mis cinquante ans.

Mais j'ai pas moufté, pas craqué. J'ai tenu.

Une fois la nuit tout à fait noire et le silence devenu un silence totalement silencieux et effrayant, j'ai pu m'en en aller, de mes combles, et descendre les étages.

À part des gardiens qui étaient enfermés à regarder la télé dans leur cagna à l'autre bout de la cour, elle était toute rien qu'à moi l'école Saint-Yves et même le plus crack de tous les super-policiers, l'idée lui viendrait jamais de venir me chercher là.

À personne, elle pouvait venir, cette idée de combles de Saint-Yves. Qu'à moi, qui l'avait eue en y rôdant un jour qu'un surveillant m'avait oublié dans les escaliers où je m'étais planqué pour pas grimper à la corde.

Qu'est-ce que ça faisait curieux de m'y retrouver tout seul, dans mon école, et de pouvoir y faire tout ce que je voulais.

Habillé d'une couverture, j'ai commencé par aller aux lavabos laver au savon à mains mon jean que j'ai mis sécher sur un radiateur, puis j'ai été dans la cuisine de la cantine où je me suis fait un dîner de tout ce que j'ai pu.

Un vrai dîner de champion de la fugue, avec boîte de bœuf ouverte à l'ouvre-boîte et chauffée sur le gaz, avec portions de vache-qui-rit autant que j'en ai voulu, avec pommes, gâteaux et crèmes caramel.

Et j'ai fait cinq voyages pour me monter des provisions dans mes combles. Et que du surfin.

Et j'ai dormi jusqu'à six heures dans le lit de l'infirmerie.

C'était impec. À condition de remettre le lit en état, de pas laisser de boîtes vides, de miettes, de traces, à condition de laver ma vaisselle et de la ranger à sa place, je pouvais y rester autant de temps que je voulais en pension secrète dans cette école de cons.

Y avait que le problème de cabinets pendant qu'il y avait du monde dans l'école qui était torturant.

Des pipis dans un coin reculé des combles, je pouvais en faire, mais pour le reste allait falloir que je m'habitue à me retenir.

En priant le bon Dieu que ça m'occasionne pas des ennuis graves de bouchage d'intestin.

Prier le bon Dieu, je pouvais le faire autant que je voulais et pas n'importe où, j'avais aussi la chapelle pour moi tout seul.

Elle était plus vieille que tout le reste déjà pas bien neuf de l'école, la chapelle. Avec un saint Yves grandeur nature. C'est-à-dire tellement plus grand que le Christ, sa Vierge mère et d'autres saints pas très célèbres, qu'il avait l'air de Gulliver chez les nains, saint Yves.

Et il avait une tête de contrarié.

Comme si saint du paradis, c'était pas ça qu'il aurait voulu devenir.

Ouais, ce saint-là, il tirait la tronche.

Une qui avait le sourire qui fallait, c'était la Sainte Vierge Marie, elle l'avait si large, sa bouche rose bonbon, qu'on aurait pu croire qu'elle se foutait de qui la regardait.

D'une moqueuse, elle avait la tête.

La Christ, lui, ça allait. Ça crevait les yeux, qu'il souffrait et de ses épines de couronne et de ses clous de mains et de pieds, et de tous nos péchés.

Rudement, il en souffrait.

Et je lui ai demandé de tout mon cœur de me

préserver de complications de ventre provoquées par une absence totale de cabinets dans ma planque de combles.

Tant que j'y étais, je l'ai prié aussi d'arranger les choses à la maison pour que — si ils finissaient par s'en apercevoir — Père-grand et maman se tracassent pas trop de ma disparition.

C'était amusant de prier.

Et puis, même si c'était tout bas, ça me faisait parler.

Parce que j'étais parti pour plus le faire tant que je serais caché.

J'aurais aussi pu lui demander, au Christ Jésus-Christ qui savait tout puisqu'il était en même temps lui et son père, de me dire quand elle s'arrêterait ma fugue.

Mais j'avais pas envie de savoir.

Alors je l'ai arrêtée ma prière de ce jour-là, qui était mon troisième jour de vie clandestine et qui était bien sûr une nuit.

Avec de la neige.

En si grande quantité que les toits tout blancs de flocons devenus glaçons faisaient une lumière qui entrait par les vasistas dans mes combles, une lumière si grisâtre qu'on voyait sans voir, une lumière qui tapait sacrément sur le moral.

Je voyais assez pour voir mon livre mais je voyais pas assez pour le lire.

Et les piles de ma lampe torche commençaient à battre des ailes.

Et j'avais froid et je pouvais pas descendre dans mon lit d'infirmerie pour aller même aux cabinets parce qu'il y avait des chants ce soir-là.

Ouais, des chants.

Dans ma prévoyance, j'avais tout prévu. Sauf des soirs de répétitions de la chorale, d'idiots à voix d'andouilles qui gazouillaient des cantiques avec le prof de musique qui leur battait la mesure.

Je les avais oubliés dans mon plan, ceux-là.

Et ils me coinçaient.

Et j'avais un urgent besoin pressant.

M'a fallu penser de toutes mes forces à l'héroïsme des garçons de la rue des Rosiers de mon roman génial lu en Normandie pour pas crier pouce.

Mais ça m'a tué le bidon.

Une fois la chorale partie et les lumières du préau bien toutes éteintes, j'ai cavalé aux chiottes où je me suis endormi sur le trône.

Ça fait con à raconter comme ça mais c'est de l'authentique.

Y aurait pas eu un car de flics avec son bruit très réveillant qui est passé dans la rue de Saint-Yves, je m'y faisais cueillir, dans les ouins-ouins de Saint-Yves, c'était réglé.

J'ai eu que le temps de grimper dans mon nid pas douillet sans même m'être trempé le museau.

Et dehors la neige continuait.

Et j'avais à manger que du thon à l'huile, à l'huile figée par le froid, et du chocolat sans pain.

Bonjour le festin !

Il serait arrivé des gens dans mes combles, tellement j'étais sous toutes les couvertures que j'avais trouvées, qu'ils m'auraient pas trouvé, eux.

366

Si bien caché dans ma cachette, à faire que m'abriter du froid, j'étais en train de devenir une sorte de chat.

Un Farine.

Mais avec le ventre douloureux et les idées en marmelade et vraiment pas de quoi ronronner.

Je dormais. Ça, pour dormir, je dormais.

Mais, même les yeux fermés, et entièrement enveloppé par mes couvertures, y avait des moments où le sommeil il me lâchait.

Et là...

Mère-grand, Père-grand, ils m'en avaient parlé de l'insomnie de nuit, de l'insomnie qu'on se met à avoir quand on devient vieille personne et qui sert qu'à vous faire fabriquer des pensées pas rigolotes.

Mais moi, c'était pas de l'insomnie de vieux et en plus c'était de l'insomnie de jour.

J'avais voulu être tout seul.

Mais je l'étais de trop.

Même une souris, même un rat j'aurais voulu voir arriver dans mes combles.

Non pas un rat, quand même pas.

Mais une souris, une blanche, pas crade, pas à microbes.

Il en est pas venu.

Il est venu que des pensées d'insomnie.

J'ai pensé que je pouvais tomber brusquement très malade sous mon tas de couvertures, malade d'une maladie pas guérissable ou guérissable qu'avec des médicaments qu'on ne trouvait qu'à l'étranger et que des douaniers voulaient pas laisser passer ou alors que j'avais besoin qu'on me greffe un rein ou des poumons ou un système digestif et que y en avait plus en stock dans aucun hôpital ou que Sékou s'était fait refiler un sida de camping par sa copine et que je l'avais attrapé en prenant la brosse à dents de mon faux frère pour la mienne et que j'allais crever dans d'horribles souffrances sans que personne le sache et que jamais on retrouverait mon cadavre en décomposition dans ce trou même pas à rats.

C'était ce qui allait se passer, j'allais y mourir dans ces combles plus perdus que la plus perdue des forêts amazoniennes.

Et de savoir ça, ça me faisait regretter d'avoir dit au revoir ni à ma mère ni à Père-grand ni à Clarisse ni à...

Même Sékou, je me suis mis à me chagriner de pas lui avoir fait un petit adieu.

C'était dingue de penser que notre fraternité de sang, il avait suffi d'une panne de vélomoteur de grosse fille pour la casser.

Son caillou grigri je l'avais toujours dans ma poche, mais Sékou je l'avais perdu.

Y avait de quoi en chialer.

Alors c'est ce que j'ai fait.

Les chats ça peut pas pleurer.

Mais les garçons qui deviennent comme des chats, si.

Longtemps j'ai pleuré.

Puis je me suis endormi et j'ai rêvé à Sékou qui creusait un trou dans le jardin de notre maison et je me foutais de lui, je lui disais qu'il fallait qu'il soit vraiment le dernier des idiots s'il croyait qu'il allait trouver un trésor dans ce coin-là et il me répondait que j'étais un idiot encore plus dernier que lui parce que ce trou-là c'était un trou pour me mettre moi qui étais mort.

Et c'était vrai.

Je me tâtais partout mon corps et il était glacé. Mes mains, mes jambes, ma figure. Tout mon corps était glacé de partout.

Et comme je me tâtais ma bouche je sentais une bizarrerie, quelque chose qui bougeait dedans.

Et ce quelque chose c'était une de mes dents.

J'appuyais dessus et...

Je me suis réveillé et c'était vrai que c'était vrai que j'étais un cadavre.

La preuve : une de mes dents est tombée quand j'ai appuyé dessus.

Fallait être barjo pour paniquer pour ça.

C'était prévu qu'elles se mettent à se dévisser mes premières dents, j'étais même très en retard pour ça, tous ceux de mon âge, leurs dents de lait, ils en avaient déjà presque plus.

Mais je m'y attendais pas et j'étais dans du cauchemar et j'étais dans des états et...

M'a pas fallu une minute pour en sortir, de mon nid en couvertures, et ramasser ma sacoche, ma lampe torche et filer en laissant des boîtes de haricots pas finies et de thon gelé.

Le gardien de Saint-Yves, qui était en train de débarrasser la cour de sa neige avec une pelle, il a dû croire que j'étais un rat géant ou un clodo martien tombé de son ovni.

Il m'a crié quelque chose que j'ai pas entendu.

Je filochais trop vite.

À la maison, quand j'ai sonné à la porte de la rue, c'est Père-grand qui est venu m'ouvrir.

Père-grand avec sa combinaison de toutes les couleurs et ses mains pleines de peinture et sa tête dépeignée et pas rasée d'artiste connu qui a passé sa nuit à pondre du chef-d'œuvre et il s'est accroupi dans la neige pour me voir le plus près possible.

— Te voilà, toi ! Te voilà enfin. Ça va ? T'as rien, tu vas bien, t'es tout entier ? il m'a demandé en me palpant partout.

— J'ai rien. Ça va.

Il m'a regardé comme si il me croyait pas et palpé encore plus.

— J'ai rien du tout.

Il s'est reculé un peu.

— Mais où t'étais passé, hein ? Où t'étais passé ?

De le savoir, où j'étais passé, ça devait pas l'intéresser tant que ça. Il l'a pas attendue ma réponse, il s'est retourné et a crié à toute la maison : Valentin, il est revenu, il est là, il a rien de cassé !

Et maman est arrivée en courant sans pantoufles, sans rien à ses pieds et qu'avec une chemise de nuit pas assez chaude et elle s'est même pas approchée tout près de moi, elle s'est arrêtée et m'a regardé avec ses yeux écarquillés.

Et elle a dit : mon Dieu ! Mais elle n'a rien dit à moi.

Et Sékou est arrivé aussi, entièrement à poil, et Clarisse et les deux jumelles.

Manquait que Farine.

— T'as été kidnappé et tu t'es sauvé ?

C'est Sékou qui m'a demandé ça.

J'ai pas eu le temps de lui répondre que non, Père-grand m'a attrapé, soulevé de terre.

— Kidnappé ou pas, faudrait pas qu'en plus, il chipe un refroidissement, ce brigand.

Et je me suis retrouvé dans la chaleur de notre maison et ça allait bien, ça allait très bien.

Maman était tellement remuée, secouée, tellement incapable de faire autre chose que retrouver un peu de souffle après les jours et les nuits d'angoisse qu'elle venait de passer, que c'est Clarisse qui m'a plongé dans la baignoire et tout en me savonnant et brossant comme du linge sale très sale elle m'a dit qu'elle espérait pour moi que mes raisons d'avoir disparu en les inquiétant tous autant elles étaient bonnes, parce que sans ça...

Mes raisons, après avoir mangé un vrai solide petit déjeuner de maison, il a fallu que je les donne à Père-grand.

On était tous les deux dans la chambre qui était plus vraiment ma chambre depuis que Sékou était là.

Il a fallu que je lui dise, à Père-grand, qu'il y avait eu aucun kidnapping, qu'aucun malfaisant d'aucune sorte m'avait fait aucun ennui, que ma disparition c'était une fugue et rien d'autre qu'une fugue mais que j'avais du repentir, que j'en avais énormément.

Il m'a écouté lui dire tout ça sans rien dire et, une fois que j'ai eu fini, il a encore rien dit.

Il me regardait même pas.

Il avait sorti une cigarette de son paquet, il l'a pas allumée, il la regardait c'est tout.

Puis au bout d'un bout de temps qui en finissait pas, il s'est levé et on aurait dit qu'il était encore plus grand que d'habitude.

Et j'ai eu peur.

— On va me punir, je lui ai demandé, on va me mettre en pension ?

— Tu es aussi bête et désespérant que tu es petit, il m'a répondu.

Et il est parti en me laissant tout seul.

Moi, j'ai commencé à regretter de pas y être mort, dans mes combles.

Parce qu'un garçon comme moi, si on y pensait un peu sérieusement, ça méritait vraiment pas de vivre.

Mon repentir il a duré un peu.

Mais pas tant que les conséquences.

C'est qu'après les fugues, surtout les aussi réussies que la mienne, y a des suites.

D'abord, il a fallu que j'aille avec Père-grand au commissariat.

Pour prouver avec la masse de détails à deux vieux flics me mouillant la figure avec leurs postillons, qui s'étaient bien cassé leurs culs à essayer de me retrouver depuis l'instant où maman les avait alertés, que c'était pour rien qu'ils se les étaient cassés leurs culs.

Furax, ils étaient.

Et y avait de quoi.

Par ma faute ils avaient fait des kilomètres et des kilomètres dans le froid neigeux, pataugé dans les coinstots les plus patouilleux du quartier, par ma faute ils avaient empoisonné avec des questions sournoises de flics des gens qui les avaient bien sûr pas, les réponses à leurs questions, par ma faute ils avaient passé au peigne fin des rues, des ruelles pas fréquentables, des cours d'immeubles ripoux, des caves à clochards, des soupentes à traîne-lattes et des squats à camés, par ma faute ils avaient flanqué en garde à vue des innocents qui avaient des têtes de coupables.

Dans le caca, je les avais mis, les deux flics.

Dans le caca !

Et, vu déjà tous les problèmes incessants qu'ils avaient sur le râble, que des petits farceurs en rajoutent, ils étaient pas du tout pour. Mais alors pas du tout.

Y aurait pas eu Père-grand, qu'ils appelaient cher monsieur en lui faisant des courbettes, ils m'auraient collé les menottes et dérouillé et bouclé dans un cachot avec des gamelles de soupe froide aux légumes pleins de limaces, ça loupait pas.

Mais y avait Père-grand qui arrêtait pas de leur dire que j'étais qu'un enfant.

— Et alors ? qu'ils lui répliquaient les flics, la fillette de sept ans qui a poignardé son frère de neuf mois avec un couteau économique à Juvisy c'est quoi ? Une centenaire ? Et les élèves du C.P. de Nanterre qui ont enfermé leur institutrice dans le placard à balais de leur école avant d'y foutre le feu, à leur école, c'en étaient pas, des enfants ? Des enfants, on ne voit pour ainsi dire plus que ça dans les commissariats, cher monsieur. Des gamins, des gamines avec des petites gueules d'anges, des petits chérubins qui se baladent avec des crans d'arrêt, des pistolets automatiques et des doses de crack dans leurs cartables. Les enfants, au point où on en est arrivé, y a pas plus viceloque que ça. La violence, le crime, c'est plus dans le milieu, chez les malfrats patentés, que ça se passe. C'est dans les lycées, dans les maternelles.

En colère, ils étaient.

Et chercheurs de poux dans la tête.

L'un des deux s'est mis tout d'un coup à dire que ça se pouvait aussi que ma fugue, ça en soit pas une, que peut-être ma version des événements c'étaient des menteries, que peut-être si je m'étais sauvé comme je m'étais sauvé et caché comme je m'étais caché c'était parce que j'avais été menacé par des voyous, des loubards, des obsédés sexuels ou autres, que peut-être même ça avait été plus loin que des menaces, que peut-être j'avais été agressé, séquestré, violenté et que tout ce que je venais de dire c'était peut-être que des mensonges que je leur faisais parce que j'avais peur de représailles...

Père-grand, il en pouvait plus, il en avait ras les poils du crâne du déblocage de ces deux tarés, alors il a dit : ça suffit, et il m'a pris par la main et on en est partis du commissariat.

Mais, après, y a eu Saint-Yves.

L'entrevue avec le dirlo.

Qui tenait personnellement en personne à me régaler de l'engueulade géante à laquelle j'avais droit.

Ça a pas été sale non plus, la séance dans le bureau du dirlo.

Lui aussi il lui a fait des courbettes à mon immense grand artiste de grand-père et il a pas oublié de bien lui dire combien il déplorait qu'un homme de sa qualité ait le malheur d'être affligé d'un petit-fils aussi déplorablement asocial et inéducable.

L'économe de Saint-Yves avait fait des comptes. Tous les haricots en conserve, tout le thon à l'huile, tout le chocolat, tous les biscuits que j'avais mangés fallait les payer. Les couvertures aussi que j'avais, il disait, détériorées. Et des vitres de porte qui s'étaient cassées je sais même pas comment.

Ça faisait une facture salée.

En plus, j'étais viré.

À Saint-Yves il n'y avait pas de place pour un délinquant comme moi.

Ça lui fendait son cœur au dirlo d'être contraint d'en arriver à une fin aussi définitive, mais il suffisait, n'est-ce pas, d'un ver dans le fruit pour que...

En sortant de cette école de crotte qui me voulait plus, Père-grand m'a pris par la main et m'a entraîné sans un mot.

La neige fondait et, en passant sous un arbre, on a reçu des gouttes.

Des toits aussi y avait de l'eau qui pissait, bien froide. Le soleil était revenu. Pas beaucoup. Un peu.

— Ce soleil-là il est comme toi, il m'a dit Père-grand. Pâlichou. Tu n'es pas malade au moins ?

— Non ça va.

— Et tu as une idée de ce qu'on va pouvoir faire de toi maintenant que tu n'as plus d'école ?

— Ben non.

On est montés dans la Rolls et au lieu de prendre le chemin qu'il fallait pour arriver à la maison qui était tout près, Père-grand en a pris un autre.

Sitôt en route il a mis son magnéto en marche. Une cassette il y avait dedans. De jazz pleurnichard.

Et Père-grand s'est mis à siffler avec la musique.

Il sifflait faux mais il avait l'air de rudement bon poil pour le grand-père d'un garçon asocial et pas éducable et on s'est retrouvés dans des rues pas larges, des passages pas propres avec des maisons sans beaucoup d'étages du douzième arrondissement.

Le passage Saint-Bernard, le passage de la Main-d'Or, le passage de la Bonne-Graine, ça s'appelait, et c'était si étroit et si encombré que Père-grand a eu un mal de chien pour trouver où la caser, la Rolls.

Il s'est garé à un endroit interdit pas loin d'un square triste avec des pépères qui se les gelaient sur des bancs et d'une église Sainte-Marguerite.

Et on a fait un peu de marche pour arriver dans une ruelle avec que des ateliers, mais pas d'artistes peintres, des ateliers de types qui construisaient des meubles, des chaises dorées, des tables avec des pieds tortillés, des buffets de l'ancien temps.

Ça avait l'air assez joyeux comme travail, les types avaient l'air de pas trop se biler. Y en avait qui chantaient, d'autres qui se racontaient des blagues.

Père-grand la connaissait cette ruelle et les types, qui étaient des ébénistes, il leur faisait des saluts à tous et tous lui disaient : bonjour, ça va ?

376

Au bout de la ruelle, y avait une cour avec des tas de ferraille mouillée, avec des bouts de bois trempant dans de la gadoue. Et des chats aussi. Cinq. Qui se bagarraient pour manger de la pâtée pas ragoûtante dans une casserole sans queue posée par terre. Des chats de rue, crotteux, sûrement un peu enragés.

Comme on l'approchait, y en a un qui nous a soufflé dessus. Et Père-grand a fait pareil. Il lui a soufflé dessus et le chat a baissé le nez, vexé, et il est parti en laissant les autres s'occuper du manger de la casserole.

Qu'est-ce qu'on venait y faire dans cette cour ?

Père-grand avait l'air heureux d'être là.

Dans le fond de la cour, y avait une porte à moitié défoncée avec peint dessus en lettres presque effacées « CAPITANI DORURE À LA FEUILLE ».

Père-grand a essayé de l'ouvrir avec sa poignée, cette porte, et comme il y arrivait pas, il a fait ça à coups de pied.

Derrière la porte, c'était comme un hangar avec que des tables, des établis bouffés par les puces ou les vers ou les rats et des caisses vides et des toiles d'araignée et c'était le noir parce qu'il y avait aucune fenêtre.

Père-grand m'a poussé pour que j'entre là-dedans.

— Allez. Vas-y.

J'en avais pas envie mais il m'a poussé fort.

Qu'est-ce qu'on venait y foutre dans ce gourbi ? D'un seul coup il m'est venu une peur très conne, mais on sait jamais : et si, puisque j'étais aussi mauvais que j'étais, Père-grand m'avait amené ici pour m'y abandonner ?

Le coup du Petit Poucet ça existe.

Et j'avais pas même six cailloux ni cinq. J'avais dans ma poche que mon caillou grigri pour retrouver mon chemin. J'étais foutu.

Une fois qu'on a été dans ce pas rassurant hangar, Père-grand a allumé son briquet, que je voie bien les caisses vides, les toiles d'araignée et tous les recoins flippants et il m'a dit :

— Moi, tu vois, c'était ici. Accueillant, non ?

— C'était ici quoi ?

— Ma cachette. Oui, Valentin, c'est ici que j'ai passé deux jours et deux nuits quand j'avais ton âge ou à peu près. Parce que, les fugues, mon petit père, c'est pas une invention à toi. Faudrait pas te figurer. Ça remonte à Caïn, les fugues. Caïn, elle t'en a pas parlé ta chère sœur de catéchisme ? C'était quelqu'un pourtant. Un jeune homme qui a inventé et le crime et la cavale. Fallait le faire. Mais lui il avait la terre entière pour prendre le maquis. Moi, j'avais trouvé que cet atelier désert. Et déjà aussi accueillant que maintenant. Oui. Quand j'étais encore qu'un pisseux comme toi, ça faisait déjà lurette qu'il avait fait faillite, monsieur Capitani, le doreur. Et ici c'était tel quel. Et j'y suis resté deux jours et deux nuits. Et je m'y suis nourri que de chocolat. Du Cémoi. C'est mon chocolat à moi, parce que, dans chaque tablette, tu trouvais une image de la collection *Le Dernier des Mohicans*. Pourquoi j'avais pris la tangente ? Mon père m'avait battu, battu pour la première fois. Et une raclée à en rester sur le carreau. Parce qu'il m'avait trouvé dans notre salle à manger en train de retirer sa culotte en coton bleu ciel à une Marinette. Oui, Valentin. Une Marinette avec un cheveu sur la langue qui, à l'heure qu'il est, doit avoir des petits-enfants comme toi qui, bien évidemment, doivent lui gâcher ses vieux jours. Comme tu me gâches les miens. Là, j'ai dormi. Sous cet établi. Quand je dis dormi... Je claquais si fort des dents que, même avec du coton dans les oreilles, dormir, j'aurais pas pu.

Un coup de vent de courant d'air a éteint la flamme de son briquet et j'ai eu que le temps de lui attraper son autre main, à Père-grand, celle qui tenait pas le briquet.

On est restés dans le noir.

— Moi, c'était à cause d'une culotte bleu ciel et d'une raclée à laquelle je m'attendais pas. Mais toi... Tu me l'as pas encore dit pourquoi tu t'étais carapaté. Pour s'en aller faut des raisons, non ?

— Je sais pas.

— Tu ne sais pas quoi ?

Comme je trouvais rien à répondre, il l'a rallumé son briquet et je devais avoir une drôle de bouille parce qu'il me l'a dit.

— Tu as une curieuse tête, mon garçon. Vraiment une curieuse tête. Une tête de... Tu as quoi ? Tu as des problèmes ? Des malheurs ? À moi, tu peux me dire.

Non. Même à lui je pouvais pas.

Alors on est sortis de sa planque du temps où il déculottait des Marinette qui sont maintenant des grand-mères et on est remontés dans la Rolls.

Il a pas remis la cassette de jazz, pas sifflé.

On a roulé dans le silence.

Quand on est arrivés à la maison, il m'a dit que quand je voudrais lui parler, je savais où le trouver.

Et il est allé dans son atelier.

À la cuisine, y avait un repas viet fait par Thü Yen et Thü Yin.

C'était surtout du riz collant avec des champignons en caoutchouc noir et du poulet hachouillé et des petits pois crus.

J'ai à peine picoré et Sékou a dit que j'avais tort, que je devrais me grouiller de manger tant que j'avais encore qu'une dent de tombée, parce que bientôt elles le seraient toutes et que j'aurais plus droit qu'à de la bouillie en biberon.

C'était malin.

Maman déjeunait pas avec nous, elle était allée voir le docteur Filderman pour ses nerfs qui recommençaient à lui jouer des tours depuis que j'avais fait ce que j'avais fait.

Après le déjeuner ils sont tous partis pour leurs lycées et leurs écoles et je me suis retrouvé tout bête avec rien à faire.

J'étais en chômage d'école.

Alors j'ai regardé la télé.

On m'en a trouvé une autre, d'école.

Mais qui ne voulait pas me prendre avant après les vacances de Noël ce qui me faisait un sacré bout de temps à glander à la maison en attendant.

Clarisse a sauté sur l'occasion pour prendre mon éducation en main.

Tous les matins avant de partir elle me donnait des devoirs à faire, des rédactions, des opérations compliquées, des listes de mots à chercher dans le dictionnaire pour apprendre ce qu'ils voulaient dire.

Et, le soir, elle s'enfermait avec moi dans ma chambre pour m'interroger sur les mots et lire mes rédacs et contrôler mes opérations qui étaient pas brillantes.

Et, la surprise, c'est que de faire le prof comme ça, ça la rendait beaucoup moins chiante qu'elle était tout le temps.

Elle aurait pu en profiter pour me torturer, me faire supérieurement suer.

Eh ben non.

Elle m'expliquait très bien sans crier et faisait pas l'importante comme les maîtres de Saint-Yves qui oubliaient jamais de nous faire sentir quels minables petits ânes on était, comparés à eux les grands immenses savants diplômés.

Je me suis mis à la trouver plus du tout détestable Clarisse.

J'aurais pas été obligé de faire semblant qu'elle soit ma sœur, elle aurait été qu'une fille au pair, une prof payée pour m'apprendre les conjugaisons des verbes et les chienneries du calcul, elle m'aurait complètement plu.

C'était comme Sékou.

Je savais très bien qu'il l'était pas, mon frère, et que c'était pas parce qu'on s'était bu des gouttes de nos sangs avec sa tradition bidon qu'on était devenus fils du même père et de la même mère.

C'était qu'un négro très marrant et sans méchanceté avec qui je pouvais copiner et rien d'autre.

Mais c'était déjà ça.

Copiner, on a recommencé à le faire largement.

Ma fugue ça l'avait épaté. Depuis, il me prenait plus pour un chiard à qui il sort du lait du nez si t'appuies dessus.

Et il était moins disjoncté à cause de sa Betty de vacances perdue parce qu'il s'en était trouvé une autre de copine. Moins fournie en viande de fesse mais, comme il disait en gloussant, tout à fait bandante quand même à cause de ses cheveux et de ses poils de partout abondamment velus.

Il l'avait rencontrée au Monoprix de l'avenue des Gobelins où elle était venue pour voler un crayon à yeux au rayon parfumerie.

Elle s'appelait Sandrine, elle avait seize ans pour les gens et treize et demi pour de vrai et elle se préparait à commencer faire des études d'actrice de cinéma et de danse moderne.

Comme ses parents travaillaient loin en banlieue, elle avait leur appart pour elle toute seule jusqu'à sept heures du soir et Sékou y filait direct en sortant de sa classe et ils y faisaient en se grouillant une chose sexuelle terrible.

Mais Sékou pouvait pas me dire laquelle c'était parce qu'il savait pas comment ça s'appelait de faire ça et qu'il voyait pas à qui il pourrait le demander.

Il me jurait que tout ce qu'il avait fait dans des granges normandes avec sa Betty, à côté de ça, c'était du pipi de zèbre.

Et ça le défonçait tellement que, dans sa classe, et en marchant dans les rues, et à table avec nous, il arrivait plus à tenir ses yeux ouverts et à pas se mettre à roupiller.

Un vrai négro dingo !

Thü Yen et Thü Yin, elles, plus elles étaient là moins elles étaient gênantes.

Dès qu'elles pouvaient elles s'enfermaient dans leur chambre où elles avaient installé sur la cheminée une exposition de photos de têtes de vieux et de vieilles Chinetoques tous morts depuis longtemps et de dieux déguisés en dragons féroces à grimaces dans des livres et collés soigneusement sur des cartons.

Et elles leur allumaient des bougies à leurs photos et à leurs dieux et elles leur faisaient brûler des baguettes d'encens pour leur faire le culte des ancêtres qui est une importante coutume de là où elles venaient.

À part ça elles étudiaient, récoltaient que des bonnes notes et avaient de grandes converses toutes les deux toutes seules en vietnamien qui des fois les faisaient rire et des fois pleurer.

Avec nous elles parlaient que pour demander si on voulait bien qu'elles fassent un peu de ménage, qu'elles recousent des habits déchirés, qu'elles bouchent avec du coton à repriser des trous de chaussettes, qu'elles fassent ceci, qu'elles fassent cela.

C'étaient des jumelles de race serviable et très jolies à regarder avec leurs beaux cheveux tout à fait raides et leurs petites manières tout le temps délicates.

Mais elles non plus, c'étaient pas des sœurs.

À part Père-grand, c'était comme si j'avais pas de famille.

Parce que maman...

Maman, le matin que j'étais revenu tout affolé de mes combles, elle m'avait rien demandé, rien dit.

Et après elle avait fait comme si j'en avais pas fait, de grosse connerie, comme si je m'étais jamais tiré de la maison.

Que je sois renvoyé de Saint-Yves comme un voyou, elle m'en avait pas parlé non plus.

Elle m'embrassait le matin au moment du bonjour, le soir au moment du bonsoir, elle m'inspectait les oreilles pour voir si elles étaient bien lavées, elle me disait de pas oublier de mettre un chandail, de faire attention à mes lacets de chaussures qui étaient pas bien noués, elle me disait une tapée de choses comme ça. Mais rien de plus.

Que son Valentin il soit parti, c'était comme si elle en avait rien à foutre.

Ça me faisait quand même une drôle de mère, non ?

Père-grand, il l'avait mille fois dit que c'était une un peu piquée, sa fille Béatrice.

Et c'est sûr qu'elle l'est à sa façon.

Mais là, elle délabrait un peu fort.

Une autre mère, son garçon fugueur, asocial et inéducable, elle l'aurait enguirlandé à mort, elle lui aurait flanqué au moins une beigne ou deux.

Pas elle.

Même pas elle m'a demandé où je m'étais planqué et pourquoi.

C'était pas sympa.

Tous les malheurs de tout le monde, même ceux

de petits Indiens ou Polonais ou petits banlieu-sards qu'elle voyait à la télé lui faisaient pousser des grands cris d'horreur. Et pas les miens.

Que je reste à la maison quand les autres s'en allaient à leurs écoles et lycées ça avait pas l'air de la déranger.

Elle me voyait sur le canapé du salon faire les exercices que me donnait Clarisse en matant un peu la télé et elle me faisait des sourires et ça lui allait comme ça, elle me disait de pas oublier de prendre mes vitamines avec mon goûter et elle s'en allait en me laissant tout seul avec Farine.

Parce qu'elle s'en allait tous les après-midi.

Chez le docteur Filderman où elle avait réatta-qué une psychothérapie. Vu que, dans sa tête, ça recommençait à tourner dans un sens qui était pas le bon.

Une fois sur le divan que je connaissais bien, on pouvait se demander ce qu'il lui faisait, l'autre détraqué de psy.

Il lui faisait quoi ? Des questions ou des baisers langue dans la bouche ? Elle y était comment sur le divan ? Habillée ou les nibards et les fesses à l'air ?

Je me les imaginais faisant des saletés gluantes, comme Sékou avec ses pétasses, et ça me cassait tel-lement le moral que je fonçais dans la cuisine piller le frigo et avaler tout le sucré que je pouvais trou-ver.

Des boîtes familiales tout entières de yaourt au chocolat, des compotes pomme-abricot par packs de six.

Et ça me faisait pas grossir d'un milligramme parce que ma chétivité elle était revenue.

Même mon kilo chopé en Normandie je l'avais perdu dans mes combles. Et largement.

Comme ça allait, j'étais parti pour être nain, une fois grand. Un nain si microscopique qu'on me montrerait dans les émissions de télé sur les pas normaux et que des foules d'idiots viendraient me voir avec une loupe dans une baraque de phéno-mènes de foire.

Je m'y voyais comme si j'y étais. Entre la femme de trois cents kilos et le cheval à deux bites, dans sa petite cage dorée : Valentin le garçon chétif.

Voilà. L'avenir qui m'attendait, c'était gnome de cirque.

Alors c'était vraiment pas la peine que je me crève à faire les devoirs de Clarisse. Un nain de cirque ça a besoin de rien savoir, ça a juste besoin d'être tout minus tout rabougri.

Alors, un après-midi que maman m'avait une fois de plus planté après un bisou aussi rachitique que moi, mon cahier où j'écrivais mes petites rédacs et où je faisais mes difficiles opérations, je l'ai déchiré en plein de morceaux que j'ai été faire brûler dans la cheminée du salon qu'on allumait jamais mais qui était la fierté de Père-grand.

Et, de voir brûler mes bouts de feuilles, ça m'a fait bicher si fort que je suis monté dans ma chambre qui était devenue celle de Sékou aussi et que j'ai pris une pile de bouquins que je suis redes-cendu faire cramer.

Tous mes Babar, mes Tintin, des Comtesse de Ségur née Rostopchine que maman m'avait prêtés, mon formidable gros livre sur les dinosaures, des romans très bien...

Et pendant que ceux-ci faisaient des grandes flammes, je suis monté en chercher d'autres. Et mes dessins aussi.

Mes animaux de campagne que je m'étais appliqué à faire pour aider Père-grand et qui avaient servi à rien, des portraits de Farine dormant, de Farine faisant son intéressante, un portrait de Père-grand mordant amoureusement les tétés de Virginie, un portrait de Sékou enfilant sa grosse Betty, des œuvres que j'avais jamais montrées à personne, très artistiquement dessinées, coloriées à l'aquarelle et à la perfection.

Au feu !

Le nain gnome qui intéressait pas sa mère et pas grand monde, il faisait son grand ménage.

Dans ma rage de le faire le plus vite possible, mon méchoui de bouquins et de dessins, j'en ai mis trop à la fois dans la cheminée.

Alors au lieu de faire que des belles grandes flammes, ça s'est mis à faire aussi de la fumée épaisse et faisant tousser.

A fallu que j'aille ouvrir une fenêtre et puis deux et puis la porte pour qu'il y ait du courant d'air.

Et ça j'aurais pas dû.

J'aurais pas dû parce que, comme la cheminée qui servait jamais était jamais ramonée, ça a fait ce qui s'appelle un appel, et que les joyeuses flammes elles sont revenues et devenues si immenses que, d'un seul coup d'un seul, le fauteuil en osier de Mère-grand s'est mis à lui aussi brûler.

Et pas que le fauteuil.

Le petit banc qui allait avec pour que Mère-grand y pose ses pieds aussi et le bouquet de fleurs en papier qui était dans un vase sur le guéridon Louis Dix-Neuf et le guéridon avec, et le coin de tapis et... La vraie chierie pas prévisible. J'avais mis le feu à la maison.

Père-grand était en haut de son échelle en train de fignoler la corne d'un tyranosaurus tout en haut d'une toile qui touchait le plafond de son atelier.

— Qu'est-ce qui se passe encore ? il a hurlé en me voyant débouler.

— Le feu. Y a le salon qui brûle.

Ça lui a fait une telle secousse, d'entendre ça, que sa corne elle est devenue un grand zigzag dans le ciel de son tableau, et il a sauté de son échelle les deux pieds dans une bassine de peinture azur et il a même pas pris le temps de dire merde.

Arrivé dans le salon, il a vu le fauteuil en osier, le guéridon, le tapis... Les fleurs en papier, il risquait plus de les voir. Elles étaient déjà croumies.

Il a pas eu de panique, il a arraché les doubles rideaux d'une des fenêtres et vite vite il a étouffé les flammes du fauteuil, du guéridon. Celles du tapis il les a éteintes avec ses pieds, avec ses pompes peinturlurées.

Un régiment de pompiers lui aurait pas plus rapidement cassé le cou, à l'incendie.

Du vrai travail d'artiste.

Une fois ça fait, il s'est assis sur le canapé pour souffler un peu. Il a ramassé par terre un petit morceau de bois encore un poil flambant et il s'est allumé une cigarette avec.

Et il a regardé les dégâts. Et il a pas râlé. Au contraire.

— Comme ça, on aura enfin une raison de les

changer ces rideaux. Depuis le temps que je les trouvais trop chichiteux, ces machins à ramages. Et le fauteuil... Des puces de Vanves, il venait. C'est moi qui l'ai vu mais c'est elle qui l'a marchandé, Mère-grand. Il lui faisait tellement envie qu'au bout du marchandage elle l'a payé cinquante francs de plus qu'il en voulait au départ, le broc. Et ça a été son fauteuil à elle. Rien n'interdit de penser que, devenu fumée, il est parti la retrouver là-haut. Rien n'interdit. Peut-être que jusqu'à maintenant, assise sur un bout de nuage à la droite du Seigneur, elle avait pas ses aises et que, grâce à cet incendie...

Là, il a eu le sourire tout tendre qu'il a toujours quand il revoit sa Lydia chérie dans sa tête et il m'a demandé d'aller voir à la cuisine si y avait pas un petit fond de bouteille de whisky qui traînait.

Je lui ai ramené un scotch à glaçons, bien servi.

Il l'a bu à petites gorgées sans rien me demander. Il était trop gentil, alors j'ai avoué.

— C'est moi qui l'ai mis le feu.

— Comment tu t'y es pris ?

— Je brûlais mon cahier.

— Tu brûlais ton cahier ?

— Ouais. Et mes dessins. Et des livres. J'en voulais plus.

Pour lui répondre, fallait que je lève le nez. Et pas qu'un peu. Chaque fois que je lui disais une bêtise que je venais de faire, il était plus grand que la fois d'avant, Père-grand.

— Tu as brûlé ton cahier, tes dessins, tes livres ?

— Oui.

— Tu sais comment ça s'appelle ce que tu viens de faire, Valentin ?

— Ça s'appelle allumer un incendie. Et c'est pas bien.

— Pas un incendie. Un autodafé. Autodafé. C'est un mot portugais. Qui vient de très loin. D'un temps où des saligauds foutaient le feu au nom du Christ roi à tout ce qui ne leur plaisait pas. Les grands purificateurs très chrétiens de l'Empire espagnol ! Des monstres. La honte de la terre. Des évêques, des ratichons fous furieux qui brûlaient des maisons, des hommes, des femmes, des bouquins pour que l'esprit du mal rôtisse avec. L'Inquisition ça a été. Mais évidemment bien sûr, tu ne sais pas ça, toi. Tu ne sais rien. Tu ne sais rien parce que tu n'es encore qu'un infime misérable pissaillon qui sait à peine qu'un et deux font trois mais qui, déjà...

Il s'énervait pas. C'était pas une engueulade...

Mais qu'il ait pas le coup de sang, qu'il me dise ces choses-là avec du calme, c'était encore plus vache.

Et il m'en a dit.

Des cigarettes, il allait s'en allumer d'autres. Et le whisky, ça allait y aller.

Et plein la poire j'en ai pris.

J'ai pas bien compris tout. Mais quand même jamais j'en avais autant entendu et ça se pourrait bien que, même si je deviens un vieux vieillard de quatre-vingts ans, j'en entendrai plus jamais autant.

— Valentin, il m'a dit, un gamin qui frotte une allumette pour mettre le feu à autre chose qu'à une cigarette ou à une omelette flambée, c'est... Enfin, Valentin, en pas un mois, une fugue et un début d'incendie, tu ne crois pas que c'est un peu too much ? Tu ne crois pas que même un homme aussi peu porté que moi sur l'inquiétude pourrait se mettre à avoir de funestes pressentiments ? Tu vas devenir quoi, hein ? Un délinquant ? Un poseur de bombes ? Un tueur fou ? Un détourneur d'avions ? Un violeur de couloirs de métro ? Ça va être quoi ton prochain exploit ? Tu vas piéger la télé pour qu'elle nous éclate à la gueule à l'heure des Infos ? Tu vas m'assassiner ? Prendre Farine en otage et demander une rançon ? Tu vas découper ta mère en petits morceaux ? J'exagère, j'extrapole, je délire ? Mais c'est que tu n'en es encore qu'à tes balbutiements, mon petit salaud, et que, parti comme te voilà parti, si Dieu te prête vie comme il l'a prêtée à tant et tant qui n'ont fait que la gâcher et gâcher aussi celle des autres, ça va nous mener où ? Je m'affole ? Je m'affole parce qu'il y a de quoi. Parce que tes cavales, tes accès de pyromanie et tout ce que tu es sûrement en train de nous mijoter pour demain ou après-demain, tout ça tu ne le fais pas sans raisons. Et tes raisons elles ont une raison. Alors, si je suis honnête... Il y a un commencement à tout, pas vrai ? Un top de départ. Des origines. Et pour ce qui est de toi, de toi Valentin, ce n'est pas à mes père et mère à moi qu'il faut remonter. Non. Eux, c'étaient l'innocence faite homme et l'inno-cence faite femme. Des qui auraient pas fait de mal à une mouche et qui auraient encore moins commis la fatale erreur de fourrer leur nez dans un bouquin susceptible de les sortir de leur benoîte et aimable torpeur. Mes parents, ils avaient le calen-drier des postes pour les dates, un missel pour ne pas arriver à la messe les mains vides et un seul et unique volume d'une édition des *Trois Mousquetaires* en trois volumes. Et ça leur suffisait amplement chapitre lecture. Des gens simples, c'était. Et heureux de l'être. Penser qu'au lieu de devenir marchand de légumes sur les marchés comme papa-maman, moi je me suis lancé dans la plus farce des entreprises. Artiste ! J'ai décidé de faire l'artiste. De devenir un créateur. Grande et rude décision. C'est qu'il faut savoir que, avant de devenir le respecté vénérable barbouilleur qui a aujourd'hui des toiles dans dix-sept importants musées et qui aura droit à cinq ou six lignes dans le Petit Larousse le jour où il prendra congé de cette vallée de larmes, il en a bavé et rebavé, l'artiste. Mais ça c'est la loi du genre et c'est beau et c'est bien. Ce qui l'est moins, ce qui l'est infiniment moins c'est que, mis à part deux trois bricoles que je laisserais volontiers à la postérité pour qu'elle se rince un peu l'œil, j'aurai fait quoi ? Un réjouissant mariage avec une femme adorable que je n'ai pas adorée autant qu'elle le méritait, et une fille. Une fille que j'ai si bien élevée qu'elle en a été réduite à dépenser dix fois plus d'argent chez les psychanalystes que chez les bijoutiers ou les marchands de fanfreluches. Plutôt bon peintre, je l'admets. Mais si mauvais père. Et pas bien fameux grand-père non plus. Parce que, franchement, au lieu d'être là à me saouler de whisky et à te saouler de phrases même pas pleines de bruit et de fureur, tu ne crois pas qu'il vaudrait cent fois mieux que je sois en train de te botter les fesses pour te la faire sortir de ta tête, ta malfaisance ? Parce que c'est ça que tu n'en finis pas d'engranger dans ta petite cabèche : de la malfaisance. Et, de toutes les affections et infections que l'humain, que le roseau pensant peut récolter et incuber, c'est à coup sûr la pire. On n'en meurt pas, ça fait nettement moins souffrir que l'arthrite, un bras cassé, une dent gâtée, le cancer des os ou la maladie des chiens ou de Parkinson. Mais faudrait jamais l'attraper la malfaisance. Jamais. Comment y parer ? Comment ? Elle est tout le temps toujours partout. Alors ? Alors je ne sais pas, Valentin. Absolument pas. Aussi démuni que toi, je me retrouve. Démuni, perdu, paumé. Démuni, perdu, paumé face à une montagne, à un Himālaya de problèmes. Et quand je dis problèmes, le mot est faible. Tu veux que je te dresse le bilan, que je te fasse le catalogue ? Il est quatre heures, mon garçon. Il est quatre heures de l'après-midi et nous sommes le sept et, le quinze, soit dans huit jours de seulement vingt-quatre heures, je dois livrer à monsieur Muller qui préside aux destinées de la très justement réputée galerie Muller et Goldenstein de Berlin quinze toiles dont cinq seulement sont achevées et dignes d'être montrées à l'éminente clientèle de ce haut lieu de l'art contemporain. Et, alors que je devrais être en train de peindre, je fais quoi ? J'éteins des feux et je tente — avec les moyens du bord et si peu d'espoir d'y parvenir que c'en est risible — d'exorciser les démons qui se sont emparés d'un gamin qui se trouve être le fils de ma propre fille. Laquelle propre fille est, à ce moment précis, en train de tenter désespérément d'exorciser les siens, de démons, en compagnie d'un médecin de l'âme qui, non content de ponctionner à ta maman chérie des sommes astronomiques dont je suis, bien sûr, le principal et unique créditeur, profite de son désarroi pour se livrer avec elle à des pratiques trop au-dessus de ton âge pour que je m'étende dessus. Parce que ta mère, la malheureuse, est en plein désarroi. Les causes de ce désarroi ? Accroche-toi, Valentin, cramponne-toi au bastingage. Tu sais pourquoi elle déprime à tout-va, Béatrice ? Autant que ce soit moi qui te l'apprenne avant que tu le découvres tout seul et par hasard. Béatrice est au plus mal parce que son époux qu'elle adore et qui est aussi ton papa lui a téléphoné. C'était pendant que tu marinais comme le détestable petit imbécile que tu es dans le grenier de ton école. Ton père a téléphoné à ta mère pour lui annoncer, avec les formes, avec tact, qu'il avait décidé de divorcer. Oui, Valentin. Tu as un frère et une sœur africains, deux sœurs asiatiques et tu vas, dans les mois qui viennent, te retrouver nanti d'une belle-mère certainement aussi gracieusement noire de peau que Clarisse et Sékou. Rien n'interdit de supposer que ce sera une belle-mère en or. À ce que j'ai compris, cette personne avec laquelle ton papa a décidé de se refaire une vie plus conforme à son goût de l'exotisme dirige de main de maître un hôpital de brousse où il a séjourné après avoir tenté de se supprimer à la suite d'une obscure histoire de détournements de fonds. Peut-être pas si obscure que ça d'ailleurs. Ton père m'a toujours été très antipathique et je suis convaincu qu'il a toujours vécu de peu ragoûtants tripatouillages financiers. Mais tripatouilleur ou pas, c'est ton père. Et il t'aime. C'est évident. Et je te le répète, rien n'interdit d'espérer que ta maman numéro deux sera pour toi une maman pas plus conséquente que la numéro un. Ah ! Pour rester dans mes problèmes qui, une famille étant une famille, sont aussi les tiens : en plus d'une belle-mère, tu vas avoir un oncle. N'ouvre pas des yeux comme des soucoupes. J'ai bien dit un oncle. Tu vas, Valentin, dans quelques semaines, avoir un oncle. Car ta Béatrice ma fille va avoir un petit frère. Et... ce petit frère à ta mère, toi, tu seras son neveu. C'est mathématique. D'où nous allons le sortir cet oncle petit frère ? Encore une surprise. Et grandiose. Virginie, ta belle amie Virginie... Tu ne l'as pas oubliée ? Tu te souviens que je lui ai donné quelques cours de dessin, que je l'ai un peu aidée à s'y retrouver dans ses problèmes à elle. Des problèmes d'étudiante, de jeune fille douée d'un très très bon coup de crayon et pleine de belles aspirations. De jeune fille dont je pourrais être le grand-père. Plus de quarante ans de plus qu'elle, j'ai. Quarante-deux si je me donne la peine de faire le compte. C'est énorme. C'est pharamineux. Et... les circonstances, le... les... C'est inexplicable, bien souvent, ce qui se passe entre les êtres. Inexplicable et époustouflant. C'est comme la Sainte Trinité, les statues de l'île de Pâques ou les ordinateurs. Tu te creuses, tu creuses, mais pour piger, bonjour ! Toujours est-il que... Je lui avais donné une petite somme, de quoi partir à l'étranger, loin. De quoi aller visiter la Grèce, les îles. Pour l'éloigner de moi, pour qu'elle m'oublie et que je l'oublie. C'était trop ridicule ce qui nous arrivait. C'était impensable. Et elle est partie. Et...

Elle en est revenue des îles grecques. Avec un bébé dans son ventre. Un bébé qui... C'est terrifiant ! Et c'est admirable, en même temps. Parce qu'il faut vivre, Valentin. Il faut se gaver de bonheur. S'en saouler. C'est peut-être ça le remède contre la malfaisance : le goût du bonheur. Peut-être. Moralité : moi, je croule sous les problèmes et toi tu vas avoir une maman de plus et un oncle. Un oncle qui entrera à la maternelle quand toi tu seras déjà au lycée. En train d'y foutre le feu si ça se trouve.

C'est Clarisse qui est rentrée la première.

Je devais faire pitié, tassé dans le canapé, me suçant mon pouce comme quand j'étais tout minos, tout seul avec que du brûlé autour de moi et encore un peu de fumée qui flottait.

Je devais faire pitié parce qu'elle s'est mise à genoux sur ce qui restait de tapis et qu'elle m'a mis sa tête sur mon ventre et mes genoux, et qu'elle m'a dit : si t'as des ennuis et que tu as envie de m'en parler, tu m'en parles. Mais c'est pas obligé.

Lui dire tout ce que j'avais de gros sur le cœur ç'aurait été trop long et trop débottant. Je me suis contenté de lui caresser ses cheveux qui étaient bouclés et moelleux comme si elle avait une tête de mouton en peluche.

Un bout de temps j'ai fait ça et ça m'a fait du bien.

Et elle bronchait pas, bougeait pas. Elle restait la tête enfouie à me laisser me réconforter.

C'était con que je l'aimais pas plus, Clarisse, parce qu'elle l'aurait mérité.

Mais d'aimer quelqu'un très fort c'est comme d'aimer la confiture de prunes ou d'un autre fruit, ça se commande pas.

Et à l'heure qu'il était, là, à cinq heures passées puisque Père-grand était retourné peindre ses tableaux urgents pour Berlin depuis une heure au moins, y avait pas grand monde que j'aimais très fort.

J'étais plutôt parti pour en détester, des personnes.

À commencer par mon dégueulasse de tripatouilleur de père.

Alors, comme ça, cette face d'hareng, il voulait plus de maman comme femme.

Alors, comme ça, il s'était dégoté une morue dans un hôpital de la brousse.

Elle devait valoir le coup d'œil, sa docteuse en boubou, ça devait être une chouette occase.

Mais si elle s'attendait à voir le petit Valentin arriver dans ses savanes pour jouer à la poupée avec lui, elle allait être déçue la salope. Jamais je la verrai celle-là.

Plutôt crever.

Et papa non plus. Même si il me construisait une case spéciale pour moi grande de cent mètres avec dix télés dedans, j'irais pas dans son Afrique chérie.

Tous ses cadeaux je les aurais brûlés avec mes livres, mes dessins et mon cahier si j'avais su.

Rayé, il était, papa. Effacé à la gomme. J'en avais plus.

Virginie aussi fallait que je la vire du petit coin de mon cœur où elle était encore un peu.

Parce que le coup du bébé oncle...

J'en avais peut-être autant que le disait Père-grand, de la malfaisance. Mais lui, question saloperie humaine, il était pas en manque non plus.

J'en aurais chialé, de penser que Virginie, il lui avait tripoté et bisouillé les tétons au point de lui faire avoir un nourrisson dans le ventre.

Même Sékou il obsédait pas aussi fort avec ses pouffes follasses de Betty et Sandrine.

Autant de viciosité ça m'assassinait.

Pourtant c'était une fille bien, Virginie. Suffisait de repenser au métro Pont-Neuf, aux quais avec elle, à bien des fois avec elle.

Et elle m'avait lâché pour mon Père-grand.

Sûrement que j'allais l'appeler mon oncle, leur hideux bébé.

Parce que, ça pouvait pas manquer, il serait d'une laideur pas regardable, un monstre ça allait être, avec peut-être qu'un œil au lieu de deux, ou deux mais de deux couleurs pas pareilles comme ceux de Farine mais allant pas ensemble les deux couleurs, ou alors avec une tête énorme comme le derrière de sa maman Virginie, vraiment énorme, parce que son cul à celle-là...

Tellement la haine me venait que j'ai enfoncé mes ongles dans le crâne de Clarisse.

— Qu'est-ce qui t'arrive ? elle m'a demandé en s'enlevant de contre moi.

— Je t'ai fait mal ?

— Un peu.

— T'es fâchée ?

— Pas tant que toi on dirait. Qu'est-ce que t'as ?

Là, il a fallu que je me retienne très fort pour pas tout lui cracher, pour pas cafter papa et Père-grand et Virginie et maman s'ensalopant avec le Filderman.

Mais je l'ai pas fait. Je l'ai bouclée.

Elle m'a demandé si j'avais faim d'une grande tartine de beurre ou de confiture, au choix, trempée dans un grand bol de chocolat bien chaud.

— Non, je lui ai répondu.

Elle m'a demandé si j'avais fait les devoirs qu'elle m'avait laissés le matin.

— Non, je lui ai encore répondu, et je lui ai dit que le cahier il avait brûlé parce qu'il y avait eu le feu.

— Ça, j'avais remarqué. Mais si tu ne veux pas me dire comment c'est arrivé et qui l'a éteint, ce feu, c'est pas grave.

— Je te le dis. C'était en brûlant mon cahier et si Père-grand avait pas fait des étincelles, toute la maison aurait grillé et moi aussi avec.

— Tout ça à cause de ton cahier ? T'es pas net, Valentin, pas net du tout. Bon dieu ! tu serais mon vrai frère... Mais, bien sûr, avec ta mère qui te passe tout et ton grand-père qui gâtifie devant la moindre de tes bêtises... Ça t'arrive jamais de penser à tous les autres garçons, à tous les millions de garçons qui n'ont pas de toit pour dormir dessous, pas de foyer, pas de quoi se vêtir décemment, pas à manger à leur faim ?

— Les autres garçons, je les emmerde.

La pension c'est même pas eux qui en ont eu l'idée. C'est moi.

Quand maman est rentrée de se faire psychanalyser les fesses et le reste par son pourri de psy amant et qu'elle a vu les dégâts, elle a piqué une crise.

Si impressionnante que Clarisse a viré Sékou, Thü Yin et Thü Yen dans la cuisine et qu'elle a hurlé dans le jardin à Père-grand de vite rappliquer.

Comme un bolide, il est arrivé.

— Qu'est-ce qui nous tombe dessus encore ? Une inondation ? Un tremblement de terre ? Un typhon ? Un maelström ?

Puis il a vu maman.

— Béa !

Elle était vautrée par terre avec sa veste en agneau Saint Laurent, ses bottes dorées, son sac à main, vautrée par terre là où c'était tout cramé, vautrée dans des cendres et elle pleurait sans larmes.

Et elle avait du hoquet.

Il l'a relevée avec de la douceur, Père-grand, et il l'a serrée contre lui et il lui a parlé comme si elle était encore la toute petite fille que lui il avait connue, il l'a appelée son petit oiseau bleu, sa fleur, son bébé Béa et il lui a dit que c'était pas grave ce feu qu'il y avait eu, que c'était qu'un petit accident de rien du tout comme il en arrive tout le temps dans les meilleures maisons, qu'il fallait pas faire une tragédie pour un vieux fauteuil en osier, pour un vilain guéridon et un bout de carpette brûlée, il lui a dit que c'étaient de si vieilles vieilleries que c'était quasiment un bienfait d'en être débarrassé et il lui a dit qu'il était désolé d'être la cause de...

Oui. Il a eu le culot de dire que c'était sa faute à lui, que, bêtement, en s'allumant une cigarette...

Alors là, j'ai hurlé.

— Menteur ! j'ai hurlé. Menteur. Sale vieux con de menteur. L'incendie c'est pas toi. T'étais même pas là. T'étais je sais pas où en train de roucouler en pensant à ta chérie Virginie et au lardon hideux que tu lui as flanqué dans le ventre. Le feu c'est moi. C'est moi qui l'ai allumé. Exprès. Allumé exprès pour faire flamber cette maison. Et j'en rallumerai d'autres de feux. J'en rallumerai tant qu'il faudra pour la niquer cette taule. Tous les jours j'en rallumerai et aussi la nuit quand vous dormirez et vous grillerez tous comme le guéridon Louis Dix-Neuf et le fauteuil d'osier. Et, si vous voulez pas tous cuire comme des saucisses de barbecue, vous avez qu'à me mettre en pension !

L'institut des Aubépines c'est un château.

Tout cassé du dehors mais impec en dedans.

Avec plein de chambres à vingt places pleines de garçons aussi inéducables que moi ou un peu orphelins ou enfants de pères et de mères divorcés qui n'ont, ni les pères ni les mères, envie d'avoir de la progéniture pour les emmerder dans les nouveaux domiciles qu'ils se sont trouvés.

Alors ça fait une grande bande de criards, de rognards, de pas contents qui ont jusqu'à quatorze ou quinze ans et envie de rien foutre et de tout casser.

Mais le dirlo, ça lui fait pas peur d'avoir à commander tous ces pirates caractériels. Il en a vu d'autres. C'est un ancien capitaine d'armées de guerre et il arrête pas de dire que, quand on a connu ce qu'il a connu en Indo et dans les casbahs, c'est pas des jeunes merdeux décidés à demeurer éternellement des ânes illettrés et s'enfermant pour se tirer sur le quiqui ou tirer sur des joints d'herbes nocives dans les vécés qui vont lui user sa bonne humeur.

Tout le temps il est d'attaque ce dirlo-là. D'attaque pour faire de la horde de petits trous du cul qu'on lui a confiés des hommes, des vrais.

Pensionnaire, bien sûr, au début ça surprend. Et ça flanque les flûtes.

Quand Père-grand, qui m'y a emmené d'un coup de Rolls aux Aubépines, m'a laissé avec mes sacs pleins de vêtements et ma sacoche dans le bureau du dirlo, j'étais si pas fier de me retrouver là que j'ai failli mollir et lui demander de me remmener avec lui.

Mais j'y étais, j'y étais.

Le dirlo, qui a toujours des rangers et un blouson de baroudeur avec des pin's souvenirs de toutes les guerres qu'il a faites, a attrapé mes sacs comme si c'étaient des sacs de plume et il m'a conduit jusqu'à une grande salle tristouille qui était pleine de lits vides parce que c'était l'heure où les autres étaient dans leurs classes et il m'a prévenu que si je trouvais pas la cagna assez cosy et que je voulais me sauver, fallait surtout pas que je me gêne.

402

Mais que j'avais intérêt à me trotter par les champs qui étaient derrière le château plutôt que par la forêt qui était devant parce qu'elle était infestée de loups et de sangliers pas du tout copineurs, cette forêt-là.

C'était impossible de savoir si c'était pour blaguer ou pour de vrai qu'il disait ça.

Il avait toujours une tête effrayante qui riait sans rire.

Le lit qui allait être le mien il était sous une fenêtre qui donnait sur un fossé avec de la vase et des grenouilles et qui était les douves historiques du château. Comme genre ça aurait sûrement plu à un type genre Robin des bois.

Le froid qu'il faisait dans cette chambrée aux murs en pierres même pas peintes, Robin des bois il aurait peut-être aimé aussi.

Moi, ça m'a fait que frissonner.

Et le lit il était à peu près aussi mimi que celui de Mère-grand dans sa clinique à cancer.

Et, aux Aubépines, les lits pas larges et pas mimis, on se fait chacun le sien soi-même. Et, si il est mal fait, ça dérange que toi qui dors dedans et qui grelottes la nuit, si il est mal bordé et que tu te retrouves avec des crampes partout si le matelas fait des bosses.

C'est ça la méthode du dirlo : si tu fais les choses de travers c'est sur ton nez à toi que ça retombe.

Pour le manger c'est comme pour les lits. Y a pas de cuisinières, pas de vaisselières. La tambouille on se la fait nous-mêmes par roulement.

Pendant une semaine t'es dans une équipe de dix qui épluche les légumes, qui fait cuire la soupe, les nouilles, la purée, qui rôtit les steaks, qui râpe les carottes, qui fait le café au lait, les salades. Tout, quoi.

Et si la bouffe est pas assez ou trop cuite, si y a trop de sel ou pas assez, si c'est du gerbant qui se retrouve dans les assiettes à midi et le soir, en plus de manger mal toi-même, t'as tout le pensionnat qui te menace de te massacrer si ça continue comme ça.

C'est complètement fumier comme méthode, mais ç'a t'apprend.

Les études c'est pareil.

On arrive dans la classe et le prof il nous fait voter en levant la main pour savoir si on veut faire du calcul, ou lire, ou dessiner ou faire une étude thématique sur un thème comme les arbres, les avions, les reptiles, les rois de France, les océans, la fabrication de la porcelaine, qu'est-ce que c'est un radar ou le système digestif, comment ça fonctionne...

Y a le choix.

Mais c'est le plus grand nombre de mains en l'air qui gagne. Et même si t'as voté contre, t'es forcé de te farcir ce qui a été choisi « démocratiquement ».

C'est piégeant la démocratie.

Moi, j'ai tout de suite levé la main que quand c'était pour lire, écrire ou dessiner ou pour des thèmes comme la vie des insectes ou qu'est-ce que c'était les fées ou les enchanteurs.

Mais la chiennerie c'est que la vox populi elle levait toujours plus de mains que la mienne.

Ça me tuait. Mais fallait que Père-grand, maman, ils aient la preuve que pensionnaire, c'était mieux pour moi que croupir avec des tarés comme eux.

Alors j'ai été obligé de me défoncer pour être pas plus nul que les autres.

Les autres, y a pas chouia à en dire.

C'est des autres.

Des garçons comme les garçons de partout, chieurs, bagarreurs, menteurs, tricheurs et voleurs à l'occasion, sportifs, pas partageurs, toujours partants pour se moquer des trop gros, des trop petits, des rouquins, des Blacks s'ils sont blancs et des Blancs s'ils sont blacks, toujours partants pour faire des blagues et pour s'arranger à faire croire que c'est pas eux qui les ont faites, toujours en train de se marrer de leurs sales bruits de bouches et de derrières, toujours en train de se comparer leurs bites en se tirant dessus pour voir si elles ont une longueur assez longue.

Les premières nuits, ils me réveillaient en m'arrosant avec de l'eau qui était peut-être du pipi, ils m'ont jeté mes lunettes dans les douves, ils m'ont fauché mon transistor, fait casser la gueule avec un croche-patte dans les escaliers et mis en quarantaine pendant une semaine parce que ils avaient décidé aux douches que j'avais des petites miches de pédouille homo.

Et y a eu un nouveau nouveau et ils m'ont lâché pour s'occuper à le martyriser lui.

Depuis, je leur cause pas de trop. Je m'en fous d'eux.

Et puis y a les Macs.

Et ça...

Son plan, au dirlo des Aubépines, c'est pas que

de faire de nous des hommes des vrais, c'est aussi de nous préparer pour que, quand l'an deux mille il va nous dégringoler dessus, on se retrouve pas tout cons, tout culs comme les soldats de la guerre mondiale de trente-neuf qui partaient au casse-pipe avec des fusils et des bidons de pinard de la guerre mondiale de quatorze.

Alors, ça coûte la peau des fesses à ses parents mais tant pis, chaque garçon qui arrive aux Aubépines il a son ordinateur à lui. Un Macintosh tout neuf sortant de son emballage.

Et défense de se servir d'autre chose.

Aux Aubépines, un crayon, un feutre, un stylo à encre c'est aussi interdit dans les petites classes que les joints de te-chi dans les grandes.

Tous mes crayons de ma sacoche on me les a confisqués le premier jour et ma grande belle boîte de peinture acrylique aussi.

Pour écrire, dessiner, t'as droit qu'à l'ordinateur et à rien d'autre.

Père-grand, de me voir pianoter sur un clavier et tripatouiller une souris, ça l'aurait rendu chèvre.

Mais justement.

Comme un furieux je m'y suis mis.

Au début, tu te dis que tu y arriveras pas, que c'est un engin que pour des calculateurs ou des bricolos comme Sékou, que pour des que ça amuse d'ouvrir un robot électronique ou un moteur de tire pour voir ce que ça a dans le ventre.

Puis tu te décarcasses un tout petit peu, tu t'y cramponnes des deux mains, au Mac, et tu commences à attraper la manière, à piger les programmes et tu te lances et quand tu vois qu'il suffit de faire danser la lambada à ta souris pour qu'il y ait une ligne qui se mette à lambader sur ton écran, alors là...

Ça t'éclate. Tu délires. Tu crois que tu rêves, mais non tu rêves pas. Ça fait comme une télé que tu serais en train de faire toi.

C'est pas des feuilletons de jeunes qui veulent se faire des bisous de rendez-vous, pas des polars avec des cadavres américains et des flics américains, pas des bonshommes s'expliquant comment ils vont empêcher les chômeurs de chômer, c'est pas les Simpson, pas la télé de tout le monde.

C'est mieux.

Tu veux y voir une chatte Farine que tu t'ennuies de pas avoir vue depuis longtemps sur ton écran, tu te la bricoles.

Elle a les oreilles pas assez pointues, les moustaches trop moustachues.

No problemo ! Ta souris de Mac, elle demande qu'à les effacer les oreilles, qu'à la dépoiler la moustache.

Ma souris de Mac, Supermaousse je l'appelle.

Mais y a que moi qui le sais, son nom secret.

Aux Aubépines, du bavardage, j'en fais le moins que je peux.

Je l'ouvre tellement de plus en plus si peu que, quand il arrivera l'an deux mille du dirlo, ça se peut que je serai devenu muet.

Ouais. Ça se peut que, quand il sera là le siècle numéro vingt et un, je serai même pas foutu de lui dire : salut, le siècle, enchanté de faire ta connaissance, moi je suis Valentin le nain gnome des Aubépines.

Des Aubépines ou pas des Aubépines.
Parce que, depuis maintenant...

Cette pension château historique avec sa forêt à sangliers redoutables et son dirlo toujours d'attaque, je m'y voyais coincé jusqu'à l'an deux mille.

Et puis, ce matin, à l'heure de faire nos lits au carré comme des lits de soldats, il a rappliqué.

Père-grand.

Revenant d'Allemagne à Berlin, où ses peintures de dinos avaient fait un malheur et venant chercher pour le week-end son petit-fils.

Je m'y attendais pas.

Je m'attendais plus à rien qu'à mariner dans ces Aubépines de chiottes où même j'étais resté pendant toutes les vacances de Noël parce que, à la maison, plus personne avait envie de voir un garçon aussi mal embouché et délinquant que moi.

Le feu au salon plus mes grossièretés méchantes, maman, Clarisse, Farine, tous quoi, ils les avaient pas encaissés.

Deux mois que je les avais pas vus.

Et voilà Père-grand qui débarquait.

Avec ses cheveux toujours autant déplumés sur le dessus de sa tête mais devenus si salement longs par-derrière qu'il se les était attachés avec un genre de lacet de soulier pour que ça fasse queue de cheval.

Ce qui lui allait très bien et a fait tilt dans la tête du dirlo qui l'a regardé comme si Père-grand était

408

pas un peintre de diplodocus mais un diplodocus en chair en os.

Un diplodocus souriant.

Et me disant de vite grimper dans la Rolls parce que toute la tribu m'attendait dans la grande impatience.

De retourner à la maison, ça me faisait plaisir et, en même temps, pas plaisir.

Mais bon.

Sur l'autoroute, on a roulé à pas trop grande vitesse et Père-grand m'a parlé qu'un peu. À cause de nappes de brouillard épais par moments et moins épais à d'autres moments. Et à cause de minables nous klaxonnant et nous faisant des doublages à queues de poisson parce que, les Rolls, ça rend toujours très énervés les chauffeurs d'autres voitures.

De me parler qu'un peu, ça l'a quand même laissé me dire, à Père-grand, les principales nouvelles de Paris. Que maman et mon père s'étaient mis d'accord sur des avocats de divorce, que maman avait retrouvé entièrement sa bonne santé et pris dans les cinq kilos et s'était lancée avec des curés de l'église Saint-Médard dans la création d'un foyer d'accueil chaleureux pour des ex-taulardes en voie de recyclage, que Clarisse et les jumelles continuaient à rafler le max de bonnes notes dans leurs classes, que Sékou s'était inscrit dans un cours de karaté où il faisait des étincelles et que Farine, qui s'était dégoté dans la rue de notre maison un fiancé angora Bigoudi, allait mettre bas à Pâques.

Il m'a dit aussi que le bébé à lui et à Virginie

409

serait un garçon et que Virginie pensait que ça serait chou comme tout si, en plus d'être son oncle, j'étais aussi son parrain et que, comme ça, ça ferait un Valentin deux.

J'écoutais tout ça sans répondre et je voyais que, question délire, à la maison ça mollissait vraiment pas.

Puis on y est arrivé, à la maison.

Et tout le monde même Farine m'a fait des risettes de contentement de me revoir.

Dans le salon, ça se voyait plus qu'il y avait eu un incendie et, sur leurs figures, ça se voyait pas non plus que j'en avais allumé un.

Tous mes cadeaux de Noël m'attendaient encore.

Neuf paquets de cadeaux très bien choisis et deux de papa postés à Niakokokoundé que j'ai pas ouverts parce que, des cadeaux d'un père aussi sale enculé que le mien, j'en voulais vraiment pas.

Puis on a mangé des choses excellentes.

Faut dire que, vu la nourriture avec laquelle on se nourrissait aux Aubépines, même les crottes de Farine frites à la poêle par maman, je les aurais trouvées bonnes.

À table, ils ont pas arrêté de tous me dire des choses agréables et de me poser des questions. Mais je leur ai pas répondu chouia. Ma langue avait attrapé un peu d'ankylose et puis, tout en me régalant de riz à la babane de Clarisse et de gâteau au fromage et aux raisins de Virginie qu'elle avait appris à faire en Grèce en couvant son bébé de Père-grand, je pensais.

Je pensais à mon Noël aux Aubépines que je leur raconterais jamais à eux.

Un de ces Noëls...

Le dirlo nous avait fait décorer la salle d'armes du château, on avait mangé de la dinde aux marrons et joué un spectacle de chants et de danses dans lequel j'étais un Martien avec un costume en papier que j'avais fait moi-même et qui était absolument...

Absolument rien du tout.

Il était con et mal foutu comme un costume en morceaux de papiers.

Et leur dinde j'y ai même pas goûté et le spectacle de chants et de danses il était si merdique que même le dirlo qui nous a torturés pour qu'on le fasse, il est pas resté le regarder jusqu'au bout.

À Noël, j'aurais voulu mourir.

Même que, la nuit après leur fête, je me suis levé de mon lit où je pouvais pas dormir à cause des bruits de ventres de ceux qui s'étaient gavés de marrons de dinde.

Et pas qu'à cause de ça, je pouvais pas dormir.

Alors, la fenêtre qui est derrière mon lit, je l'ai ouverte. Pas assez pour que le froid du dehors fasse, en plus, éternuer tous ceux qui déjà pétaient. Mais assez pour m'y glisser et me laisser tomber dans l'eau vaseuse du fossé-douves.

Un troisième étage de château historique de la Sarthe, c'est haut.

Mais c'était décidé. Les grenouilles elles allaient avoir du Valentin pour leur réveillon.

Puis je sais pas.

Ça a été ou mon ange gardien, que j'ai comme tout le monde en a un si le caté c'est pas du boniment, ou la trouille. La fenêtre je l'ai refermée sans m'être laissé tomber dans la mort.

Ouais, je pensais à ça en mangeant très bien avec Père-grand, ma mère, mon faux frère et mes trois fausses sœurs et Farine qui réclamait dix fois plus à manger depuis qu'elle avait dix bébés chats dans le ventre. Ou peut-être douze.

— À quoi tu penses ? m'a demandé maman.

— À rien.

— Ça te fait plaisir d'être ici avec nous, non ?

— Oui.

C'était vrai que ça me faisait plaisir.

Mais pas trop.

Et pourtant ils s'étaient décarcassés à me faire un repas festin. Et après, ils se sont décarcassés encore plus à me faire la masse de câlins, de bisous, à essayer de me faire croire qu'ils trouvaient que j'avais grandi et forci, à essayer de me faire croire qu'ils trouvaient très élégant, vraiment très très élégant que j'aie trois dents en moins dans le devant de ma bouche.

Qu'est-ce qu'ils étaient gentils tous. Mais qu'est-ce qu'ils étaient gentils.

Et qu'est-ce que j'en avais rien à battre, de leur gentillesse.

Ce qu'ils savaient pas, ces idiots, ce qu'ils arrivaient pas à comprendre, c'est qu'il y avait quelque chose de cassé, que leur Valentin adoré, leur fils chéri, leur petit-fils chéri, leur frère chéri, il avait perdu le goût de leurs mamours et qu'au petit garçon goulu de caresses, j'y jouais plus.

Trop, ils m'en avaient fait.

Mais pour pas leur gâcher leur chouette week-end en famille, j'ai fait semblant d'être tout à fait dans le bonheur.

Et ça a ressemblé à une journée de rêve.

C'était bête que je sois devenu ce que j'étais devenu parce que, après des semaines d'Aubépines, c'était le paradis sur la terre, le vrai paradis du bon Dieu, notre maison.

Rien que mon lit où j'ai fini par me retrouver après un dîner encore plus festin que le déjeuner...

Qu'est-ce que j'étais bien dedans.

Qu'est-ce que j'allais y bien dormir.

J'ai dit bonsoir à Sékou.

Il m'a dit : bonne nuit, Valentin, fais de beaux rêves.

Et il m'a pas dit que ça.

Il m'a dit ce que maman voulait me dire que le lendemain pour pas me trop secouer tout de suite. Il m'a dit qu'il y avait une Dora.

— Une quoi ?

— Ben une fille. Dora, je te dis. Elle a le même âge que toi. Une blonde. Ça fait déjà bien deux semaines qu'elle est arrivée de sa ville où sa maison a été toute pulvérisée par une bombe. Tous les gens de sa famille sont restés dessous. Écrabouillés. Des voisins qu'ils avaient, aussi. Une journée ils ont mis pour la récupérer, Dora, sous son tas de décombres. Une journée. Elle respirait encore un peu. Les sauveteurs ils arrivaient pas à comprendre comment elle pouvait respirer encore même un peu. C'est dégueu les guerres civiles. Tu la verrais. Elle est mal.

— Mais elle est où ?

— Dans la chambre du fond, celle au papier peint à oiseaux, qui servait à rien. Maman l'a ins-

tallée là. Bien installée. Mais elle est pas bien.
Toute cassée de partout, la pauvre. Et comme para-
lysée. Et parlant pas. Maman et Clarisse, elles se
demandaient si fallait que tu la voies. Elles ont la
crainte que ça t'impressionne. C'est vrai qu'elle
impressionne. Tu la vois, tu te demandes si elle est
vivante. Sans blague. Le médecin qui vient la voir
tous les matins, il dit que c'est même pas dans la
poche qu'elle survive. Que peut-être, mourir, elle
va finir vite par le faire.

— Et elle va y rester ici ?

— Ben, maintenant qu'elle est notre sœur...

Le bon sommeil dans mon bon petit lit retrouvé
pour un week-end, il est pas venu.

Une fois la lumière éteinte, j'ai entendu Sékou se
faire comme toujours des choses sexuelles à toute
allure puis se mettre à roupiller.

Puis j'ai plus entendu que du silence, sans cris
d'animaux de nuit de la Sarthe et sans bruits de
sommeil d'une chambre pleine de futurs citoyens
de l'an deux mille.

Une Dora !

Une sœur de plus sortie de sous des décombres
de maison d'un pays que Sékou se rappelait même
pas lequel c'était.

Une fille qui allait peut-être vite mourir et qui
impressionnait.

Il m'est venu une envie de pipi dans mon insomnie sans arriver à m'endormir. Pas pressante. Mais,
comme c'était plus intéressant d'aller faire un tour

aux chiottes que de rester sous ma couette à colérer contre ma folle dangereuse de mère qui m'avait trouvé une sœur de plus, j'y suis allé le faire, ce pipi pas pressé.

Et puis, les chiottes, elles étaient pas loin de la chambre au papier peint à oiseaux.

La curiosité, c'est un péché tellement petit que c'en est presque pas un.

Et puis merde !

J'ai ouvert la porte et j'ai pas eu besoin d'allumer la lumière. Y avait une lampe de table de nuit allumée avec un foulard à maman posé sur l'abat-jour pour faire veilleuse.

Et ça sentait le médicament et le malheur.

Je me suis approché du lit ancien, bateau, que j'avais jamais vu servir à personne.

Et elle était dedans avec un pyjama à moi. Un jaune, beau, avec des avions dessus. Et blonde comme il m'avait dit Sékou, mais avec tellement peu de petits cheveux tout courts qu'on aurait pu les compter.

Et des yeux couleur de ciel bleu devenant gris parce que ça va se mettre à pleuvoir.

Ou elle dormait sans les fermer, ou elle dormait pas, la petite Dora.

Parce que, pour être petite...

Ça, ça m'a fait bizarre. Parce que ceux qui ont le même âge que moi, toujours ils sont plus hauts que moi au moins d'une tête.

Mais elle... Je me serais allongé à côté d'elle pour les examiner exactement, nos grandeurs, c'était sûr que le dessus de son crâne il me serait arrivé qu'au menton. À peine au menton.

Et ces bras qu'elle avait ! Des pattes de poulet maigre.

Même pour une fille, d'une chétivité exceptionnelle elle était.

Mais elle m'impressionnait pas.

Non.

Elle faisait pas peur à voir.

Elle me faisait peine.

D'un petit poussin dans le chagrin, elle avait l'air.

Elle bougeait pas, elle disait rien, à peine elle avait de la respiration. Mais elle me regardait. Je sais qu'elle me regardait parce que je me voyais dans ses yeux.

Des yeux qui avaient l'air de demander du secours.

Ça se voyait qu'elle avait eu, dans ses décombres de maison niquée par une bombe, trop de peur pour une petite aussi petite qu'elle.

Et, c'était crétin, mais je me suis mis à lui parler.

C'était crétin parce que, dans son pays à salauds se faisant des guerres civiles entre gens du même pays, ils devaient pas comprendre le français.

Mais tant pis.

Je lui ai dit, c'était la vérité, que Dora, qui était un nom que j'avais jamais entendu comme nom, était très joli.

Je lui ai dit que j'étais pas fâché que maman lui ait donné mon beau pyjama jaune à avions.

Et elle devait comprendre ce que je lui disais. Parce que ses yeux, ils bougeaient pour pas arrêter de me voir quand je bougeais.

Et ils étaient vraiment des yeux plus beaux que n'importe quels autres yeux. Et ses bras en pattes de poulet, ça lui allait très bien qu'ils soient comme ça.

Alors ça aussi je lui ai dit.

J'avais vachement envie de lui parler.

Alors je lui ai vachement parlé.

Je lui ai dit qu'elle m'impressionnait pas, que c'était même tout le contraire et que j'étais très content d'avoir eu l'idée de venir la voir dans son lit où elle était toute seule.

Et je lui ai dit que, tout osseuse comme elle était, elle me faisait penser à ma Mère-grand qui était la personne la plus formidable de toute la terre et que, quand je l'avais vue pour la dernière fois, elle était dans un lit aussi et qu'après elle était devenue une morte. Mais qu'elle, Dora, elle pouvait pas le devenir parce qu'elle avait pas l'âge pour ça.

Et je lui ai dit que sa maladie de plus parler, de plus pouvoir bouger, c'était sûrement une maladie qui se guérissait.

Et plus je lui disais des choses, plus j'avais envie de lui en dire.

Et plus ses yeux me regardaient.

Et comme j'avais une envie terrible de le faire, je lui ai fait un bisou léger léger léger sur son crâne.

Et quand je l'ai eu fini, mon léger bisou, j'ai vu qu'elle me faisait un sourire.

Elle me l'a peut-être pas tout à fait fait parce qu'elle en avait pas la force. Mais je l'ai quand même vu.

Et je me suis senti tout drôle, tout remué.

Il m'arrivait du nouveau, du jamais arrivé.

Mille bisous j'avais envie de lui faire.

Mais fallait pas. Elle était trop fragile.

Mais ce que je pouvais faire quand même, sans brusquerie, c'était lui prendre un de ses doigts et le remuer doucement pour lui montrer que, si je le remuais, il bougeait. Ce qui voulait dire que, sa paralysie, c'en était pas une vraie définitive.

Alors il m'est venu une idée géniale et je lui ai dit : Maman, Père-grand, ils m'ont trop chié dans mes boots pour que je les aime autant qu'avant. Mais, eux, ils l'adorent leur garçon Valentin. Ils l'adorent tellement que, si je leur demande de pas me renvoyer aux Aubépines et de m'installer mon lit dans cette chambre ici à côté de toi, ma nouvelle petite sœur, ils vont dire oui.

C'est sûr qu'ils vont dire oui.

Et ça serait bien. Parce que, comme ça, tu m'aurais pour te faire remuer doucement tes doigts et tes mains et peut-être, à force, ils en reprendraient l'habitude, de bouger, et peut-être tes bras et tes jambes ça leur donnerait envie de faire pareil et ta langue aussi.

Ça se peut que ça soit contagieux comme la grippe l'envie de bouger pour des bras et des jambes et les langues.

Ça a l'air d'imbécillités ce que je te dis. Mais c'en est pas tant que ça et, quand ils vont m'avoir dit que c'est oui, que la pension c'est terminé et que je reste ici avec toi, ça sera moi qui te donnerai ton manger à la petite cuillère et je te lirai des bouquins et, si ça te fatigue, je resterai comme ça à côté de toi à faire pas le moindre bruit.

418

D'avoir des frères, des sœurs, d'habitude ça me fait chier. Mais toi, c'est pas pareil.

C'est peut-être à cause de ta petite grandeur, de ton beau petit peu de cheveux blonds et aussi de tes dents en moins sur le devant.

Un grand, aux Aubépines, pour le spectacle de chants et de danses, il m'a dit : toi, tu devrais te déguiser en château fort dans le spectacle. — Pourquoi ? je lui ai demandé. — Parce que t'as déjà les créneaux dans la bouche, il m'a répondu.

C'était vache.

Des vacheries, sur la terre, c'est comme si tout le monde il voulait en faire le plus possible à tout le monde.

Tout le monde. Et moi pareil.

Mais à toi, t'en faire, j'en ai pas du tout envie.

Au contraire.

Même Aurore à la crèche, même Loula après, Loula qui arrêtait pas de faire la singesse ensorceleuse, elles valaient pas des pets de poux comparées à toi.

Toi, si tu veux, tu vas devenir mon grand amour Dora.

C'est fameux que ton ange gardien il t'ait fait arriver dans cette maison de fous tordus, parce que je vais t'adorer pire que Père-grand il adore Virginie, pire que ma mère elle adore l'autre truffe de psy, pire que Sékou il adore sa pouffe de Sandrine, pire que Farine elle adore son fiancé Bigoudi.

Je vais t'adorer et je t'empêcherai de mourir et, ta maladie de suite d'explosion de bombe, on la fera finir et on grandira chétivement tous les deux et je t'aimerai à en faire trembler la terre.

Comme une sœur chérie et comme une amoureuse, je t'aimerai.

Paraît que c'est un des péchés les plus mortels d'être en amour avec sa sœur.

Mais tant pis.

DU MÊME AUTEUR

Aux Éditions Gallimard

AU BONHEUR DES CHIENS, *Folio n° 1534.*

GOUTTIÈRE, *Folio n° 2282.*

PAPA EST PARTI MAMAN AUSSI, *Folio n° 1914.*

POUR L'AMOUR DE FINETTE, *Folio n° 1628.*

QUAND LES PETITES FILLES S'APPELAIENT SARAH, *Folio n° 2039.*

TOUS LES CHATS NE SONT PAS EN PELUCHE, *Folio n° 2158.*

VIOLETTE, JE T'AIME, *Folio n° 1749.*

GUERRE ET PAIX AU CAFÉ SNEFFLE.

AU BAL DES CHIENS.

LA NUIT DES DAUPHINS.

Aux Éditions de la Table Ronde

LE BÉRET À GROUCHO.

REVIENS, SULAMITE.

Aux Éditions Ramsay

MA CHATTE MON AMOUR.

Aux Éditions Denoël

MA CHATTE MA FOLIE.

Aux Éditions Tchou

DÉPÊCHONS-NOUS POUR LES BONNES CHOSES.

Aux Éditions Julliard

LES GROS MOTS.

Aux Éditions Régine Deforges

DU PASSÉ FAISONS TABLE RASE.

Aux Éditions Paris-Théâtre

LUNDI, MONSIEUR, VOUS SEREZ RICHE
MADAME.

Aux Éditions de l'Avant-Scène

UN ROI QU'A DES MALHEURS.
LE DIVAN.
GRAND-PÈRE.

COLLECTION FOLIO

2943. Simone de Beauvoir — *L'Amérique au jour le jour, 1947.*
2944. Victor Hugo — *Choses vues, 1830-1848.*
2945. Victor Hugo — *Choses vues, 1849-1885.*
2946. Carlos Fuentes — *L'oranger.*
2947. Roger Grenier — *Regardez la neige qui tombe.*
2948. Charles Juliet — *Lambeaux.*
2949. J.M.G. Le Clézio — *Voyage à Rodrigues.*
2950. Pierre Magnan — *La Folie Forcalquier.*
2951. Amos Oz — *Toucher l'eau, toucher le vent.*
2952. Jean-Marie Rouart — *Morny, un voluptueux au pouvoir.*
2953. Pierre Salinger — *De mémoire.*
2954. Shi Nai-an — *Au bord de l'eau I.*
2955. Shi Nai-an — *Au bord de l'eau II.*
2956. Marivaux — *La Vie de Marianne.*
2957. Kent Anderson — *Sympathy for the Devil.*
2958. André Malraux — *Espoir — Sierra de Teruel.*
2959. Christian Bobin — *La folle allure.*
2960. Nicolas Bréhal — *Le parfait amour.*
2961. Serge Brussolo — *Hurlemort.*
2962. Hervé Guibert — *La piqûre d'amour et autres textes.*
2963. Ernest Hemingway — *Le chaud et le froid.*
2964. James Joyce — *Finnegans Wake.*
2965. Gilbert Sinoué — *Le Livre de saphir.*
2966. Junichirô Tanizaki — *Quatre sœurs.*
2967. Jeroen Brouwers — *Rouge décanté.*
2968. Forrest Carter — *Pleure, Géronimo.*
2971. Didier Daeninckx — *Métropolice.*
2972. Franz-Olivier Giesbert — *Le vieil homme et la mort.*
2973. Jean-Marie Laclavetine — *Demain la veille.*
2974. J.M.G. Le Clézio — *La quarantaine.*
2975. Régine Pernoud — *Jeanne d'Arc.*
2976. Pascal Quignard — *Petits traités I.*
2977. Pascal Quignard — *Petits traités II.*
2978. Geneviève Brisac — *Les filles.*
2979. Stendhal — *Promenades dans Rome.*
2980. Virgile — *Bucoliques. Géorgiques.*
2981. Milan Kundera — *La lenteur.*
2982. Odon Vallet — *L'affaire Oscar Wilde.*

Composition Traitext.
Impression Bussière Camedan Imprimeries
à Saint-Amand (Cher), le 17 septembre 1998.
Dépôt légal : septembre 1998.
1ᵉʳ dépôt légal dans la collection : janvier 1995.
Numéro d'imprimeur : 984474/1.
ISBN 2-07-039273-2./Imprimé en France.